陈树千

◆

著

节日里的诗歌盛宴

中国传统节日诗词选

中华书局

图书在版编目(CIP)数据

节日里的诗歌盛宴:中国传统节日诗词选/陈树千著. —北京:中华书局,2019.1(2023.9 重印)
ISBN 978-7-101-13178-9

Ⅰ.节… Ⅱ.陈… Ⅲ.古典诗歌–诗集–中国 Ⅳ.I222

中国版本图书馆 CIP 数据核字(2018)第 076301 号

书　　名	节日里的诗歌盛宴——中国传统节日诗词选	
著　　者	陈树千	
责任编辑	陈　虎	
责任印制	陈丽娜	
出版发行	中华书局	
	(北京市丰台区太平桥西里38号　100073)	
	http://www.zhbc.com.cn	
	E-mail:zhbc@zhbc.com.cn	
印　　刷	天津善印科技有限公司	
版　　次	2019 年 1 月第 1 版	
	2023 年 9 月第 3 次印刷	
规　　格	开本/880×1230 毫米　1/32	
	印张 16½　插页 2　字数 260 千字	
印　　数	10001–12000 册	
国际书号	ISBN 978-7-101-13178-9	
定　　价	59.00 元	

目录

Jierilideshigeshengyan

二、人日

七、寒食（寒日）

八、清明

十二、中秋

十五、腊八

十六、除夕

前　言

　　"白露沾野草，时节忽复易"。时间没有温度，它默默地流淌，不为风月，不为悲喜；时节却有冷暖，自然万物随着时序推移生、长、熟、落，变幻生命的色彩。当时间链条上那些与四时交替、生命轮回相关的日子印入人们心里，被拣选，被认定，没有温度的时间点便被赋予了意义与使命，升格为人类时间轴上的节点，成为具有特殊名称、特定活动与特别情感体验的"节日"。

　　同天地万物一样，节日也有成长的过程。最初，节日源于生活在漫长农耕岁月里的先民，对自然的感恩、对生命的崇拜、对未知的敬畏以及对未来的憧憬。当人的意识逐渐增强，一些历史人物渐渐融入节日，被赋予了祭奠对象的主角光环，节日也从原始崇拜的神秘，走向人文精神的真实。特别是唐代以后，节日的古老禁忌尚在，但大多完成了世俗化、娱乐化的转向。傅道彬先生说："'礼俗'是文化在一个民族身上表现出来的整体化境，最能体现出'文明以止，化成天下'的意蕴，它是浸润于一个民族肌骨的文化精神。"元日爆竹阵阵、元夕烟花漫天、人日剪彩人胜、立春执鞭打牛、花朝节扑蝶、上巳节祓禊、寒食节放飞纸鸢、清明节游春踏青、端午龙舟竞技、七夕庭中乞巧、中秋阖家赏月、重阳登高饮酒、冬至拜谒、腊八赠粥、除夕一家老小围炉夜话、守岁熬年，宴饮、欢笑、祝福，节日披上了鲜艳亮丽的外衣，洋溢着生活的热情，在世代中国人的操持之下，展示着和谐、圆融的审美趣味与天人合一、阴阳平衡的哲学思想。人们也在节日中感受自然的力量，体验世态人情，或欣喜或叹惋，胸中涌动着的情感与眼前的景物交织，落笔成文便成了千百年长吟低唱的辞章。

节日里的诗词最是令人激动萦怀。"诗是人类的母语"，人类的语言根植于生活的诗性之上。岁时佳节宜赏景赋诗，节日氛围中，山光水色更易逗起文思。三月上巳日，草木复苏，春风和煦，"溱与洧，方涣涣兮。士与女，方秉蕳兮"。那是一个可以大胆说爱的时代，女子对心上人说："且往观乎？"（《诗经·郑风·溱洧》）晋安帝义熙五年重阳日，凄凄风露，草木凋零，陶渊明怀念故去的亲人，慨叹"从古皆有没"，唯有"浊酒且自陶"（陶渊明《己酉岁九月九日一首》）。隋人薛道衡奉命出使江南，心心念念地数着离家的日子，人日赴宴，所有的乡愁汇成一句"人归落雁后，思发在花前"（薛道衡《人日思归》）。唐肃宗上元元年人日，高适想念老友杜甫，以诗代信寄去思念与关心，"龙钟还忝二千石，愧尔东西南北人"（高适《人日寄杜二拾遗》）。宋哲宗绍圣二年，适逢端午，苏轼被侍妾盛装忙节的情形所感动，祈愿"佳人相见一千年"（苏轼《浣溪沙·端午》）。宋宁宗庆元三年元日，"柏绿椒红事事新"，年逾五十的姜夔不禁慨叹"诗鬓无端又一春"，时间都去哪了（姜夔《鹧鸪天·丁巳元日》）？元世祖至元十八年端午节，宋朝爱国将领文天祥欲以屈原为榜样献身殉国，狱中慷慨高歌："我欲从灵均，三湘隔辽海。"（文天祥《端午即事》）金元诗人元好问屡试不第，厌倦科举，腊八节这日"掀髯一笑起"，开启"看云偶独立，踏雪时闲行"的隐居生活（元好问《腊日次幽居韵》）。明代名臣于谦以社稷安危为己任，却无法改变衰落的国运，失意、怅惘，"孤怀激烈难消遣，漫把金盘簇五辛"（于谦《立春日感怀》）。中秋月圆，纳兰性德追忆亡妻，"尽成悲咽"，却说"总茫茫、不关离别"。霍普特曼说："诗歌从语词中激荡起远古世界的回声。"一首首节日诗词，一幅幅人生画卷，情意幽深，蕴含着个人情感与家国情仇。

"睹物识时移"，节日的气质与精神凝结在节俗礼仪上，但诗人笔下的节物别有意味。元日的屠苏、人日的彩胜、元夕的花灯、立春的土牛、花朝的赏红、上巳的香草、寒食的柳枝、清明的秋千、端午的龙舟、七夕的针线、中元的盂兰盆、中秋的桂花、重阳的菊、冬至的鞋袜、腊八的粥、除夕的年饭，诗词中，它们既是物象，又是意象，乘着交替起伏的平仄与韵律，由一种单纯的物质形式，演变成艺术象征的符号，交由后人细细玩索。

历代文人墨客每每于节庆之时总是分外多情，留下太多吟咏节日的诗词。本书遵循以下标准选录：一、能够体现鲜明节日特色的名家名篇；二、作于节日期间且具有高度的思想性、艺术性的作品。所选诗词皆录自权威版本，基本体例为题解、诗词原文、注释、评析四部分，并根据具体情况附有相关链接。相关链接通常为节日习俗的扩展阅读，介绍节日习俗在不同朝代的发展变化。

本书诗词选录工作得力于任梦一女士的倾力襄助，书稿撰写过程中得到了刘冬颖教授、陈虎先生的悉心指导，最是感激不尽。

岁时节日自远古而来，带着朴拙的原始气息和早期人类简单率真的性情。"佳节唯宜饮"，每个节日都是一壶醇香的陈年老酒，在春花秋月的滋养中保持温暾，在诗酒年华的故事里沉淀香气。"聊持一樽酒"，请您与我共赴这场节日里的诗歌盛宴吧。

陈树千

2018 年 3 月

一、元日

岁日作

顾况

【题解】

顾况（727？—816？），字逋翁，苏州（今属江苏）人，一说海盐（今浙江海宁）人，中唐时期著名诗人。肃宗至德二年（757），登进士第，曾任节度判官、著作郎、校书郎。贞元五年（789），以诗嘲讽权贵，被贬饶州司户参军。晚年隐居道教圣地茅山，因华阳洞而自号"华阳山人"，又号"华阳真逸"。

《岁日作》，一作《岁日口号》，指岁日当天完成的作品。此诗为顾况晚年归隐茅山时所作。

> 不觉老将春共至，更悲携手几人全。
> 还丹寂寞羞明镜[①]，手把屠苏让少年[②]。

（录自《全唐诗》卷 267，中华书局 1960 年版）

【注释】

①还丹：炼丹。丹分内外，对内丹而言，存心养气，以人体为炉，精气周天循环，回环往复凝练结丹，是为"还丹"；外丹即丹药，修道之人将丹砂烧制成水银后，放置一定时间，使水银还原成丹砂，是为"还丹"。唐朝统治者崇奉道教，许多官宦、文人热衷于炼丹，妄想青春永驻、长生不老。　②屠苏：指屠苏酒，因在以"屠苏"为名的草庵中酿成而得名，正月初一饮用。韩鄂《岁华纪丽》卷 1："屠苏，乃草庵之名，昔有人居草庵之中，每岁除夜遗闾里一药帖，令囊浸井中，至元日取水置于酒樽，合家饮之，不病瘟疫。今人得其方，而不知其人姓名，

但曰屠苏而已。"让少年：请年少者先喝。屠苏酒又称"小岁酒"，即由年少的人先饮，逐次到年龄最长的人。《荆楚岁时记》载其原因："小者得岁，先酒贺之；老者失岁，故后饮酒。"

【评析】

此诗为顾况晚年作品，其晚年诗中常以"悲翁"自称。历经仕途的落拓，而今寂寞归隐，又恰逢岁序更替、老之将至，难免生出蹉跎之感。这种对身添一岁、年华老去的悲伤情绪在时令节日尤为强烈，正如刘勰所说："岁有其物，物有其容；情以物迁，辞以情发。"（《文心雕龙·物色》）首句"不觉"道出了诗人对衰老的猝不及防与不情愿；句二"几人全"的悲叹，来自于迫促焦虑的生死之思；句三一个"羞"字说明生老是自然法则，一切企图颠覆自然法则的事终将徒劳；尾句情绪一转，有一种悲伤面对后的随遇而安，但"让少年"的达观中也流露出些许无奈。此诗叹惋人生，情真意切，极易引发读者情感的共鸣。

【相关链接】

元日，农历正月初一，当今世人称之为春节。古时元日又称"岁日""上日""正朝"等。从何时起人们以正月初一饮屠苏来祛病祝寿的呢？

东晋葛洪《肘后备急方》将屠苏酒诞生的时间追溯到东汉末年，并称酒的配方在晋武帝时期得到验证和推广。作为延续千年的元日传统项目，屠苏酒成为历朝历代诗人、词人们的心头好。

屠苏本指正房前搭建的简易小屋，东汉服虔《通俗文》称"屋平曰屠苏"，《三国志·魏书·曹爽传》有"厅事前屠苏坏，令人更治之"之说。按照唐末韩鄂《岁华纪丽》的记述，某药剂师每到除夕夜都会送给邻居们一个装满中药的布包，大家把布包浸入水井，第二天取井中水置于酒樽，"合家饮之，不病瘟疫"。到了唐末五代时期，人们虽然得了药囊的配方，却不知这位药剂师的尊姓大名，只好用他的居所——"屠苏"作酒名。

孙思邈在《备急千金方》卷29中，将屠苏酒的疗效、配方、炮制和饮用方法做了翔实说明："屠苏酒，辟疫气，令人不染温病及伤寒。岁旦之方：大黄十五铢，白术十八铢，桔梗、蜀椒各十五铢，桂心十八铢，乌头六两，菝葜十二铢。上七味，咬咀，绛袋盛。以十二月晦日中，悬沉井中，令至泥。正月朔旦平晓出药，置酒中，煎数沸。于东向户中饮之。屠苏之饮，先从小起，多少自在。一人饮，一家无疫。一家饮，一里无疫。饮药酒得三朝，还滓置井中。能仍岁饮，可世无病。当家内外有井，皆悉着药，辟温气也。"

古人元日饮屠苏酒，岁以为常，也常见不同的方子对各类药物的用量略做损益，或是对配方中的药物稍做调整，但追求其益气温阳、祛风散寒、避除疫疠的功效是不变的。诗人、词人不仅仅看中屠苏酒的功效，同时也将饮屠苏酒作为年节中的一项趣事。元日饮酒的次序是有讲求的，定要先序年齿，定长幼，年少者先饮，年长者后饮，若是饮者同龄，则又增添了一分趣味，白居易就曾问刘禹锡："与君同甲子，岁酒合谁先？"（白居易《新岁赠梦得》）

苏州李中丞以元日郡斋感怀诗寄微之及予辄依来篇七言八韵走笔奉答兼呈微之

白居易

【题解】

白居易（772—846），字乐天，号香山居士，祖籍太原，后迁居下邦（今陕西省渭南县），生于河南新郑。贞元十六年（800）进士，授秘书省校书郎。元和元年（806），授盩厔（今陕西周至）县尉，后历任翰林学士、左拾遗及左赞善大夫等职。元和十年（815），因上书言事被贬江州（今江西九江）司马。后任忠州、杭州、苏州等地刺史，多有政绩。大（太）和三年（829），以太子宾客分司东都，官至刑部尚书。晚年因感政治混乱，不愿卷入朋党斗争之中，退居洛阳，直至逝世。

长庆四年（824）春，时任苏州刺史的李谅作《元日郡斋感怀》诗，寄越州元稹、杭州白居易，表达自己厌倦仕途、思念故友之情，元、白二人皆有酬和。此诗便是白居易的和诗，表达了白居易悲凉而豁达的心境和与友人相怜相勉的情谊。

> 白首余杭白太守①，落魄抛名来已久。
> 一辞渭北故园春②，再把江南新岁酒③。
> 杯前笑歌徒勉强，镜里形容渐衰朽。
> 领郡惭当潦倒年④，邻州喜得平生友⑤。
> 长洲草接松江岸⑥，曲水花连镜湖口⑦。
> 老去还能痛饮无，春来曾作闲游否？
> 凭莺传语报李六⑧，倩雁将书与元九⑧。
> 莫嗟一日日催人，且贵一年年入手⑨。

（录自《全唐诗》卷446，中华书局1960年版）

【注释】

①余杭：今浙江杭州，此地自三国吴到南朝的500年间属于吴兴郡，隋治余杭郡，五代吴越时期属钱塘道。白太守即白居易。唐穆宗长庆二年（822），白居易赴余杭任刺史。太守是汉朝对郡最高行政长官

的称谓，隋初存州废郡，以州刺史代郡太守，此后，太守用作刺史的别称。　②渭北：渭河之北，这里指长安。　③新岁酒：也称"分岁酒"，即除夕之夜全家团圆所饮之酒。　④领郡：掌管一郡之事。　⑤邻州：李谅居苏州，元稹居越州，白居易居杭州，三州相邻，故称为邻州。平生友：老朋友。　⑥长洲：唐置县，今并入江苏苏州。松江：今吴淞江。　⑦曲水：曲江，钱塘江之别称。镜湖口：即鉴湖，在今浙江绍兴西南。　⑧李六：指李谅，字复言，行六，人呼"李六"。时任苏州刺史。　⑨元九：指元稹，字微之，行九，人呼"元九"。时任越州刺史，兼浙东观察使。

【评析】

　　这是一首与李谅、元稹元日感怀的酬唱之作。起首二句，年过半百、仕途不易的"余杭白太守"，面对混乱的政治、朋党的倾轧，"隐退"的想法由来已久，日趋强烈。句三"渭北"与句四"江南"，寄托对故园长安的思念。句五"徒勉强"、句六"渐衰朽"，体现了诗人对时间的感悟和对衰老的敏感。岁月迁流，即使有多少不如意，友朋合而为之的乐趣，是人生难能可贵的幸事。句八一个"喜"字，一洗前句的哀伤情绪，为后文忆交游、话友情做好文字与情感的过渡。尾句是对已入"知天命"之年的友人的劝勉，也反映了白居易达观的处世哲学。整首诗语言通俗平易、明白晓畅，是白居易"用常得奇"诗风的体现。刘熙载云："常语易，奇语难，此诗之初关也；奇语易，常语难，此诗之重关也。香山用常得奇，此境良非易到。"（《艺概·诗概》卷2）

岁日

元稹

【题解】

元稹（779—831），原姓拓跋氏，祖先定居洛阳后改汉姓元氏，字微之，别字威明，洛阳（今属河南）人，中唐时期著名诗人。贞元九年春（793）明经及第，贞元十八年冬参加吏部试，登乙科，授校书郎。是年前后与白居易相识，从此相互酬唱，结为终身诗友，史称"元白"。元和元年（806），中才识兼茂明于体用科，授左拾遗。元和五年春，谪赴江陵任士曹参军。元稹虽怀才不遇、愤懑难抑，却未对仕途心灰意冷，晚年官至武昌节度使等职，卒于任所。

岁日是岁序更替、辞旧迎新的日子。这首诗是诗人在岁日这一天回顾过往前事，感叹人生百年不过和刚刚逝去的一年一样，空幻如梦。

一日今年始^①，一年前事空。

凄凉百年事^②，应与一年同。

（录自《全唐诗》卷 409，中华书局 1960 年版）

【注释】

①一日：一昼夜，一天。"从夜半以至明日夜半，周十二辰为一日"（《尚书·洪范》孔颖达注），此处应特指元日，即正月初一。　②百年：古人以人活百年为最高的年寿。"上寿，百年以上；中寿，九十以上；下寿，八十以上"（《春秋左传正义》卷 42）。

【评析】

《岁日》浅切平易，通俗易懂，读来朗朗上口。诗中每句着一个

"年"字，回环往复，简单质朴中呈现出一唱三叹的音乐之美，"如梨园法曲，其声动心"（牟愿湘《小澥草堂杂论诗》）。此诗语词浅近却充满了哲思：时间流逝，现世的努力终会成"空"，"有"只是虚幻世界里的幻想。这种认识容易使人消极，但也有助于精神世界的超脱。清人王棠评价此诗"殊有深味，大可长人道心，晨钟一击，不及此诗钳锤也"，可"用作醒世良箴"（《燕在阁知新录》卷 22）。

【相关链接】

除夕与元日，旧年的结束与新岁的开始，岁月的节点引发了人们对时间的敏感，也给这个欢愉的节日增添了生命的哲思。于是，在元日的习俗中就生出了祈生的主题。

求生要先给养，北方的食俗是吃饺子。除夕之夜、初一清晨，是一定要吃饺子的。饺子古称饺饵，是馄饨的一种。《正字通》："饨，今馄饨，即饺饵别名。俗屑米面为末，空中裹馅，类弹丸形，大小不一。"而馄饨之名来自于宇宙形成前的"浑沌"，因馄饨的浑圆闭合、内蕴实在，和《庄子·应帝王》所描写的无窍无孔、持有善心的"浑沌"大体相像。所以，新岁的饺子不仅取"更岁交子"之意，更表达了人们企图躲避衰老、重新回到生命开端的美好心愿。

求生还要祛晦。早在先秦时期，民间就在正月初一凌晨四点，一天气温最低的时刻，将具有美好寓意的五色土符号刻在门上，阻挡晦气，可以说元日习俗用以祛晦的方式从元日被作为节令认知的那一刻便已开始。元日祛晦习俗很多，以唐朝为例，人们会在除夕之夜点燃用木柴、黍秆、松枝等垒成的柴塔，一直到元日的清晨，称之为"庭燎"；会将五种辛味的蔬菜放入盘中组成合菜食用，散五脏之陈气，助体内阳气之回升等等。

元日仗

张祜

【题解】

　　张祜（782？—852？），字承吉，清河（今属河北）人，中唐著名诗人。早年浪迹于苏、杭之间，狂放不羁。后至长安，长庆、宝历中曾两度谒见白居易，大和中得令狐楚赏识和推荐，因元稹从中作梗，未能跻身仕途，终身布衣。一生坎坷不达，遂以处士而终。其诗多写隐逸生活，抒孤傲落拓之情怀。又擅作宫体诗，"唐开元、天宝之盛，见于传记、歌诗多矣，而张祜所咏尤多，皆他诗人未尝及者"（洪迈《容斋随笔》）。

　　《元日仗》描绘了唐代元日朝贺皇帝亲临含元殿，仪仗威严，百官齐列的宏大气势。

文武千官岁仗兵①，万方同轨奏升平②。

上皇一御含元殿③，丹凤门开白日明④。

（录自《全唐诗》卷511，中华书局1960年版）

【注释】

①仗兵：列队仪仗。按唐制，天子将出时，击通鼓三声，一通为一严，三严时仪仗列队候驾。　②万方：万邦，各地。《汉书·张汤传》："圣王褒有德以怀万方，显有功以劝百寮，是以朝廷尊荣，天下乡风。"同轨：车同轨，此处指天下统一。　③上皇：太上皇唐玄宗。含元殿：大明宫的正殿，唐长安城的标志性建筑，唐高宗龙朔三年（663）建成，每逢元日、冬至，唐朝皇帝会在此举行朝贺。"含元"取自《周易·乾》

卦"含弘光大""元亨利贞"。　　④丹凤门：大明宫的正门，位于龙尾道南端，始建于唐高宗龙朔二年，城门上丹凤楼高大巍峨。丹凤门是唐朝皇帝出入宫城的主要通道，也是皇帝登基、改元、大赦、大典的场所，有"盛唐第一门"之誉。李益曾作《大礼毕皇帝御丹凤门改元建中大赦》形容丹凤门的气势恢宏及在唐王朝建筑中的地位："大明瞳瞳天地分，六龙负日升天门。"

【评析】

这首诗描述的是唐玄宗元日坐含元殿，举国贺岁的场景。整首诗时空交纬，有空间上的拓展，从内宫到市井；有时间上的延伸，尾句一个"开"字带出东方既明，万丈光芒喷薄而出的画面感。诗中善用数字，由首句的"千"、句二的"万"，道出了朝堂人才济济、四海晏清的开元盛世；句三的"一"，则将诗歌的气氛推至肃穆。张祜擅作宫体诗，杜牧《登池州九峰楼寄张祜》称其"千首诗轻万户侯"。

【相关链接】

唐代是中国历史上文治武功的隆盛时代，统治者深知民意民风对治国的重要，遂将制定礼仪制度、导引民情风俗纳入朝纲。从《贞观礼》《显庆礼》到完备的《大唐开元礼》，都对朝堂内外的节日礼俗做了规定，"正俗调风，莫大于此"。元日前后是法定假日，朝中官吏均有七天假期。假日期间，宫中会举行隆重的贺岁仪式，皇帝、官员、民众集体狂欢，辞旧迎新。

元日凌晨，东方未曙，百官早已身着朝服纷纷入朝，皇帝、皇太子、皇后和太后要在这一天接受大臣、命妇的朝贺。贺岁庆典随着破晓的微光正式拉开，"赫奕俨冠盖，纷纶盛服章。羽旄飞驰道，钟鼓震岩廊"（唐太宗《正日临朝》）。

元　日

王安石

【题解】

　　王安石（1021—1086），字介甫，号半山，临川（今江西抚州）人。北宋著名政治家、文学家。庆历二年（1042）进士，初做鄞县令，后历任知府、翰林学士、参知政事等。神宗时两度为相，执政期间，施行新法，受到保守派的顽固抵制。熙宁九年（1076）罢相，退居江宁（今江苏南京），封荆国公，世称"王荆公"。元祐元年（1086），保守派得势，新法尽废，王安石郁郁而终，追赠太傅，谥"文"，故又称"王文公"。工古文，与韩愈、柳宗元、欧阳修、曾巩、苏洵、苏轼、苏辙并称"唐宋八大家"。其诗重炼意、修辞，在用事、造语、炼字等方面用功突出，影响诗坛，世称"王荆公体"。

　　这首诗应为诗人出任宰相、推行变法革新时所作。诗中描写了元日辞旧迎新的情景，充满了浓郁的生活气息。

爆竹声中一岁除，东风送暖入屠苏①。

千门万户曈曈日②，争插新桃换旧符③。

（录自《全宋诗》第 10 册，北京大学出版社 1992 年版）

【注释】

①东风：一作"春风"。屠苏：指屋子外面的附属建筑。东汉服虔《通俗文》："屋平曰屠苏。"　　②曈曈：日出时光亮的样子。　　③争插：一作"总把"。

【评析】

　　这首七绝清新晓畅，简易的几笔勾勒出元日的热闹、喜庆。人们在欢乐的爆竹声中除旧岁、迎新岁，暖暖的东风吹进院落，带来春的消息。太阳初升，破除黑暗，洒下万丈光芒，千家万户都沐浴在阳光里，举国上下也欣欣然，争先恐后地将新的桃符换上，迎接美好生活的到来。整首诗就像是一个贺岁微电影的剪辑，精确地捕捉普通百姓的生活片段，且都是新年节庆文化符号中的典型。全诗无一字体现"欢乐"之意，但字里行间都洋溢着喜悦。这喜悦来自新春场景，也来自诗人的内心。诗人的另一身份是政治家，故而此诗又别有深意。细读整首诗，有一个核心意念就是"变"，有时间的变，有风向的变，有昼夜的变，有事物的变。恰值新政初行，诗人借元日的万象更新喻国家破旧立新。诗人踌躇满志，内心希冀革除时弊、变法畅行，像迎接新年一样，迎接一个崭新、政通人和的时代。

【相关链接】

　　自古及今，桃木被视为驱邪镇鬼的利器。鬼缘何惧怕桃木？

　　传说一："羿死于桃棓"（西汉刘安《淮南子·诠言》），许慎注："棓，大杖，以桃木为之，以击杀羿，由是以来，鬼畏桃也。"

　　传说二：《黄帝书》：上古之时有神荼与郁垒兄弟二人，性能执鬼，度朔山上立桃树下，简阅百鬼，无道理，妄为人祸害，神荼与郁垒缚以苇索，执以食虎。"（东汉应劭《风俗通义》）

　　因此，古人在元日这天插桃枝、立桃人、挂桃符，驱邪避凶。

　　桃符，又称"仙木"，战国时是削桃木为人的桃梗，六朝时是插在门两侧的桃板，隋唐称其为桃符。五代前的桃符，往往是在桃木板上绘郁垒和神荼的像或写上他们的名字。后蜀后主孟昶做了创新，要求人们在桃符上题写祝福的话，"蜀主每岁除日，诸宫门各给桃符一对，伸题'元亨利贞'四字"（宋黄休复《茅亭客话》）。从此，桃符在驱邪镇鬼的同时，添加了祈福的功能。宋朝时，桃符又有了进一步的变化，据陈元靓《岁时广记》卷5记载，宋人将桃木薄板削至长二三尺，宽四五寸，板的上部绘上狻猊、白泽之类神话中的瑞兽，下面左写绘郁垒，右写绘神荼，有的还会写春词或祝祷的话。可见，宋时的桃符承载着今天年画（求祥瑞）、门神（避祸事）和春联（贺新春）的三重功能。此时，还出现了以纸张代替桃木板的现象，称为"春贴纸"。明太祖将题写联语的方式固定了下来，并将其正式命名为春联。陈云瞻《簪云楼杂话》："春联之设，自明太祖始。帝都金陵，除夕前忽传旨：公卿士庶家门上须加春联一副，帝微行出观。"今天脍炙人口的联语"天增岁月人增寿，春满乾坤福满门"，就出自明人林大钦之手。

辛亥元日游闻人省庵园和陈药房韵

林尚仁

【题解】

林尚仁，生卒年不详，字润叟，号端隐，长乐（今福建闽侯）人，南宋文学家。据曹庭栋《宋百家诗存·小传》载："尚仁，家贫，刻苦攻诗，每有所作，微不合意，辄裂去。卜居半村半郭间，手自种竹，题曰'竹所'，吟啸其中，自号'端隐'，以示终于遁迹之意。"有《端隐吟稿》一卷传世。

陈药房乃陈必复，字无咎，药房为号，与林尚仁同乡，二人多次唱和。此诗描写了宋理宗淳祐十一年（1251）元日，诗人与友人陈药房游览闻人氏省庵园，饮酒和诗共度佳节的情形。

> 倚栏吟未稳，把酒问溪山①。
>
> 今日又添岁，一冬无此闲。
>
> 梅花依竹静，雪意避春悭。
>
> 次第灯期近②，重逢一解颜。

（录自《全宋诗》第 62 册，北京大学出版社 1998 年版）

【注释】

①溪山：位于福建古田县北。古田县宋时属长乐府，宋太宗淳化二年（991），此地建溪山书院。南宋时，朱熹曾于此处讲学并题匾"溪山第一"。　　②灯期：指元宵节前后张灯游乐的一段时间，一般为农历正月十三日至十七日。清富察敦崇《燕京岁时记·灯节》记："自十三以至十七均谓之灯节，惟十五日谓之正灯耳。"

【评析】

这首诗写出了与友人把酒言欢、闲庭信步的惬意与舒坦。首联以"未稳"表明诗人酒酣耳热、畅快淋漓时，远处的溪山也成了对饮的对象。颔联"添岁"点题中"元日"，"无此闲"似说元日之闲，实言一年年的忙碌与重复。颈联写园中的景色，一"依"一"避"，一静一动。园中静谧清幽，未有元日该有的喧闹，春天也迟迟不来，不禁让人心生一丝惆怅。好在过几日正月十五元宵节，又能与好友再会，谈笑风生，甚是欣慰。诗中"静""悭"二字用得妙，花不是闹春的花，竹不是待春的竹，雪不是迎春的雪，细微的落寞之情跃然纸上。诗人平生苦于吟，用字推敲，陈必复为诗人的《端隐吟稿》作序，称"其为诗，专以姚合、贾岛为法，而精妥、深润则过之"。

元日赐宴太和门

朱彝尊

【题解】

朱彝尊（1629—1709），字锡鬯，号竹垞，晚号小长芦钓鱼师，又号金风亭长，秀水（今浙江嘉兴）人。康熙十八年（1679），举博学鸿词，授翰林院检讨，与修《明史》。罢归后，专心著述。博学多识，诗词并负盛名。诗清新浑朴，与王士禛称"南北两大诗人"。词宗南宋姜夔、张炎，空灵清疏，讲究字句声律，是"浙西词派"之祖，与陈维崧并称"朱陈"。

太和门，明永乐十八年（1420）建成，作为御门听政之处，是紫禁城内最大的宫门。此诗作于康熙二十二年正月初一。

> 垂衣逢盛际①，辑玉尽来庭。
> 白醅三光酒②，青归一叶蓂③。
> 新年恩较渥，昨日醉初醒。
> 九奏钧天曲④，风飘次第听。

（录自朱彝尊《曝书亭集》卷11，《四部丛刊》影印清康熙本）

【注释】

①垂衣：又称"垂裳"，出自《周易·系辞下》："黄帝、尧、舜垂衣裳而天下治，盖取诸乾、坤。"用以称颂帝王无为而治。 ②醅：同"酝"，酿酒之意。白醅：酒甘洌清醇。三光：古代行酒之礼，盛大典礼，添酒三次。《周礼·天官冢宰》："凡祭祀，以法共五齐三酒，以实八尊。" ③蓂：又称"蓂荚""历荚"，传说中尧时的一种瑞草，

人们根据蓂荚的生长节律推算历法。《竹书纪年》卷上："帝在位七十年……有草夹阶而生，月朔始生一荚，月半而生十五荚，十六日以后，日落一荚，及晦而尽。月小则一荚焦而不落，名曰蓂荚，一曰历荚。"　　④九奏：古代行礼奏乐，每曲一终，必变更奏，《尚书·益稷》载"《箫韶》九成，凤凰来仪"，孔《传》："备乐九奏而致凤凰。"钧天：天的中央，传说为天帝的居所。《史记·赵世家》："我之帝所甚乐，与百神游于钧天，广乐九奏万舞，不类三代之乐，其声动人心。"

【评析】

这首诗是诗人元日赴宫廷盛宴得皇帝赏赐后的感恩之作。康熙十八年（1679），诗人经考取博学鸿词科而入仕，"以布衣通籍"（朱彝尊《腾笑集序》），且屡得重用与赏识，故对康熙皇帝感恩不尽，作纪恩诗便成了诗人的日常功课。其诗歌风格也发生了极大的变化，由"假闺房儿女之言，通之于《离骚》、变雅之义"（朱彝尊《曝书亭集》卷40），转向"为文雅洁渊懿，根柢盘深"（清李元度《国朝先正事略》卷39）。因此诗中以垂衣而治的黄帝、尧、舜类比康熙，其奉迎之意昭然若揭。虽为纪恩诗，但诗人并非空洞虚妄地阿谀谄佞，这份感激是实实在在的，因为诗人在新年这一天得到了皇帝丰厚的赏赐。丰厚到什么程度？昨日的酒醉刚刚才醒过来。不难看出整首诗不见盛恩之下的诚惶诚恐，满是受封赏后美美的、飘飘然的心情。作为皇帝的御用诗人，朱彝尊还是招来了后辈的讥讽，汤大奎评其诗："杜陵诗格沉雄响，一著朝衫底事差。"（《炙砚琐谈》）

【相关链接】

清朝是满洲贵族建立的王朝，满族人由东北入主中原，将满族文化渐渐融入汉族文化，其节日礼俗，既有对民族传统的保留，又有对汉族文化的接受。

根据《清史稿·礼志》和《燕京岁时记》记载，清朝元日官方庆典和民间活动，大体延续了前朝的内容。如正月初一，百官要齐集太和殿广场给皇帝拜年，举行贺岁大典。鸣鞭、跪拜、宣读贺表，百官行三跪九叩大礼，奏乐，皇帝赐茶，百官跪拜谢恩等。民间"昧爽，阖家团拜，献椒盘，斟柏酒，饫蒸糕，呷粉羹"（清潘荣陛《帝京岁时纪胜·元旦》），"有文人墨客，在市肆檐下书写春联，以图润笔。祭灶之后，则渐次粘挂，千门万户，焕然一春"（清富察敦崇《燕京岁时记》）。但就满族人而言，过新年的细节还是有诸多不同。

满族人信仰萨满教。凌晨，皇帝在堂子亭式殿内行礼，挂净纸钱，一般没有萨满参与。元日三更，则在坤宁宫举行萨满祭祀，"坤宁宫广九楹，每岁正月、十月祀神于此。赐王公大臣吃肉，至朝祭、夕祭，则每日皆然"（吴振棫《养吉斋丛录》）。祭祀后分吃供品，是满族的习俗，表明是同一祖源。

满族人正月初一贴春联、挂净纸钱，有方位顺序的讲究。首先，贴在屋内西墙供奉的祖宗板右侧，给佛多妈妈。佛多妈妈是萨满教的始祖母女神，保佑子孙繁荣、平安。第二，给西墙祖宗龛贴。第三，给供奉在外屋的敖都妈妈贴。相传敖都妈妈是一位救过努尔哈赤性命的汉族女子。第四，给南窗贴。满族以南为尊，供奉的是长白山上的家神。第五，给东南窗贴，供奉柳枝儿神。几处贴完后，才是房门两侧、大门两侧。

满族是马背上的民族，过年时，年长的男子会举行"搬棍""摔跤"等比赛，青年男子则会"射柳""打金钱"和"赛马"。

辛未元日

赵翼

【题解】

赵翼（1727—1814），字云崧，一字耘崧，号瓯北，又号裘萼，晚号三半老人，阳湖（今江苏常州）人，清代著名诗人，与袁枚、张问陶并称"清代性灵派三大家"。乾隆二十六年（1761）进士，授翰林院编修。官至贵西兵备道，因遭弹劾而辞官，主讲安定书院。

这首诗作于嘉庆十六年（1811），诗人已入耄耋之年，元日赋诗表达老当益壮的雄心。

烛影摇红焰尚明，寒深知已积琼英^①。

老夫冒冷披衣起，要听雄鸡第一声。

（录自《赵翼诗编年全集》第 4 册，天津古籍出版社 1996 年版）

【注释】

①琼英：指雪花。唐裴夷直《和周侍御洛城雪》："天街飞辔踏琼英，四顾全疑在玉京。"

【评析】

开篇"烛影摇红"语出宋代诗人王诜《忆故人·烛影摇红》"烛影摇红，向夜阑"，意在说明室内的静谧清幽。"焰尚明"，以烛光暗示天色，临近破晓，灯烛未熄，烛光依旧明亮。"寒深"极言寒冷，正所谓"雪后寒"，刺骨的寒意使得诗人虽未推窗，却已知晓屋外积起了厚厚的雪。"烛影""寒深"，营造出孤寂与凄冷的氛围，而诗人并未将这种凄清之感贯穿到底，而是由抑转扬。"老夫"是诗人自指，辛未年元日，

"老夫"已然八十五岁高龄。"冒冷"承"寒深"，此处"披衣起"三字极具画面感，读起来铿然有力，暗示诗人身体尚好、心态年轻，也显示了诗人坚毅不屈的品格。雄鸡破晓报新春，诗人虽年老却不惧时间，"第一声"极具仪式感，写出了诗人迎接新年的热情，对未来充满了希望。这首诗前半部的阴郁反衬后半部的昂扬，使得全诗洋溢着积极向上的情感力量，笔力刚劲，格调雄浑。

瑞鹤仙·元日朝回
史浩

【题解】

史浩（1106—1194），字直翁，号真隐居士，明州鄞县（今浙江宁波鄞州区）人，南宋词人。少年家贫，宋高宗绍兴十五年（1145）进士及第，调余姚尉，历温州教授，国子博士，为建王府教授。孝宗即位，以中书舍人迁翰林学士，知制诰，除参知政事。隆兴元年（1163），拜尚书右仆射、同中书门下平章事兼枢密使。卒谥文惠，追封越王，改谥忠定，配享孝宗庙庭。

这首词描写元旦宫廷的热闹场面，显示出皇室庆典的庄重、华贵与豪奢。

霁光春未晓。拥绛蜡攒星，霜蹄轻袅①。皇居耸云杪②。霭祥烟瑞气，青葱缭绕。金门羽葆③。听胪唱④、千官并到。庆三朝、雉扇开时⑤，拜舞仰瞻天表⑥。　　荣耀。万方图籍，四裔明王，赆赆珍宝⑦。椒盘颂好。称寿斝⑧，祝难老。更传宣锡坐⑨，钧天妙乐，声遏行云缥缈。逗归来、酒晕生霞，此恩怎报。

（录自《全宋词》第 2 册，中华书局 1965 年版）

【注释】

①绛蜡：红色的蜡烛。袅（niǎo）：将丝带缠绕在马身上。　②云杪（miǎo）：云霄，高空。　③羽葆：装饰羽毛的车盖。　④胪唱：进士及第，皇帝传旨召见新考中的进士，依次唱名传呼。胪凡五唱：一甲第一名某、第二名某、第三名某、二甲第一名某等、三甲第一名某等。　⑤雉扇：即雉尾扇，长柄。初由侍者手执，为帝王贵族们障风、蔽日、避沙，又称"障扇"，后因雉鸡减少，成为稀有之物，为皇家专享。　⑥天表：指帝王的形貌。《晋书·裴秀传》："中抚军人望既茂，天表如此，固非人臣之相也。"　⑦琛賮（jìn chēn）：外夷进贡的宝物。　⑧称（chèng）：举起。寿斝（jiǎ）：宋时祝寿用的酒杯。南宋词人王之望《满庭芳·海国寒轻》"今日华筵寿斝，儿孙拥、兰玉相鲜。"　⑨锡坐：赐坐。

【评析】

这首词当为绍兴年间所作。词的上片以白描的手法展现了元日朝廷朝会、天子受朝贺的宏大场面。按史书记载，高宗南逃至临安，大修宫舍，穷奢极欲，因此，偏安一隅的皇朝有如此壮观的庆典活动不足为奇。词的下片赞颂皇帝的丰功与荣耀。四海归心，外夷宾服，朝堂上一片节日欢庆。临到归来时，人已似醉微醺，试问该如何报答圣恩？毋庸讳言，这首词为没落王朝歌功颂德、粉饰太平而作，结合词人生平或许可以理解其中滋味。词人出生于北宋没落的时代，皇帝沉湎于艺术，政治昏庸，战事四起，内外交困。加之史父早亡，家境日处贫困，作为长子长孙，年少的词人便背负起家庭的重任。词人坚韧不拔、勤奋好学，三十九岁进士及第，入仕途，成长为一名出色的政治家。词末"此恩怎报"顺着前文的颂丰功，"祝难老"似是一句对皇帝的恭维客套话，却真真正正地道出了词人勉力为政的忧国之心。

【相关链接】

南宋国力衰微，外交屡受重创，元日朝贺的规模已不及北宋时风光，仪仗队的人数比照在东京汴梁时减少了三分之一。即使如此，仪式也不可谓不庄严，场面不可谓不宏大。

正月初一天还未亮，穿戴好朝服的文武百官就开始在丽正门外排班。负责庆典的内侍设置好天子的"法驾"（即车辇），黄麾仗（天子出行的仪仗，据《武林旧事》卷2记载，仪仗人数为三千三百五十人）排列整齐，太常主持雅乐演奏，宫廷乐师奏响宫架上的乐器登堂而歌。太子、上公、亲王、宰执一起赴紫宸殿依品秩站立敬酒，山呼万岁，祝福皇帝万寿无疆。

接下来，由宰相代表百官致辞，赞颂皇帝的盖世英武；皇帝也使近臣答以制词，"膺昊天之眷命"颁布诏书。待到各国使臣及各州入朝进献礼物之后，"钧天妙乐"响起，皇家盛宴开席。酒宴在三茅钟响时结束，按照宫廷里的规矩，三茅钟响意味着禁食。

钟声响起，銮驾启程，皇帝穿戴好幞头、玉带、靴袍，先到福宁殿法坛和圣堂进香，接着到天章阁祖宗神御殿行设乐供神的礼仪。然后前往东朝向太后祝贺，再回到福宁殿接受皇后、太子、皇子、公主、贵妃，至郡夫人、内官、大内以下诸位臣子的祝贺。内宫的一切礼都行完了，车驾落座大庆殿，文武百官按位次排列谒见皇帝进行庆贺。礼仪完毕，所列仪仗兵卫方可退下。这一天，后苑在清燕殿安排御筵，席上有一道特别的菜肴，是将食物一件件挂在或插在竹子或铁丝扎成的基座上的，时称"插食盘架"，看起来仿佛小型圣诞树挂满了糖果。

满庭芳·元日

赵长卿

【题解】

赵长卿，生卒年不详，约北宋南宋之交在世，号仙源居士，南渡后居南丰（今属江西），宋代著名婉约派词人。宗室子弟。矢志苦学，多次参加科试却未能上榜，最终放下名利，以饮酒赋诗为乐，一生无官无职。清人胡薇元称其："淡于仕进，觞咏自娱，多淡远萧疏之意。"（《岁寒居词话》）

这首词大概是词人中年时期因节日感怀而作。

爆竹声飞，屠苏香细，华堂歌舞催春。百年消息^①，经半已凌人。念我功名冷落，又重是、一岁还新。惊心事，安仁华鬓^②，年少已逡巡^③。　　明知生似寄，何须苦苦，役慕蹄轮^④。最难忘、通经好学沉沦。况是读书万卷，辜负他、此志难伸。从今去，灯窗勉进，云路岂无因^⑤。

（录自《全宋词》第 3 册，中华书局 1965 年版）

【注释】

①消息：消长，生灭。《周易·丰》卦："日中则昃，月盈则食，天地盈虚，与时消息，而况于人乎？"　②安仁：西晋文学家潘岳，字安仁，美姿容，世称"潘安"。因仕途不顺，三十二岁时早生华发，后人以

"潘鬓"谓中年鬓发初白。　　③逡巡：迅速，顷刻。言年少光阴已迅速逝去。唐张祜《偶作》："遍识青霄路上人，相逢只是语逡巡。"　　④蹄轮：泛指被人驱使的车马，此处喻疲于奔波的生活。　　⑤云路：青云之路，比喻官宦仕途。

【评析】

这首词对儒生来说颇为励志。上片爆竹声声、推杯换盏、歌舞升平，词人寥寥几笔勾勒出节日的喜庆。而这喜庆的情绪在一个"催"字后戛然而止，"催"可以是"催促"，也可以是"催逼"，春天不是自然而然、款款而来的，春节已过，而春天还远。元日里，年近半百之人最易叹老，似乎这是人生的一个节点。《礼记·曲礼上》："五十曰艾。""艾"有一义，即为年老。词人感叹人生百年，已迫近一半，说明此时的他应是个中年人。词人惊讶地发现青春倏忽而逝，双鬓已添白发，而自己仍失意潦倒，功名未成，落寞的内心与喧闹的环境形成了强烈的对比。下片词人满怀新年愿景。人生本过客，何必苦苦追求仕途，为碌碌功名羁绊？通经好学、读书万卷本就让人着迷，更何况壮志未酬？尾句词人发下新年誓愿，决心要再接再厉，可见其对前途充满信心。赵长卿之词以文辞通俗而著名，通读整首词，词人仿佛与读者相向而坐，时而低语，时而激昂，娓娓地说着新年的心事与心愿。

【相关链接】

"爆竹声飞"，自古及今，除夕、元日都有燃放爆竹贺新春的习俗。

唐前，人们用火烧竹节，使之爆裂炸响，为的是"避山臊恶鬼"。据东方朔《神异经》载，山臊是西方深山中人脸猴身的怪物，身材高大，丈有余，不怕人，但人被它攻击之后会生一场忽冷忽热的大病。好在山臊惧怕爆竹的声响，故以爆竹驱逐之。唐以后，人们开始在竹筒中填上火药，发出的声响更大，产生的烟雾也更浓烈，称为"爆竿"。来鹄《早春》："新历才将半纸开，小庭犹聚爆竿灰。"自宋代始，人们卷火药于纸中点燃，才有了我们今天所见之"炮仗"，亦作"炮张"。为使响声连贯，人们将多个小爆竹串联起来，引燃后，毕毕剥剥，连续爆响，是为"编炮"或"鞭炮"。宋时的爆竹制作工艺已相当成熟，品种不下百余种，连响、双响、单响、二踢脚，不胜枚举，且质量上乘，《东京梦华录》载："是夜，禁中爆竹山呼，声闻于外。"

宋时的爆竹文化仍承载着驱除邪魔的美好心愿。如史浩《感皇恩·除夜》"结柳送穷文，驱傩吓鬼，爆火熏天谩儿戏"。同时也因声响大，能为节日增添热闹喜庆的气氛，成为辞旧迎新、恭贺新春的重要文化符号。王安石的《元日》写道"爆竹声中一岁除，东风送暖入屠苏"，爆竹是狂欢的声音，是新年的味道。

水调歌头·元日客宁都

赵长卿

【题解】

这首词是宋代著名词人赵长卿的作品。宁都，今属江西。这首词描述了词人元日不得已客居他乡、不能归家与心上人团圆的愁苦心绪。

离愁晚如织，托酒与消磨。奈何酒薄愁重，越醉越愁多。忍对碧天好夜，皓月流光无际，光影转庭柯①。有恨空垂泪，无语但悲歌。　　因凝想，从别后，蹙双蛾。春来底事②，孤负紫袖与红靴③。速整雕鞍归去，著意浅斟低唱，细看小婆娑④。万蕊千花里⑤，一任玉颜酡⑥。

（录自《全宋词》第 3 册，中华书局 1965 年版）

【注释】

①柯：树枝。庭柯：庭中的树木。　②底事：何事。宋张元幹《贺新郎·送胡邦衡待制赴新州》："底事昆仑倾砥柱？九地黄流乱注。"　③孤负：对不住。徐灏笺《说文解字》："孤负，言其孤行而背人，因以为负恩之称，承袭既久，遂省言之，但曰孤耳。"紫袖与红靴：女子装束。此处代指所念之人。　④婆娑：舞蹈之姿。小婆娑：指跳舞之人。　⑤万蕊千花：各种各样的花草，此处比喻各色女子。　⑥酡：饮酒将醉，双颊飞红。战国宋玉《招魂》："美人既醉，朱颜酡些。"

【评析】

这首词描述的是节日里羁旅行役中的词人绵绵不尽的相思。词人家在南丰，常客居宁都，两地相距一百多公里。由《蝶恋花·宁都半岁归家，欲别去而意终不决也》中"宦情肯把恩情换"一句，可推知词人在宁都非是游学而是任职。上片写词人离愁与夜景。有趣的是，若此首词作于元日，正月初一是朔日，当见不到"皓月"。或者词人旨在以流光说明时间飞逝，以光影传递虚幻之感吧。夜色中，词人伫立多时，看光影流动，"有恨空垂泪，无语但悲歌"，将异乡孤寂的无奈与心痛刻画得真切而深沉。下片以"凝想"起笔，从眼前景转向心中人。想她因思念而微微蹙起的眉头，想她的紫袖红靴，想起新春之日自己却对不住她的恩情，不如速速打马回乡，与心上人缠绵。整首词不可简单地理解为离群索居的多情者怀念旧好，酒愁、泪眼、悲歌道出了词人充沛的情感和丰富的内心，越是将相聚想象得美好，越是反衬此情此景的凄凉。词人擅长直抒胸臆、豁人耳目，"其辞脱口而出，无矫揉妆束之态，以其所见者真，所知者深也"（王国维《人间词话》）。

水调歌头·元日投宿博山寺，见者惊叹其老
辛弃疾

【题解】

　　辛弃疾（1140—1207），字幼安，号稼轩，历城（今山东济南）人，南宋著名豪放派词人，有"词中之龙"之称，与苏轼并称"苏辛"，与李清照并称"济南二安"。二十一岁即聚集两千人在敌后抗金，后率部参加耿京领导的抗金起义军，任掌书记之职。绍兴三十二年（1162），奉耿京命奉表南归，复命时耿京已为叛徒张安国所杀，辛弃疾率五十人突入金营，生擒张安国归宋。后历任江阴签判、建康通判、江西提点刑狱、湖南湖北转运使、湖南江西安抚使等职。任上力主北上抗金，反对投降妥协，遂遭当政者忌恨。四十二岁被劾落职，退居江西上饶一带近二十年。期间曾两度起用，仍未展其能，六十八岁在抑郁中病逝。

　　博山寺，据《广丰县志》，该寺在江西广丰县西南，本名能仁寺，唐开元年间由天台德韶国师开山。南宋绍兴年间，有悟本禅师奉诏开堂。词人落职闲居带湖期间，曾是博山寺的常客，屡有题记，反复吟咏。这首词作于宋孝宗淳熙十六年（1189），词人元日投宿博山寺，因寺中故友惊叹其老态毕现而感慨。

　　头白齿牙缺，君勿笑衰翁。无穷天地今古，人在四之中①。臭腐神奇俱尽②，贵贱贤愚等耳，造物也儿童。老佛更堪笑，谈妙说虚空。　　坐堆豗③，行答飒④，立龙钟⑤。

有时三盏两盏，淡酒醉蒙鸿⑥。四十九年前事，一百八盘狭路⑦，拄杖倚墙东。老境何所似？只与少年同。

（录自《全宋词》第 3 册，中华书局 1965 年版）

【注释】

①四：即天地今古。　②臭腐：人所恶者。神奇：人所美者。《庄子·知北游》："故万物一也。是其所美者为神奇，其所恶者为臭腐；臭腐复化为神奇，神奇复化为臭腐。故曰'通天下一气耳'。圣人故贵一。"　③堆隤（huī）：无精打采的样子。欧阳修《清明前一日因书所见奉呈圣俞》："三日不出门，堆隤类寒鸦。"　④答飒：疏懒不振的样子　⑤龙钟：老态之不稳。《广韵》："龙钟，竹名，年老者如竹枝叶摇曳不自禁持。"　⑥蒙鸿：即"鸿蒙"，宇宙形成前的混沌状态。成玄英疏《庄子·在宥》："鸿蒙，元气也。"　⑦一百八盘狭路：此处喻指生活困顿、世路艰辛。黄庭坚《新喻道中寄元明用觞字韵》："一百八盘携手上，至今犹梦绕羊肠。"

【评析】

　　这首词起句承接题目，用"头白""齿牙缺"描绘了年近五旬的词人的相貌，也指出了友人惊叹的原因。继而，词人由劝诫友人"勿笑"轻快过渡，从叙述转入议论，上片的后三句都是对人生如梦、转眼百年的感慨。天下万物本原一体，无论贵贱、贤愚都逃不过生死的循环。词人似乎看破红尘，但又未能真正"四大皆空"，笑那寺中老佛说着佛法义理。下片再次以描写老态入，与上片起句相和，同时也将话题从对宇宙人生的哲思拉回词人自身。"四十九年前事"，是对"蘧瑗知非"典故的化用，恰逢词人也到了"知非"之年，回顾艰辛往事，而今只得"拄杖倚墙东"，多少辛酸，不禁哀叹烈士暮年，虽有壮心，但终归一事无成。这首词少了"八百里分麾下炙，五十弦翻塞外声"（辛弃疾《破阵子·为陈同甫赋壮词以寄之》）的豪情，更多壮志未酬的凄凉与落寞，明代卓人月评价："我疑稼轩不死，何惊其志耶？"（《古今词统》卷 12）

蝶恋花·戊申元日立春席间作
辛弃疾

【题解】

这首词是宋代著名词人辛弃疾的作品，作于淳熙十五年（1188）。农历正月初一又恰逢立春，词人于宴席上抒发政治情怀。

谁向椒盘簪彩胜①。整整韶华②，争上春风鬓。往日不堪重记省③。为花长把新春恨。　　春未来时先借问。晚恨开迟，早又飘零近。今岁花期消息定。只愁风雨无凭准。

（录自《全宋词》第 3 册，中华书局 1965 年版）

【注释】

①彩胜：又称"华胜""旛胜"等，是中国古代立春的民俗，将有色的绢、纸裁剪，或镂金银为小幡、燕子、蝴蝶等形状，戴在头上，或缀于花枝，以迎接新春的到来。　　②整整：一说为辛弃疾的吹笛婢女。明俞弁《逸老堂诗话》卷下："辛稼轩在上饶时，属其室人病，笃命医治之脉次，有侍婢名整整者侍侧，乃指谓医者曰：'老妻获安平，当以此婢为赠。'"此处代指少男少女。　　③记省（xǐng）：回忆起。

【评析】

有什么能比元日与立春日同天更让人觉得美好呢？开门迎新岁的同

时，也把春天迎进了家门。整个春天完好无缺，少男少女们沐浴在美好的春光里，一任春风吹拂鬓发。然而，一面是敬椒柏酒、戴彩胜、欢庆元日与立春的热闹场面，一面是词人看过百花凋零、往事不堪回首的凄凉心境。闲居带湖之滨的词人，此"恨"单单是因为花吗？词的下阕给出了答案。春天尚未到来，词人就急着打探春的消息。春天来得晚，恨花开得迟，春天来得早，又恨花早早就凋零了。今年元日立春，花期似乎可定，却又担心风雨会产生变数。词人写花，实则是在为自己的仕途与国家的平安而焦虑。淳熙十四年（1187），朝中对是否重新启用辛弃疾抗金复国产生了两派的声音，争执到最后只得给他安排了个虚衔。词中，词人借花期诉说心事，以比兴之体寄托政治感慨，清人陈廷焯《白雨斋词话》评："盖言荣辱不定，迁谪无常。言外有多少哀怨，多少疑惧。"

踏莎行·自沔东来丁未元日
至金陵江上感梦而作

姜夔

【题解】

姜夔（1155—1221），字尧章，饶州鄱阳（今江西鄱阳）人，南宋著名婉约派词人。少年时随父宦居汉阳，因父早亡而陷入孤贫。成年后多次参加科考，屡试未中，终生布衣。诗词得到萧德藻、杨万里、范成大等名士的揄扬，一时声名籍甚。擅长书法，谙熟音律，并以此为生，旅食江淮一带。晚年寓居弁山白石洞下，号"白石道人"。

这首词作于孝宗淳熙十四年（1187），描述的是诗人自汉阳（今湖北武汉）赴湖州途中，船行至金陵（今江苏南京）恰逢元日，因感梦而思念所爱之人，生发出一段感触。

　　燕燕轻盈①，莺莺娇软②。分明又向华胥见③。夜长争得薄情知，春初早被相思染。　　别后书辞，别时针线。离魂暗逐郎行远。淮南皓月冷千山，冥冥归去无人管。

（录自《全宋词》第 3 册，中华书局 1965 年版）

【注释】

①燕燕：比喻体态轻盈如燕。《汉书·外戚传》："孝成赵皇后，本长安宫人。初生时，父母不举，三日不死，乃收养之。及壮，属阳阿主家，学歌舞，号曰'飞燕'。成帝尝微行出，过阳阿主，作乐。上见飞燕而说之，召入宫，大幸。"　　②莺莺：比喻声音婉转似莺。王楙《野客丛书》云："唐有张君瑞，遇崔氏女于蒲。崔小名莺莺。"古代多以"莺莺燕燕"指代姬妾或妓女。　　③华胥：梦。《列子·黄帝》："昼寝而梦，游于华胥氏之国。"后多以"华胥"代指梦境。

【评析】

　　这首词是姜夔青年时代的作品。据考，词中女子是合肥的一位歌女。词情感饱满，语言工妙，以梦中与情人相见起笔，以情人梦魂孤零零地离去收笔，抒写了恋人别后的相思之苦。上片写梦境。通过眼中的"燕燕"，耳中的"莺莺"，表明梦里相见的真切与"分明"。"夜长"句有两种理解。一是情人独自诉说相思。姜夔因一生旅食，居无定所，难免会让情人心生怨气，从而质问他："薄情郎可知长夜漫漫的煎熬？从春初分离的那刻，奴家整个人就已浸透了相思。"一是与情人梦中的对答，互诉衷肠。女子嗔怪薄情郎，词人表达对女子的眷恋已染满心怀。下片写梦醒。手边的书信与女红，让词人睹物思人，如影随形。尾句凄婉寂悄、意境清冷，"一轮冷月映照淮南青山，你的梦魂悠悠归去，无人相伴"。王国维赞叹："白石之词，余所最爱者，亦仅二语，曰：'淮南皓月冷千山，冥冥归去无人管。'"（《人间词话》）

【相关链接】

宋时城市经济相当发达，城市结构突破了唐代长安"坊市"格局的束缚，居民区与商业区均为开放式，商业空前繁荣。随着以商业精神为核心的城市意识的觉醒，阳春白雪与下里巴人接触、互动，正统、高高在上的精英文化突破等级观念，化"雅"从"俗"，用于消遣娱乐的民间文化渐为主流文化认可，从"俗"入"雅"，包括一些原本肃穆的、充满宗教神秘意味的礼仪活动，也逐渐向功能化、娱乐化的方向转变。

宋朝的元日礼俗承接前朝，傩祭、守岁、放爆竹、挂桃符、元日大典、饮酒聚宴，如此种种。但新时代赋予了节日新的意义。如宋代民间驱傩仪式形式更加简化，常由三五人组成一队进行表演，演变成为民间称为"打野胡""打夜胡（狐）""打野云"等卖艺者乞钱谋生的手段，而傩戏面具也已成为市井流通、供民众玩乐的商品。

描写北宋都城风俗人情的《东京梦华录》（卷6）记载，元日，开封府宣布开放关扑三天，不咎罪责。所谓关扑，就是赌博游戏，有多种玩法，比较常见的是掷铜钱：玩家将一枚或几枚铜钱在瓦罐内或地上掷，以掷出背面者为赢家。一大早，士庶互相庆贺，坊巷中都是带着食物、生活用品、水果甚至柴炭来下注的人，口中吆喝着"关扑、关扑"。马行街、潘楼街，州东宋门外，州西梁门外踊路，州北封丘门外，及州南一带，皆结彩棚，彩棚下的摊位铺陈冠梳、珠翠、头面、衣着、花朵、领抹、靴鞋、玩好之类售卖，间或有几家舞场歌馆这样的娱乐场所，路上车马交驰。到了傍晚，连富贵人家的妇女也走出家门，有的纵赏关赌，有的进舞场歌馆观看表演，有的到市店馆宴，"惯习成风"。

鹧鸪天·丁巳元日

姜夔

【题解】

这首词是宋代著名词人姜夔的作品，作于宋宁宗庆元三年（1197），词人除夕守岁有感。

柏绿椒红事事新①，隔篱灯影贺年人。三茅钟动西窗晓②，诗鬓无端又一春。　　慵对客，缓开门，梅花闲伴老来身。娇儿学作人间字，郁垒神荼写未真③。

（录自《全宋词》第3册，中华书局1965年版）

【注释】

①柏：柏叶酒。古时元日喝以柏叶浸的酒求福求寿。椒：花椒籽。宋罗愿《尔雅翼·释木三》："后世率于正月一日，以盘进椒，饮酒则撮置酒中，号椒盘焉。"　②三茅钟：杭州吴山道教圣地三茅观（旧称三茅堂）的钟。《咸淳临安志》卷13："宁寿观在七宝山，本三茅堂……绍兴中兴，赐古器玩三种……其二唐钟，本唐澄清观旧物。禁中每听钟声，以为寝兴食息之节。"　③郁垒（lǜ）神荼（shū）：原为黄帝手下捉鬼的两员大将，后世人为避灾祸，取桃木画上郁垒、神荼的像，或写上他们的名字，挂在门边，是为"桃符"。"郁垒"二字繁体字笔画甚多，儿

童初学写字时往往不易写对。

【评析】

创作这首词时，词人年逾五十。漂泊半生，新年伊始，难免生出对居家生活的渴望。上片有颜色，有声音，有酒香、人影，有贺岁的祝福、破晓的钟声，有初升的太阳，喜庆安详。词中"隔篱""钟动"，道出了屋内的安静，词人坐在西窗旁，慨叹双鬓添白，不觉间又是新的一年。词的下片描述了词人的新年愿景。慵懒、迟缓、悠闲，皆说明词人年岁已高，已为垂老之身。故而，一切节奏慢下来，与友人交、与花为伴，儿女承欢膝下，看着他们读书写字慢慢长大，岁月静好，深居简出，恬淡生活。"娇儿"一句妙趣横生、诙谐情味，与辛弃疾"最喜小儿无赖，溪头卧剥莲蓬"异曲同工。

【相关链接】

"柏绿椒红事事新"，古人元日阖家团拜，献椒盘、斟柏酒是一定要有的。

"岁寒，然后知松柏之后凋也"。柏树耐寒长青，历严冬而不衰，且芳气宜人，人们常取其叶浸酒。司空曙《酬卫长林岁日赠》云："朱泥一丸药，柏叶万年杯。"可见，元日饮柏酒，为的是祈愿家人、友人如四季常青的柏树一样福寿绵长。

"椒聊之实，蕃衍盈升"。花椒籽一串串，颜色红红火火，喻指多子多福。加之花椒籽奇香，温中散寒、祛湿利水、补益身心，古人便在正月初一这一天，将花椒籽盛入盘中，饮酒的时候，撮三五粒放入酒里。更有椒柏酒，《本草纲目》卷 25 载："椒柏酒，元旦饮之，辟一切疫疬不正之气。除夕以椒三七粒，东向侧柏叶七枝，浸酒一瓶饮。"

东汉崔寔《四民月令》记有："元日进椒柏酒。椒是玉树星精，服之令人却老。柏是仙药，能驻年却病。"新的一年，献椒盘、斟柏酒，幼先长后，次第饮下，祝福"寿过松椿，寿过彭聃"（葛立方《锦堂春》）。

二、人日

人日思归

薛道衡

【题解】

薛道衡（540—609），字玄卿，河东汾阴（今山西万荣）人，隋代著名诗人。《隋书》本传有"道衡六岁而孤，专精好学"。历仕北齐、北周，入隋后累官至司隶大夫，后为隋炀帝所杀。与卢思道、李德林齐名，活跃于隋代诗坛。其人狷介，不善矫饰，才气了得。今存《薛司隶集》1卷，尤以《昔昔盐》"空梁落燕泥"一句惊世。

诗人曾为隋朝使者赴金陵（今江苏南京）出使陈朝，这首诗概为此时所作，写出了正月初七日诗人的思乡之情。

入春才七日，离家已二年。
人归落雁后，思发在花前。

（录自《全隋诗》卷2，中华书局1988年版）

【评析】

据明彭大翼《山堂肆考》卷8《道衡思归》载，这首诗是诗人奉命出使江南金陵（今江苏南京）拜谒陈后主时即席而作。诗人离家时尚是北方的隆冬，来到江南已然次年的春天，故有"入春才七日，离家已二年"之叹。一"才"一"已"，对照出诗人对时间的不同感受，独居异乡，心心念念地数着离家的日子，分分秒秒都是煎熬。纵使江南好风景，也抵不过诗人对家乡的思念。大雁已飞向北方，自己却不知何时动身；百花尚未开放，思念却早已满溢。满腔的思乡之苦如溪流汩汩流出，对北归大雁的羡慕更反衬出诗人不知归期的怅然。诗句首两句平铺直叙、平淡质朴，后两句清丽飘逸、委婉动人，以至于在场的江南诗人称赞其远播的盛名之下"固无虚士"。

【相关链接】

人日，农历正月初七日，通常为古代中国进入新年后的第一个节日。作为年节的一环，人日的历史比清明、端午、中秋悠久，大抵西汉时便具雏形。时人东方朔的《占书》上有："岁后八日，一为鸡，二为犬，三为豕，四为羊，五为牛，六为马，七为人，八为谷。"后世文人认为，《占书》所言八日与中国创世神话有关，并将其解读为造物时序，由此可见第七日始生人。

到了魏晋，人日发展成为一个重要的节日，其节日习俗也逐渐固定下来，包括食俗、礼俗、节日活动等。《太平御览》卷 30 引南朝梁宗懔《荆楚岁时记》："正月七日为人日。以七种菜为羹，剪彩为人或镂金箔为人，以贴屏风，亦戴之头鬓。又造华胜以相遗，登高赋诗。"

据《杂五行书》记载，南朝女子人日会在额上绘梅花。关于梅花妆还有一段小故事。人日，南朝宋武帝之女寿阳公主卧于含章殿檐下，梅花飘落，落在了公主的额头上，成五出花，拂之不去。皇后留之，看得几时。经三日洗之乃落。宫女都以为奇，竞相效仿（《太平御览·时序部》卷 30）。

隋人承继了魏晋时期的人日习俗并契合地域特点进行细化和改造。《荆楚岁时记》以荆楚风尚为主体，着眼于长江流域。隋代一统天下，其文献中出现了人日南方食菜羹、北方食煎饼的记录。

奉和人日清晖阁宴群臣遇雪应制

李峤

【题解】

李峤（645—714），字巨山，赵州赞皇（今属河北）人，唐代著名诗人，与苏味道并称"苏李"，晚年被尊称为"文章宿老"。高宗麟德时，擢进士第，举制策甲科，官监察御史，累迁给事中。武后、中宗朝，屡居相位，封赵国公。玄宗开元初年，贬为滁州别驾，后转庐州别驾，卒于任上。其诗文前与王勃、杨炯相接，又和杜审言、崔融、苏味道并称"文章四友"。

清晖阁大致位于大明宫蓬莱殿以西。景龙三年（709）正月七日，中宗于清晖阁延宴群臣。这首诗为诗人应制之作，另有宗楚客、刘宪、苏颋、李义、赵彦昭等人亦以此题作诗。

三阳偏胜节①，七日最灵辰②。
行庆传芳蚁③，升高缀彩人④。
阶前覛候月，楼上雪惊春。
今日衔天造，还疑上汉津⑤。

（录自《全唐诗》卷58，中华书局1960年版）

【注释】

①三阳：指春天，也指农历正月。胜节：人胜节，即人日。　②灵辰：旧时谓正月初七为人日，亦称"灵辰"。　③蚁：指酒滓或酒沫。芳蚁：代指美酒。　④彩人：即人胜。将有色绢或纸剪成人形，贴在屏风、挂在枝头或戴在头上。　⑤汉津：银河。《晋书·天文志》："天汉

起东方，经尾、箕之间，谓之汉津。"

【评析】

这首诗是君臣人日于清晖阁欢宴遇雪应制而作，整首诗充满了节日的喜悦气氛。首联总括节日的全貌，吉祥好运遍布整个人胜日，正月初七刚好就是灵辰之日。颔联写人日节俗和宴饮场面。美酒飘香，觥筹交错，并将彩色的人胜挂在高处，祈福"人民安、君臣和会"。颈联以拟人化的手法写眼前景色，台阶上的蓂荚静静等候月夜的到来，清晖阁上突降瑞雪惊扰了春天悄悄挪移的步伐。这蓂荚是尧帝计日的瑞草，这雪是盛世的祥兆，写景同时，不忘颂圣。尾联颂圣的痕迹更为明显：今日登上美轮美奂、高耸入云的清晖阁，仿佛置身于银河。颂圣是应制诗的重要组成部分，诗人将节日习俗、宴乐场景与歌颂良辰美景、太平盛世有效地组织入诗，行文工稳，稍欠生动，王夫之评其诗"裁剪整齐而生意索然，亦匠笔耳"（《姜斋诗话》卷下）。

【相关链接】

唐时，人日被设定为法定假日，发展为全国性的节日。《开元七年令》等政令中都有"人日假一日"的记载。这一天，民间会举行小型聚会，与家人、友人欢聚一堂；皇帝也会在宫中宴请群臣，并赐给群臣"彩缕人胜"，彰显与民同乐的政治情怀。

唐代人日的宫廷筵席上，除乐师演奏"钟鼓铿锽大乐调"外，还有一项风雅之举——君臣酬唱赋诗，因席上所作之诗大多应帝王之命，故谓"应制诗"。应制诗人多拥有较高的职位，蒙圣恩得以进入皇家禁地与皇帝及群臣唱和，诗的内容也相当类型化，描写节日盛景，渲染太平景象，歌颂皇帝恩德。宫廷的节日赋诗风气被王公贵族带回家中，便出现了私宴诗。文人作诗以应节，这在一定程度上渲染了节日氛围，也为

"人日"在唐代的兴盛留下了重要的依据。

人日剪彩

徐延寿

【题解】

徐延寿，生卒年不详，一作润州（今江苏镇江）人，一作江宁（今江苏南京）人。唐开元年间处士，有诗名。

这首诗描写的是正月初七闺中妇人裁剪人胜的情景。

<blockquote>

闺妇持刀坐，自怜裁剪新。

叶催情缀色，花寄手成春。

帖燕留妆户①，黏鸡待饷人②。

擎来问夫婿，何处不如真。

</blockquote>

（录自《全唐诗》卷114，中华书局1960年版）

【注释】

①帖燕：用纸剪出燕子的形状以张贴。旧时礼俗，张贴燕子的剪纸传达惜春之情。　②黏鸡：粘贴上鸡形的剪纸。旧时礼俗，正月初一为鸡日，即"吉日"，画鸡或剪纸贴于门上，以示谨始。待饷：《唐诗纪事》作"欲向"。饷，馈赠。

【评析】

这是一首清新可人的五言诗。诗人描写了正月初七，深闺妇人的剪彩之巧，灵动而有趣。首联白描，但不苍白，一个"怜"字突出了妇人的细致、用心以及对手中作品的期待，在读者的脑海里勾勒出一幅画：

剪纸的妇人嘴角上扬，眼睑低垂，眸子中闪动着怜爱的光。妇人剪成的花叶因她的浓情而新绿，裁就的花朵因她的巧手而成春。她要将剪好的燕子贴在门上，把门装点得更漂亮；还要将剪好的鸡形贴纸，送给来访的客人。至此，妇人剪纸的精巧和绵绵的情思跃然纸上。尾联，妇人俏皮地举起自己的作品，问向夫婿："哪点不如真的呢？"把妇人的天真、可爱表现出来，颇具韵致。

【相关链接】

人日亦称"人七""人庆"，唐后又称"人胜节"。人胜，又叫华胜、彩胜，汉代时便是流行的女子头饰。《释名·释首饰》有"华胜，华，象草木华也；胜，言人形容正等，一人著之则胜，蔽发前为饰也。"

晋朝将裁剪、佩戴人胜作为人日礼俗固定下来。李商隐《人日》诗中有"镂金作胜传荆俗，剪彩为人起晋风"。自此，人胜被视为祥瑞的节令风物，剪彩为花，剪彩为人，或镂金箔为人形，戴在头上，或贴于门户、屏风，或相互赠送，满盈喜意，祝祷平安。

人日寄杜二拾遗

高适

【题解】

高适（704—765），字达夫，一字仲武，渤海蓨（今河北景县）人，唐代著名边塞诗人，与岑参并称"高岑"。玄宗时，举有道科，屡擢谏议大夫，负气敢言。曾任刑部侍郎、散骑常侍，封渤海县侯，世称"高常侍"。年五十，始为诗，即工，以气质自高。有《高常侍集》传世。

此诗是高适晚年在蜀州（州治在今四川崇庆）刺史任上寄怀杜甫之

作。杜二拾遗即杜甫。杜甫行二，唐肃宗至德年间，曾出任拾遗，此时已辞去官职，诗中沿用旧职称呼。上元二年（761）人日这天，高适作此诗，寄成都草堂以抒怀。《杜工部集》有杜甫读罢感慨故人多不在，大历五年（770）正月二十一日作《追酬高蜀州人日见寄并序》"泪洒行间，读终篇末"。

人日题诗寄草堂①，遥怜故人思故乡。
柳条弄色不忍见②，梅花满枝空断肠。
身在远藩无所预，心怀百忧复千虑。
今年人日空相忆，明年人日知何处。
一卧东山三十春③，岂知书剑老风尘④。
龙钟还忝二千石⑤，愧尔东西南北人。

（录自《全唐诗》卷 213，中华书局 1960 年版）

【注释】

①草堂：上元元年（760），杜甫在成都浣花溪旁建造的住处。　②弄色：显现美丽的色彩。唐曹邺《四怨三愁五情诗·二怨》："庭花已结子，岩花犹弄色。"　③东山：据《晋书·谢安传》，谢安早年曾辞官隐居会稽之东山，经朝廷屡次征聘方从东山复出，官至司徒要职，成为东晋重臣。又，临安、金陵亦有东山，也曾是谢安的游憩之地。后以"东山"指隐居或游憩之地。　④书剑：书和剑，喻文武之学。《史记·项羽本纪》："项籍少时，学书不成，去；学剑，又不成，项梁怒之。"　⑤二千石：汉制，郡守俸禄为二千石，即月俸百二十斛，世因称郡守为"二千石"。

【评析】

上元元年，诗人出任蜀州刺史，杜甫从成都赶去探望，相聚短暂，情谊悠长。次年人日，诗人寄去对杜甫的思念和关心，见字如面。句一、句二开门见山，直截了当地道出作诗的因由：人日思乡，遥念老友。句三、句四寄情于景：柳枝抽条，春的脚步近了，诗人却不忍看这春色，以免徒增离愁；梅花满枝，繁盛耀眼，眼前的热闹让诗人更加肠断。句五至句八写诗人怀才不遇、漂泊无依的现状。因为远在蜀地，无法参与朝中政事，心中的忧伤与焦虑百转千回。今年人日能够与身在成都的老友相互惦念，互通有无，明年此时，又会身在何处？句九、句十化用谢安与项羽的典故，慨叹韶光易逝，不被重用。诗人二十岁时到长安谋出路，四十九岁中第授官，恰好三十年，故以高卧东山的谢安自比；哪里知道虽有文韬武略仍然碌碌无为、壮志难酬，年华与才能在风尘中消磨殆尽。诗人怜惜自己的同时，更同情成都的老友，诗人虽年迈，朝廷却还发放二千石的俸禄，诗人自谦，受之有愧，而老友杜甫却四处漂泊，居无定所，落魄境遇更让诗人不胜愧汗。全诗饱含深情，每四句一段，每段换韵。徐增《说唐诗》（卷6）评此诗情真意切，"达夫之怜惜子美至矣"。

六年立春日人日作

白居易

【题解】

白居易的这首诗是诗人会昌六年（846）于洛阳所作。

二日立春人七日，盘蔬饼饵逐时新①。

年方吉郑犹为少②，家比刘韩未是贫③。

乡园节岁应堪重，亲故欢游莫厌频④。

试作循潮封眼想⑤，何由得见洛阳春。

（录自《全唐诗》卷460，中华书局1960年版）

【注释】

①盘蔬：菜盘，立春日的食礼。《古今合璧事类备要·前集》卷15："东晋李鄂，立春日命以芦菔、芹芽为菜盘相馈贶。唐立春日，春饼春菜号春盘。"饼饵：糕饼。　②吉、郑：疑为吉皎、郑据。会昌五年（845），七十四岁的白居易致仕洛阳，与胡杲、吉皎、郑据、刘真、卢真、张浑组成"七老会"。其时，吉皎、郑据二老已近耄耋之年。　③刘、韩：据宋蒲积中《岁时杂咏》卷3，诗人诗中自注"韩庶子、刘员外尤贫"。　④莫厌频：莫辞行乐。宋石效友《念奴娇》："莫厌笑口频开，少年行乐事，转头胡越。"　⑤循、潮、封：为唐代三郡。循：代指牛僧孺。会昌四年，牛僧孺被贬为循州长史。潮：代指杨嗣复。杨嗣复久居潮州，至会昌六年春未曾迁官。封：代指李宗闵。李宗闵长流封州。

【评析】

　　这首诗是诗人节日里怀念牛僧孺、杨嗣复、李宗闵三位老友，有感而发。唐朝后期派系斗争激烈，最为著名的就是牛李党争，牛僧孺、杨嗣复、李宗闵皆牛党重要人物。诗人在立春日与人日这一天作诗，一方面表达对当下半归隐状态的满足，一方面也为朋党之争中朝官们颠簸的命运感叹。首句点题，立春、人日双节同一天，为庆祝双节，人们洗手做羹汤，推陈出新。继而，诗人咂摸自己，比起吉、郑二人还算年少，比起刘、韩二人还算富足。远离长安是非地，住在洛阳乡园间，感受民间浓浓的节日氛围，亲朋故友欢聚嬉戏行乐。诗人在渲染洛阳生活的惬意安适后，对三位老友的境遇喟然叹息：在政治风头浪尖上行走的故友啊，你们怎么能看得到洛阳大好春色呢？整首诗表现了诗人知足不辱、明哲保身的思想。语言平易浅近，老妪能解，却是字斟句酌而成。

【相关链接】

《荆楚岁时记》记有南朝人人日以七种菜为羹，历代关于这七种菜说法不一而足，但调制成羹汤往往是一致的。除菜羹，人们还会吃红豆祛病强身，"正月七日男吞赤豆七颗，女吞二七颗，竟年无病"（《太平御览·时序部》卷30）。后代文献中更明确地指出，南北方人日食礼的不同，菜羹为南方的节日饮食，而北方则是坐在庭中吃煎饼。甚至，唐朝将煎饼写入《大唐六典》作为正月七日的"食料"（卷4《膳部郎中》）。据传，人日吃煎饼与女娲补天有关，汉民族将女娲奉为人祖，以圆圆的煎饼比喻补天的神石，实质是为了纪念女娲抟土造人、拯救苍生的伟大。

人日代客子

陆龟蒙

【题解】

陆龟蒙（？—881），字鲁望，长洲（今江苏苏州）人，晚唐著名散文家、诗人。出身官宦世家，通晓经学，应进士举，不第。曾任湖州、苏州刺史幕僚，后隐居松江甫里，喜泛舟鱼钓江湖间，自号江湖散人、甫里先生，又号天随子。文学成就与皮日休齐名，世称"皮陆"。著有《笠泽丛书》《甫里先生文集》等。

客子即旅人、游子。这首诗作于人日，恰值立春，双节同庆，客居他乡的诗人寄情感于诗，向远方的家人传递无尽的思念。

是日立春

人日兼春日，长怀复短怀。

遥知双彩胜①，并在一金钗。

（录自《全唐诗》卷 627，中华书局 1960 年版）

【注释】

①彩胜：即旛胜，古代的一种饰物，用五色纸或绢绸剪成旗、燕、蝶、金钱等形状，戴在头上。按礼俗，人日与立春日均须剪彩，而诗中人日与立春同一天，故谓"双彩胜"。

【评析】

这首诗表达了诗人在人日这天思人怀乡的心绪，短章却饱含深情。首句点题，写人日和春日刚好同一天，长长短短的思念也接踵而来。诗人用了反复的手法，使得情感的抒发更为强烈，而"日""怀"二字重复出现，形成一种回环美，也增强了语言的节奏感。尾句写诗人的想象，这一天远方的人儿会为人日和立春佩戴彩胜，既然双节合一，她一定会将祈求平安的彩胜与迎春的彩胜挂在同一个发簪上。诗人愈是将画面描绘得细致，愈是说明他对诗中人的牵挂与想念。整首诗情感真挚、动人，《唐诗笺注》评其诗"时有佳句，而率笔亦甚，晚唐习气如此"。

乙丑人日

司空图

【题解】

司空图（837—908），字表圣，自号知非子，又号耐辱居士，河中虞乡（今山西永济）人，晚唐著名诗人、文论家。唐懿宗咸通十年

（869）进士。僖宗时官至知制诰、中书舍人。后避乱隐居中条山王官谷，作休休亭。天复四年（904），朱全忠召为礼部尚书，司空图不起。后梁开平二年（908），唐哀帝被弑，图绝食而卒。有《二十四诗品》，以四言韵语写其意境，诸体皆备，语言优美。

这首诗作于唐哀帝天祐二年（905），诗人人日赋诗抒怀。

自怪扶持七十身[①]，归来又见故乡春。

今朝人日逢人喜，不料偷生作老人。

（录自《全唐诗》卷633，中华书局1960年版）

【注释】

①扶持：本指照顾、搀扶，此处作者自嘲，坚韧自持古稀之年的不易。七十身：时年诗人六十九岁，古人有言寿称虚岁的习俗，故谓"七十身"。

【评析】

这首诗作于诗人晚年。朱全忠篡唐，战事四起，大唐的江山社稷如同黄昏天边的一抹残阳，诗人为躲避战祸，四处逃亡，风雨飘摇。天复三年（903），朱全忠挟天子以控制皇室，时局相对稳定，诗人也结束了颠沛流离的生活，经华阴返回家乡中条山王官谷。天祐二年（905），适逢诗人虚岁七十，在正月初七这个以"人安"为内核的节日里，诗人生发出许多的感想。晃晃悠悠已到古稀之年，连诗人自己也没有想到。离家奔波、避祸，如今平安归来，再一次迎来了故乡的春天。正月初七是人日，人人都喜气洋洋，而诗人也万没想到自己能够活那么久，竟然活成了一个老人。此诗是诗人晚年作品中少有的透着喜庆的作品。自中年起，诗人身体状况堪忧，未曾料想能够活到古稀之年，故而有了"偷生"之叹。

人日有怀愚斋张兄纬文

元好问

【题解】

元好问（1190—1257），字裕之，号遗山，世称遗山先生，秀容（今山西忻州）人，金末元初著名文学家、历史学家。自幼聪慧，金宣宗兴定五年（1221）进士。曾任内乡令、南阳令、行尚书省左司员外郎、翰林知制诰等职，金亡后被囚数年，晚年回故乡隐居不仕。

张纬文，号愚斋，以文章知名当世。金亡后居燕京（今北京），与元好问交情深厚。诗人癸卯年（1243）九月与老友在燕京一遇，归家后收到老友书信，节日里怀念故人而作此诗。

书来聊得慰怀思，清镜平明见白髭①。
明月高楼燕市酒②，梅花人日草堂诗③。
风光流转何多态，儿女青红又一时④。
涧底孤松二千尺，殷勤留看岁寒枝。

（录自《元好问诗词选》，中华书局 2005 年版）

【注释】

①平明：指天刚亮时。唐卢纶《和张仆射塞下曲》："平明寻白羽，没在石棱中。" ②燕市：燕京的街市。张纬文时居燕京。 ③草堂：杜甫晚年在成都所居之处，名为浣花草堂，杜甫曾在草堂作《人日》诗两篇。此处借指诗人的居所。 ④青红：青红锦，蒙古戎服以青红锦制者为多。元张昱《辇下曲》："只孙官样青红锦，裹肚圆文宝相珠。"

【评析】

　　金亡后，诗人隐居故里，年逾半百的诗人在人日这天写下此诗，以诗代简，怀念远在燕京的老友。首联扣题，老友的来信使这颗怀思之心暂时得到了安慰。时光渐老，思念渐浓，相别多日，诗人嘴角的胡子又白了几根。颔联"高楼燕市"与"梅花草堂"形成对比。忆旧日，燕京一聚，二人高楼赏月，举杯畅饮，气度豪迈，情致高昂；而今天，诗人闲居故里，梅花绽放，香飘几缕，清幽的夜色中独自吟诗感怀。此句亦构成场景的对比，诗人臆想出老友在热闹的燕市高楼畅饮的画面，与自己当下的处境形成对照。颈联上接人日之景转入人日之思，感慨时序更迭，世事变迁。时移世易，时光景物呈现出千姿百态，后辈一代的年轻人或许已接受了蒙古人的服饰，进入了一个新的时代。尾联系从左思"郁郁涧底松，离离山上苗"（《咏史》）化出，勉励自己也劝勉友人不随世沉浮，保持晚节，不仕元人。即使身处卑微也要孤傲地活着，像"涧底松"一样高大伟岸，饱含深情地看着枝条在严寒风霜中挺立不凋。这首诗轻快流美，又不失高洁气节，词采清丽而意蕴凝重。《四库全书总目·遗山集》评其诗："兴象深邃，风格遒上。"

【相关链接】

　　金元时期，人日设假被取消，《辽史》尚有人日的记载，但官方文书已不再提及。从官方到民间，人日节俗规模与境况也不及唐宋，出现衰微的趋势。虽不列为法定假日，人日的旧俗还是逐一被保留下来。《辽史·礼志六》有："人日，凡正月之日，一鸡、二狗、三豕、四羊、五马、六牛、七日为人。其占，晴为祥，阴为灾。俗煎饼食于庭中，谓之'薰天'。"

　　金代的文人仍保留着人日登高饮酒赋诗的雅趣，"明月高楼燕市酒""山僧送客不关门"（赵秉文《人日游西山寺观谢章壁画山水》）。人日登高的习俗由来已久，南朝刘宋郭缘生的《述征记》记载："魏东平王翕，七日登寿张县安仁山，凿山顶为会望处，刻铭于壁，文字犹在。铭云：'正月七日，厥日为人。策我良驷，陟彼安仁。'"登高是为了"人"，为了消灾避祸、祈福保生。人日登高，在高爽的地方眺望，"在于祓除现在及未来发生的不祥。七日的登高，正值年初，可以说是祓禳一年的不祥"（［日］中村乔《中国古岁时记之研究》），这一点与重阳登高是相同的。

赠君采效何逊作四首（其三）

何景明

【题解】

何景明（1483—1521），字仲默，号白坡，又号大复山人，信阳（今属河南）人。明弘治十五年（1502）壬戌进士，是明代"文坛四杰"中的重要人物。反对八股风气及台阁体诗文，与李梦阳、徐祯卿、边贡、康海、王九思、王廷相并称"前七子"，以何、李二人独领风骚，有国士风。何不慕权贵，其诗取法汉唐。有《大复集》存世。

薛蕙（1489—1539），字君采，号西原，南直隶亳州（今安徽亳州）人，明朝大臣。何逊，字仲言，东海郯城（今山东郯城）人，南朝诗人。该诗为何景明效仿何逊文风，与薛蕙人日相遇宴饮离别相赠之作。

居人日缚束，行子逝飘飖。
山栖怜雾夕，水泛悦霞朝。

达俗势靡合，遗名迹自超。

愧随衣冠侣^①，振佩青云霄^②。

（录自《何景明诗选》，人民文学出版社 2009 年版）

【注释】

①衣冠：此处代指缙绅、士大夫。《汉书·杜钦传》："茂陵杜邺与钦同姓字，俱以材能称京师，故衣冠谓钦为'盲杜子夏'以相别（杜钦，字子夏）。"颜师古注："衣冠谓士大夫也。"　②青云：古代常用来指高官爵位。李白《赠从兄襄阳少府皓》有"吾兄青云士，然诺闻诸公"。

【评析】

这首诗取自《赠君采效何逊作四首》组诗，大致为正德六年（1511）诗人复任中书舍人并任内阁讲经官期间的作品。复职后的诗人，身心并未愉悦，所以才有了首联"居家的人重复着日常，常有羁绊之感，而游子像乘风的稻草一样随心飘摇"的感叹。颔联写游子眼中的景、抒游子心中的情：傍晚，栖息在山上，看云雾浮动山间，心生怜爱；清晨，泛舟在水上，看朝霞染红天边，喜悦满满。颔联通过对景物的描写，衬托诗人的主观感受，对仗工整且不呆板，如"骊龙之珠，抱而不脱"。颈联，诗人直接道出了违逆世俗、遗弃浮名的意愿。尾联直抒胸臆，诗人愧与士大夫为伴，已然厌倦官场，向往归隐。李维桢《彭伯子诗跋》评其诗："以才情致胜。"

【相关链接】

明朝时，人日已由全国性节日彻底转为地方性节日，清《道光蒲圻县志》载："此节明代诸藩宫中作之，士民家不然。"随之而来的是，不同地域的人日节庆活动，也逐渐突显出当地的文化与特色，地方性色彩浓郁。

各地方志记载了当地的人日活动。嘉兴、慈利、常德等地沿袭宋时的吉占和卜岁，"其日晴，生物育，阴则灾"。陕西渭南地区的人家会在土地庙前放一碗油，依据家里的人口数在碗中放置灯捻，长明不熄，祈求香火不断。山西东南部地区用煮熟的稷米祭祀北斗星，临县等地习惯在门前或地里堆一堆谷糠煨燃，称作"炙地"，均是为了求得一年的好收成。

人日活动与政治几乎不再有关联，没有了官方的统一规定，可以在地方踏实、自由地成长。但无论各地有多少细节的差异，人日的主题仍是"人"，是子孙的繁衍与家族的兴旺。

人日游灵谷寺

曹学佺

【题解】

曹学佺（1574—1646），字能始，一字尊生，号雁泽，又号石仓居士、西峰居士，侯官（今福建闽侯）人，明朝著名史学家、文学家，"闽中十子"之首。明万历二十三年（1595）进士，授户部主事，先后调往南京、四川、广西任职。清兵入闽，自缢殉节。

灵谷寺位于南京钟山南麓，始建于南朝梁天监十三年（514），名开善寺。后世几易其名，至明太祖朱元璋迁寺建陵，赐名"灵谷禅寺"。这首诗为诗人万历三十三年人日游灵谷寺之感怀。

> 人日晴光丽首春，春光今日唤游人。
> 乍见梅花吐生意，况复松下无风尘。

景阳钟鸣空谷响①，功德水示迷途津②。

翠霭已须留客宿，黄昏何事逐归轮。

（录自《曹学佺诗文集》[上]，香港文学报社出版公司 2013 年版）

【注释】

①景阳钟：南朝齐武帝时铸造，本置于景阳楼，后迁至灵谷寺。《南史》卷 11《后妃列传上·武穆裴皇后传》："宫内深隐，不闻端门鼓漏声，置钟于景阳楼上，应五鼓及三鼓。宫人闻钟声，早起装饰。"　②功德水：泉名，又称八功德水，位于灵谷寺悟真庵后，为钟山第一灵迹。

【评析】

作这首诗时，诗人三十二岁，时任南京户部郎中。闲职在身，诗人以历览名胜，与名士论文赋诗来排解不得志之烦闷。诗人常造访并吟咏古寺，礼佛悟禅的清静闲适、深奥玄妙吸引着诗人，在诗与禅的关系上，他曾表示"人而苟真好诗，则何害于禅？禅所以资诗耳，犹乎冠冕揖让、钲鼓号令、烟霞水石、樵采俑作之间，无一而非诗也"（《石头庵集序》）。可见其佛教情结。这首诗首联、颔联描写春景，首联"唤"字生妙趣，颔联化用卫宗武"风尘不可到，心迹两无秽"（《岁冬至唐村坟山扫松》），既写出了春来古寺的清幽，又可窥见佛家淡泞无碍的人生态度对诗人的浸染。颈联用钟鸣、水示、空谷、迷途等物象景致，写出了佛寺禅境，也道出诗人在游览古寺中有体验、有妙悟、有所得。尾联赋翠霭、黄昏以人性，以活泼的笔触表达了诗人夜宿古寺的心意，表现出他对物我两忘、超然物外、高雅脱俗生活的向往。这首诗文辞清雅、浅淡情至，可见诗人"清丽为宗"的诗风。清人陈田评其诗"不矜才气，音在弦外，其兴到之作，有羚羊挂角、香象渡河之妙"（《明诗纪事》卷 1）。

临江仙·人日席上作

贺铸

【题解】

贺铸（1052—1125），字方回，又名贺三愁，人称贺梅子，自号庆湖遗老，卫州（今河南汲县）人，北宋著名词人。系出名门，因性格刚直，不阿权贵，终生下僚。初任武职，因文采超群，为李清臣、苏轼推荐后转文职，晚年归隐苏州。有《庆湖遗老诗集》《东山寓声乐府》传世。

据明人陈仁锡《类选笺释草堂诗余》卷2引《复斋漫录》记载，宋徽宗崇宁元年（1102），黄庭坚知太平州（今安徽当涂），词人过访恰逢人日，受邀赴宴，席上思乡，故作此词。

巧翦合欢罗胜子①，钗头春意翩翩。艳歌浅拜笑嫣然。愿郎宜此酒，行乐驻华年。　　未是文园多病客②，幽襟凄断堪怜③。旧游梦挂碧云边。人归落雁后，思发在花前。

（录自《全宋词》第1册，中华书局1965年版）

【注释】

①罗胜：用罗帛裁剪的彩胜。合欢罗胜：指将两个罗胜重叠起来。　②文园：司马相如。《史记·司马相如列传》载，相如"称病闲居，不慕官爵"，后因谏狩猎被"拜为孝文园令"。　③幽襟：隐藏在内心的情感。唐杜甫《奉观严郑公厅事岷山沱江图画》："绘事功殊绝，幽襟兴激昂。"

【评析】

这首词的上片与下片色彩对比强烈，上片明艳而下片冷郁。词的上片描述了人日宴席的纵酒欢闹。词人用"春意翩翩"四个字，赋予了读者无尽的想象。或妍丽或秀美的一众女子，举手投足如风拂杨柳般婀娜，钗头缀着的罗胜随着女子妖娆身姿翩翩起舞。"艳"本是形容色彩，此处移到听觉，与"浅"相对，突出歌女羞涩的一面。"愿郎宜此酒，行乐驻华年"是敬酒词，周到、得体。从上述描写，足见宴会主人的盛情。下片则描写了词人此情此景下的心绪，词人并非像司马相如称病推脱，而是心中确实凄苦难堪，只因为心中牵挂着故地与故人，如唐代诗人薛道衡人日思归一般。词人善于融古乐府及唐人诗句入词，"人归落雁后，思发在花前"出自薛道衡，此处用典浑成脱化，如出一辙。这首词文辞绮丽，婉转多姿，清黄苏《蓼园词选》评此词"情至婉而笃"。

【相关链接】

宋代"人日"习俗沿袭唐制，官方设假一日，民间集会欢庆，剪裁人胜，南羹北饼，登高畅饮。宋时人日节庆场景盛大，根据《东京梦华录》卷6记载，正月初七，汴梁的灯山上挂满了彩灯，异常夺目。向北的街面用锦缎结成起伏重叠的小山，上面画着神鬼故事，或是卖药卖卦的人物。大街上横列着三座彩门，中间为"都门道"，左右两边为"左右禁卫之门"，上面悬挂的大牌子上写有"宣和与民同乐"的字样。彩山左右两边分别是彩结的文殊菩萨与普贤菩萨，骑着狮子和白象。各自的指头向前伸着，指尖冒出五道水来。左右门的上方是草扎的双龙戏珠，用青布遮着，草上密密地插上数万盏灯烛，远望蜿蜒如两龙腾飞。自灯山至宣德门楼横大街，约百余丈，用棘刺围绕，谓之棘盆。内设两根数十丈高的高竿，顶端为绸缎彩球，竿上悬挂纸糊的百戏人物，随风舞动，宛若飞仙。彩门内设有乐棚，由开封府衙的乐工演奏音乐和表演杂戏，左右军的百戏也在里面。宣德楼上垂下黄缘边的帘子，中间为御座，用黄罗设一彩棚，执黄盖伞扇的宫女列在帘外。两朵楼各挂一枚灯球，直径一丈左右，里面点一支巨烛。帘内乐声、嫔妃嬉笑之声不时传出。楼下用枋木叠成露台，结彩栏槛，两边排列的禁卫面向乐棚，着锦袍，戴幞头，簪皇上赐的华胜，手执骨朵子。教坊演员和露台弟子，交替着在露台表演各种杂剧。百姓皆在露台下观看，乐人的表演不时引得观众高声喝彩。

瑞鹧鸪·邢峦夫招
游故宫之玉溪馆，壬戌人日

蔡松年

【题解】

蔡松年（1107—1159），字伯坚，自号萧闲老人，真定（今河北正定）人，金代著名文学家。本为宋人，随父降金。金太宗天会年间（1123—1134），授真定府判官，遂为真定人。后随金军伐宋，累迁至右丞相，封郜国公、卫国公，谥号文简。作品风格隽爽清丽，词作尤负盛名，与吴激齐名，时称"吴蔡体"。有《明秀集》传世。

邢峦（yán）夫即邢具瞻，曾任金翰林待制，金初著名诗人，与蔡松年为文章友。金故宫位于汴京（今河南开封），完颜亮于正隆元年（1156）开始修建，正隆六年完工。皇统二年（1142）人日，诗人受邀游金故宫玉溪馆，因事未能赴约而作此诗。

东风岁月似斜川①，萧散心情愧昔贤②。人向道山群玉去③，眼横春水瘦梅边④。　　但知有酒能无事，便是新年胜故年。明日相寻有佳处，野云堆外淡江天。

（录自《全金元词》[上]，中华书局 1979 年版）

【注释】

①斜川：河流名称，据宋骆庭芝《斜川辨》考，斜川当在今江西都昌附近。陶渊明曾于正月初五游斜川，与友人对饮，叹流年易逝，作《游斜川》。　②昔贤：指陶渊明。　③道山、群玉：藏书之所，借指儒林、文苑。《后汉书·窦融列传》："是时学者称东观为老氏藏室，道家蓬莱山。"晋郭璞注《穆天子传》"群玉"："言往古帝王以为藏书册之府，所谓藏之名山者也。"　④眼横：酒醉后眼微闭的状态。用典自宋黄庭坚《登快阁》"朱弦已为佳人绝，青眼聊因美酒横。"

【评析】

　　皇统二年正月，诗人将离开汴京随完颜宗弼（即金兀术）入朝，诸事纷纭，分身乏术，人日这天收到好友游玉溪馆的邀请，却不能赴约，通过此词抒发胸臆。首句，用陶渊明《游斜川》之典，言岁月如川水流逝，又是一年东风至，然而，诗人却不能像陶渊明一样以一颗潇洒、闲散的无累之心与友人畅饮，欣赏美妙的春景，不免惭愧。句二、句三，描写了诗人疲惫的心境与状态。人在仕途，向往的却是醉酒溪边的闲适生活。"但知有酒能无事，便是新年胜故年"，诗人希望新的一年能有所改变，可见，他从来没有真的"萧散"过。诗人虽得金人器重，却未见得意与快乐。深藏内心的民族情感使得他"身宠神已辱"（《庚申闰月从师还自颍上，对新月独酌十三首其一》），而民族身份的差异又令他"方寸风涛惊"（《漫成》），惶恐不安。尾句似是一种对友人的邀请，又似是给自己一个期待，透着些许无奈。此词旷达疏放，语言清丽明快，用典精妙，蕴含丰富，作者的生平与诗中隐逸愿望的不切实，加深了作者的悲苦与词意的深沉。

水调歌·人日

范成大

【题解】

范成大（1126—1193），字至能（据北山《范成大年谱》考证），自号此山居士，又号石湖居士，平江府吴县（今江苏苏州）人，自署顺阳，人称顺阳公，南宋名臣，著名诗人、词人。绍兴二十四年（1154）进士入仕，累迁礼部员外郎兼崇政殿说书。乾道六年（1170）使金，不辱使命，并撰《揽辔录》一卷。绍熙三年（1192），加资政殿大学士知太平州。翌年卒，谥号文穆。其诗文成就颇丰，与杨万里、陆游、尤袤合称南宋"中兴四大诗人"。存《石湖词》，散佚严重。

这首词是淳熙年间词人于成都任职时所作，表达了远在异乡、不濡恩泽的感伤。

元日至人日，未有不阴时。新年叶气，无处人物不熙熙。万岁声从天下，一札恩随春到，光采动天鸡。寿域偏寰海①，直过雪山西。　　忆曾预，宣玉册②，捧金卮③。如今万里，魂梦空绕五云飞④。想见大庭宫馆⑤，重起三山楼观⑥，双指赭黄衣⑦。此会古无有，何止古来稀。

（录自《全宋词》第 3 册，中华书局 1965 年版）

【注释】

① 寿域：谓盛世。《汉书·礼乐志》："驱一世之民，济之仁寿之

域。" ②玉册：亦作"玉策"，古代册书的一种，帝王祭祀告天或上尊号用之，用玉简制成。 ③金卮（zhī）：金制酒器。 ④五云：五色瑞云，多作吉祥的征兆。《南齐书·乐志》："圣祖降，五云集。" ⑤宫馆：祠庙。《史记·孝武本纪》："于是郡国各除道，缮治宫馆名山神祠，所以望幸也。" ⑥三山：传说中的海上三座神山。晋王嘉《拾遗记·高辛》："三壶，则海中三山也。一曰方壶，则方丈也；二曰蓬壶，则蓬莱也；三曰瀛壶，则瀛洲也。" ⑦赭黄衣：天子所穿的袍服。唐高祖以赭黄袍、巾带为常服，禁止臣民使用。

【评析】

淳熙元年（1174）十月，四川暴乱，词人被任命四川制置使，知成都府。恰逢元日，举国欢庆，词人感受到皇恩浩荡、恩泽四海的同时，不禁为自己身处边陲、魂梦无所依而暗自神伤。首句词人用杜甫诗句切题，杜甫《人日两篇》其一："元日到人日，未有不阴时。冰雪莺难至，春寒花较迟。云随白水落，风振紫山悲。蓬鬓稀疏久，无劳比素丝。"（见《全唐诗》卷232）词人自比杜甫，身处蓉城，心怀家国。同时首句的阴郁，也奠定了全词悲愤的基调。继而，词人描述了人日这天举国上下一片欢腾的景象。新春到来，到处人流如织、熙来攘往，皇恩泽被寰宇，连雪山以西的蛮荒之地都覆盖到了。词人身在成都，感受着皇恩，忆起曾经过往，不由感伤。下阕有回忆、有畅想。词人曾任职礼部，想起当年参与宣玉策、捧金卮等庆典活动，如今佳节却与皇帝相隔万里，只能魂牵梦萦，无法亲身感受。多希望重新见到宫馆、神祠，在三座仙山重新筑起楼观，为皇帝祈福祷祝。远在他乡不濡恩泽的愁绪，在节庆喧闹的对比之下显得更加难以排抑。这首词场面宏大，文辞华丽。宋杨长孺评其词"不雕而工"（《石湖词跋》）。

宋时，巴蜀地区的人日活动极具地方特色。除通行的人日礼俗外，巴蜀各地又以自己的方式诠释着对人日意义的理解。

岷江边的乐山素以栽桑养蚕为业，每岁人日，当地人携酒菜登上乐山，并在山上击鼓吹笛，以祈蚕桑丰产。夔州府人日这天万人空巷，所有人都到蜀汉丞相诸葛亮排兵布阵的八阵碛游历走动，谓之"踏碛"。妇人们会在水边捡拾有孔的小石子，穿上彩绳，系在钗头，以祈祷一年的平安吉祥。昌州和眉州则认为，人日求子嗣最为灵验。《昌州图经》记有："打子石俗谓掷石而住，其兆得男。"《眉州志》亦有"人日州人游重瞳观，观有仙翁洞，云：重瞳真人淘丹处。洞出灵蟹，色白，见者生贵子"的记载。

朝中措·和刘左史光祖人日游南山追和去春词韵

魏了翁

【题解】

魏了翁（1178—1237），字华父，号鹤山，邛州蒲江（今四川蒲江）人，南宋著名理学家、教育家。庆元五年（1199）登进士第。历端明殿学士、同签书枢密院事等职。父逝归家守丧，筑室白鹤山下，开门授徒，人称"鹤山先生"。宝庆元年（1225），受陷害被贬靖州（今属湖南），筑鹤山书院。后复职，卒于任，谥文靖。著有《鹤山全集》《九经要义》《古今考》《经史杂钞》《师友雅言》等，词有《鹤山长短句》。

刘光祖（1142—1222），字德修，号后溪，一号山堂，南宋著名学者，祖籍四川。词人四川任职时，与巴蜀及川籍学者交往甚厚。这首词就是词人人日与刘光祖酬唱的作品。

天公只解作丰年。不相冶游天①。小队春旗不动，行庖晚突无烟②。　吟须捻断③，寒炉拨尽，雁自天边。唤起主人失笑，寒灰依旧重然④。

公所论圣忌日事凡历二十年，而所上疏亦半年余才见施行，故云。

（录自《全宋词》第4册，中华书局1965年版）

【注释】

①冶游：野游。古乐府《子夜四时歌》："冶游步春露，艳觅同心郎。"　②行庖：户外用的炊具。突：烟囱。唐高彦休《阙史·裴晋公大度》："尝因积雪，门无辙迹，庖突无烟。"　③吟须捻断：形容吟诗已久，推敲用心良苦。　④寒灰重然：已冷却的灰烬重新燃烧。然通"燃"。《史记·韩长孺列传》："安国曰：'死灰独不复然乎？'田甲曰：'然即溺之。'"此处比拟刘光祖向皇帝上疏之事搁置很久后如今竟得以实施。

【评析】

这首词描述的是人日词人赴友人野炊之约，想起友人政务经历而发表的一番感慨。南宋有人日依天气占卜一年运势的习俗，晴为吉，若逢阴雨则为灾。"天公只解作丰年"，说明人日这天是一个大晴天。虽然天气晴朗，却未必适合野炊，大概因为无风，春旗不动，点燃了炉灶，烟囱却不冒烟。下阕词人从场景转而写人。春寒料峭的时节，与友人相对和诗良久，"吟须捻断"，连炉灶里的火星都熄灭了，二人抬头望见"雁自天边"，舒适、惬意。词人以此时此景的"寒炉拨尽"，想到了半年前的一件旧事，不禁失笑，唤起友人，不论经历了什么，友人上疏一事终是得以实施，达成所愿。整首词有时间、地点、人物、场景、情节，写得自然、流畅、生动。《四库全书总目提要》赞其文风："醇正有法，而纤徐宕折，出乎自然。绝不染江湖游士叫嚣狂诞之风，亦不染讲学诸儒空疏拘腐之病。"（《集部十五》卷162）

【相关链接】

唐人咏人日诗，多是节庆、叹老、思乡、怀人主题，而宋人作品则提到了人日占卜的习俗。如魏了翁的"天公只解作丰年"、晏殊的"天官考历占元日"（《奉和圣制社日》）、陆游的"霁景丰年象"（《人日》）、方岳的"年丰已卜晴人日"（《人日》）等。

人日岁占大致于宋代广泛流行开来，宋人假托东方朔《占书》使得"人日"占验合理化。岁占是指人们根据当天的天气来卜一年的丰稔，或判定本年生育繁衍的情况。关于此项节俗，宋代学人有明确的记述。如北宋高承《事物纪原》"其日晴明温和，为蕃息安泰之候；阴寒惨烈，为疾病衰耗之征"；南宋王十朋《集注分类东坡先生诗》"正月七日谓之人日，以阴晴卜丰耗"。宋代岁占风俗被后世继承下来，明高濂《雅尚斋遵生八笺》卷3有："是日日色晴明温暖，则本事蕃息安泰。若值风雨阴寒，气象惨烈，则疾病衰灭。以各日验之，若人值否，思预防以摄生。"清富察敦崇《燕京岁时记·人日》载："初七日谓之人日。是日天气晴明，则人生繁衍。"

青玉案·人日

纳兰性德

【题解】

　　纳兰性德（1655—1685），叶赫那拉氏，原名成德，字容若，号楞伽山人，满洲正黄旗人，大学士明珠长子，清代著名词人，被誉为"清朝第一词人"，与朱彝尊、陈维崧合称"清词三大家"。出身名门，博通经史。康熙十五年（1676）进士，官至一等侍卫，随皇帝南巡北狩，深得恩宠。其内心则厌恶官场，无心功名。康熙二十四年死于寒疾，年仅三十一岁。

　　据汪元治副题"辛酉人日"，这首词当作于康熙二十年，为词人节日伤离念远之作。

　　东风七日蚕芽软①。青一缕、休教翦。梦隔湘烟征雁远②，那堪又是，鬓丝吹绿，小胜宜春颤③。　　绣屏浑不遮愁断。忽忽年华空冷暖。玉骨几随花骨换。三春醉里，三秋别后，寂寞钗头燕。

　　　　　　　　　　（录自《饮水词笺校》，中华书局 2005 年版）

【注释】

①蚕芽：桑叶的嫩芽。　②湘烟：湘水蒸腾的云霞。衡山回雁峰靠近湘江之滨，相传为大雁南飞的终点，北飞的起点。　③小胜：即人胜、彩胜。

【评析】

　　上片首句描写人日春景。桑芽点缀枝头，柔软鲜嫩。一缕青色，不敢裁剪。初春的景致是美丽的，景色里的一切又是纤弱的，词人起笔扣题并定调。这首词没有节日的喧闹，也不绘色彩斑斓，一抹青色透着凄清。魂牵梦萦的人儿如那远在回雁峰的雁儿一样，隔着万水千山。思念不可抑制，更何况现在又到了春风拂面、鬓丝飘飘、彩胜摇摇的时节。词人对"鬓丝""小胜"等细节，描写得清晰、灵动，仿佛梦中人就在眼前，笔触细腻。下片上承"湘烟征雁"述说离愁。绣屏终究遮不断愁思，年复一年，冷暖自知。玉骨谓人，花骨谓花，人与花都经历了许多变换。"三春""三秋"以时间的漫长，增加了寂寞、凄婉、感伤的意蕴。清人陈维崧评其词"哀感顽艳，得南唐二主之遗"（《词话丛编》第2册）。

【相关链接】

　　清代在节日认定与节庆习俗上，大多接受了汉民族的传统。然而，与元日、端午、中秋不同，人日在清代已完全演变为地方性的节日，有些地区民间保留着人日的习俗，如《永州府志》记载"七日为人日。剪彩为人胜，或镂金箔为之。贴于屏帐，亦戴之头鬓"。《清泉县志》也有"初七日为人日，占以晴明为佳"。而有些地区则对这个节日久已不知。

　　清时，宁夏、甘肃一带有人日招魂的习俗。《甘肃新通志》载："人日黄昏后，弱女、幼子怀饼焚香，赴街相呼，名曰招魂。"《宁夏府志》也有人日食面饼、击铜鼓、呼叫招魂的记录。直隶、山东、安徽等地则将老鼠嫁女的传说引入人日。吴桥县"正月初七日俗谓人日，民间忌点灯，为鼠取妇"；商河县"不张灯，为鼠忌也，俗语谓之为'猫嫁女'"；怀宁县"炒豆、栗、粳米掷之室隅，以饲鼠，谓之'炒杂虫'，又于此日禁言鼠事"。江西部分地区保留了宋朝人日"送穷"的节俗，"彻元旦所设香案，七日内不出灰粪，至是日始扫除"（《乐平县志》）。

三、元宵（元夕、上元、元夜）

长安正月十五日

白居易

【题解】

此诗为唐代诗人白居易正月十五旅居长安、疾病羁绊、思念故乡故友之作。

喧喧车骑帝王州^①，羁病无心逐胜游。
明月春风三五夜^②，万人行乐一人愁。

（录自《全唐诗》卷436，中华书局1960年版）

【注释】

①帝王州：帝王居住的地方，亦用以指京都。　②三五：即十五，此处指正月十五。

【评析】

这首诗大致是贞元年间诗人赴长安应试科考时的作品。正月十五夜的帝国都城，万人喧闹、车水马龙，狂欢的热浪直冲云霄。然而，对诗人来说，都城虽好，却是异乡，再加上被疾病拴住了脚，根本没有心思加入街上兴高采烈的人群。明月高悬，春风拂面，万人同乐的夜里，只有诗人抱病在身、形单影只、独自哀愁。此诗抒写诗人孤独忧伤之情状，"以乐景写哀，以哀景写乐，一倍增其哀乐"（王夫之《姜斋诗话》），即使深情浅诉，仍能令人感同身受。

【相关链接】

"一年明月打头圆"，正月十五，进入新年后的第一次月圆。从朔日到望日，新月逐渐丰满，浑圆的月亮在墨蓝色天空的映衬下格外清亮。

自古圆月即被赋予团圆、圆满的意象，正月十五的满月如轮、如盘、如镜，春节以来的快乐气氛也被推至顶峰。

正月为元月，夜晚为宵、夕，故岁时文化中将这一天称作元宵、元夕、元夜。正月十五庆典活动，起于汉武帝祭祀至高神太一。司马迁创建《太初历》时，就已将正月十五确定为重大节日。唐徐坚的《初学记》有："《史记·乐书》曰：'汉家祀太一，以昏时祠到明。'今人正月望日夜游观灯，是其遗事。"

唐时，帝京实行严格的宵禁制，日暮擂鼓八百，关闭坊门，"六街鼓歇行人绝"。但正月十五前后三天金吾不禁，无论是宫廷还是民间都热闹非凡，花灯奢靡壮丽，游人如织，观灯人花枝招展。皇帝、皇后与宫中众侍者也会走出宫门，加入赏灯的人流。《旧唐书·中宗本纪》记载："丙寅上元夜，帝与皇后微行观灯，因幸中书令萧至忠之第。是夜，放宫女数千人看灯，因此多有亡逸者。"那些未归的宫女许是迷了路，许是找到了新的活路也未可知。至唐玄宗时颁布敕令："每载依旧正月十四、十五、十六日开坊市燃灯，永为常式。"（《唐会要·燃灯》）

正月十五夜灯

张祜

【题解】

这首诗是唐朝著名诗人张祜的作品，描写了帝京正月十五夜燃灯欢庆的盛大场面。

千门开锁万灯明，正月中旬动帝京。

三百内人连袖舞①，一时天上著词声②。

（录自《全唐诗》卷 511，中华书局 1960 年版）

【注释】

①内人：指宫中歌舞伎。唐崔令钦《教坊记》："伎女入宜春院，谓之内人，亦曰前头人，常在上（皇帝）前头也。" ②著：同"着"（zhuó），附着，此处意为歌声响彻云霄。

【评析】

这首诗生动地描绘了元夕唐帝京宫廷内外热闹的灯节活动。正月十五前后三天，取消宵禁，"千门开锁"，人们在争奇斗艳的花灯中穿行、嬉戏，整个帝京都流光溢彩、色彩纷呈。宫殿内，数百名宫女手挽手，衣袖相连，歌舞蹁跹，一时间歌声响彻云霄。此诗开篇以"正月中旬""万灯明"扣题，诗中使用数字"百""千""万"，以及极言数量多的"三"，写出了元夕灯节的辉煌气势与天上人间欢歌乐舞的热闹场面，词曲艳发，浮艳风情，兴味丛生。钱钟书在《唐诗选》中评价诗人："从现存他的诗看来，并不像白居易那样平坦爽直，比较约敛，带点小巧。"

【相关链接】

正月十五，唐代宫廷常会组织规模庞大的歌舞活动，至唐玄宗在位时，歌舞晚会的规模更为盛大。据张鷟《朝野佥载》记载："玄宗先天二年（713）正月十五、十六夜，于京师安福门外作灯轮，高二十丈，衣以锦绮，饰以金玉，燃五万盏灯，簇之如花树。宫女千数，衣罗绮，曳锦绣，耀珠翠，施香粉。一花冠、一巾帔皆万钱，装束一妓女皆至三百贯。妙简长安、万年少女妇千余人，衣服、花钗、媚子亦称是，于灯轮下踏歌三日夜。欢乐之极，未始有之。"开元八年（720），唐玄宗下令在长安城兴庆宫的西南角建起勤政楼，本为处理朝政、举行国家大典所用，后逐渐成为宫廷各种演出的观礼台。郑处诲《明皇杂录》提道:"每正月望夜,又御勤政楼,观作乐。贵臣戚里,官设看楼。夜阑,即遣宫女于楼前歌舞以娱之。"除连袖舞外,还有胡旋舞、柘枝舞、霓裳羽衣舞等多种乐舞,可谓"千歌万舞不可数"(白居易《霓裳羽衣舞歌》)。

正月十五夜(一作上元)

苏味道

【题解】

苏味道(648—705),赵州栾城(今河北栾城)人,唐代著名文学家,与杜审言、崔融、李峤并称"文章四友"。少与李峤以文辞齐名,号"苏李"。高宗乾封年间进士,武则天执政时居相位,预事常常采取明哲保身、模棱两可的态度,世号"苏模棱"。

此诗描写的是唐都长安正月十五的绚烂夜景及民众夜游的欢闹场景。

火树银花合①,星桥铁锁开②。
暗尘随马去,明月逐人来。
游伎皆秾李③,行歌尽《落梅》④。
金吾不禁夜⑤,玉漏莫相催⑥。

(录自《全唐诗》卷65,中华书局1960年版)

【注释】

①火树:指树上挂满灯彩。银花:指灯光雪亮。形容元宵夜灯火灿烂的夜景。 ②星桥:传为秦时李冰开蜀江,置七桥,桥上对应七星,故称"七星桥",每桥上装一铁索。此处喻指长安城护城河的桥。长安城

入夜宵禁，各门上锁，禁止通行。　③秾李：《诗经·召南·何彼秾矣》："何彼秾矣，华如桃李。"此处指歌艺伎艳若桃李。　④《落梅》：即《梅花落》，汉乐府中二十八横吹曲之一。　⑤金吾：唐代设有左、右金吾卫及金吾大将军，负责皇帝大臣警卫、仪仗以及徼循京师、掌管治安。长安宵禁由金吾卫掌管。　⑥玉漏：古代以滴水计时，器皿常为铜壶滴漏。此处言其精美、珍贵。

【评析】

此诗是诗人的代表作，流传甚广，诗中"火树""银花""明月""游伎行歌""金吾不禁"，都是古代元宵节的重要文化符号，明清时期的蒙学读物大多会引此诗向幼童普及元宵节庆的内容。诗人以明丽的语词，完满地展现了节庆之夜游人如织的盛景与欢娱人群不忍离去的盛情。首联以"火树银花"喻指张灯结彩、炫人眼目的街景，一个"合"字写出灯火辉煌、融为一体的和谐美。这美景自然不会寂寞、清冷，因为元宵夜金吾不禁，坊门大开，观灯者打马而来，夜幕中，马蹄踏过处，卷起薄薄的尘土，连明月都想要加入欢庆的人流中。诗人用"暗尘"而非"黄沙"，说明街上人潮拥挤，骑马人无法策马扬鞭；又以"逐"字赋予明月人的性状，生动灵巧。"秾李"化用《诗经·召南·何彼秾矣》"何彼秾矣，华如桃李"之典，描绘出出游的歌女艳若桃李的姿态，歌女们边走边唱，尽情放歌。尾联从眼前景转而写游人心：滴漏你慢慢地滴，让这喧闹继续，不要催促欢乐的游人，更不要催促欢乐的时光。

【相关链接】

相传正月十五"火树银花"的习俗源于汉代，一说学自佛教，一说源自道教。

东汉明帝派遣郎中蔡愔出使天竺求佛取经，蔡愔以白马运回了

《四十二章经》和释迦牟尼佛像，并禀告汉明帝印度摩羯陀国每逢元月十五僧众云集，观佛舍利，放光雨花以敬佛。为弘扬佛法，汉明帝敕令正月十五夜，宫中、寺院要"燃灯表佛"，王公大臣、庶民百姓则要挂灯。此俗曾被记入班勇的《西域记》。《艺文聚类·岁时中》将南北朝时流行的《涅槃经》中的一段收在"正月十五"条："如来阇维讫，收舍利罂置金床上。天人散花奏乐，绕城步步燃灯，满十三里。"可见当时佛家僧侣望日燃灯已经具备一定的规模。

另一种说法认为正月十五张灯结彩，是对道教上元燃灯教规的世俗化。道教奉天、地、水三官，"上元为天官司赐福之辰"（《梁元帝旨要》），而天官喜乐，世人热热闹闹地燃起灯火以博得天官的护佑。

无论是哪一种说法，正月十五燃灯的习俗被统治者选择并保留了下来。隋代已经有确定记述，《隋书·柳彧传》："鸣鼓聒天，燎炬照地，人戴兽面，男为女服，倡优杂技，诡状异形。"其中"燎炬照地"，说明节庆游行队伍的灯火将街市照得如同白昼。而唐代关于元宵放灯的诗文不胜枚举。

诗中"火树银花"的比喻对后世影响很大，如朱淑真《元夜》"火树银花触目红"、辛弃疾《青玉案·元夕》"东风夜放花千树"以及柳亚子《浣溪沙·五〇年国庆观剧》"火树银花不夜天"等。

上元日道室焚修寄袭美

陆龟蒙

【题解】

该诗乃唐代诗人陆龟蒙诗作。农历正月十五为道教的上元节，道观于此日设道场拜祭道教神灵。焚修，焚香修行。袭美，即皮日休，道号鹿门子，晚唐著名文学家，与陆龟蒙齐名，世称"皮陆"。此诗为诗人上元日焚修感悟，与友人唱和之作。

> 三清今日聚灵官①，玉刺齐抽谒广寒②。
> 执盖冒花香寂历，侍晨交珮响阑珊③。
> 将排凤节分阶易④，欲校龙书下笔难⑤。
> 唯有世尘中小兆⑥，夜来心拜七星坛⑦。

（录自《全唐诗》卷 624，中华书局 1960 年版）

【注释】

①三清：道教中玉清、上清、太清三神仙。灵官：道教神仙居住的仙境。　②玉刺：古代的名片，"本用削木书字，汉时谓之谒，汉末谓之刺。汉以后则虽用纸，仍相沿曰'刺'"（清赵翼《陔余丛考·名帖》）。玉刺为刺之美称。广寒：广寒宫。传说唐玄宗曾于八月十五在月中游览，见一宫殿美轮美奂，匾额上书"广寒清虚之府"，后称月中仙宫为"广寒宫"。　③执盖、侍晨：道教称侍奉天帝的仙官、侍从。作者自注："执盖、侍晨，皆仙之贵侣矣。"　④凤节：指道观的旌旗仪仗。　⑤龙书：指道教的符箓，即道士用以召神劾鬼、镇魔降妖的法术之一。　⑥兆：卜兆。小兆：即小兆臣，指管理或进行占卜的"官员"负责沟通天地神祇。道教高功法师在上坛做法事对瑶坛请称职位时奏称自己法职的自称，以表对神灵的尊敬和谦卑。　⑦七星坛：道教用以祭祀北斗七星、拜元君之台。清潘荣陛《帝京岁时纪胜·七星坛》："七月朔至七夕，各道院立坛祀星，名曰七星斗坛，盖祭北斗七星也。"

【评析】

这首诗描写了晚唐时道观上元节行斋醮的情景。"三清""执盖""侍晨""凤节""龙书""小兆""七星坛",皆为道教名物用语,诗人信手拈来,足见他不但深受道教影响而且修习道教之事,对道家斋日习以为常。道教本为唐代的国教,唐代士子"以儒治世、以佛治心、以道治身",在道教避世全生、仙游逍遥的思想中寻求安慰,道家的轻举飘逸,代表着一种自由精神和清雅脱俗的人格理想。诗人不仅奉道,而且是当时吴地修道文人圈的核心人物之一。诗人曾于茅山学道,家中亦设有道室,但诗中"将排凤节分阶易,欲校龙书下笔难""唯有世尘中小兆,夜来心拜七星坛"两句,说明诗人并非想要出家为道,他所表达的应是对现实关怀的背离和对方外世界的神往。整首诗以平直的内容、平淡的情感、平易的语言,写出了诗人对道教的尊崇与虔敬。

【相关链接】

道教三元指的是宇宙之源、供养万物的三种物质——天、地、水。天官紫微大帝主赐福,其生辰日为正月十五,道门以"上元节"庆之;地官清虚大帝主赦罪,其生辰日为七月十五,道门以"中元节"庆之;水官洞阴大帝主解厄,其生辰日为十月十五,道门以"下元节"庆之。

每逢上元,道教都会设道场行斋醮,举行迎神祭祀等一系列法事活动,为民众祈福并吸引善男信女参观布施。道士们身着金丝银线的道袍,手持各异的法器,口中吟诵曲调行腔,其旋律舒缓悠扬,平稳优美,宛如众仙缥缈轻举之美,称为"步虚歌"。唐代崇信道教,唐高祖李渊认老子李耳为祖先;宋真宗、宋徽宗也极其崇信道教,宋徽宗更自号"教主道君皇帝",道教因而备受尊崇,成为国教。宋代史地学家宋敏求所撰《春明退朝录》记载:"本朝太宗时,三元不禁夜,上元御乾元门,中元、下元御东华门。后罢中元、下元二节，而初元游观之盛，冠于前代。"

上元

曾巩

【题解】

曾巩（1019—1083），字子固，建昌军南丰（今江西南丰）人，北宋著名文学家，位列"唐宋八大家"，与曾肇、曾布、曾纡、曾纮、曾协、曾敦并称"南丰七曾"。"家世为儒"，与欧阳修、王安石、杜衍、范仲淹交友，多发政论。嘉祐二年（1057）考中进士，出任太平州（今安徽当涂）司法参军、实录检讨官。后赴浙江、山东、湖北、江西、福建、河北等地任职。元丰三年（1080），受神宗召见，留在京师。元丰五年，迁中书舍人，同年罢职。次年卒于江宁府（今江苏南京）。

这首诗是诗人在福州任职时所作，描写了正月十五喧闹的夜景。

金鞍驰骋属儿曹，夜半喧阗意气豪①。

明月满街流水远，华灯入望众星高②。

风吹玉漏穿花急，人近朱阑送目劳③。

自笑低心逐年少，只寻前事撚霜毛④。

（录自《全宋诗》第8册，北京大学出版社1992年版）

【注释】

①喧阗（tián）：喧哗拥挤。唐王维《同比部杨员外十五夜游有怀静者季》："香车宝马共喧阗，个里多情侠少年。" ②望：月圆。 ③朱阑：红色的栅栏。阑，同"栏"。 ④霜毛：白色的须发。唐韩愈《答

张十一功曹》："吟君诗罢看双鬓，斗觉霜毛一半加。"

【评析】

任职福州期间，诗人年事已高，是一位历经世事沧桑的花甲老人。欢闹的节日，市井街巷涌动着年轻的气息，老人不禁被感染，追忆往昔，谁不是从年轻的时候过来的呢？诗的首联足显长者的心态，节日里，看少年策马，意气风发，豪情万丈，"金鞍驰骋""夜半喧阗"，都是年轻人的快乐。颔联写街景，先从上而下，月光如水倾泻，人潮涌动向前，欢乐随人流绵延，目不可及；再从下而上，华灯万盏，高耸入云霄，与圆月、繁星融为一片。颈联将焦点重新放到青年男女身上。春风吹动滴漏，光景不待人，少年们急切切地在花间穿梭，靠近朱阑的女子眼波流转，顾盼生姿。古诗词中"朱阑"常有思念、痴望的意象，元宵节观灯赏月的习俗又恰好为青年男女提供了偶遇、相识、约会的机会，怎奈"玉漏"无情，诗人便以"急""劳"二字道出了少男少女思春的迫切心情。尾联写诗人自己，鬓发霜白却还勉强自己追逐少年情怀，自己都感到好笑，韶华不复来，此刻还是回忆下前尘往事罢。这首诗写出了年迈诗人的少年心思，也道出青春不再的无奈，寄情于景，触景生情，叙事怀人，摇曳生姿。

【相关链接】

宋代元宵节承袭了唐及其前的各种习俗，迎紫姑、放烟火、赏花灯、猜灯谜、吃汤圆，不一而足。商品经济发达的宋朝由于坊市合一，没有营业时间和营业地点的限制，夜市未了早市开场，基本瓦解了宵禁制度，"杭城（南宋都城临安）大街买卖昼夜不绝。夜交三四鼓，游人始稀；五鼓钟鸣，卖早市者又开店矣"（宋吴自牧《梦粱录》）。繁华的京城，平日里花团锦簇，勾栏瓦肆喧嚣尘上。待到节庆日子，喜庆的热浪在市井间涌动，以游园、赏灯为乐的元宵节，人们更是走上街头彻夜狂欢，京城的灯夜盛况与唐代相比有过之而无不及。

据宋王栐《燕翼诒谋录》记载，宋时将元宵放灯时间由唐代的三夜延长到五夜，"太祖乾德五年（967）正月甲辰诏曰：'上元张灯旧止三夜，今朝廷无事，区宇乂安，方当年谷之丰登，宜纵士民之行乐。其令开封府更放十七、十八两夜灯。'后遂为例"。南宋淳祐年间，又将日期前提至正月十三日，从正月十三便进入节日狂欢，一直延续到正月十八，共计六夜。

京城元夕

王同祖

【题解】

王同祖（1219—？），字与之，号花洲，婺州金华（今浙江金华）人，南宋江湖派诗人。嘉熙元年（1237），为朝散郎、大理寺主簿。淳祐中，为建康府通判，次添差沿江制置司机宜文字。有《学诗初集》一卷。

这首诗描写了端平三年（1236）元夕，临安（今浙江杭州）百姓欢度佳节的繁华与热闹。

鼓吹喧喧月色新，天街灯火夜通晨①。
玉皇不赐传柑宴②，散与千门万户春。

（录自《全宋诗》第 61 册，北京大学出版社 1998 年版）

【注释】

①天街：今杭州中山路一段，是南宋临安城南北向的一条主干道。南

宋定都杭州后，开十里天街连通皇宫。　②传柑：元宵夜宴，皇帝及贵戚、宫人以黄柑相赠。宋苏轼《上元侍饮楼上三首呈同列》："归来一点残灯在，犹有传柑遗细君。"自注："侍饮楼上，则贵戚争以黄柑遗近臣，谓之传柑。"

【评析】

诗人创作这首绝句时尚未加冠，仍是舞象之年。因此，诗中描写的是一个成童眼中的元宵之夜，高亢的乐声、高空的满月、通宵的灯火亮如白昼，处处欢歌笑语、盎然生机。首句总写元宵夜临安城喧闹与繁华的盛景。明代学者杨慎曾说"诗中叠字最难下"（《升庵诗话》），诗人用"喧喧"，既增强了诗的音律美，又渲染了欢天喜地的节日气氛，而"喧喧"与"喧嚣""喧闹""喧哗"带给读者的感受不同，它巧妙地运用叠音淡化了词中的"嘈杂"义项，留给人活泼、余韵不绝的美妙。尾句承转，"传柑宴"是正月十五的习俗之一，柑橘寓意"吉"，但此宴非在人间，而在天上，"玉皇不赐传柑宴"，将吉祥如意化作春风、春雨撒播千家万户。这首诗文笔简易却画面感十足，有景色有声音，生动传神。诗的结尾洋溢着新春的美好，少年诗人喜悦的心情呼之欲出。

【相关链接】

传柑宴起于何时？《后汉书》记载张盘任庐江太守时，曾"饷官柑一苍"，算是对赏赐柑橘的最早记录。而唐《明皇杂录》所记则更为明确：上元夜宫人用皇家专属的黄色罗纱包裹着柑橘馈赠给君主亲近的臣子，谓之"传柑宴"。可见，正月十五宫中传柑宴在唐时已为节俗。

宋人诗词中常见传柑宴的场景，如苏轼《上元侍饮楼上三首呈同列》"归来一盏残灯在，犹有传柑遗细君"；张孝祥《鹧鸪天·上元设醮》"何人曾侍传柑宴，翡翠帘开识圣颜"；赵以夫《燕春台·送郑毅斋入观》"看明年，金殿传柑宴，衮绣貂蝉"等等。

明清时期，柑橘不仅是上元节的一个文化符号，而且在整个新春节俗中都有参与。明《熙朝乐事》中有"正月朔日，签柏枝于柿饼，以大橘承之，谓之百事大吉"。清乾隆年间《泉州府志·风俗》则有"是日，人家皆以柑祭神及先，至元宵乃撤"。以上都为古传柑之遗意。

今天广东、香港等地，还保留着正月里互赠柑橘的习俗。特别是潮汕地区，到亲朋家贺年要带些柑橘作礼物，主人收下后会向贺客回礼，礼物同样是柑橘。橘者，吉也。春节期间，南方街道两旁的店家会将长满小橘子的橘树摆放在门的两侧，有的橘树上还会挂上利市红包，取"吉利"之意。有些人家也会在客厅里摆上一盆小橘树，橘黄色的果子挂满枝头像一颗颗小元宝，寓意吉祥如意、财运亨通。

鹧鸪天·元夕有所梦

姜夔

【题解】

这首词是南宋著名词人姜夔的作品。宁宗庆元三年（1197）元夕，词人梦中重见旅居合肥时的旧情人，作此词以怀念。

肥水东流无尽期①。当初不合种相思②。梦中未比丹青见，暗里忽惊山鸟啼。　　春未绿，鬓先丝。人间别久不成悲。谁教岁岁红莲夜③，两处沉吟各自知。

（录自《全宋词》第 3 册，中华书局 1965 年版）

①肥水：即淝水，位于安徽省，源出肥西、寿县之间的将军岭。　②相思：相思子，即红豆。　③红莲：莲花灯。

【评析】

　　词人二十多岁客居合肥时有过一段情缘，传为一对姐妹，别后的日子里，词人屡次将牵挂与想念诉之于辞章。写这首词时，词人已是不惑之年。首句托物起兴，肥水是怀人的居所，留有词人情感的印记，而滚滚东逝、无止无休的河水，正如词人的思念一样没有尽头。思念是苦的，何况这思念绵长不休，词人后悔当初不该种下相思的种子。刻骨相思终成梦，梦中人身影绰约，尚不及画中真切，更恼人的是，迷蒙的相见竟被山鸟的啼鸣打断了。"梦中"句扣题，对仗工整，"忽惊"二字道出了词人梦醒后的懊丧与惆怅。词的下片以春色与霜鬓写回现实。"人间别久不成悲"，既是人生感悟，又是情感凝结。此句讲的是饱经离别伤痛的人，久而久之便不再感觉悲伤，而这习以为常的悲苦，恰恰说明感情的沉挚凄怆。年年元夕年年忆，一种相思两地愁。尾句"谁教"的反问，点出上片"不合种相思"的悔意与下片"别久不成悲"的麻木皆非实情。这首词"清虚骚雅，每于伊郁中饶蕴藉"（陈廷焯《白雨斋词话》卷2），低回婉转，情深意切。

满庭芳·元夕上邵武王守子文

戴复古

【题解】

　　戴复古（1167—？），字式之，因居石屏山，自号石屏、石屏樵隐，天台黄岩（今浙江台州）人，南宋著名江湖派诗人。腹有诗书却怀才不遇，一生未入仕途，浪迹江湖，"南游瓯闽，北窥吴越，上会稽，绝重江，浮彭蠡，泛洞庭，望匡庐、五老、九疑诸峰，然后放于淮、泗，以归老于委羽（黄岩羽山）之下"（元贡师泰《重刊石屏先生诗序》）。

王子文，名埜，号潜斋。绍定五年（1232）任邵武（今属福建）太守，戴复古邵武诗社成员。端平二年（1235）元夕，词人作这首词赠予王太守。

草木生春，楼台不夜，团团月上云霄。太平官府，民物共逍遥。指点江梅一笑①，几番负、雨秀风娇。今年好，花边把酒，歌舞醉元宵。　　风流，贤太守，青云志气，玉树丰标。是神仙班里，旧日王乔②。出奉板舆行乐③，金莲照④、十里笙箫。收灯后，看看丹诏⑤，催入圣明朝。

（录自《全宋词》第 4 册，中华书局 1965 年版）

【注释】

①江梅：野生梅花。宋范成大《梅谱》："江梅，遗核野生、不经栽接者，又名直脚梅，或谓之野梅。凡山间水滨荒寒清绝之趣，皆此本也。"　②王乔：即王子乔，古之仙人。汉刘向《列仙传》（卷上）："王子乔者，周灵王太子晋也。好吹笙，作凤凰鸣。游伊洛之间，道士浮丘公接以上嵩高山。三十余年后，求之于山上，见桓良曰：'告我家，七月七日待我于缑氏山巅。'至时果乘白鹤驻山头，望之不得到，举手谢时人，数日而去。"此处以王乔比王太守，喻其洒脱不凡。　③板舆：古代一种用人抬的代步工具，多为老人乘坐。此处代指母亲（言元夕之夜奉母看灯行乐）。　④金莲：古代宫廷蜡烛，烛台似莲花，故

称"金莲烛"。　　⑤丹诏：皇帝用朱笔写的诏书。

【评析】

这是一首赞美友人的词，上片虚写，托物言情，下片实写，开门见山。词的开篇以青青春色、不夜之城、万盏灯火、官民同乐，切题中之元夕。而这一片祥和的节日夜景正值王太守任上，应是太守的德能勤政才换来"太平官府""民物共逍遥"。词人与友人江梅树下把酒言欢。江梅应是词人自比，以野生梅花喻江湖浪子，一个风雨中的行者。而今不同往日，可以与友人"花边把酒，歌舞醉元宵"。下片实实在在地称赞友人，外在风流倜傥、玉树临风，内在德才兼备、勤政爱民、志气高尚。友人是多年驰骋沙场、镇守地方的帅臣，从政却不拘谨，词人将友人比作仙人王乔，赞其潇洒自然、俊逸超脱的气质。元夕之夜奉母看灯行乐，感受节日的欢愉。元宵节后，这位国之重臣又将"看看丹诏，催入圣明朝"。全词风格清丽，潇洒自适，写事颂人简易纯熟，无斧凿痕。

【相关链接】

元宵节与朋友聚，"花边把酒"、共赏歌舞，是宋代文人的一大乐事。除了酒是节日必备之饮品，元宵节还有一样传承至今的代表性食物，就是圆子。

孟元老《东京梦华录》提到正月十五前后市井里就有以圆子为赌注的关扑，而周密《武林旧事》称乳糖圆子为"节食所尚"。据《岁时杂记·上元》记载，元宵节京人以绿豆粉做成蝌蚪状的小圆条，煮糯为丸，泡在浓稠的糖汁里，谓之圆子。可见，当时的圆子还没有填入馅料。"轻圆绝胜鸡头肉，滑腻偏宜蟹眼汤。纵有风流无处说，已输汤饼试何郎"。朱淑真的这首《圆子》描写了烹饪圆子的场景，"滑腻偏宜蟹眼汤"，要待水初沸时将圆子下锅为宜，而圆子也是越软滑越好，口感

"绝胜鸡头肉"。元宵节为何要吃圆子？周必大《元宵煮浮圆子》解答了这个问题，"今夕知何夕？团圆事事同"。

至少在明代，人们已经用"元宵"来称呼圆子了，而且明代的元宵和今天我们所食用的元宵在用料和制法上别无二致。记述明代宫廷岁时生活的《酌中志·饮食好尚纪略》写到"其制法用糯米细面，内用核桃仁、白糖为果馅，洒水滚成，如核桃大，即江南所称汤圆者"。只是作者没有区分北方的元宵与南方的汤圆是两种不同的食物。

临江仙·都城元夕

毛滂

【题解】

毛滂（1060—1124？），字泽民，号东堂，江山（今属浙江）人，北宋著名文学家。生于文士之家，屡试不第，荫补为仕。哲宗元祐年间为杭州法曹，其间受知于苏轼。苏轼政治失意后，投入曾文肃门下，入京为官。曾氏败落时，坐党之罪，流落汴京，生活窘迫。后投靠蔡京，任祀部员外郎、秀州知州，终因与蔡京政见不合、犯颜直谏为蔡京所弃。

这首词大致作于崇宁年间，词人长久羁旅汴京，逢元宵佳节，触景生情。

闻道长安灯夜好①，雕轮宝马如云。蓬莱清浅对觚棱②。玉皇开碧落③，银界失黄昏。　　谁见江南憔悴客，端忧懒步芳尘。小屏风畔冷香凝。酒浓春入梦，窗破月寻人。

（录自《全宋词》第 2 册，中华书局 1965 年版）

【注释】

①长安：本为汉、唐都城，宋词中，"长安"常用于指称本朝都城汴京或临安。　②蓬莱清浅：仙境之景。晋葛洪《神仙传·王远》："麻姑自说云：接待以来，已见东海三为桑田。向到蓬莱，水又浅于往者会时略半也。"觚棱：宫殿的屋脊成方角棱瓣之形，故谓之。　③碧落：道教语，指天空。

【评析】

　　崇宁年间，曾文肃罢相，词人受牵连，困顿潦倒的他羁留汴京。词人大半生穷途失意，沉沦下僚，陷于党争，历尽屈辱与艰辛，元夕之夜，京城节日的繁华，放大了词人心中的哀伤。上片写汴京元夕的盛景，但这盛景并非实描而是虚绘。词人以"闻道"开端，听说京城元夕花灯华美、香车宝马盈塞，宫宇巍峨似仙境。承接"蓬莱清浅"，词人的思绪云游弥罗天，将火树银花的不夜景想象成天庭大开、星辰落入人间。词人没有细节的刻画与描绘，而是用比喻、夸张和联想的手法留给读者无尽的想象空间，因是虚笔，也使得京城节日的影像隐约而缥缈。下片写词人落拓的处境，"江南憔悴客"是词人自指。"谁见"与"闻道"相照应，反诘以加强"没人见"的语气。为何没人见？张灯结彩、人头攒动的元夕之夜，词人心灰意懒，室外的热闹与玩乐与他无关，而词中"憔悴""端忧""冷凝"，更坦陈词人孤寂凄冷的心境。尾句清韵特胜，一改苦情与哀愁。酒至酣处，元夕之月伴春梦之人，清淡秀雅、灵动飘逸，充满了潇洒的风致。贺裳（《皱水轩词筌》）与张宗橚（《词林纪事》）皆视该句为词家"佳境也"，薛砺若也赞其"尤极明倩韵致，风度萧闲，令人百读不厌"（《宋词通论》）。

鹧鸪天（紫禁烟花一万重）

向子谖

【题解】

向子谖（1085—1152），字伯恭，号芗林居士，临江（今江西清江）人，两宋之交著名词人。哲宗元符三年（1100），以恩荫补官。为人忠节，历尽坎坷，几经宦海沉浮。金军进犯，力主抗金，曾率兵抗击金军。因忤秦桧意被贬还乡，退闲十五年，号所居曰"芗林"。卒，年六十八。

京师即汴京。这首词应作于宋室南渡之后，词人流寓江南，佳节与友人赋诗，忆起汴京上元盛况而感怀。

有怀京师上元，与韩叔夏司谏、王夏卿侍郎、曹仲谷少卿同赋。

紫禁烟花一万重。鳌山宫阙倚晴空①。玉皇端拱彤云上②，人物嬉游陆海中③。　星转斗④，驾回龙。五侯池馆醉春风⑤。而今白发三千丈，愁对寒灯数点红。

（录自《全宋词》第 2 册，中华书局 1965 年版）

【注释】

①鳌山：元宵节用彩灯堆叠成的山，形似巨鳌，故谓之。　②玉皇：指徽宗赵佶，笃信道教。端拱：指正身拱手。《魏书·辛雄传》："端拱而四方安，刑措而兆民治。"　③陆海：繁华富庶之处。《汉书·地理志下》："有鄠杜竹林，南山檀柘，号称陆海，为九州膏腴。"此处代指汴京。　④星转斗：北斗星转向，说明时值夜深。　⑤五侯：公、

侯、伯、子、男五等诸侯，泛指权贵豪门。池馆：指池苑馆舍。

【评析】

词多为双调，分上下两片，通常上片与下片的意义各自完整、相对独立，或上景下情，或上虚下实，或上片怀昔下片感今。这首词打破了上下片结构的定格，下片接续上片内容，却未贯通到底，而是在尾句转结。词牌《鹧鸪天》上下片共九小句，这首词的前七小句皆回忆北宋都城汴京上元节之盛况。首句化用杜甫《伤春》"关塞三千里，烟花一万重"，杜甫喻指春色浓郁，词人实写汴京皇宫烟花繁盛。华灯堆叠而成的鳌山与华丽的宫阙高耸云天，彩楼仿佛天边的红霞一般。皇帝端坐于彩楼之上，街头巷尾满是游玩嬉戏的百姓。夜已深，皇帝摆驾回宫，侯门通宵宴赏，纵情狂欢。后二小句如怒马收缰，词情突变，以"而今"开端钩转现实。而今的词人身经乱离，流寓江南，白发苍苍，面对寒灯，不禁万虑千愁。"白发三千"与"寒灯数点"，写出了词人眼前凄凉冷落的境遇，与前文不吝着墨、大肆铺陈的节日盛况形成鲜明对比，意蕴深沉厚重。胡寅评其词"以枯木之心，幻出葩华；酌玄酒之尊，弃置醇味"（《题酒边词》）。

【相关链接】

宋代元宵节，官家放灯先要搭建一座高达数丈的棚架，披红挂绿，缀满琉璃灯、牛角灯、万眼罗、各色纱灯，远望似小山一般，更像传说中海中巨鳌的形状，故名"鳌山"。《宣和遗事》记载了好风流快活的徽宗元宵节追欢取乐的场景："东京大内前，有五座门：曰东华门，曰西华门，曰景龙门、曰神徽门，曰宣德门。自冬至日，下手架造鳌山，高一十六丈，阔三百六十五步；中间有两条鳌柱，长二十四丈；两下用金龙缠柱，每一个龙口里，点一盏灯，谓之'双龙衔照'。中间有一个牌，长三丈六尺，阔二丈四尺，金书八个大字，写道：'宣和彩山，与民同乐。'"

　　宋时不仅官家张灯结彩，如此隆重，民间亦如此，只是规模小些。《水浒传》第三十三回题为"宋江夜看小鳌山，花荣大闹清风寨"，小说里写道元宵将近，清风寨上的百姓"去土地大王庙前，扎缚起一座小鳌山，上面结彩悬花，张挂五六百碗花灯"。书中还对清风寨鳌山之炫美做了一番描写："山石穿双龙戏水，云霞映独鹤朝天。金莲灯，玉梅灯，晃一片琉璃。荷花灯，芙蓉灯，散千团锦绣。银蛾斗彩，双双随绣带香球；雪柳争辉，缕缕拂华幡翠幕。村歌社鼓，花灯影里竞喧阗；织妇蚕奴，画烛光中同赏玩。虽无佳丽风流曲，尽贺丰登大有年。"

青玉案·元夕

辛弃疾

【题解】

　　这首词是南宋词人辛弃疾的传世佳作。此词似是元夕灯下恋人巧遇的言情之作，实则深有寄托。

　　东风夜放花千树。更吹落、星如雨。宝马雕车香满路。凤箫声动①，玉壶光转②，一夜鱼龙舞③。　　蛾儿雪柳黄金缕④。笑语盈盈暗香去。众里寻他千百度。蓦然回首，那人却在，灯火阑珊处⑤。

（录自《全宋词》第 3 册，中华书局 1965 年版）

【注释】

①凤箫：箫之美称。汉刘向《列仙传·萧史》："萧史者，秦穆公时人也。善吹箫，能致孔雀、白鹤于庭。穆公有女字弄玉，好之，公遂以女妻焉。日教弄玉作凤鸣。……一旦后皆随凤凰飞去。"　②玉壶：喻明月。　③鱼龙舞：汉代百戏之一。《汉书·西域传赞》："漫衍鱼龙角抵之戏。"亦可指舞鱼形、龙形彩灯。　④蛾儿、雪柳：古代女子元宵节时头上戴的发饰。《大宋宣和遗事》："京师民有似云浪，尽头上戴着玉梅、雪柳、闹蛾儿，直到鳌山下看灯。"　⑤阑珊：零落稀疏的样子。

【评析】

　　《宋史·辛弃疾传》记载："（孝宗乾道）六年，孝宗召对延和殿。时虞允文当国，帝锐意恢复，弃疾因论南北形势及三国、晋、汉人才，持论劲直，不为迎合。"可见，此时词人与皇帝政见不合，并坚持己见，颇有屈子"众人皆醉我独醒"的风采。根据邓广铭先生所作的《辛稼轩年谱》，这首词大致作于孝宗乾道七年（1171），即延和殿召对的次年正月。词的上片写节日盛况。词人运用了比喻、夸张、借代等多种修辞格，从视觉、嗅觉、听觉渲染灯火辉煌、烟花绚烂、车水马龙、歌舞欢腾的元宵夜景。下片写观灯之人。元夕是男女欢好的节日，这一天女子们悉心打扮，佩戴上节日的华胜，走出深宅大院，欣赏华美的街景。当然，她们也是美景的一部分。"笑语盈盈暗香去"，简单的七个字，一来描绘出仕女观灯的美好姿态和喜悦心情；二来说明时间已晚，为下文"灯火阑珊"做铺陈；三来以女子们的欢声笑语反衬出"那人"的孤寂冷清。人群渐渐散去，蓦然回首，词人久望不至的"他"独立暗处，自甘寂寞。尾句是整首词的重笔，词人实写寻觅意中人之苦，暗指壮志难酬之愤懑；实写孤立于灯火尽处的美人，暗指词人孤高淡泊、不随波逐流的品格。

梁令娴《艺蘅馆词选》评价此词："自怜幽独，伤心人自有怀抱。"

生查子·元夕

欧阳修

【题解】

　　这首《生查子·元夕》，一说为欧阳修作，一说为朱淑真作，因同时收入欧阳修《庐陵集》和朱淑真《断肠集》。朱淑真，号幽栖居士，南宋时钱塘（今浙江杭州）才女。明杨慎《词品》认为"词则佳矣，岂良人家妇所宜邪"，将这首词判给了朱淑真。清朱彝尊、汪森编《词综》也将该词归入朱淑真名下。而南宋初曾慥所编《乐府雅词》将词的作者认作欧阳修，清人况周颐《蕙风词话》也认为这是欧词，"误入朱淑真集"。

　　这首词回忆过去，感伤今时，佳人不再，本是热闹非凡的元宵灯夜，潜藏着诉不尽的凄清之苦。

　　去年元夜时，花市灯如昼①。月上柳梢头，人约黄昏后。　　今年元夜时，月与灯依旧。不见去年人，泪湿春衫袖。

（录自《全宋词》第 1 册，中华书局 1965 年版）

【注释】

①花市：民俗每年春时举行集市卖花、赏花，此处指元夕出售节令物品的集市。

【评析】

　　这首脍炙人口的小词，朴实生动，影响深远。简易的言辞中，封存着词人的缱绻情事。因俗，元宵节深闺中的女子准许外出游灯，故能与心上人约会。这首词便是由元夜赏灯而起，讲的是旧情难续的爱情故事。首句扣题，描写去年元夜花灯点缀的街市彻夜通明。句二自陈其事，直白率真，有乐府之遗风。其中"上""约"二字以动态之美，勾勒出月光旖旎、情意绵长。词的上片虽写元夜，却少了元夜古诗词中常见的喧嚣与热闹。首句写灯不写人，句二月亮、柳枝、恋人与黄昏组成的画面静谧而美好。同时"柳"在古诗词中具有离别的意象，为下片"不见去年人"做好情感的铺垫。下片词人没有描摹眼前的灯与月同上一年有什么不同，而是用"依旧"一词简单带过。他无心赏景，更无心观察，少了情感投射的对象，什么样的景色都不过和从前一样。尾句解释了词人情绪低沉、忧郁的原因，恋人不在身边，恋眷之情不可遏制，心事欲与人言，举目竟无人可诉，任凭泪湿衣衫。这首词里隐藏着古诗的影子，词人将一段离愁别绪写得质朴生动、情深意切。更可贵的是词虽简约却不简单，词人将诗的重叠用于词中，"元夜""灯""月""人"回环往复，既增加了词的音律美，又将词中灯夜良宵的画面与怀人悲切的情感植入人心，使人印象深刻。

如梦令·元宵席上口占

丘崈

【题解】

　　丘崈（1135—1208），字宗卿，江阴（今属江苏）人，南宋名臣。隆兴元年（1163）进士，历仕孝、光、宁三朝。光宗时，除太常少卿兼权工部侍郎，进户部侍郎，擢四川安抚制置使兼知成都府。

这首词即为丘崈任职成都时所作。口占意为即兴而作，随口吟诵，不打草稿。

门外绮罗如绣[①]，堂上华灯如昼。领略一番春，共醉连宵歌酒。今后，今后，如此遨头少有[②]。

（录自《全宋词》第 3 册，中华书局 1965 年版）

【注释】

①绮罗：古时带有花纹的精致、贵重的丝织品，常用以喻豪华旖旎之境。宋欧阳修《西湖泛舟呈运使学士张掞》："绮罗香里留佳客，弦管声来飏晚风。"　②遨头：成都官民春游浣花溪，自正月出游至四月乃止。陆游《老学庵笔记》卷 8："四月十九日，成都谓之'浣花遨头'，宴于杜子美草堂沧浪亭。倾城皆出，锦绣夹道。自开岁宴游，至是而止，故最盛于他时。"

【评析】

即席吟诗是古代文人的常事。兴于汉魏的文人集会发展到"重文教"的宋朝，无论是规模还是频率都是前代所不能及的。宋时公卿大臣与寒门书生，皆以翰墨风雅为乐，追求雅化的生活，不仅诗酒文会，日常生活也被审美化了。这首《如梦令》，是词人在元宵节宴上即席而成的作品。词人时任成都太守，按照当地的风俗，自正月至四月浣花（四月十九日），太守出游与民同乐，是为开岁。词的前半部描写宴游美景，"绮罗如绣""华灯如昼""连宵歌酒"，都是元宵的节俗符号，洋溢着繁华与喜气；末句"今后，今后，如此遨头少有"，似是称颂今日盛景至臻至美，又似叹惋今后华美终将逝去。作为大宋末世名臣，看良宵盛会，念国运式微，难免悲伤。这首词文辞与情绪由喜到忧，都是即兴而起，具有极大的随意性。草成速就、随口而成是口占的特点，故而这首词没有华丽辞藻的修饰，读来浅白明了、真挚自然。

【相关链接】

古时正月十五节俗中有一项与"绮罗如绣"有关，特别是桑蚕产地，上元节"乡间则有祈蚕之祭"（田汝成《西湖游览志余》），谓之"迎紫姑"。

紫姑被民间视为厕神。《异苑》有："世有紫姑女，古来相传是人妾，为大妇所嫉，每以秽事相役，正月十五日感激而死。故世人以其日作其形夜于厕间或猪栏边迎之。"紫姑原是大户人家的小妾，正室嫉妒心重，常常以除秽之类的事情任意地使唤她。某个正月十五，紫姑不堪重负，激愤而死。后世人于正月十五在厕所或者猪圈边迎接紫姑，祝祷时口中念念有词："子胥（紫姑夫婿）不在，曹姑（正室）亦归（回娘家），小姑可出戏。"如果手中的人偶忽然觉得重了，便是将厕神请来了。请来紫姑做什么？"其夕迎紫姑，以卜将来蚕桑，并占众事"（南朝梁宗懔《荆楚岁时记》）。卜一卜当年的桑情如何，蚕茧能否丰收，或者卜一卜心中惦念着的大事小情。

古人上元节"迎紫姑"的习俗较为普遍，但又因时因地而异。依南朝宋刘敬叔《异苑》所载，正月十五夜里，人们给紫姑模样的人偶穿上破衣服，在厕所或者猪栏上等待紫姑的神灵降附。宋张世南的《游宦纪闻》记有，他小时候常见亲朋请紫姑，"以箸插筲箕，布灰桌上画之"。到了明朝，正月十五前后的夜里，妇女们扎起草人，用纸做面，布头做衫裙，号称"姑娘"。由两个女童架着，祀以马粪，打鼓，歌马粪芗歌，然后祝祷（刘侗《帝城景物略》）。《酉阳杂俎》《梦溪笔谈》里还记载了请紫姑作诗、写字、下棋等游戏。

高阳台·闰元宵

蒋捷

【题解】

蒋捷，生卒年不详，字胜欲，号竹山，阳羡（今江苏宜兴）人，宋元之交著名词人。先世为宜兴巨族，咸淳十年（1274）进士。南宋亡，深怀亡国之痛，隐居竹山，人称"竹山先生"。因《一剪梅》"红了樱桃，绿了芭蕉"而著名，又称"樱桃进士"。与周密、王沂孙、张炎并称"宋末四大家"。

这首词大致作于德祐二年（1276），南宋首都临安被元人占领，词人将南宋王朝比作恋人，抒发亡国后的悲愤与感伤。

桥尾星沉，街心尘敛，天公还把春饶。桂月黄昏①，金丝柳换星摇。相逢小曲方嫌冷②，便暖熏、珠络香飘。却怜他、隔岁芳期，枉费囊绡③。　　人情终似娥儿舞，到颦翻宿粉④，怎比初描。认得游踪，花骢不住嘶骄⑤。梅梢一寸残红炬，喜尚堪、移照樱桃。醉醺醺，不记元宵，只道花朝⑥。

（录自《全宋词》第 5 册，中华书局 1965 年版）

【注释】

①桂月：月亮，因传说月中有桂树，故称。　②小曲：曲巷，偏僻的小巷，常代指妓院。　③囊绡：囊中之绡。绡即锦帛，常作赠品。　④颦：同"颦"，皱眉。宿粉：隔夜的水粉胭脂。　⑤花骢（cōng）：青白杂毛的马。　⑥花朝：又称"花神节"，岁时八节之一，

是纪念百花诞生的节日，时间在农历二月。

【评析】

　　词的开篇以灯火阑珊的街景与将落的圆月扣题，词人没有从元宵的喧嚣与欢闹切入，而是以"星沉""尘敛""黄昏"营造出狂欢之后曲终人散的落寞心境。妙的是，词人在"桥尾星沉，街心尘敛"后宕开一笔，因为是闰正月，所以"天公"又多送了一个新春，春天也好似延长了。词人忆起曾与恋人相逢曲巷的场景，而今时隔一年却枉费了从前的付出。词人常有"待把旧家风景，写成闲话"（《女冠子》）的作品，把郁结于心的爱国情感，用婉约含蓄的方式表达出来。正如这首词上片所绘景色暗示国运衰败，所暗写的恋人也并非实指。1274 年，词人科考中第，1276 年正月十八日，宰相陈宜中等正式向元人献上传国玺和投降书，因此，词人有了"隔岁芳期，枉费囊缃"之叹。下片首句以女子发间摇曳的步摇花，比喻跌宕起伏、摇摆不定的情感。今日如何粉饰也不比当初，故国不在，山河易色，可是词人没有陷入愁苦暗淡的情绪，而是振起一笔：马儿识得老地方，识得情感寄托的方向。一寸残烛，喜照樱桃，色彩清丽；"醉醺醺，不记元宵，只道花朝"，极富生活情趣。清周济称其"思力沉透处，可以起懦"（《宋四家词选》）。

望海潮（侧寒斜雨）

吕渭老

【题解】

　　吕渭老，生卒不详，一作吕滨老，字圣求，嘉兴（今属浙江）人，有诗名。宣和、靖康年间，在朝做过小官。南渡后行踪不详。今存《圣求词》一卷。

这首词为词人书写恋情的重要篇目，抒发春日怀人之感。

侧寒斜雨，微灯薄雾，匆匆过了元宵。帘影护风，盆池见日①，青青柳叶柔条。碧草皱裙腰。正昼长烟暖，蜂困莺娇。望处凄迷，半篙绿水浸斜桥。　　孙郎病酒无聊②。记乌丝醉语③，碧玉风标。新燕又双，兰心渐吐，嘉期趁取花朝。心事转迢迢。但梦随人远，心与山遥。误了芳音，小窗斜日对芭蕉。

（录自《全宋词》第 2 册，中华书局 1965 年版）

【注释】

①盆池：种植水生花草的小池，通常将盆子半埋入地里，引水灌注。　②孙郎：即吴侯孙策，容貌俊美，兼通文武，人称"孙郎"，后世常代指俊美少年，此处为词人自称。　③乌丝：即乌丝栏，书法用纸或绢素上绘有或织成的黑色界栏，此处指纸笺。

【评析】

春日里，说相思。这首词怀念旧人，饱含情思。词的上片用细腻笔墨描绘出芳春美景，而这景物是带情绪的。"侧寒斜雨，微灯薄雾"，一片烟雨江南。杨慎评"'侧寒'字甚新"（《词品》），化用"侧侧轻寒剪剪风"（韩偓《寒食夜》）来写春寒料峭，与"斜雨""微灯""薄雾"，烘托出凄冷、幽暗的氛围。凄清的雨夜，元宵节"匆匆"而过，暗示节日里的词人孤单、落寞。接下来画风一转，从"帘影护风"到"蜂困莺娇"，书写春色旖旎、春光和煦、翠色欲滴、生机盎然的景致，清丽俊逸，带给人温暖和惬意。"望处凄迷"，再一次将清冷幽暗的情绪带入，为下片抒发相思之苦做好铺垫。词人自比俊美孙郎，此刻的他借酒消愁，百无聊赖，陷入往事的回忆中。下文叙述承受无尽相思的原因，"嘉期趁取花朝"，却因"心事转迢迢"，人在异乡，身不由己，迫不得已"梦随人远，心与山遥"，误了花讯也错过了约会。词人尺素相思，到如今春景美日迟消，借酒消愁，情愈浓而愁愈苦。宋人赵师秀称其词"婉媚深窈，视美成（周邦彦）、耆卿（柳永）伯仲耳"（《圣求词序》）。

满庭芳（寰宇清夷）

赵佶

【题解】

赵佶（1082—1135），宋徽宗，自号宣和主人、教主道君，宋朝第八位皇帝，著名书画家。不善任人，在位初任蔡京等奸臣佞小，穷奢极欲。靖康二年（1127），与其子赵桓（钦宗）为金所掳，南宋绍兴五年（1135）郁闷病逝。被掳后，词多叹故国之思。元巙巙评："宋徽宗诸事皆能，独不能为君耳！"

这首词作于宣和年间，范致虚进左丞，元宵帝宴赋《满庭芳慢·紫禁寒轻》上宋徽宗，徽宗和其韵以赐。

上元赐公师宰执观灯御筵，遵故事也。卿初获御座，以《满庭芳》词来上，因俯同其韵以赐。

寰宇清夷①，元宵游豫②，为开临御端门。暖风摇曳，香气霭轻氛。十万钧陈灿锦③，钧台外④、罗绮缤纷。欢声里，烛龙衔耀，黼藻太平春⑤。　　灵鳌⑥，擎彩岫，冰轮远驾⑦，初上祥云。照万宇嬉游，一视同仁。更起维垣大第⑧，通宵宴、调燮良臣⑨。从兹庆，都俞赓载⑩，千岁乐昌辰。

（录自《全宋词》第 2 册，中华书局 1965 年版）

【注释】

①清夷：亦作"清彝"，清平，太平。　②游豫：指帝王出巡，春巡为"游"，秋巡为"豫"。《孟子·梁惠王下》："吾王不游，吾何以休？吾王不豫，吾何以助？一游一豫，为诸侯度。"　③钩陈：帝王的卫队和仪仗。　④钩台：泛指帝王游乐的台观。　⑤黼（fǔ）藻：花纹，雕刻。《尚书·益稷》孔安国《传》："藻，水草之有文者。"黼，"黼若斧形"。　⑥灵鳌：彩灯堆叠成山，远望如海中大龟，故称。　⑦冰轮：月亮。　⑧维垣：城池。大第：大宅。　⑨调（diào）燮（xiè）：古谓宰相能调和阴阳、治理国事，故以称宰相。　⑩赓载：相续而成，多指诗词唱和。

【评析】

　　宋朝自立国以来，崇文抑武，帝王志趣高雅，赋诗、与臣民唱和之事屡有发生。这首词即是元宵夜宴帝王酬唱之作。范致虚上呈《满庭芳慢》歌颂太平盛世："紫禁寒轻，瑶津冰泮，丽月光射千门。万年枝上，甘露惹祥氛。北阙华灯预赏，嬉游盛、丝管纷纷。东风峭，雪残梅瘦，烟锁凤城春。　风光何处好，彩山万仞，宝炬凌云。尽欢陪舜乐，喜赞尧仁。天子千秋万岁，征招宴、宰府师臣。君恩重，年年此夜，长祝本嘉辰。"徽宗大喜，次韵和之。徽宗词上片，意在描绘当日宫廷内外的节日盛况，文辞夸张、富丽。"烛龙衔耀，黼藻太平春"，本为说明灯火长列如龙，光亮耀眼，装点太平喜乐的盛世春天。而"黼藻"一词，也暗示出徽宗沉溺于颂圣之风，"锐意制作，以文太平"（毕沅《续资治通鉴》）。词的下片着力表明君王喜与民同乐。词中"一视同仁""调燮良臣"是同乐的对象，"万宇嬉游""起维垣大第""通宵宴"是同乐的方式，最终为的是"千岁乐昌辰"，快乐兴盛的日子长长久久。这首词内容虽欠深刻，但形式上风格绮靡，可见词人文采风流。

倾杯乐（禁漏花深）

柳永

【题解】

柳永（987？—1053？），原名三变，字景庄，后改名柳永，字耆卿，因行七故又称柳七，崇安（今福建武夷）人，北宋著名婉约派词人。仁宗景祐元年（1034）进士，官至屯田员外郎，故世称"柳屯田"。"永初为上元辞，有'乐府两籍神仙，梨园四部弦管'之句，传禁中，多称之。后因秋晚张乐，有使作《醉蓬莱辞》以献，语不称旨，仁宗亦疑有欲为之地者，因置不问"（宋叶梦得《避暑录话》卷下）。词人自此不复进用，整日沉溺于"倚红偎翠"、繁华绮旎的都市生活，潦倒终生。

这首《倾杯乐》，即是传入宫中、深得仁宗赞赏的上元词。此词对元夕佳节北宋都城汴京华灯烛彩的景象，进行了铺陈渲染。

禁漏花深①，绣工日永②，蕙风布暖。变韶景、都门十二③，元宵三五，银蟾光满④。连云复道凌飞观⑤。耸皇居丽，嘉气瑞烟葱茜。翠华宵幸⑥，是处层城阆苑⑦。　　龙凤烛、交光星汉。对咫尺鳌山开羽扇。会乐府两籍神仙⑧，梨园四部弦管。向晓色、都人未散。盈万井、山呼鳌抃⑨。
愿岁岁，天仗里、常瞻凤辇。

（录自《全宋词》第 1 册，中华书局 1965 年版）

【注释】

①禁漏：宫中的铜漏，即皇宫里的计时器，此处借指时间流逝。　②绣工：刺绣精美，此处比喻春色如绣。　③都门十二：汉代长安城门，共计十二座，此处指代汴京的城门。　④银蟾：月亮。神话谓月中有蟾，故月亮又称蟾宫、银蟾。　⑤复道：高楼之间的通道。　⑥翠华：帝王仪仗中用翠鸟羽毛装饰的旗帜，此处指代帝王。　⑦层城：神话传说中神仙居所，常喻指高大的城楼、建筑。　⑧两籍神仙：指宋朝宫廷乐府左右教坊的歌伎。神仙，唐宋时对歌伎的称呼。　⑨万井：万民。鳌抃（biàn）：本意为海中巨龟欢欣鼓掌，常喻指臣民向天子欢呼。

【评析】

这首词是柳永早期的作品，描写都城汴京元宵节庆的繁华，歌颂北宋初年的隆盛。词的上片先以春日铺陈起兴。"花深""绣工""蕙风"，勾勒出皇城温暖和煦的旖旎春光。继而，词人以"韶景"二字过渡，上承春天美景，也是对元宵美景的概括。"变"字与"禁漏"遥相呼应，说明时序交替，冬去春来。"都门十二"，以汉唐盛世的长安比大宋王朝的汴京，"元宵三五、银蟾光满"点明主题。接下来词人着力描写了汴京殿宇的雄伟壮观，一个"凌"字，将静态的楼阁写活了，凌空欲飞似蛟龙。在这一片富丽堂皇中，皇帝驾临，与民同乐。"是处层城阆苑"，以借喻的方式总束全片，帝都汴京到处城阙高耸、楼宇巍峨，如天庭仙境一般。词的下片写"翠华宵幸"后的情景。词人以汉代"乐府"、唐代"梨园"将仁宗与汉武帝、唐玄宗类比，极具颂圣的味道。这首词用赋体铺叙的方式，展示了汴京的宏丽富庶，也将元宵节仁宗与民同乐的热闹景象描写得淋漓尽致，难怪"传禁中，多称之"。

望远行·元夕

孙惟信

【题解】

　　孙惟信（1179—1243），字季蕃，号花翁，开封（今属河南）人，南宋著名词人。曾以荫为监，不喜仕途，故弃之。游历四方，隐居苏、杭最久。"长身缊袍，意度疏旷，见者疑为侠客异人"（《孙花翁墓志》）。

　　这首词大概作于词人晚年，元夕佳节怀思流年之叹。

　　又还到元宵台榭。记轻衫短帽，酒朋诗社。烂漫向、罗绮丛中，驰骋风流俊雅。转头是、三十年话。　　量减才悭，自觉是、欢情衰谢。但一点难忘，酒痕香帕，如今雪鬓霜髭，嬉游不忺深夜①。怕相逢、风前月下。

（录自《全宋词》第 4 册，中华书局 1965 年版）

【注释】

①忺（xiān）：高兴，适意。

【评析】

　　节日往往是属于年轻人的，人越是上了年岁，越会对年节淡然。词开篇的"又""还"带着些许无奈，表达出词人对元宵节以及赴节日宴饮的淡漠。词人回忆起三十年前过元宵的场景，追忆往昔，从人物服饰、活动内容、气氛感受入手，却没有铺陈渲染，而是概括凝练、言简意赅。"转头"一词，将回忆拉回现实，曾经的风流少年已是三十年前，此句承转，为下片抒写眼前的落寞做准备。词的下片起笔便写词人衰老的样子，"量减"是生理上的老，"才悭"是心智上的老，而"欢情衰谢"则是心态上的老，然而词人并不安于现状。下文以两处转折，说明了词人的愁苦之源。"但"难忘当年"酒痕香帕"的美好，却因"如今"的老朽无法回到肆意洒脱的从前。于是"怕相逢"，怕与老友风前月下相逢后，却没有了"驰骋风流俊雅"，没有了"酒痕香帕"。"怕相逢"照应词首的"元宵台榭"，道明了"又"与"还"的原因。整首词浅近通俗，用字精工。宋沈义父评其词"善运意"（《乐府指迷》）。

古蟾宫·元宵

王磐

【题解】

王磐（1470？—1530），字鸿渐，号西楼，高邮（今属江苏）人，明代著名散曲作家，被称为"南曲之冠"。终生未仕，放情山水之间。

这首散曲是反映社会现实的小令。元宵节今昔对比，国祚难兴，疆宇日蹙，诗人之伤心尽诉此中，悲凉戏谑从中生起。

听元宵，往岁喧哗，歌也千家，舞也千家。听元宵，今岁嗟呀①，愁也千家，怨也千家。　　那里有闹红尘香车宝马？只不过送黄昏古木寒鸦。诗也消乏，酒也消乏，冷落了春风，憔悴了梅花。

（录自《全明散曲》卷1，齐鲁书社1994年版）

【注释】

①嗟呀：叹息的声音。

【评析】

从"往岁"与"今岁"元宵节境况来看，创作这首小令时，明朝已国运不济，"经荒岁苛政，间阎凋散，良宵遂索然矣"（明蒋一葵《尧山堂外纪》）。这首小令，没有华丽文辞，言语明白晓畅、浅显易懂，而作者在章法上却做足了功夫。首先，作者运用了复沓和对比手法，通过重章叠句，反复咏唱，明确区分了"往岁"与"今岁"的层次，而相同的结构使上下句嵌入的相异的语词更加突出，加重了上下句对比的程度。"喧哗"与"嗟呀"用以说明声音状态，前者明丽，后者阴郁，强化话语中所蕴含的悲愤情感的表现力。"那里"句，作者以反问兼设问的修辞手法，寓答于问，自问自答。而尾句除了再次使用复沓，还运用拟人的辞格，赋予春风、梅花以人的精神状态，连春风、梅花也感到寂寞，失去了过节的兴致。这首小令句与句之间、词与词之间的安排都是有意味的，以唤起读者的审美感受。其中，复沓、对比的方式增加了小令的意蕴与张力，也就是克莱夫·贝尔所说的"有意味的形式"。

【相关链接】

明代元宵节沿袭了前朝的节俗规矩，燃灯放焰，连天夜游。太祖即位后，规定正月初八上灯，十七落灯，灯节持续十夜，乃历代之最。节日里，妇人们穿戴一新，"队而宵行"，所不同的是，除了游园、观灯、约会，明代京城民间的元宵夜行，多了一项新内容，也多了一层新意味。

节日期间，京城"正阳门、崇文门、宣武门俱不闭，任民往来。厂卫校尉巡守达旦"（明沈榜《宛署杂记·民风一》）。"八日至十八日，集东华门外，曰灯市。贵贱相杂，贫富相易贸，人物齐矣。妇女着白绫衫，队而宵行，谓无腰腿诸疾，曰'走桥'。至城各门，手暗触钉，谓男子祥，曰'摸钉儿'"（明刘侗《帝京景物略·春场》）。走桥，女子三五相约，通常令一人在前手持香烛驱使行人避让，遇桥则必相继而过，取渡厄之意，祈望免灾咎、祛百病。摸钉则要来到城门下，暗中举手摸城门钉，祈望女孩的心上人或家里的男丁平安吉祥。明人周用的《走百病行》一诗，描述了这项民俗的缘起与当时的情景："都城灯市春头盛，大家小家同节令。姨姨老老领小姑，撺掇梳妆走百病。俗言此夜鬼穴空，百病尽归尘土中。不然这年且多病，臂枯眼暗偏头风。踏穿街头双绣履，胜饮医方二钟水。谁家老妇不出门，折足蹒跚曲房里。今年走健如去年，更乞明年天有缘。蕲州艾叶一寸火，只向他人肉上燃。"

御街行（百枝火树千金屟）

董元恺

【题解】

　　董元恺（？—1687），字舜民，号子康，武进（今江苏常州）人，清代著名词人。清顺治十七年（1660）中举，次年被黜，遂四方游走，纵情山水间。

　　踏灯亦作"蹋灯"，即元宵节去灯市看灯。徐夫人，名灿，字湘苹，一字明深，吴县（今江苏苏州）人，海宁相国陈之遴继室。才华敏赡，在明末清初文士间颇有盛名，阳羡词派领袖陈维崧称其为南宋后闺秀第一。徐灿随夫入京城，作《御街行·燕京元夜》："华灯看罢移香屟，正御陌、游尘绝。素裳粉袂玉为容，人月都无分别。丹楼云淡，金门霜冷，纤手摩挲怯。　　三桥宛转凌波蹑。敛翠黛、低回说。年年长向凤城游，曾望蕊珠宫阙。星桥云烂，火城日近，踏遍天街月。"词人与徐夫人同乡，清代武进属常州府而吴县属苏州府，同属江苏省。这首《前调》为词人依徐夫人《御街行·燕京元夜》的原韵而作。

元夜踏灯词，和徐夫人《燕京元夜》韵。

百枝火树千金屣①，宝马香、尘不绝。飞琼结伴试灯来②，忍把檀郎轻别③。一回佯怒，一回微笑，小婢扶行怯。　　石桥露滑纤钩蹑④，向阿母、低低说。姮娥此夜悔还无，怕入广寒宫阙。不如归去，难忘畴昔，总是团圆月。

（录自《全清词·顺康卷》第 6 册，中华书局 2002 年版）

【注释】

①屣（xiè）：鞋子。　②飞琼：仙女名，本为王母的侍女，后泛指仙女。唐顾况《梁广画花歌》："王母欲过刘彻家，飞琼夜入云辂车。"　③檀郎：西晋潘安小字檀奴，后用以女子对夫婿或所爱慕的男子的美称。　④纤钩：浅黄色鞋扣。唐温庭筠《锦鞋赋》："碧缬纤钩，鸾尾凤头。"

【评析】

这首妇人观灯叹月、念人思归之词，经由男性词人之笔写就，本就有趣，词中将妇人的情绪波动、妖娆姿态与细小心思刻画得灵动逼真，分寸拿捏得恰到好处，足见词人对生活的观察与对文字的敏感不同凡人。词的上片开篇写元宵灯市的繁荣热闹，一来扣题中之元夜，二来为妇人踏灯做铺陈。词人用了一个"忍"字，暗示出妇人耐不住窗外热闹景象的诱惑，可又对爱人恋恋不舍，纠结万分。"一回佯怒，一回微笑"，刻画了妇人因爱人不能同往的情绪变化，"佯怒"一词用得妙，假装而非真生气，符合女性爱情中的心理表现，而"小婢扶行怯"，也符合当时情境下侍女的心理状态。词的下片首先表明，妇人是与家人一同踏灯，用"低低说"侧面勾勒出妇人贤良淑德的模样。词人以女性的心语写女子眼中的月，"姮娥此夜悔还无，怕入广寒宫阙"一句实为难得。"不如归去"似是在说嫦娥，也似在说妇人自己，与家人团圆才是元宵月圆的真谛，也是天地间最美好的事情。贺国璘《天山文集》评此词曰："摹写情景逼真，读至'不如归去'，觉一天灯火，博得清泪数行，恐嫦娥听之，亦当凄绝。"

【相关链接】

清代元宵放灯时间比明代的十夜要减少不少，"自十三以至十七均谓之灯节，惟十五日谓之正灯耳"（富察敦崇《燕京岁时记》）。灯市遍布京城，以东四牌楼、地安门最盛。花灯上出现了《三国演义》《水浒传》《西游记》等通俗小说里的人物和情节，或为剪纸，或为图画，都是时下百姓喜闻乐见的角色，为赏灯人平添了饶有趣味的谈资。因清代统治者兴起于冬季气候寒冷的东北，而东北地区元宵节有赏冰灯的习俗，清西清《黑龙江外纪》就记载："上元，城中（齐齐哈尔）张灯五夜。……有镂五六尺冰为寿星灯者，中燃双炬，望之如水晶人。"因此，冰灯也从东北传入了燕京，只是由于中原气候较暖，这种"华而不侈，朴而不俗"（《燕京岁时记》）的冰灯并不多见。

此外，依照乾隆初定制，每年正月十五前后五日申时，清廷会在西苑西南门内的山高水长楼前举行大型烟火表演，称为"火戏"。火戏前先是各营的比武表演，即"角伎"，并依次演奏少数民族及藩属的乐曲。曲毕，皇帝"命放瓶花，火树崩湃，插入云霄，洵异观也"（清昭梿《啸亭续录》卷1）。

四、立春

立春日宁州行营因赋朔风吹飞雪

李益

【题解】

　　李益（748？—829），字君虞，唐代诗人，姑臧（今甘肃武威）人，后迁河南郑州。代宗大历四年（769）进士，任郑县尉，久不得志，弃官任游燕赵间。建中元年（780）初从军，784年后，辗转于李抱玉、崔宁、朱滔幕府，后出仕御史于东都。贞元四年入张献甫幕，后又任幽州节度使刘济从事。宪宗闻其有诗名，再次启用，官终礼部尚书，因而人称"李尚书"。李益长居西北边地，佐幕从戎，因而多边塞诗。

　　这首诗作于贞元五年立春日。宁州即今甘肃宁县。贞元四年，邠宁节度使张献甫赴宁州抵御吐蕃进攻，诗人作为节度使幕府同往。诗题中的"朔风吹飞雪"，是对谢朓《观朝雨》诗"朔风吹飞雨"一句的化用。

边声日夜合①，朔风惊复来。

龙山不可望②，千里一裴回。

捐扇破谁执，素纨轻欲裁③。

非时妒桃李，自是舞阳台④。

（录自《全唐诗》卷283，中华书局1960年版）

【注释】

①边声：边塞的风声、雁声，军营的阵鼓、号角、口号、马嘶、胡笳等声音。　②龙山：逴龙山。《楚辞·大招》："北有寒山，逴龙赪只。"传说中此山常年寒冷，不见天日。　③素纨：洁白细致的绢，此处喻指飞雪。　④阳台：传说巫山上的高台，是云、雨形成的地方。宋玉

《高唐赋》："妾在巫山之阳，高丘之阻，旦为朝云，暮为行雨。朝朝暮暮，阳台之下。"后世咏雪诗中，亦将巫山高台视为雪的故乡。

【评析】

李益是一位有着家国情怀的诗人，他曾多次从军南征北战，然而，从初次从军的热诚到第六次入幕戍边，诗人在朝廷的漠视中逐渐丧失了建功立业的激情与信心。诗人将戎行生活与心绪变化诉诸笔端，创作了大量军旅诗词。这首诗写于任邠宁节度使张献甫幕府时期，是诗人第五次从军时的作品。首联以听觉起笔，熟悉的边声在诗人耳畔萦绕，可当北风再次卷起时，诗人还是吃了一惊。立春日，本该春草丛生、莺歌燕舞，塞外却以一场接一场的刺骨寒风迎接春天。颔联转写视觉，漫天飞雪随风起舞，"千里一裴回"，以至于模糊了望向龙山的视线。雪的动态与龙山的静态交叠在一处，一实一虚，画面唯美。颈联运用比喻辞格，将雪比作剪裁细碎的白色绢扇和素洁的丝纨。诗人不禁疑问，是谁在执扇、裁绢，送来了铺天盖地的雪？尾联给出答案，将雪拟为人，立春日，雪却不合时宜地造访，应是因为嫉妒欲放之桃李而自顾从巫山阳台飞舞而下。此诗重在描写边塞雪中的景致，以一个寒气相逼、风雪漫天的立春，暗示出诗人对功业难就的嗟怨。明胡应麟《诗薮》评其诗"可与太白、龙标竞爽"。

【相关链接】

立春是二十四节气之首，时间在公历 2 月 3 日至 5 日之间。"立，始建也。春气始而建立也"（明王象晋《二如亭群芳谱》）。从立春这天开始，时序进入春季，虽有春寒料峭，但寒冬已尽、风和日暖、万物生长带给人们新岁的希望与喜悦，故自西周起，古人就相当重视立春，举行迎春祭祀、出土牛等活动，迎春之节立春也逐渐被称为"春节"。辛亥革命后，废除年号制，引入公历纪年，在民间实现了阳历、阴历双轨，南京政府将公历一年之首的 1 月 1 日称为"元旦"，而已有千年历史的"元旦"正月初一，因与立春日临近，改称"春节"。此后，立春脱下了岁节的外衣，只单纯作为节气而存在。

古代民间在过立春节时，有迎春神、贴春帖、春旛胜、踏春行、打春牛、咬春宴、送春盘等活动。官方也有一个重要的规定："王者配天，谓其道。天有四时，王有四政，若四时，通类也，天人所同有也。庆为春，赏为夏，罚为秋，刑为冬。庆赏罚刑之不可不具也，如春夏秋冬不可不备也。"（西汉董仲舒《春秋繁露》）司法顺应天意，春天象征新生，不宜取人性命，故立春至秋分不处决犯人。

立春

杜甫

【题解】

此诗为唐代著名诗人杜甫所作。诗人大历三年（768）离开夔州，沿三峡入楚，漂泊两湖。这首诗既为咏立春节俗之作，也抒发了诗人异乡漂泊的悲凉心境。

春日春盘细生菜①，忽忆两京梅发时②。
盘出高门行白玉③，菜传纤手送青丝。
巫峡寒江那对眼④，杜陵远客不胜悲⑤。
此身未知归定处，呼儿觅纸一题诗。

（录自《全唐诗》卷 229，中华书局 1960 年版）

【注释】

①春盘：春饼与菜以盘装之，称为"春盘"。生菜：清黄生《杜诗说》："韭也，以其可以作菹，故曰生菜"　②两京：长安、洛阳两地。　③高门：指富贵人家。　④对眼：入眼，值得看。　⑤杜陵远客：即杜甫。杜陵位于长安东南，杜甫曾在杜陵附近的少陵居住，故称"杜陵远客"或"少陵野老"。

【评析】

这首诗前后情感对比强烈。正值立春，摆放面前的春盘，勾起了诗人对故地春日的回忆。简洁的"梅发"二字，为回忆的内容定了清新、欢愉的调子。遥想当年立春日，长安、洛阳两处梅花绽放，春意盎然、生机勃勃。接下来，诗人用"高门"和"纤手"，暗示了两京立春的隆盛与美好。清人浦起龙评此两联："忆两京，全从'春盘''生菜'触起。故三、四句述两京之盛，只用盘菜形容，不须别作铺张，而太平气象如见。"（《读杜心解》卷4）继而，笔锋一转，与两京的立春景色相比，巫峡寒江哪能入眼，诗人不觉心生悲凉。杜甫寓居四川夔州（今重庆奉节）期间，身居巫峡，因心中惦念两京，自感漂泊异乡，萍踪不定。心绪难平无处诉，只得"呼儿觅纸"，将满腔悲情诉之于笔端。回忆中的"纤手"是有温度的，眼前的"寒江"亦然，两相对照，诗人明确直白地道出了自己倦于羁旅的怀乡愁绪与长期漂泊的流离之叹，表达出对故土的无限眷恋。

【相关链接】

"春日春盘细生菜"，这里的生菜，黄生注其为韭菜，也有可能是春季里生出的任意一种娇嫩、纤细、碧绿的新鲜蔬菜。立春日食生菜，至晚是东汉时的节俗，崔寔在《四民月令》中就有明确的记载。东晋时，生菜除自家食用外，还可以放置盘中作为立春礼物互相赠送，称为"菜盘"，"东晋李鄂，立春日命以芦菔（萝卜）、芹芽为菜盘相馈贶"（宋陈元靓《岁时广记》卷8）。至于春盘之说，文献中始见于唐代，《四时宝镜》有"立春日食芦菔、春饼、生菜，号'春盘'"的记载；《皇朝岁时杂记》也记有"立春前一日，大内出春盘并酒以赐近臣。盘中生菜，染萝卜为之装饰，置奁中。……民间亦以春盘相馈"。春盘在唐代大为流行，不仅有像《四时宝镜》《皇朝岁时杂记》此类介绍民俗的书籍做介绍，而且白居易、杜甫、沈佺期、王昌龄等诗人都曾将春盘入诗，欧阳詹《春盘赋》里还描述了佳人"一本一枝""片花片蕊"在盘上插花装饰的过程。

立春日晨起对积雪

张九龄

【题解】

张九龄（678—740），字子寿，一名博物，谥文献，韶州曲江（今广东韶关）人，世称"张曲江"或"文献公"，唐代著名诗人，被誉为"岭南第一人"。中宗景龙初年进士。玄宗开元六年（718），拜左补阙。此后，得宰相张说赏识多次举荐，玄宗开元朝历中书侍郎、同中书门下平章事、中书令。因受李林甫进谗，迁为尚书右丞相，免去了知政事。开元二十五年，被降职荆州大都督府长史。

这首诗正是作于被贬荆州之时。开元二十六年，孟浩然游湖南湘水，去荆州见张九龄，同行游历山水，多有唱和。回府时已到来年。诗人晨起见宅院内外处处积雪，起兴赋诗，孟浩然有和诗即《和张丞相春朝对雪》。

忽对林亭雪，瑶华处处开。

今年迎气始，昨夜伴春回。

玉润窗前竹，花繁院里梅。

东郊斋祭所，应见五神来①。

（录自《全唐诗》卷48，中华书局1960年版）

【注释】

①五神：指勾芒、祝融、后土、蓐收、玄冥等五方神，后土居中，其他四神分别主管春、夏、秋、冬。

【评析】

诗人是唐朝的一代贤相，因遭谗毁而贬谪荆州。羁旅异乡的立春，满目雪景，诗人想到昔日随皇帝东郊斋祭，不禁满怀情思，脱口成文，将自身的高洁以及对朝廷的惦念融入景色之中。诗以"忽"字开篇，表明立春降雪的突然。"瑶华"道出雪的质地之美，玉白色的雪花处处开放。"今年"句点出立春的节气特征，"春气始而建立也"；今日立春，"昨夜"春的脚步就已伴雪而来。立春邂逅积雪，雪覆梅竹，相映成趣，别有一番滋味。诗人将"竹""梅"并举，青翠坚挺的竹与花团锦簇的梅凌霜傲雪，一个虚怀亮节，一个格高韵胜，借以象征诗人高洁的人格理想。而联想到自己现在的处境，诗人不禁想到，京城东郊的迎春祭祀大典应是已经接到五神，为国祈福了。这首诗整体色彩是温暖、鲜亮的，"瑶华""玉润""花繁"，皆为愉悦心境下所见之景色。同日，孟浩然作《和张丞相春朝对雪》与之相和："迎气当春至，承恩喜雪来。润从河汉下，花逼艳阳开。不睹丰年瑞，焉知燮理才。撒盐如可拟，愿糁和羹梅。"

【相关链接】

"东郊斋祭所，应见五神来"。东风解冻，北斗七星"斗柄东指，天下皆春"(《鹖冠子》)。古人相信春自东方来，自先秦时期，天子便"亲率三公、九卿、诸侯、大夫以迎春于东郊"(《礼记·月令》)。青色是春天颜色，象征万物生长、年丰民阜，所以，立春之日，祭祀百官统一着青色的衣裳，戴青色的头巾，立青色幡旗在城东门迎春神，并令一名穿戴青色的小男孩去东郊为春神领路。待到小男孩将春神带来后，迎者拜之而还（范晔《后汉书·祭祀志》）。

　　春神者，句（gōu）芒也。据《山海经·海外东经》记载，"东方句芒，鸟身人面，乘两龙"，是四方神之一。西周时在四方神之上又加入中央帝，遂成五帝，即东方句芒、南方祝融、西方蓐收、北方禺强、中央后土。自碣石东至日出扶桑之野，万二千里的地区，都是句芒的辖区。"句芒"之名源于他的另一个职位：主木之官。句芒因辅佐木德之帝而司木，"木初生之时，句屈而有芒角，故云句芒"（孔颖达《礼记正义》）。可见，"句芒"二字所言即为草木萌动、初生之貌。而"某日立春，盛德在木"(《礼记·月令》)，作为木神的句芒，也就自然成为古人信仰的春神了。

奉和立春日侍宴内出剪彩花应制

宋之问

【题解】

　　宋之问（656？—712），一名少连，字延清，虢州弘农（今河南灵宝）人，初唐诗人，与沈佺期并称"沈宋"，与陈子昂、卢藏用、司马承祯、王适、毕构、李白、孟浩然、王维、贺知章称为"仙宗十友"。上元二年（675）进士及第。武周时，以文才为宫廷侍臣，颇受恩宠。

神龙革命，受张易之牵连获罪被贬。睿宗景云元年（710）流放，玄宗先天元年（712）赐死。

这首诗是诗人立春日陪侍赋诗的应制之作。彩花，即用丝绸制作的花。

> 金阁妆新杏①，琼筵弄绮梅。
> 人间都未识，天上忽先开。
> 蝶绕香丝住，蜂怜彩艳回。
> 今年春色早，应为剪刀催。

（录自《全唐诗》卷52，中华书局1960年版）

【注释】

①新杏：一作"仙杏"，即蓬莱杏。《西京杂记》卷1："蓬莱杏，东郡都尉于吉所献，一株花杂五色，六出，云是仙人所食。"

【评析】

宋之问的诗作多为奉和应制题材，律体属对精密，辞藻工巧华丽，上官婉儿曾评其诗"犹陟健举"，为宫廷文人之首（《唐诗纪事》）。这首诗前三联极写彩花的华贵与逼真。诗人以宫廷节宴的场景开篇，但焦点不在奢靡的"金阁""琼筵"，而是或装点宫廷、或插在发间的彩花。"新杏""绮梅"均为彩花的式样，这些彩花巧夺天工，"人间都未识，天上忽先开"。诗人先以夸张辞格表达出宫廷彩花的奇美、精致与珍贵，接着以"蝶""蜂"在花中流连来说明彩花栩栩如生，想象力丰富，构思奇巧。特别是赋予"蜂"以人的情态，因爱怜而徘徊。结尾处扣题中"剪彩花"，宫廷里花团锦簇，仿佛春天早早光临。诗中"春色"与"剪刀"，既是实指，亦是虚指。上半句以室内春色喻自然春色，下半句将季节更替拟作人用剪刀剪裁，妙趣横生。这首诗是以刻画点缀为工，元朝诗论家方回评价此诗"流丽与太白应制无以异也"（《瀛奎律髓》）。

【相关链接】

立春剪彩花，女子巧手下的彩色丝绢、纸张随着翻飞的剪刀，变幻出燕子、蝴蝶、花卉各样的形状。"浅深依树色，舒卷听人裁。假令春色度，经著手中开"（南朝梁刘孝威《咏剪彩花诗》）。剪好的彩色长条，有的悬挂在花枝，有的点缀在佳人的发间，称为"春幡"；剪成禽鸟、虫蝶、花卉、金钱等形状，称为"春胜"。春幡，亦作"春旛"，即立春的旗子，可追溯到汉代迎春祭礼中的"立青幡"。唐代出现了簪戴和悬挂用的小春幡。宋时春幡越来越精巧，宋高承《事物纪原·岁时风俗》记载："今世或剪彩错缯为幡胜，虽朝廷之制，亦镂金银或缯绢为之，戴于首。"春胜是胜之一种（另见人日"人胜""彩胜"），诗中的"新杏""绮梅""蝶""蜂"，均为春胜的形状。

汉皇迎春词

温庭筠

【题解】

温庭筠（812？—866），本名岐，字飞卿，太原祁（今山西祁县）人，唐代著名诗人，与李商隐齐名，时称"温李"，"花间派"首要词人。天才骏逸，文思敏捷，每入试，押官韵作赋，八叉手而成八韵，故有"温八叉"之称。恃才傲物，屡试不第。放浪形骸，一生潦倒。

汉皇即汉成帝。这首诗描写了汉代天子立春日东郊迎春的奢靡景象。

春草芊芊晴扫烟，宫城大锦红殷鲜。

海日初融照仙掌①，淮王小队缨铃响②。

猎猎东风焰赤旗，画神金甲葱龙网。

钜公步辇迎句芒③，复道扫尘燕彗长④。

豹尾竿前赵飞燕⑤，柳风吹尽眉间黄⑥。

碧草含情杏花喜，上林莺啭游丝起⑦。

宝马摇环万骑归，恩光暗入帘栊里⑧。

（录自《全唐诗》卷 575，中华书局 1960 年版）

【注释】

①仙掌：铜塑仙人像之名称。汉武帝刘彻立铜柱于建章宫神明台以求仙，柱上有铜仙人摊开手掌，捧铜盘玉杯以盛天露。《史记·孝武本纪》："其后则又作柏梁、铜柱、承露仙人掌之属矣。" ②淮王：淮南王刘安，汉高祖刘邦之孙，好黄老之说，编《淮南子》一书。队：通"坠"。缨铃：方士随身佩戴的鎏金铃铛。南朝道士陶弘景著《真诰》称"老君佩神虎之符，带流金之铃，执紫毛之节，巾金精之巾。" ③钜公：指天子。句芒：春神，木神。 ④燕彗：指鸾旗车之羽旄，天子仪仗以鸾旗车前导。 ⑤豹尾：天子属车上的饰品。汉朝天子大驾八十一乘，最后一辆车上悬挂豹尾。赵飞燕：汉成帝刘骜第二任皇后，受汉成帝宠幸，常跟随皇帝车驾出游。 ⑥眉间黄：汉时宫妆。 ⑦上林：宫苑名，建元三年（前 138），汉武帝刘彻于秦代一旧苑址扩建而成。 ⑧帘栊（lóng）：亦作"帘笼"，泛指门窗的帘子。

【评析】

这首诗以浓烈的色调，形象地再现了汉成帝春日东郊迎春的盛景。诗人所作乐府中有不少咏史题材，此诗便是一例。诗中以实写汉成帝笃信神仙、铺排奢靡，暗讽中唐宫廷昏庸腐败、信奉方士、大肆炼丹之举。整首诗叙事直接，描述铺张。开篇铺陈写春色，浓绿的草与殷红的锦相映成趣。汉朝皇室好道，据《汉书·郊祀志》记载，成帝末年颇好神仙，加上没有继承皇位的子嗣，很多上书言祭祀方术的人，皆得待诏之官。成帝也常于上林苑中长安城旁祭祀，费用甚多。因此诗中借"仙掌""缨铃"等器物，表明此次立春祭礼的核心也在于修仙。接下来，诗人以华美的辞藻描绘了皇家仪仗出行的场面，情景润厚，色彩浓丽，雍容富丽。更为特别的是，对郊祭迎春的队伍中赵飞燕一段的描写，款款的"柳风"、带妆的"眉间"、含情的"碧草"、喜笑颜开的"杏花"、婉转的"莺"啼，尽显淫靡之色，与本该庄严肃穆的迎春之礼形成强烈的冲撞。尾句写浩荡队伍郊祭归来，汉皇即入昭阳宫与飞燕、合德欢好。此诗借古喻今，词采繁缛，极尽铺叙藻饰之能，《旧唐书·温庭筠传》说他"能逐弦吹之音，为侧艳之词"。

立春

晁冲之

【题解】

晁冲之，生卒年不详，字叔用，又字用道，号具茨山人，济州巨野（今山东巨野）人，宋代江西诗派诗人。举进士不第，授承务郎。因党争贬谪，隐居阳翟（今河南禹州）具茨山。

这首诗描写立春日民俗，诗人感慨时序的变迁。

巧胜金花真乐事，堆盘细菜亦宜人^①。

自惭白发嘲吾老，不上谯门看打春^②。

自惭白发嘲吾老，不上谯门看打春^②。

（录自《全宋诗》第21册，北京大学出版社1995年版）

【注释】

①堆盘细菜：即春盘，以韭黄、果品、饼饵等簇盘为食，或馈赠亲友。　②谯（qiáo）门：建有瞭望楼的城门。打春：习俗打春牛，又称鞭春、鞭土牛、鞭春牛，立春日将泥塑春牛打碎。

【评析】

这首诗开篇两句洋溢着迎春的喜悦，不仅用"乐事""宜人"直接描绘出欢乐祥和、诸事顺意的节日气氛，而且提到节俗之处，饰以"巧""金"等美词，立春的人胜是精巧的，彩花是耀眼夺目的，春盘中堆起各色鲜嫩的菜品，怎不为"乐事"，怎能不"宜人"？收尾两句透露出对年事已高的无奈，诗人头发斑白，因怕被年轻人嘲笑老态，而不愿登谯门观看官府举办的鞭春牛仪式，有些意气又有些可爱。整首诗浅近平易，充满了生活的趣味。

【相关链接】

宋代立春节各项习俗更盛，且趋向制度化。以传统习俗出土牛为例，据传宋仁宗曾颁布《土牛经》以劝农耕。北宋时"国家以上遵古典，下示蒸民，出土牛而应候，俾农事以知春"（文彦博《土牛赋》）。辛弃疾《南烬纪闻录上》也记有："靖康元年正月初六日，京师立春节。先日，太史局造土牛，陈于迎春殿。至是日，太常寺备乐迎而鞭碎之。此常仪也。"

宋时，春胜越发华美，王公大臣的春幡，由掌造金银犀玉工巧之物的文思院打制。"是日，自郎官、御史、寺监、长贰以上，皆赐春幡胜，以罗为之，近臣皆加赐银胜"（宋金盈之《醉翁谈录》）。拜谢时，受赐之人将春胜挂在幞头的左侧，入朝庆贺完毕，戴归私第。

此外，宋代立春时有贴春帖的习俗。春帖是晋代荆楚地区立春节俗之一，即在绢帛、纸张上书写"宜春"二字，贴于户内外。到了宋代，人们将五七言绝句书写在罗帛上，诗句也有用金丝彩线刺绣上的，或者用金箔剪贴的。绝句多为翰林学士的作品，内容也多是颂圣祈福之类。当然，也有如欧阳修一般的"举笔不忘规谏"之人，劝勉皇帝励精图治。

立春古律

朱淑真

【题解】

朱淑真，生卒年不详，号幽栖居士，钱塘（今浙江杭州）人，宋代女诗人。生于仕宦人家，少聪颖，工诗词。后嫁与市井俗夫，因婚姻不幸忧郁而死。

这首诗描写了人们喜迎春神的热闹场面，表达了诗人辞旧迎新、除旧布新的愿望。

停杯不饮待春来，和气先春动六街①。
生菜乍挑宜卷饼，罗幡旋剪称联钗。
休论残腊千重恨②，管入新年百事谐。
从此对花并对景，尽拘风月入诗怀。

（录自《全宋诗》第28册，北京大学出版社1998年版）

【注释】

①六街：指汴京的六条主要街道，代指都城闹市。　②残腊：残冬，

代指岁末。

【评析】

这首律诗应是诗人少女时代的作品。首联写人们迫不及待迎接春神的心情。立春日，本应"饮酒庆新春"，诗人却"停杯不饮"，静静地聆听春的脚步声。汴京城里春潮涌动，庆贺立春的热闹与欢乐，给人春天已经到来的错觉。颔联细数立春节俗，饮春酒、挑生菜、吃卷饼、剪春幡、戴春胜等，营造出欢快忙碌的节日气氛。颈联与尾联宕开一笔，写诗人送给自己的新春劝慰与祝福，展示出女性的细腻与柔情。勿论旧年多少遗恨，一入新春，将诸事顺心遂意、和睦协调。从此以后，尽览繁花美景，春风秋月，赋诗抒怀。整首诗色彩明亮，节奏明快，最喜诗人"从此对花并对景，尽拘风月入诗怀"一句，女子弄文亦可快活、潇洒。南宋魏仲恭在《断肠集》的序言中写道："比往武陵，见旅邸中好事者，往往传诵朱淑真词。每窃听之，清新婉丽，蓄思含情，能道人意中事，岂泛泛者所能及？未尝不一唱而三叹也。"

观小儿戏打春牛

杨万里

【题解】

杨万里（1127—1206）字廷秀，号诚斋，吉州吉水（今江西吉水）人，南宋著名诗人，与陆游、尤袤、范成大并称"南宋四大家"。幼年清苦，绍兴二十四年（1154）登进士第，历仕高宗、孝宗、光宗、宁宗四朝，立朝刚正，遇事敢言。江东转运副使任满后，因理想落空、抱负难展而辞官。离职时，官库余钱万缗，诗人一钱不取而归。开禧二年

（1206），因痛恨奸臣弄权忧愤而死，谥"文节"。

打春牛又称"打春""鞭春""鞭春牛"，是古代立春节俗之一。由官府带领百姓通过鞭打土牛的方式以警农时，祈愿五谷丰登、国泰民安。这首诗生动地记述了宋代立春日儿童模仿大人打春牛的游戏。

小儿著鞭鞭土牛，学翁打春先打头。
黄牛黄蹄白双角，牧童缘蓑笠青箬[①]。
今年土脉应雨膏，去年不似今看乐。
儿闻年登喜不饥，牛闻年登愁不肥。
麦穗即看云作帚，稻米亦复珠盈斗。
大田耕尽却耕山，黄牛从此何时闲？

（录自《全宋诗》第 42 册，北京大学出版社 1998 年版）

【注释】

① 青箬（ruò）：箬竹叶编制的戴在头上的雨具。杨万里《后苦寒歌》："绝怜红船黄帽郎，绿蓑青箬牵牙樯。"

【评析】

立春打春牛本是大人们的事，官府通过打春牛的节俗，提醒农家春天已至，应该及时播种谷物，不违农时。这首诗描写的则是稚气孩童学着大人的样子执鞭打土牛，充满了童心、童趣。诗开篇扣题，开门见山，写出小儿奋力学打土牛的稚拙与可爱。土牛"黄蹄白双角"，样子憨态可掬；泥塑的牧童披蓑戴笠，或因迎着细细的春雨。"缘蓑笠青箬"，与下句的"雨"相照应，春雨如酥，滋养大地，因此诗人说今年的土地应比往年更肥沃，土地上耕作的人也比往年更欢乐。孩子们听说今年将五谷丰登欢欣雀跃，家中的黄牛听说却担心自己太劳累，长不肥。诗到此处，诗人童心尽显，似乎他并不仅仅是个儿童游戏的旁观者，更是游戏的参与者。诗人以孩子的眼光观察土牛，以孩子的心体会打春的快乐，并把孩子的期待投射到牛身上，使牛也具有了孩子的思维特点。接着诗人以比拟辞格，描绘了年登的情景。诗的尾句借对黄牛不得闲的感叹，表达对农民的体恤，潜含哲理。整首诗洋溢着率真活泼的生活气息，饶有谐趣。

【相关链接】

"几时霜降几时冬，四十五天就打春"，民间惯把立春叫作"打春"，农谚"春打五九尽，春打六九头"，就是对打春一词的活用。

"打春"源自"出土牛"的节俗。《礼记·月令》："季冬之月……命有司大傩，旁磔，出土牛以送寒气。"土牛由泥土塑成，因此土牛无论内在、外在皆属土。土克水而生木。当四方之门宰牲禳祭之时，在九门外出土牛以禳除阴气。周人"出土牛以送寒气"的习俗到了两汉，逐渐演变为鞭春牛以劝农耕。《后汉书·礼仪志上》记载："立春之日，夜漏未尽五刻，京师百官皆衣青衣，郡国县道官下至斗食令史，皆服青帻，立青幡，施土牛、耕人于门外，以示兆民，至立夏。"可见，迎春仪式除设土牛外，还多了泥塑的耕人。"凡春在岁前，人在牛后；若春在岁后，则人在牛前；春与岁齐，则人牛并立"（明陶宗仪辑著《说郛》），足见策励农耕、祈祷丰兆之意。礼毕，众役手执彩鞭鞭打土牛，牛体破碎时牛腹内放置好的五谷就流了出来，人们欢笑地拾起散落一地的谷物放入粮仓，预示一年的五谷丰登。宋时，立春鞭春牛普及全国，成为自官方至民间的重要民俗仪式。

立春日感怀

于谦

【题解】

于谦（1398—1457），字廷益，号节庵，钱塘（今浙江杭州）人，明代著名政治家。永乐十九年（1421）进士，历任兵部右侍郎、山西巡抚等职，官至少保，人称"于少保"。天顺元年（1457），被诬"谋逆"遭冤杀。

这首诗作于诗人击退瓦剌入侵后的一个立春，又逢佳节，诗人感时伤怀，思念亲人。

年去年来白发新，匆匆马上又逢春。
关河底事空留客①？岁月无情不贷人②。
一寸丹心图报国，两行清泪为思亲。
孤怀激烈难消遣，漫把金盘簇五辛③。

（录自《于谦诗选》，浙江人民出版社 1982 年版）

【注释】

①关河：即关山河川，指关塞、关防。底事：何事。　②贷：宽恕，饶恕。《宋史·刑法志》："每具狱上闻，辄贷其死。"　③五辛：五种辛味的蔬菜，蔬菜种类说法各异。《本草纲目》记"五辛菜"为葱、蒜、韭、蓼蒿和芥菜。

【评析】

诗开篇点题。立春时节，诗人新增了白发，不变的是一年又一年的马上往来劳碌。"年去年来"，既表达出辞旧迎新之意，又饱含着诗人对时序更迭却壮志未酬、国运毫无起色的无奈。下句的"又"字加强了无奈的意味，同时这一句说明立春时节诗人仍在军中守关，不能归家与亲人同贺新春。古人常说忠孝不能两全，诗人一心报国又思念双亲，无法平衡的矛盾让他在征途中不禁发问："关河底事空留客？岁月无情不贷人。"一问一叹，足见欲归不得的伤感。诗人复杂的内心活动与最终羁留边关的选择，传达出诗人真挚的爱国情感，也将诗人对家人的思念刻画得情深意长。尾句承接"思亲"，正因孤独感激烈难平，才有了对节日礼俗"漫"的随意。

【相关链接】

明朝时，宫廷将立春节庆活动交托给顺天府尹办理，由顺天府代表皇家共迎春天、与民同乐。

立春前一日，顺天府尹率队在东直门外五里的春场迎春，凡勋戚、内臣、达官、武士赴春场跑马，以比较优劣。春场内设有春亭数十座，大多是万历二十一年（1593）府尹谢杰建造的。场中还罗列市肆诸物，备极繁华。远近的百姓都跑来"看春"，将场外的街巷堵得水泄不通。迎春仪仗队的官员们都穿着朱红色的衣服，佩戴着春幡胜，队伍由旗帜先导，府上下衙役骑着马，丞尹坐着车，自春场返回府中。这天，府里还会派人塑春神句芒和土牛，由京兆生抬着送入朝中，先后向皇帝、皇后、皇子拜春。拜毕，百官着大典礼服贺春。

立春之日，顺天府县官吏穿上公服，祭拜句芒，并各自手持彩仗一遍遍地鞭打土牛，意为劝耕。

减字木兰花·立春

苏轼

【题解】

苏轼（1037—1101），字子瞻，一字和仲，号东坡居士、铁冠道人，眉州眉山（今属四川）人，北宋著名文学家，为"唐宋八大家"之一，与黄庭坚并称"苏黄"，与辛弃疾并称"苏辛"，与欧阳修并称"欧苏"。书法为"宋四家"之一。嘉祐二年（1057）中第，一生仕途坎坷，晚年因新党执政被贬惠州、儋州。徽宗时，获大赦北还，途中于常州病逝。谥号"文忠"。

这首词即为词人贬居儋耳（今海南儋县）时所作。元符二年（1099）立春时节，琼州人民迎春庆春，词人有感而发。

春牛春杖，无限春风来海上。便丐春工①，染得桃红似肉红。　　春幡春胜，一阵春风吹酒醒。不似天涯，卷起杨花似雪花。

（录自《全宋词》第 1 册，中华书局 1965 年版）

【注释】

①丐：乞求。春工：春天造化之工，指春风春雨带来的万物复苏、生长。宋柳永《剔银灯》："何事春工用意？绣画出、万红千翠。"

【评析】

作这首词时，词人被贬为琼州别驾，因此词的开篇提到春风来自海上。人们聚集在府衙前执鞭打春牛，定是热闹非凡。接着，词人用"无限"来说明和风阵阵，绵绵不断，既传递出融融春意，又暗示出词人豁达、畅快的心情。春风已至，于是词人乞求春风春雨的鬼斧神工，能够将桃花染成鲜嫩的红色。词的下片仍旧以立春节俗开头，春幡春胜往往佩戴在鬓间，引出下文酒醒之人。立春宴上饮春酒而沉醉，足见词人兴致。古时以海南岛为天涯海角，海南地暖，春风来时柳絮满天，由此词人想起立春时节偶尔飘雪的中原，那里"不似天涯，卷起杨花似雪花"。古人常借柳絮抒发漂泊无主、孤寂怅然的心绪，此处的杨花既是实写海南春景，又蕴含着词人寓居边陲后淡淡的思乡之愁。上下片两处写风、两处写花，上片轻柔的春风与娇嫩的桃花色调明快，春意盎然；下片醒酒的春风与飞舞的杨花略带感伤，却不惆怅。词人不因贬谪而沉沦，旖旎的春光寄托了他开朗、达观的人生态度，而深藏于心的乡愁也从未消失过。

生查子（远山眉黛长）

晏几道

【题解】

　　晏几道（1038—1110），字叔原，号小山，抚州临川（今江西抚州）人，北宋著名词人，与其父晏殊合称"二晏"。身出名门，荫补入仕，但仕途屯蹇。熙宁七年（1074），曾受牵连下狱。

　　这首词约作于元丰五年（1082），词人监颍昌许田镇。词中以花比人，描写了女子师师的娇媚与美貌。

　　远山眉黛长①，细柳腰肢袅。妆罢立春风，一笑千金少。　　归去凤城时②，说与青楼道。遍看颍川花③，不似师师好^④。

（录自《全宋词》第 1 册，中华书局 1965 年版）

【注释】

①远山：比喻秀丽、细长而舒扬的眉毛。汉刘歆《西京杂记》："眉色如望远山，脸际常若芙蓉。"黛：青黑色的染料，古人用以画眉。　　②凤城：又称凤凰城、丹凤城，代指京城。赵次公《杜诗先后解》："秦穆公女弄玉吹箫，凤集其城，因号丹凤城。"此处指北宋都城汴京。　　③颍川花：颍昌的女子。颍川即颍水，指代颍昌，今河南许昌。　　④师师：与词人相熟的伎女，姓氏不可考。师师为宋朝青楼女子的常用名。

【评析】

这首词为师师而作，一位有着秀丽眉毛、细柔腰肢的青楼女子。词的上片描写师师的美貌，以远山喻美眉、以细柳喻美腰在古诗词中并不罕见，但一个"袅"字让垂柳随风摆动起来，刻画出女子柔弱、袅娜的动态之美。是日立春，女子站在春风里，嫣然一笑，可值千金。此处化用汉代崔骃《七依》的"回顾百万，一笑千金"，女子的美艳与娇媚跃然纸上。下片极言女子才貌超群，出类拔萃。为了说明师师的好，词人运用了夸张和对比的表现手法，"遍看颍川花，不似师师好"，这大概是对女性美貌与才情最直接的赞誉了。

朝中措（东风半夜度关山）

范成大

【题解】

这首词是宋代著名词人范成大于淳熙十三年（1186）所作。孔凡礼

《范成大年谱》记此词"《石湖词》中，自注年岁最晚之作，乃《朝中措》第一首"。

丙午立春大雪，是岁十二月九日丑时立春。

东风半夜度关山。和雪到阑干。怪见梅梢未暖，情知柳眼犹寒①。　　青丝菜甲②，银泥饼饵③，随分杯盘。已把宜春缕胜④，更将长命题幡。

（录自《全宋词》第 3 册，中华书局 1965 年版）

【注释】

①柳眼：指鲜嫩的柳芽，古人因柳芽细长，故以惺忪微张的睡眼作比。唐元稹《生春》诗之九："何处生春早，春生柳眼中。"　②青丝：指初生的韭菜。菜甲：即初生的菜叶芽。　③银泥：即豆腐，此处指面粉的颜色白如豆腐。南朝梁吴均《饼说》："细如华山之玉屑，白如梁甫之银泥。既闻香而口冈，亦见色而心迷。"饼饵：指用米、面制成的食物。《急就篇》颜师古注："溲面（面粉）而蒸熟之则为饼……溲米（米粉）而蒸熟之则为饵。"　④宜春：即宜春帖。南朝梁宗懔《荆楚岁时记》："立春日，悉剪彩为燕以戴之，帖'宜春'之字。"

【评析】

词人创作这首词的时候已过花甲之年，退归石湖，过起了隐居的生活。是日立春，大雪纷飞，却未影响词人迎春的好心情。词的上片以"东风""和雪""柳眼"勾勒春景，尽管冰天雪地、寒气未退，敏锐的词人还是捕捉到了春天悄然而至的身影。丑时立春，因此春风是在"半夜"吹来的。由于尚在腊月，庭院里没有姹紫嫣红，只有春雪飞花。立春本是春气上升的日子，却见"梅梢未暖"，故感奇怪。既然"梅梢未暖"，那么"柳眼犹寒"也在意料之中。尽管寒冷，春天毕竟来了，不在枝头，而在人们庆祝立春的热情里。下片"青丝菜甲""饼饵""宜春缕胜""长命题幡"，均是立春节俗。"青丝"句是对立春节日宴席的白描，句中青色、银色鲜明生动，"随分"则表明食客随性而动、不必拘于小节。如此宴席，既遵循食礼，又通达人情，所以，这句白描简练而不简单。尾句"已把"与"更将"构成层递关系，表达了词人对春天期盼的同时，更突出了年迈老人对长寿、安康的渴望。

【相关链接】

"青丝菜甲，银泥饼饵"，这些食物随分杯盘，成为宋代立春节日餐桌上的主角。

唐代《四时宝镜》有："立春日，食芦菔、春饼、生菜，号'春盘'。"（宋陈元靓《岁时广记》卷8）唐宋时，"饼"是面粉制成食物的统称，比如烤制的面食称烧饼；今天的汤面当时叫汤饼；今天的馒头当时叫炊饼；今天的包子当时叫笼饼，也有叫"曼（馒）头"的。此处的春饼，大致相当于今天荷叶饼、片儿饽饽此类的面食。面性温主热、萝卜性甘平辛、韭菜升阳补气，立春时节食用这三种食物，顺应了自然界春生、夏长、秋收、冬藏的规律。到了明代，文献里多了关于春饼的直接记录。刘节《南安府志·礼乐志》有"是日，以面为薄饼，裹生菜、猪肉啖之，曰'春饼'"。春饼的形态、食用方法一目了然。吕毖《明宫史》还记载了明朝人以春饼宴请宾客时的场景："立春之时，无贵贱，皆嚼萝卜，名曰'咬春'。互相宴请，吃春饼和菜。以绵塞耳，取其聪也。"

除春饼外，宋朝京师的富贵人家还会食用一种蚕茧形状的食品，以面为皮，包裹着馅料，皮较厚，有肉馅、素馅的不同，这种食物被叫作

"探春茧"，后世春卷即由此发展而来。

柳梢青·元月立春

吴琚

【题解】

吴琚，生卒年不详，字居父，号云壑，汴梁（今河南开封）人，南宋著名书法家。南宋高宗吴皇后之侄，太宁郡王、卫王吴益之子。为人谦恭，不以戚畹自骄。孝宗、光宗、宁宗三朝为官，以镇安军节度使留守建康，迁太保，世称"吴七郡王"。卒谥"忠惠"。

彩仗鞭春。鹅毛飞管[1]，斗柄回寅[2]。拂面东风，虽然料峭，毕竟寒轻。　戴花折柳心情。怎挨得、元宵放灯。不是今朝，有些残雪，先去踏青。

（录自《全宋词》第 4 册，中华书局 1965 年版）

【注释】

①鹅毛：代指雪。唐司空曙《雪二首》："乐游春苑望鹅毛，宫殿如星树似毫。"　②斗柄回寅：北斗星的斗柄指向十二地支的"寅"位，即立春点。

【评析】

"戴花折柳"四字是全词的关键。戴花源于宋代宫廷礼仪，每逢岁时节日，皇帝都会在宫廷宴席上颁诏命向群臣赐花。"御宴赐花，都人叹美"是当时士庶的荣耀。随着宫廷礼仪下移至民间，节日簪花、戴花的寓意也由感皇恩、精忠报国，逐渐转向庆贺佳节、乘时欢愉、怀念亲友、忧时伤世等世俗化、个性化的表达。而折柳多描述伤怀离别的心情，古人有折柳送别的习俗，"柳""留"谐音，是希望将要远行的人能够留下。词人直抒胸臆，春寒料峭的立春日，他怀念朋友，思念佳人，已经迫不及待，等不到元宵节放灯再相聚了。于是词人决定，为了舒缓思念的难耐，尽管青草还被残雪覆盖着，也要出门踏春游赏，探寻春的讯息。通观全词，以鞭春节俗起笔，以踏春节俗煞尾，紧扣"元日立春"的主题，首尾相合。春嫩犹寒，不敌东风送暖，奠定了整首词轻快明朗的基调，接着直写过节人的心情，抒发词人惜别怀远的迫切，感情真挚、强烈。

浪淘沙·立春日卖春困

陈著

【题解】

　　陈著（1214—1297），字子微，小名祥孙，小字谦之，号本堂，鄞县（今浙江宁波）人，宋元之交著名诗人。宝祐四年（1256）中第，因触怒外戚贾似道而仕途坎坷。宋亡不仕，隐居四明山，自号"嵩溪遗耄"。

　　春困是春天来临后人们适应自然而出现的昏沉欲睡的生理现象。古时江浙一带有"卖春困"之俗。立春日，天将亮，孩童纷纷起床，相呼"卖春困"。如有应答者，就意味着将春困卖给了他。陆游《乙丑元日诗》自注："俗有'卖春困'者，予老惫思睡，故欲买之。"立春日，词人由卖春困的叫卖声，不禁想起自己的童年，从而感叹光阴易逝，引发对人生的思考。

窗影弄晴红①。欢笑成丛。一声春困到衰翁②。回首太平儿戏事，雨过云空。　　人世暗尘中。如梦方浓。也须留取自惺憁③。试问若教都困了，谁管春风。

（录自《全宋词》第4册，中华书局1965年版）

【注释】

①晴红：艳阳丽日。清张锦芳《满江红·木棉花》："十丈晴红，高照彻、尉佗城郭。"　　②衰翁：老翁。宋欧阳修《朝中措》："行乐直须年少，尊前看取衰翁。"　　③惺憁（còng）：警觉，清醒。

【评析】

这首词作于词人晚年。是日立春，天气晴好，暖融融的春日充满着喜庆热烈的节日气氛。词的开篇写窗影与太阳嬉戏，笔法活泼，趣味横生。"一声春困到衰翁"点明题旨，又承上启下。"一声春困"上承立春节庆，"衰翁"一词下接词人对儿时的回忆以及对时光流转、浮华尘世过眼云烟的感慨。下片起笔"人世暗尘中"定调，词人由吴中小儿"卖春困"的习俗，生发对人生的思考。"如梦方浓"与"雨过云空"相应，写出人生短暂易逝且常有虚幻之感，因此要保持清醒与警觉。"也须留取自惺憁"，是全词的核心观点。尾句以反问辞格，强调"惺憁"的重要性。

武陵春（春在前村梅雪里）

毛滂

【题解】

这首词是宋代著名词人毛滂的作品。元符二年（1099）正月七日，人日与立春双节合一，时词人知武康县（今浙江德清）。武都即武康。是日，雪霁初晴，词人迎春抒怀。

正月七日，武都雪霁立春。

春在前村梅雪里，一夜到千门①。玉佩琼琚下冷云。银界见东君②。　　桃花髻暖双飞燕③，金字巧宜春。寂寞溪桥柳弄晴。老也探花人。

（录自《全宋词》第 2 册，中华书局 1965 年版）

【注释】

①千门：千家万户。宋王安石《元日》诗："千门万户曈曈日，总把新桃换旧符。"　　②东君：古代神话传说中的日神，因日出东方，故称"东君"。三国魏张揖《广雅》："朱明耀灵。东君，日也。"　　③桃花髻：古代女子的发式，通常将发髻梳理成扁圆形，在髻顶饰以花朵、珠翠等发饰。

【评析】

词的开篇化用唐朝僧人齐己《早梅》中的诗句："前村深雪里，昨夜一枝开"。写春随雪至。词人以佩玉喻雪，洁白的雪片漫天飞舞如玉佩、如琼琚，晶莹剔透，从天而降。云本无冷暖可言，句中"冷"字既是缘于春雪给人的视觉感受，又缘于词人凄清的心境，与下片"寂寞"相照应。"银界见东君"，表明雪霁初晴，紧扣题序。下片先写庆贺人日、立春双节的场面，欢脱跳动的春胜、金色精巧的宜春帖，营造出一派欢乐喜庆的节日氛围。与欢乐喜庆相对的，是伫立溪桥的寂寞词人，思人忆往，叹年华消逝，"老也探花人"。

汉宫春·立春日

辛弃疾

【题解】

　　这首词由南宋著名词人辛弃疾立春日所做，词人将对故国的眷恋与对国事的哀伤，融入初春浅淡的春色中。

　　春已归来，看美人头上，袅袅春幡。无端风雨，未肯收尽余寒。年时燕子①，料今宵、梦到西园②。浑未办，黄柑荐酒③，更传青韭堆盘。　　却笑东风从此，便熏梅染柳，更没些闲。闲时又来镜里，转变朱颜。清愁不断，问何人、会解连环④。生怕见、花开花落，朝来塞雁先还。

　　　　　　　　　（录自《全宋词》第 3 册，中华书局 1965 年版）

【注释】

　①年时：往年。晋王羲之《服食帖》："吾服食久，犹为劣劣。大都比之年时，为复可耳。"　　②西园：汉代京城西郊皇家园林，此处代指北宋都城汴京的皇家园林。　　③黄柑荐酒：献上用黄柑酿制的酒。南朝梁宗懔《荆楚岁时记》："立春日，作五辛盘，以黄柑酿酒，谓之洞庭春色。"　　④连环：一环套一环而相连成串，此处喻指胸中的愁闷。

【评析】

　　这首词写春愁，却不是通常的怨春之作。上片开篇点题，立春日"春已归来"，美人的发间插上了春幡，随身姿摇曳，袅袅娜娜。是日，春寒料峭。一般而言，立春时节的诗词中，提到风多为吹艳桃李的春风，提到雨多指如酥春雨，而夹在"无端"与"余寒"间的风雨，应是凄风冷雨，足见词人的心境。曾在北方疆场抗金杀敌的词人南宋任职后发现，朝廷对北伐抗金、收复失地反应冷淡，他"了却君王天下事，赢得生前身后名"的理想也化成泡影。词人以去国南飞的燕子自比，春天燕子迁回北方，词人却不能，归乡心切，料定今晚会在梦中回到故都汴京。有感而发的一段联想后，又回到了现实。与开篇浓郁的节日气氛不同，词人什么都没有采办，他的心思在哪里呢？下片在情感上接续上片。立春是新一年的开始，忙碌的春风吹开了花，吹绿了柳，也吹皱了思乡人的容颜。"清愁不断，问何人、会解连环"？是全词情感的聚点，凄迷哀怨的情调跃然纸上。"连环"借喻胸中郁结的愁闷，问句的使用加重了愁苦的语气。尾句道出了"清愁"的原因，花开花落言岁月暗换、时运更迭，塞雁则寄托了词人怀乡念国的思想感情。一早醒来，大雁已飞回北方，志在恢复中原的词人怎能不愁？

探春令·立春

赵长卿

【题解】

这首词是宋代著名词人赵长卿的作品。词题为立春，却非作于立春之时。春已至，节日未至，词人通过节前筹备活动的描写，表达了对节日的期盼。

数声回雁。几番疏雨，东风回暖。甚今年、立得春来晚。过人日、方相见。　缕金幡胜教先办。著工夫裁剪。到那时睹当①，须教滴惜②，称得梅妆面。

（录自《全宋词》第3册，中华书局1965年版）

①睄当：打扮，整理。　　②滴惜："滴销"之讹误。滴粉销金，用以装饰器物，古代女子亦用其上妆。宋陶穀《清异录·北苑妆》："宫嫔缕金于面，皆以淡妆，以此花饼施于额上，时号'北苑妆'。"

【评析】

这首词作于立春节前。上片开篇词人动用了听觉、视觉、感觉来描绘春光，归雁、细雨、东风带给人们春的讯息，而"数声""几番"，则说明春天到来已有时日。接着，词人笔锋一转，与满目春色不同，立春节姗姗来迟。正月初七是人日，"过人日"立春节"方相见"，"方"字具有表示说话人认为动作发生得晚的语法意义，用在此处表达出词人对立春节庆及其迎春节俗迫不及待的心情。下片顺承，用早早着手迎春事宜，刻画出一幅人们翘首盼立春的场景。"教先办"言时间早，"著工夫"言用心力。待到节日当天，缕金幡胜装点一番。据传，梅妆起于南朝刘宋寿阳公主，后沿袭为古代女子人日节俗。因此，立春时，除了佩戴缕金幡胜，女子们还要滴粉销金，施以妆扮，好与人日高贵美艳的梅妆相称。这首词文辞通俗、不事雕琢，读来清新自然、意境淡远。

立春

贯云石

【题解】

贯云石（1286—1324），本名小云石海涯，父名贯只哥，遂以贯为氏，号疏仙、酸斋、浮岑、芦花道人，祖籍北庭（今新疆吉木萨尔），元代著名文学家。初袭父官，曾任两淮万户府达鲁花赤、翰林学士等职。辞官后，隐居江南，以山水唱和为乐。

由题序可知，这支曲子为立春节宴上的应酬之作。宴席上，风雅之士作诗歌以助兴，消遣时光，托物言志。此曲是依据"限金、木、水、火、土五字冠于每句之首，句各用春字"要求而制。

限金、木、水、火、土五字冠于每句之首，句各用春字。
金钗影摇春燕斜，木杪生春叶①。水塘春始波，火候春初热②，土牛儿载将春到也。

（录自《全元曲》第 11 卷，河北教育出版社 1998 年版）

【注释】

①木杪（miǎo）：树梢。南朝谢灵运《山居赋》："蹲谷底而长啸，攀木杪而哀鸣。"　　②火候：烹饪时火力强弱和时间长短，此处指气温回升。

【评析】

节日宴席应酬唱和属于集体唱和的形式，往往有限制，或限定诗题、词牌、曲牌，或限定内容，或限定用韵。创作者要求按规定的限制来写，因是即席创作，很难有推敲琢磨之工，作品优劣基本取决于创作者的才情。这支曲子严格遵循规则，以"金""木""水""火""土"五字起句，且每句都用了"春"字，这种形式叫嵌字格。通观全曲，除句句不离春外，所描绘的亦是春情春景。"金"句摇曳生姿的春胜，与"土"句鞭打春牛的仪式，呈现出立春的节俗。中间三句的"生""始""初"，带给人勃发的春意和新生的力量。春在发间，春在树梢，春在池中，春在阳光下、和风里，春由牛儿驮着来到了人间。整首曲子句句扣题，文辞朗朗上口，读来清新自然，妙趣横生。

【相关链接】

生活在马背上的蒙古民族，主要靠狩猎和畜牧获得食物，也就造就了蒙古人以肉食和乳制品为主的饮食结构。蒙古族统治者入主中原，也将这种饮食习惯植入中原大地，他们将汉族人立春吃探春茧的习俗加以改造、创新，创造出一种叫作"卷煎饼"的食物。据明韩奕《易牙遗意》"卷煎饼"条下记载："饼与薄饼同。用羊肉二斤，羊脂一斤，或猪肉亦可，大概如馒头馅，须多用葱白或笋干之类，装在饼内，卷作一条，两头以面糊粘住，浮油煎，令红焦色，或只爁熟，五辣醋供。与素馅同法。"通过描述可知，"卷煎饼"的做法与今天的炸春卷已很相像了。"卷煎饼"作为一种食物流行开来，但是民间习惯称它"春茧"，后因"茧""卷"二字音近，便从俗改称"春卷"。

元代立春时，人们还会吃春盘面，补中益气。春盘面做法如下："白面六斤，切细面；羊肉二脚子，煮熟，切条道乞马（肉丁或肉片）；羊肚、肺各一个，煮熟切；鸡子五个，煎作饼，裁幡（窄长条）；生姜四两，切；韭黄半斤；蘑菇四两；台子菜（菜苔），蓼牙（蓼芽），胭脂（食品着色剂）。右件，用青汁下。胡椒一两，盐、醋调和。"（元忽思慧《饮膳正要》）

卖花声·立春

黄景仁

【题解】

黄景仁（1749—1783），字仲则，一字汉镛，号鹿菲子，武进（今江苏常州）人，清代著名诗人，"毗陵七子"之一，与洪亮吉并称常州

"二俊"。幼年丧父，家境贫寒。乾隆二十九年（1764）参加童试，名列第一。次年，补博士弟子员，开始江浙游学之路。因才情卓然，受到当时诸多文人雅士的赞誉，包世臣评其"乾隆六十年间，论诗者推为第一"（清包世臣《齐民四术》）。然一生为生计奔波，穷困潦倒。

这首词写立春日，词人对窗独酌，感念时光易逝。

独饮对辛盘。愁上眉弯。楼窗今夜且休关。前度落红流到海，燕子衔还。　　书贴更簪欢①。旧例都删。到时风雪满千山。年去年来常不老，春比人顽。

（录自《全清词钞》，中华书局 1982 年版）

【注释】

①书贴：此处指贴宜春帖。簪：佩戴春胜。

【评析】

上片开篇扣题并交代词人创作的情境。辛盘迎新纳福，是立春节具有标志性的习俗之一。本该是喜庆的日子，词人独对辛盘，自斟自饮，落寞凄凉的感觉立显。接言"愁上眉弯"，进一步渲染了词人此时孤独、忧愁的心境。可愁从何来？词人没有急于解释愁的缘由，而是写自己不顾初春的寒冷，"楼窗今夜且休关"，因为他有所期盼，等待着北归的燕子衔着旧日的落红飞回窗前。这一句有怀念也有期望。落花残红与东流的河水，都具有人生易老、岁月难求的意象，表达出对已逝年华的无可奈何。词人寄希望于春燕，让时光随着春天一起回来吧。下片亦从节俗写起，目的却在于说明"旧例都删"。因为忧愁，宜春帖、春胜等喜庆风俗一概略去。春天来了，寒气仍在，词人仍可感到风雪满山的清寒。此句是对初春气候的实写，也烘托出词人孤寂凄楚的心境。尾句是全词的眼，在自然时序中，以人与春天比较，却不说人老，只说"春顽"。此句解答了词人为何愁苦，也颇具哲思，值得玩味。

【相关链接】

清代立春，官礼与民俗交相辉映，热闹非凡。

沿袭明朝传统，立春前一天，顺天府官员们率队去东直门外的春场举行迎春仪式，春场上摆放着春神句芒的神座"春山宝座"和春牛的塑像。礼毕，人们将春山宝座抬至礼部。翌日立春，礼部给皇帝、皇后进献春山宝座和春牛，队伍由天文生引导着，从长安左门经天安门、端门最终到午门，将春山宝座放置在午门外正中的案桌上。文武百官着朝服敬立，等待钦天监候时官宣布立春时刻。之后，案桌被送至乾清门，由内廷将宝座抬进乾清宫。同时，顺天府尹呈献《春牛图》。礼毕，顺天府官员返回府衙，引准备好的春牛而击之。

民间的立春节也是喜气洋洋。富贵人家会用白面"擀面皮加包火腿肉、鸡肉等物，或四季时菜心、油炸供客。又咸肉腰、蒜花、黑枣、胡桃仁、洋糖（白糖）共碾碎，卷春饼切段"（清童岳荐《调鼎集》）。吃春饼要和菜卷好，从头到尾一口口咬着吃，取"有头有尾"的吉祥意。即使是穷人家，也会给妇人、孩子们买些萝卜来生着吃，"谓可以却春困也"（清富察敦崇《燕京岁时记》）。

五、花朝

春别应令四首（其一）

萧绎

【题解】

萧绎（508—555），字世诚，小字七符，自号金楼子，南朝梁南兰陵（今江苏常州）人，南朝梁皇帝，大宝二年（552）即位。性爱书籍，日夜披览，虽倦，犹不释卷。能诗文，又工画，自言"薄领余暇，窃爱丹青"。被俘遭害，谥号"孝元皇帝"。

魏晋以来，应皇太子之命而和的诗文称为"应令"。萧子显作《春别》四首，皇太子萧纲和其诗作《和萧侍中子显春别》四首，后萧绎应萧纲之命再作《春别应令》四首与之相和。这首诗写春日京都景色，抒发男女间相思爱慕的情怀。

昆明夜月光如练①，上林朝花色如霰。
花朝月夜动春心②，谁忍相思不相见？

（录自《传世文选·玉台新咏》，西苑出版社 2009 年版）

【注释】

①昆明：池塘名称，位于今西安城西，公元前 119 年汉武帝在上林苑南引水筑成。练：白绢。《墨子·节葬下》："文绣素练。"　②动：萌发。清方苞《狱中杂记》："春气动，鲜不疫矣。"

【评析】

这首诗由美得动人心魄的春日夜景起笔，天上皎洁的月亮映入镜面一样的池水，水月相掬，光影相和，在墨蓝夜色的映衬下亮如绢帛，素净洁白。苑内朝花点点，如稷雪丛丛，清新淡雅。诗中昆明池与上林苑并非实指，而是借以指代宫苑。诗人用了两个明喻勾画京都宫苑的春色，简单明了。动人春色撩动春心，春心萌动之时，都希望长相厮守。如此春夜，却不能与意中人共享，相思之苦最难忍受，不禁将强烈的情感浓缩成一句反诘："谁忍相思不相见？"整首诗色调柔美，充满了浪漫的抒情风格。唐李延寿《北史·文苑列传叙》认为"简文、湘东启其淫放"，批评萧纲、萧绎的宫体诗，开启了纵情放荡的写作风格。诚然，齐梁诗歌往往因格调不高而被诟病，但其大多因语言与意象精美为后世模仿。

【相关链接】

花朝节，遗落在历史长河里的节日，唐宋时曾盛极一时。今日除鄂、桂、苏、浙等个别地区致力于传承、复兴花朝节外，国人对此鲜有知晓。

花朝是百花诞辰之日。农历二月暖潮涌动，某个春日的清晨，园中、野外百花竞放，尽态极妍，是为花朝。明陈耀文《天中记》引晋周处《风土记》云："浙间风俗，言春序正中，百花竞放，乃游赏之时。"春序正中，也就是仲春，农历二月。晋时，二月踏青赏花、游园嬉戏已成风俗，只是没有固定的时日和固定的名称形成节日罢了。现有文献中，最早以"花朝"入诗的，应该就是南朝梁元帝萧绎的《春别应令四首》之一，"花朝月夜动春心，谁忍相思不相见"。

题念济寺晕上人院

卢纶

【题解】

卢纶（737—799），字允言，河中蒲（今山西永济）人，唐朝著名诗人，"大历十才子"之一。大历初，屡试不第。因诗名交游广泛，借此入仕，久不得升迁。曾官至检校户部郎中，故人称"卢户部"。科举与官场的不顺使得他寄情于佛老，儒、释、道三教学养兼备。

晕上人为念济寺僧人，为诗人仰慕。这首诗通过对晕上人的赞颂，表达了诗人浮生如寄的心理，也抒发了诗人佛信沁润的诗思禅心。

> 泉响竹潇潇，潜公居处遥①。
> 虚空闻偈夜②，清净雨花朝③。
> 放鹤临山阁④，降龙步石桥⑤。
> 世尘徒委积，劫火定焚烧⑥。
> 苔壁云难聚，风篁露易摇⑦。
> 浮生亦无著⑧，况乃是芭蕉。

（录自《全唐诗》卷 279，中华书局 1960 年版）

【注释】

①潜公：即晋代名僧竺道潜，唐诗中常用以代指僧人，此处喻晕上人。　②偈（jì）：佛教颂言。虚空闻偈：即《妙法莲华经》所载"即时诸天于虚空中，高声唱言"。　③雨花：即花雨。传说释迦牟尼说经时，有花似雨，从天而降。　④放鹤：晋代僧人支遁好鹤，但因好生之德将他人送予的两只鹤放飞，此处喻僧人的仁慈德行。　⑤步石桥：传说中天台山的石桥，自古以来，无得至者，晋僧竺昙猷得山神帮助过桥会见圣僧，此处暗指晕上人有竺昙猷之诚笃。　⑥劫火：佛家所谓劫火的余灰，此处指世界定将遭劫，用佛语衬托晕上人超脱尘世。　⑦风篁（huáng）：风吹竹林。　⑧无著（zhuó）：无着落，无所属。

【评析】

唐朝初建时，儒、释、道并重，但对文人士大夫而言，儒学是可以依凭入仕升迁的学问，当一心向儒，而佛、老多被用于心理调适与补偿。到了中唐，大历文人多忧苦流寓之思，向佛者日增，表达"诸行无常""诸法无我"的诗歌作品也日趋增多。这首诗便是代表作之一。此诗以描写晕上人居所起笔，以泉水声、竹叶摩擦的沙沙声反衬僧人寓所的幽静；泉水与修竹，也暗喻僧人清澈高洁的品格；而一个"遥"字，表明了僧人远离红尘、超凡脱俗。"虚空"对"清静"、"夜"对"朝"，说明僧人通宵达旦地诵佛、讲佛法，谈禅精妙，引人入胜。"放鹤"与"降龙"，则是赞颂僧人品性的超拔与信仰的笃诚。至此，诗人大量用典，借史上高僧其人其事指代晕上人，足见诗人对他的仰慕。其后诗人重在写聆听僧人诵佛讲法后的感悟。佛教宣扬世间一切皆虚妄，人所经历的不过是劫数，世事不过是尘土，空自积累，劫火是无法阻止的。"苔壁"句将世间万法等同于浮云、朝露，无根无凭，瞬间消散，其意出自《金刚经》中的"六如偈"，即"一切有为法，如梦幻泡影，如露复如电，应作如是观"。尾句彻底表达了世事人生带给诗人的虚无空幻之感。"是芭蕉"化用《维摩诘经》中的《方便品》："是身如芭蕉，中无有坚。"芭蕉的茎是中空的，正如空幻的人生。

【相关链接】

唐人爱花，春来花开，文人雅士以赏花赋诗为趣，唐代诗文亦频见"花朝"二字。然而记述唐代历史的正史对花朝节却鲜有提及，只有《旧唐书》里的两篇：一是《罗威传》"每花朝月夕，与宾佐赋咏，甚有情致"；一是《崔咸传》"尤长于歌诗，或风景晴明，花朝月夕，朗吟意惬，必凄怆沾襟，旨趣高奇"。这两处"花朝"，并非花朝节的简略说法，而是泛指大好春光，与"月夕"连用，勾勒出一幅花好月圆的良辰美景。

虽然正史中没有明确的记述，坊间关于唐人爱花、护花的故事却多有流传。明彭大翼《山堂肆考》中记载了武则天爱花并以此为食的故事："唐武则天花朝日游园，令宫女采百花和米捣碎蒸糕，以赐从臣。"这便是古人花朝节吃花糕（或称"百花糕"）习俗的由来。另一个故事略显神秘，唐传奇《博异志》讲：唐天宝年间，洛阳城有一处士姓崔名玄微。月夜，一名青衣女子领着几个女伴来到崔玄微的住处，这几个女子分别为杨氏、李氏、陶氏，同行的还有一个着红衣的小姑娘，名叫石醋醋。稍后，又来一人，言词冷冷，有林下风气，众人称封家十八姨。一众女子，貌美殊绝，芳香袭人。醋醋说："我们都住苑中，没被恶风所扰，当得十八姨相庇。处士每年元日做一幅朱幡，上图日、月、五星，立在苑东，那么我们就会免除受难了。今岁已过，等这月的二十一日（一说十二日）再立幡吧。"崔玄微应允下来。该日朱幡立定，东风刮地，折树飞沙，而苑中繁花不动。玄微才知女子们当是众花之精，醋醋乃石榴，封姨乃风神也。后杨氏辈来谢，携桃李花数斗送予玄微，食之防老延寿。至元和初，玄微犹在，看起来仍三十多岁的样子。上述传说，便是后世花朝节护花活动的起源。

镜中别业二首（其二）

方干

【题解】

方干（836—903），字雄飞，号玄英，《唐诗纪事》称其"每见人设三拜，曰'礼数有三'"，故时人称"方三拜"。睦州青溪（今浙江淳安）人，唐代著名诗人。曾多次科考，屡试不中。后因诗才，名声渐著。大中年间，隐居镜湖。"每风清月明，携稚子邻叟，轻棹往返，甚惬素心。所住水木幽阒，一草一花，俱能留客。家贫，蓄古琴，行吟醉卧以自娱"（元辛文房《唐才子传》卷7）。

这是诗人的一首隐逸诗。依《瀛奎律髓》的说法，诗人的别业位于会稽山东北部的镜湖中（今浙江绍兴东）。这首诗描写的是诗人居所之景观，表达了诗人要远离求仕之路、投身江湖的决心。

世人如不容，吾自纵天慵^①。
落叶凭风扫，香粳倩水春^②。
花朝连郭雾，雪夜隔湖钟。
身外能无事，头宜白此峰。

（录自《全唐诗》卷648，中华书局1960年版）

【注释】

①天慵：生性慵懒。　②粳（jīng）：稻谷的一种。倩（qìng）：凭借，借助。

【评析】

诗人屡试不第，栖身镜湖，其间与山寺僧人广为交游，听佛理禅学，看动人景色，有归隐之意却不得闲云野鹤之心。如此矛盾，反映在诗的首联"世人既不容我，我自纵情山水、放浪江湖罢"，这一句满载愤懑与不平，可见诗人尚未全然放下浮名，达到心性澄澈。纪昀在评价此诗时指出，诗人出手乖气，即是此意。但整首诗还是温厚平和的。颔联与颈联描写镜湖别业的景色，清人吴乔犹喜颔联的"倩"字，他在《围炉诗话》中以此字为妙，后人难及，"费力甚矣"！尾联"身外能无事，头宜白此峰"，掷地有声，明确地表达出欲超脱俗世、与山水为伴的心意。联想诗人旧作《中路寄喻凫先辈》中"求名如未遂，白首亦难归"一句，直言功名不得的不甘心，此句则体现了放下虚名浮利的决心与气节。何光远《鉴诫录》评其"为诗炼句，字字无失。咏系风雅，体绝物理"。

花朝

戴复古

【题解】

这首诗是宋代诗人戴复古的作品。诗人花朝节前在佤孙子固家聚会，看到后园有一方大大的水塘，于是就想起了唐人戴简家附近的东池。元和年间，戴简任潭州刺史，前任杨凭赠东池祝贺。后，戴简在东池边筑起戴氏堂，并邀请正戴罪远行的柳宗元作《潭州东池戴氏堂记》。戴简没有因柳宗元被弃遭贬而避之不及，可见其才德。柳宗元在游记中赞颂戴简的离世出道，并称东池与戴简相得益彰，池得明主。该游记清俊秀丽，流传甚广。此处，诗人认为佤孙子固谦恭有礼，志向淡薄，和东汉知足求安的马少游是一类人。子固的院落边也有水塘，就如同贤人戴简隐居东池一样。柳宗元已逝，诗人自拟五律以记之。

佤孙子固家小集，见其后园一池甚广。因思唐戴简隐居长沙东池，柳子厚有记。吾子固虽富而不骄，有礼文足以饰身，乡里称其善，马少游之流也。余以东池隐居称之，不为过。况此乃吾家故事，特欠柳柳州作记尔。

今朝当社日①，明日是花朝。

佳节唯宜饮，东池适见招②。

绿深杨柳重，红透海棠娇。

自笑鬓边雪，多年不肯消。

（录自《全宋诗》第 4 册，北京大学出版社 1995 年版）

【注释】

①社日：祭祀土地神的节日。宋时以立春、立秋后的第五个戊日为社日。　②东池：指潭州东泉。潭州即古时长沙郡，大致包括今湖南长沙、湘潭、株洲、岳阳、益阳、娄底等地。

【评析】

　　都说岁时佳节宜赏景赋诗，节日氛围中，山光水色更易逗起文思。这首诗作于花朝节前，诗的首联既紧扣主题，又点明了写作的时间。社日与花朝，都是民间重要节日，两节相邻，欢喜得以加深、延续。颔联以《潭州东池戴氏堂记》中的东池，指代眼前宽广的水塘，居住水塘边的主人也就与东池的主人建立起联系，诗人通过借代的方式，实现褒扬塘主的目的。颈联写池塘四围的红花绿柳。"深""重""透""娇"，说明春色已深，一方面与花朝节相应，群芳吐露，一方面以浓烈的色彩展示诗人沐浴节日氛围中的喜悦心情。最是一年春好处，和明艳的花、旖旎的柳形成对比的，是鬓角如雪的白发。古人感时伤逝的诗词很多，如此欢愉地自嘲实属难得，足见诗人心胸开朗、见解通达。

【相关链接】

　　宋代，花朝节作为全民节日被确定下来，只因各地花期有早有迟，而在节日时间设置上略有差别。《广群芳谱·天时谱》引杨万里的《诚斋诗话》："东京（今开封）二月十二日花朝，为扑蝶会。"吴自牧的《梦粱录》记载，浙间风俗"仲春十五日为花朝节"。

"佳节唯宜饮，东池适见招"，既为庆祝百花的生辰，节日宴饮是少不了的。士庶之家或在园内花枝下，或在郊外花丛中，置备酒菜，摆宴畅饮。宴席上，人们吃花糕、行酒令。"雨零花昼春杯举。举杯春昼花零雨。诗令酒行迟。迟行酒令诗。　满斟犹换盏。盏换犹斟满。天转月光圆。圆光月转天"（宋王安中《菩萨蛮》）。宴饮同时，扑蝶游艺。

宋代花朝节还有劝农的惯例，"宋条制，守土官于花朝日出郊劝农"（《天中记》卷4），帅守、县宰率领一众官员出游郊外，召当地父老赐以酒食，鼓励他们农桑要勤勉，奉行恭敬、谨慎之道。

引驾行（红尘紫陌）

柳永

【题解】

这首词是宋代著名词人柳永行旅怀人的作品。庆历年间，词人移任华州，途中思念长安故人，特别在这花朝月夕，牵记京城佳人，抒发怀旧念远之情。

红尘紫陌①，斜阳暮草长安道，是离人、断魂处，迢迢匹马西征。新晴。韶光明媚，轻烟淡薄和气暖，望花村②、路隐映，摇鞭时过长亭。愁生。伤凤城仙子③，别来千里重行行。又记得临歧④，泪眼湿、莲脸盈盈。　消凝。花朝月夕，最苦冷落银屏⑤。想媚容、耿耿无眠，屈指已算回程。相萦。空万般思忆，争如归去睹倾城⑥。向绣帏、深处并枕，说如此牵情。

（录自《全宋词》第 1 册，中华书局 1965 年版）

【注释】

①紫陌：指京城郊野的道路。宋欧阳修《浪淘沙》"垂杨紫陌洛城东"。　②花村：花草掩映的村庄。　③凤城仙子：京城的美丽佳人。　④歧：岔路，从大路上分出来的小路。唐王勃《送杜少府之任蜀川》："无为在歧路，儿女共沾巾。"　⑤银屏：镶银的屏风。唐白居易《长恨歌》："揽衣推枕起徘徊，珠箔银屏迤逦开。"　⑥争如：怎比得上。

【评析】

这首词形式上是上下阕结构，内容上则有三叠。第一层写离人独自匹马西征，摇鞭时已过长亭；第二层回忆起京城女子离别时的泪眼与愁容，想象着她辗转无眠、屈指算回程的场景；第三层写离人魂牵梦绕，不如归去，与女子并枕诉牵情。三个层次，层层推进，话题随着三叠的转换而转换：先是讲述离人当下情境；再是转入回忆与想象的心理场景，美人成为话题；最后回到现实，话题也回到离人身上。这种现实与回忆、实景与虚景、时空转换、错综复杂的美，更能助推情感的宣泄，读者在感受层层推进的情感中，也更容易引发共鸣。

踏莎行（绿树归莺）

晏殊

【题解】

晏殊（991—1055），字同叔，临川（今江西抚州）人，北宋著名文学家，与欧阳修并称"晏欧"，与其子晏几道并称"二晏"。少年时因才学被荐，赐同进士出身。后召试中书，任太常寺奉礼郎。明道元年（1032），任参知政事加尚书左丞，次年因谏阻被贬。庆历二年（1042），官拜宰相，以枢密使加平章事，两年后再次被贬。老病辞官，卒谥"元献"，世称"晏元献"。

　　宦海沉浮中，词人感受到了岁月无情、人生苦短，与其愁苦索取，不如把酒言欢、及时行乐。

　　绿树归莺，雕梁别燕。春光一去如流电①。当歌对酒莫沉吟②，人生有限情无限。　　弱袂萦春③，修蛾写怨④。秦筝宝柱频移雁⑤。尊中绿醑意中人⑥，花朝月夜长相见。

（录自《全宋词》第 1 册，中华书局 1954 年版）

【注释】

①流电：闪电。晋陶渊明《饮酒二十首》（其四）："人生复能几，倏忽流电惊。"　②沉吟：犹豫，思量。三国魏曹操《短歌行》："但为君故，沉吟至今。"　③袂（mèi）：衣袖，袖口。弱袂：指女子衣袖轻盈。　④修蛾：纤细的眉毛。　⑤秦筝：古秦地（今陕西一带）的乐器，相传为蒙恬所造。宝柱：即筝码，秦筝上调弦的小木柱，因木柱排列成行，如同飞雁，故又称"雁柱"。移雁：移动雁柱，用以调音、定音。　⑥绿醑（xǔ）：绿色的美酒。

【评析】

　　词的上片首先由莺与燕的来去，暗示光阴迅速无常。以莺、燕喻时光的意象在词人笔下不是个例，其《木兰花》中有"燕鸿过后莺归去。细算浮生千万绪"；《清平乐》"燕子归飞兰泣露。光景千留不住"。

因此，归莺、别燕既是春天里的景色，也是引出下文春光易逝的逻辑起点。接下来，词人化用曹操《短歌行》"对酒当歌，人生几何"表达人生苦短、珍惜眼前的哲思。上片的尾句是全词的眼，整首词最终的思想集中于这一句"人生有限情无限"，慨叹年光之有限，用有限的人生去追逐无尽的情感总是徒然，与李白《月下独酌》"行乐须及春"异曲同工。上片主张"当歌对酒莫沉吟"，下片便生动地描绘了听琴把盏的美好。词人用"弱袂""修蛾"勾画出琴伎的柔美，"萦""写"刻画出她的灵动与投入。而频频移换雁柱，奏出不同的曲调，展现了琴伎高超的琴艺。有意中人相伴，品尊中美酒，醉卧花朝月下，美哉！妙哉！

摘红英·赋花朝月晴

刘辰翁

【题解】

刘辰翁（1232—1297），字会孟，号须溪，吉州庐陵（今江西吉安）人，宋元之际著名文学家。幼年丧父，家贫。景定三年（1262）进士，以亲老请为赣州濂溪书院山长。历任临安府学教授、太学博士、知临江军等职。宋亡，"托迹方外以归"，隐居不仕。

这首词题为"赋花朝月晴"，却不见花朝节的欢庆与月晴之夜的完满，词人将亡国之痛融入节日的景色中，使整首词充满了悲怆的色调。

花朝月。朦胧别。朦胧也胜橹声咽^①。亲曾说。令人悦。落花情绪，上坟时节^②。　　花阴雪。花阴灭。柳风一似秋千掣^③。晴未决。晴还缺。一番寒食^④，满村啼鴂^⑤。

（录自《全宋词》第 5 册，中华书局 1965 年版）

【注释】

①檐：肩舆之一种，古人出行用具。清王士禛《池北偶谈·谈故三·乘肩舆》："《麈史》谓唐时宰相乘马，五代始用檐子。"　②上坟时节：指清明节。自唐朝开始，朝廷给官员放假以便于归乡扫墓。　③掣（chè）：牵动。　④寒食：清明节前一二日，是日禁烟火，只吃冷食。　⑤鴂（jué）：杜鹃鸟。《临海异物志》："鶗（tí）鴂，一名杜鹃，至三月鸣，昼夜不止，夏末乃止。"

【评析】

刘辰翁是南宋遗民词人群体中的代表人物。词人善咏春，只是春天在词人作品中常以伤春、苦春、送春、寒春等意象出现，春天的变化触发了家国之悲，词人正是借助上述春意象，表达故国沦陷、国破家亡、流离失所的悲哀，抒发心中的哀痛。词的上片开篇点题。花朝节的月亮朦朦胧胧地悬在天上，失却了清亮的颜色。是天色的原因？是躲在云的背后？还是望向月亮的眼里噙着泪水？朦胧的月色下与君离别，色调灰暗，可是即便如此，也好过听到檐子离开时竹竿摩擦发出的揪心的声音。单单这一句，愁绪满怀难自持的情感，被淋漓尽致地表现出来。上片以月色起笔，下片则起笔写花。花朝节是花的生日，词人无心赏花，而是将目光放在了花的阴影里。承接上文"落花情绪"，飘落的花瓣在花下堆积如雪。阵阵春风卷起了落红，天色渐暗，花阴也随之消失了。词人地处江西，春来得早，花朝节落英缤纷是自然的景观，也是心绪的移情。沉吟在悲伤中，连春风都好似牵动的秋千，词人用自己的观感、体感将情绪全然倾注到春景中，词里的春天是灰暗的，词里的花月是零落的，词里的景色是凋敝的。人道花朝时节好，而花朝后不久就是寒食节和清明节，怀旧与感伤的节日，山河破碎，唯有痛悼。整首词风格遒劲悲壮、凄凉沉郁。清况周颐《蕙风词话》评："须溪词，风格遒上似稼轩，情词跌宕似遗山，有时意笔俱化，纯任天倪，竟能略似坡公。往往独到之处，能以中锋达意，以中声赴节。"

【相关链接】

南宋都城临安园林众多，有以西湖为主体的公共园林，有皇家园林、私家园林，甚至寺院、署衙、书院的园林也各成体系，园林建造渗入到了整个城市的每个细胞中，渗入到了每个市民的生活、休闲中，可谓绝妙山水、人间天堂。每逢花朝节，这些园林就成了踏青赏花、宴饮作乐的好去处。"都人皆往钱塘门外玉壶、古柳林、杨府、云洞，钱湖门外庆乐、小湖等园，嘉会门外包家山王保生、张太尉等园，玩赏奇花异木。最是包家山桃开浑如锦障，极为可爱"（南宋吴自牧《梦粱录·二月望》）。花朝节期间又恰逢佛、道节日。天庆观每年二月十五都会举办老君诞会，点燃华灯万盏，供斋食，作法事，为民祈福。百姓们纷纷持香来拜，往来无数。农历二月十五是释迦牟尼佛涅槃日，崇新门外长明寺及诸寺院僧尼举行佛涅槃胜会，罗列幡幢，以各色香花异果供养，道场以名人书画和珍异器物装饰，庄严肃穆。观者纷集，终日不绝。

点绛唇（痛负花朝）

元好问

【题解】

这首词是金代著名文学家元好问的作品。大致作于蒙古乃马真后四年（1245），词人欲离开汴京归故里。春天已过大半，词人滞留汴京，错过了家乡的红雨、芳草，赋词以抒胸臆。

　　痛负花朝，半春犹在长安道。故园春早。红雨深芳草①。　　愁里花开，愁里花空老。西归好。一尊倾倒。乞与花枝恼。

（录自《全金元词》［上册］，中华书局 1979 年版）

【注释】

①红雨：指落红，花瓣如雨。唐李贺《将进酒》："桃花乱落如红雨。"

【评析】

　　每逢节日，乡愁更浓。开篇一个"痛"字，道出了词人怨怼的心情；一个"负"字，则表达出词人的自责。春天过半，词人一直滞留汴京不得归家，错过了故园的春天，也错过了红花绿草。上片不由使人想起苏轼"羞归应为负花期，已是成荫结子时"，只是苏轼错过的不仅仅是花期，更是意中人与爱情。下片"愁"与上片"痛"相应，花开愁，花落亦愁，起首连用两个"愁"字，将情绪推至浓郁。下片词人连续用典。"花空老"典出唐罗邺《途中寄友人》"携樽座外花空老"，满载失意与惆怅。而"一尊倾倒。乞与花枝恼"，化用宋程垓《孤雁儿》"故园梅花正开时，记得清尊频倒。高烧红蜡，暖熏罗幌，一任花枝恼"，词人期盼并想象着回到故园饮酒赏花的场景。古人诗词中常有花恼的意象，烦恼的缘由也各不相同。词人曾在《玉楼春》中写道"惜花长被花枝恼"，所以，词人的恼是出于爱而倍加珍惜，也就是所谓的患得患失吧。

浪淘沙令（风暖翠烟飘）

王直

【题解】

王直（1379—1462），字行俭，号抑庵，泰和（今属江西）人，明代政治家、学者，与金溪王英齐名，时称"二王"。出身名门，永乐二年（1404）进士，选翰林院庶吉士，授修撰。后屡次升迁，正统八年（1443）升任吏部尚书。一生仕途较平稳，景泰年间辞官隐退。天顺六年（1462）卒于家中，谥号"文端"。

这首词被选入《明词综》，是经收录人捉刀修改后的作品。词人借叹春、惜春，抒发岁月易老、青春易逝的无奈。

风暖翠烟飘①。残雪都消。游丝百尺堕晴霄②。可惜春光容易过，又近花朝。　　驱马第三桥。芳意萧条。竹林浑未放夭桃③。瘦尽城南千树柳，不似宫腰。

（录自《明词综》卷 2，辽宁教育出版社 1997 年版）

【注释】

①翠烟：青色的烟霭。唐孟郊《和皇甫判官游琅玡溪》："碧濑漱白石，翠烟含青蜕。"　　②游丝：飘浮在空中的蛛丝。　　③夭桃：艳丽的桃花。《诗经·周南·桃夭》："桃之夭夭，灼灼其华。"

【评析】

这首词当作于花朝节前。词人驱马信步竹林山涧，暖暖的春风托着青色的烟霭缓缓地飘移，天空高远，飘浮在空中的蛛丝仿佛从天而降。游丝是古诗词中常常出现的意象，细细弱弱、随风摇摆的蛛丝，常被用来比喻各种微弱或不定的事物。当游丝与百尺连用时，游丝往往指的是人的心思，而百尺则是主观的量度。如唐李商隐《日日》诗中有"几时心绪浑无事，得及游丝百尺长。"无牵无挂时，人的心思就像无端的蛛丝一样绵长、没有尽头。旖旎的春光，慵懒的闲人，词人描绘了一幅惬意安然的春游图。"可惜"二字转换了话锋，美好的时光总是那么短暂。这里是情绪的转折点，也是场景的转折点。下片"驱马第三桥"移步换景，只一句"芳意萧条"，就把春光不再的落寞心情展示出来。迟放的桃花、成片的枯柳，与上片景色形成鲜明的对比。词人感时伤怀、惜花惜春，通过春景的强烈对比，抒发自伤老大的感慨。这首词语意清浅，虽稍逊含蓄蕴藉，贵在主题情调颇有宋词的风韵与情致。清张德瀛《词徵》（卷6）评价这首词："其言婉而有致。吴处厚所谓文章艳丽，亦不害其为正也。"

【相关链接】

明朝大多地区将花朝节确定为农历二月十五日，"元夕以灯、花朝以花、中秋以月，皆以望日，此特因其时物之盛者耳"（明李诩《戒庵老人漫笔》卷7）。二月仲春，八月中秋，二月半与八月半，即世俗恒言之"花朝月夕"。明朝时，流行于宋朝民间的扑蝶会势头大不如前，代之以寺院举办的涅槃会。相传二月十五是释迦牟尼涅槃的日子，僧人们以《孔雀经》为题谈经讲道，各地香客纷至杳来。现在，二月十五涅槃会的习俗，在日本还有保留。

明朝时，以花为业的人与日俱增。以北京为例，花农大多住在右安门外南边草桥和丰台一带。明刘侗《帝京景物略》有："右安门外南十里草桥，方十里，皆泉也。……故李唐万福寺，寺废而桥存，泉不减而荇荷盛。天启间，建碧霞元君庙其北。……土以泉，故宜花，居人遂花为业。都人卖花担，每辰千百，散入都门。"丰台是明清两朝京城花木的供应地，有"花乡"之称。传说洛阳牡丹等十二位花神因得罪了玉皇大帝，被打入凡间，花神们便来到京城南郊大地，使得丰台一带开满各种鲜花。人们为感谢花神对人间的恩赐，京都各花行集资建造了一座花神庙。这座兴建于明朝的花神庙，坐落于北京丰台镇东纪家庙村北，门楣上曾悬有"古迹花神庙"的牌匾，庙内前殿有花王及诸路花神的牌位。

花朝节，外出的游人为商家提供了商机，尤以花市为盛，由此花朝集市应运而生。坊市以货物交易为主，同时还有"斋郎麻婆耍孩儿、耍和尚等类，不可数计，又有秋千、蹴鞠、斗草赛花、选官仙等"娱乐活动（《天启慈溪县志》卷 12）。宣府地区的妇女，剪彩帛为花插于鬓髻，并且以纸花互相赠送或以真花赠友。昆山、嘉兴等地还有以花朝天气占卜时运的习俗，若花朝日天气晴朗，则百果、五谷无损；反之则否。

庆春泽·春影

陈维崧

【题解】

陈维崧（1625—1682），字其年，号迦陵，宜兴（今属江苏）人，明末清初文学家，与吴绮、章藻功并称"骈体三家"，与吴兆骞、彭师度并称"江左三凤"。出身世家，自幼聪颖好学。明朝灭亡，家境困窘。康熙十八年（1679），举博学鸿儒科，授翰林院检讨，参与编修《明史》。四年后，卒于任上。

这首词是写给旧情人的。题为"春影"，讲述的是斯人已去而相知相恋的点滴尚在心头、如影随形的故事。

已近花朝，未过春社，小楼尽日沉吟。暝色连朝①，江南倦客难禁。门前绿水昏如梦，粉云遮②，失却遥岑③。谢桥边④、冻了梅魂，结了春阴。　　年时恰是莺花候，正黄归柳靥⑤，红入桃心。舞扇歌衫，参差十里园林。东风吹得韶光换，讵料人⑥、真个如今。问何时、日上花梢，细弄鸣禽。

（录自《全清词·顺康卷》第7册，中华书局2002年版）

【注释】

①暝色：天色昏暗。　　②粉云：如粉般轻薄细腻的白云。　　③岑（cén）：小而高的山。　　④谢桥：唐代名妓谢秋娘家门前的小桥，指代与情人欢会之地。　　⑤靥（yè）：酒窝，此处是柳树的拟人化用法。　　⑥讵（jù）料：岂料，哪里想到。

【评析】

清郭麐《灵芬馆词话》卷1指出："迦陵词优爽之气、清丽之才，自是词坛飞将。竹垞所谓'前身定自青兕'，非妄誉也。"这首词当属对"清丽之才"的印证，整首词色彩多变，有现实的朦胧、昏暗、凄清，有回忆的高清、明艳、温暖，情感细腻，文辞清婉宜人。上片先交代时间，迫近花朝、社日，说明已是仲春，本该是天气晴好、花红柳绿、莺歌燕舞的时节。然而上片没有亮采的春光，只有浓重、灰暗的日暮。往日熟悉的一水一山，此时已模糊不清甚至消失不见。眼中的阴晦，来自心里的冰冷。词人用"冻了梅魂，结了春阴"，表达心里的荒芜之感。受心中积聚情感所累，难怪词人自称江南倦客。下片先转入回忆，遥想当年草长莺飞、鲜花盛开之时，柳梢泛着鹅黄，桃蕊吐芬芳，词人和情人在高低错落的园林里穿着戏装翩然起舞，哪里想到时光流转会有今天的分离？郁结于心的思念化成一句追问。下片为读者展现了词人与情人的美好过往，也回答了他对情人割舍不下的原因。

【相关链接】

"百花生日是良辰，未到花期一半春。红紫万千披锦绣，尚劳点缀贺花神"（清蔡云《咏花朝》）。古时，花朝之日击牲献乐庆祝花神诞辰，是节日里的一项重头戏。关于花神，坊间有两种说法：一是，花神本名女夷，"女夷鼓歌，以司天和，以长百谷禽鸟草木"（《淮南子·天文训》）；一是，大迦叶尊者以微笑对佛陀拈花，是为总领百花之男花神。尊"拈花微笑"的大迦叶尊者为花神，是清代的事；尊女夷为花神则要早得多。东汉高诱注《淮南子·天文训》视女夷为"主春夏长养之神"，明冯应京《月令广义·岁令》明确指出："女夷，主春夏长养之神，即花神也。"

因花卉开放时令各不相同，后人依十二个月份的花信选出该月份的当令花，并赋予它们人的容貌与性情，成为"十二花神"。但各地气候差异导致的品类相异，再加上咏花之人的偏好，所以，十二花神至今尚没有一个统一的说法。清代中期，杨柳青年画开始出现"花神"组画，以唐宋传奇人物和历史人物确定花神名称代表各月的花神，同样因为作者的不同，每月司花之神说法不一。例如，正月便有兰花神屈原、梅花神江采苹、梅花神寿阳公主、梅花神林逋、梅花神柳梦梅等多种说法。这也恰恰说明国人爱花，不仅种花、赏花，而且研究花，借花明志，以花传情。古人珍视每一种花，明代百姓为花神建庙，供奉百花，今天苏州虎丘与北京丰台的花神庙，都曾是祭祀花神的重要场所。

金菊对芙蓉·答宗姊月辉见怀之作

黄媛介

【题解】

黄媛介，明清之际人，生卒年不详，字皆令，秀水（今浙江嘉兴）人，明清之际才女。出身书香门第，冰雪聪明，娴翰墨，好吟咏，工书画，以诗文出名。婚后迫于生计，转徙流离，以才学求存活。与士卿、闺秀、才妓等不同群体交游唱和。词题中的月辉是词人姐姐黄德贞的字，工诗赋，与词人齐名。这首词是写给姐姐的书信。

　　五易星霜①，两迁村塾，思君几许魂消。看燕来雁去，梦断音遥。兵戈路绝空相念，惟虚却、月夕花朝。还家一载，城隅轻隔，似阻江潮。　　感伊投我琼瑶②。羡珠光溜彩，玉韵含韶③。恨未能携手，愁寄纤毫④。君家梅竹犹堪赏，待相逢、斗酒重浇。春光未老，花香正美，离思空劳。

（录自《小檀栾室闺秀词钞笺注》卷 1）

【注释】

①星霜：指年岁。星辰一年一周转，霜每年遇寒而降。　②琼瑶：指他人酬答的诗文、书信等。鲁迅《书信集·致台静农》："即将投我琼瑶，依然弄此笔墨，夙心旧习，不能改也。"　③韶：古代乐曲名，传说是舜帝创作的。　④纤毫：毛笔，此处指诗文。

【评析】

　　词人生长在改朝换代的乱世，儒士之家与布衣白丁一样饱受战乱之苦，清贫度日，流离失所。然而词人很少写到羁旅转徙之事，也很少提及战争，因此，这首平仄交互、纸短情长的书信诗词，在众多作品中就显得格外突出。词的上片开篇短短八个字，概括词人近五年的生活状况，清晰明了，言简意赅。接着，词人开始述说"魂消""梦断"的思念之苦。而痛苦的根源便是"兵戈路绝"，即使归家一年，两城咫尺，也不得相见。结尾处"轻隔"与"江潮"之喻对比强烈，使读者加深了对当时境遇与词人心境的理解。下片先以"感"字表达谢意，感念姐姐赠书信与她；继而用"恨"字，说明无法相见的心情；最后以"愁"字，抒发当下写信的情绪。词尾词人与姐姐相约。这首词虽然也有怨怼，也有愁绪，也有现实之痛和思念之苦，但积极乐观的词人将未来勾画得依然美好，特别是"春光未老，花香正美，离思空劳"句，体现出现代女性身上常见的独立性与社会性。词人以诗化的书信语言感今怀旧，多少情思跃然纸上。

【相关链接】

清朝，女子们在花朝这天将剪好的彩色绢帛粘贴在花枝上，谓之"赏红"。据清顾铁卿《清嘉录》考证，赏红之俗源于"十二日为崔元微护百花避封姨之辰，故剪彩条系花树为幡"。花枝挂贴彩条是赏红最主要的形式，若花枝纤细，也有将彩帛制成小旗插在花盆里的，无论哪种方式，目的都在于为花祝寿。除剪彩赏红外，人们还设花朝宴，张花神灯。花朝宴当属慈禧执政期间办得最为讲究："二月十二日为花朝，孝钦后（慈禧）至颐和园观剪彩。时有太监预备黄红各绸，由宫眷剪之成条，条约阔二寸，长三尺。孝钦自取红黄者各一，系于牡丹花，宫眷、太监则取红者系各树，于是满园皆红绸飞扬，而宫眷亦盛服往来，五光十色，宛似穿花蛱蝶。系毕，即侍孝钦观剧。演花神庆寿事，树为男仙，花为女仙，凡扮某树某花之神者，衣即肖（仿照、相像）其色而制之。扮荷花仙子者，衣粉红绸衫，以肖荷花，外加绿绸短衫，以肖荷叶。余仿此。布景为山林，四周山石围绕，石中有洞，洞有持酒尊之小仙无数。小仙者，即各小花，如金银花、石榴花是也。久之，群仙聚饮，饮毕而歌，丝竹侑酒，声极柔曼。最后，有虹自天而降，落于山石，群仙跨之，虹复腾起，上升于天。"（清徐珂《清稗类钞·时令类》）紫禁城外也有供百姓赏牡丹的胜地，天坛南北廊、永定门内张园及房山僧舍三处，是当时幽人韵士赋诗唱和咏花朝的聚集地。

[双调] 驻马听·歌

白朴

【题解】

白朴（1226—1306），原名恒，字仁甫，后改名朴，字太素，号兰谷，隩州（今山西河曲）人，与关汉卿、马致远、郑光祖并称"元曲四大家"。幼年随元好问北渡黄河逃难，后徙居真定（今河北正定），晚年寓居金陵（今江苏南京）。纵情山水，以诗酒为乐，终身不仕。

双调为宫调名称；驻马听为曲牌名称。作者分别以"吹""弹""歌""舞"为题序，写成驻马听曲牌组曲。这首小令通过对歌声的描绘，表现了歌者高超的技艺。

《白雪》《阳春》^①，一曲《西风》^②几断肠。花朝月夜，个中唯有《杜韦娘》^③。前声起彻绕危梁，后声并至银河上。韵悠扬，小楼一夜云来往。

（录自《白朴戏曲选》，海南国际新闻出版中心 1997 年版）

【注释】

①《阳春》《白雪》：战国时楚国乐曲名。战国宋玉《对楚王问》："其为《阳春》《白雪》，国中属而和者不过数十人。"后代指高雅的文学艺术。　②《西风》：即《番马舞西风》，又称《番马舞秋风》，南中吕过曲。　③《杜韦娘》：曲牌名，属南曲仙吕宫。

【评析】

　　明快精练是小令的特点。这首小令以白描的形式，述说了作者听曲的感受。小令前半部用曲牌名贯穿，每一种曲牌既是实写，又都具备功能。《阳春》《白雪》代指乐曲的高雅，《西风》与断肠喻指情感悲伤难耐，杜韦娘原为唐代著名歌妓的名字，此处暗示歌者技艺超群。后半部首先连用两个典故，形容歌声的荡气回肠和激越高昂。"绕危梁"化用《列子·汤问》"韩娥……鬻歌假食，既去而余音绕梁欐，三日不绝"的典故；"银河上"则化用刘禹锡《浪淘沙》的"如今直上银河去，同到牵牛织女家"。正是因为曲调优美、和谐悦耳、歌声悠扬，才有了小楼宾客如云的结果。整首曲子，读来通俗明白，不失典雅。即便是用典，也都不着痕迹，清新自然。

【相关链接】

　　"皇城游，二月十五日"（元熊梦祥《析津志·岁纪》）。元大都的居民用游皇城的方式庆祝花朝节。元大都分南北两城，金中都旧城为南城，元大都新城为北城，两城城墙"仅隔一水"。花朝节时，北城的官员、士庶、妇人、女子，大多选择去风日清美的南城踏青。碧草连天，人们在淡荡春风中纵情嬉戏。或以草勾连拉扯，比一比谁的草更强韧；或限时采集花草，比花草种类，以独得的花草多者为赢。上述游戏均称"斗草"，前者为武斗，后者为文斗。上自内苑，中至宰执，下至士庶，家家处处都立秋千架，整日嬉游，成为游赏一大胜事。

六、上巳

溱洧

【题解】

　　《溱洧》出自《诗经·郑风》。溱（zhēn）即溱水，洧（wěi）即洧水，溱与洧是郑国两条河流的名字，位于今河南境内，诗里的故事就发生在溱水与洧水之间。农历三月上巳日，郑国青年男女在水边祓除不祥、祈求幸福，爱情亦在漫漫春水边萌动。

溱与洧，方涣涣兮①。
士与女，方秉蕑兮②。
女曰："观乎？"士曰："既且③。"
"且往观乎？洧之外，洵訏且乐④。"
维士与女，伊其相谑，赠之以勺药⑤。
溱与洧，浏其清矣⑥。
士与女，殷其盈矣。
女曰："观乎？"士曰："既且。"
"且往观乎？洧之外，洵訏且乐。"
维士与女，伊其将谑，赠之以勺药。

（录自《诗经注析》上，中华书局 1991 年版）

【注释】

①涣涣：水盛大的样子。　②蕑（jiān）：香草名，多生于水旁，有祓除邪恶、祈求祥和之意。　③且（cú）：通"徂"，往，去。　④洵：确实。訏（xū）：广大。　⑤勺药：植物名，又称"将离""离草"，临别时赠送以表达情意。宋朱熹《诗集传》："勺药，亦香草也。三月开

华，芳色可爱。"　　⑥浏：水深而清澈。

【评析】

东汉学者郑众认为："诗文诸举草木鸟兽以见意者，皆兴辞也。"（唐孔颖达《毛诗正义》）诗的开篇以郑国境内水势盛大的溱、洧二水起兴。"兴"即"文已尽而意有余"（南朝钟嵘《诗品·总论》）。《诗经》中水常被用来寄托男女情思，如"江之水矣，不可方思""所谓伊人，在水一方"等。上巳节，溱、洧二水之畔又会发生怎样的爱情故事呢？河边上郑国青年男女依俗手持蕑草汇集河畔，"殷其盈矣"。人群中女子遇到了心仪的对象，便对心上人说："一起去那边看看吧？"男子回答："我已经去过了。"女子坚持说："姑且陪我再去看看？洧水岸边确实宽敞，还很好玩呢。"于是二人相互调笑逗趣，互赠芍药作为定情信物。这首诗以清澈幽深的河水为背景，通过对话的方式描绘了男女春日祈福时互生情愫的场景，语言质朴简练，却勾勒出清新温暖的美好画面。此诗节奏轻快，富有生活的情趣，清方玉润《诗经原始》评其为"开后世冶游艳诗之祖"。

【相关链接】

上巳节，今天人们已不常提起，它如同花朝一样被遗落。魏晋前，朝野上下流行着一个习俗，每逢三月上旬巳日，人们纷纷来到水边以春水洗涤污垢，祈愿也洗去疾病与厄运，此日便是"上巳"。因三月上旬巳日这个日期每年都会不同，三国魏时人们便将节日固定在农历三月三日，只是沿用"上巳"之名。正如《晋书》所说："汉仪季春上巳，官及百姓皆禊于东流水上，洗濯祓除去宿垢，而自魏以后但用三日，不以上巳也。"禊（xì）者，洁也。祓（fú）禊，是上巳节最重要的节俗活动，人们相信水有去腐化淤、祛病驱邪之功效。殷周时统治者，还专门设置女巫之职主持被禊活动，"洗濯被除，去宿垢疢，为大洁"（《后汉书·礼仪志上》）。

然而，上巳节的功能不仅限于祛邪求吉，特别是在人类早期"奔者不禁"的时代，男男女女河边踏青、河中嬉戏，爱情的花蕾在举手投足间悄然绽放。手中驱邪的香草也成了定情的信物，一株株暮春开放的芍药见证了男女间的爱情。

上巳禊饮

卢思道

【题解】

卢思道（约531—582，或535—586），字子行，范阳（今河北涿州）人。曾仕北齐、北周、隋三朝，因任武阳太守，又称"卢武阳"。

上巳节官民皆至水边洗濯以被除不祥的活动称为"禊"，故此日之宴聚称为"禊饮"。这首诗大致作于开皇元年（581）三月，诗人在武阳任上，上巳节与友人水边宴饮，赋诗表达归隐之意。

> 山泉好风日，城市厌嚣尘。
> 聊持一樽酒，共寻千里春。
> 余光下幽桂①，夕吹舞青苹②。
> 何时出关后，重有入林人③。

（录自《初学记》卷4，中华书局1962年版）

【注释】

①幽桂：指生长在深山中的桂树。唐韩愈《重云李观疾赠之》："穷冬百

草死，幽桂乃芬芳。"　　②苹：即浮萍。东汉许慎《说文解字》："苹，萍也。无根浮水而生者。"　　③入林：归隐林下。

【评析】

诗的开篇以山林河曲的清丽、明静与城中市井的喧嚣凡尘形成强烈的对比，诗人的情感好恶立见。"一樽酒"承题中"禊饮"，"聊"字写出了纵情山水间的随性与洒脱。春光千里与首句"好风日"相照应，春为时节，冠以"千里"修饰，营造出满目的花红柳绿，给人以生机勃发、深邃广阔之感。"余光"为落日之光，"夕"为日落之时，指明时间已是傍晚。继与友人"共寻千里春"之后，诗人描写了春日晚景，许是寻春的结果。落日余晖洒满山间桂树丛，晚风吹来，浮萍随波舞动，一静一动，恬然清新。诗人着力写倘佯山水间的愉悦，为了引出诗尾的核心句。"出关"用《史记·老子韩非列传》"柱史出秦关"之典，借老子出函谷关隐遁修道表达归隐之心。此诗用语婉丽，气骨矫劲，工致中见古意，缘情而任真。清陈祚明《采菽堂古诗选》评此诗"出关后即不应有入林之适，反写出关风尘之苦，言外见意，故佳"。

【相关链接】

禊饮始于何时？

文人雅士宴饮吟诗之风，周代便已出现。上巳节本就是一个聚会的节日，与友人水边雅集，消灾祈福不忘饮酒作诗，最是酣畅淋漓。古诗文中记载了大量文人禊饮的故事，其中最著名的当属兰亭禊饮。

东晋穆帝永和九年（353）三月三日，时任会稽内史的王羲之与谢安、孙绰等四十多位官员士子，在会稽山阴的兰亭饮酒赋诗，成诗三十七篇，汇编成集，是为《兰亭集》。众宾客推请王羲之作序，酒意中，王羲之挥毫泼墨、乘兴而书，在蚕茧纸上写下文、书绝佳的《兰亭集序》，成就了其"书圣"地位，也留下了兰亭雅集的故事，为历代文士所效仿。人们向往魏晋文人的那分旷达清逸、自由洒脱，当种种原因拴住向往自由的心时，人们便在诗作中反复吟咏这段令人艳羡的风流佳话。

禊饮常以曲水流觞的形式进行。曲水即弯曲的水流，流觞即流动的酒杯。将盛满酒的酒杯置于水流的上游，酒杯顺流而下，在水曲之处打转或是停下，一旦如此，酒杯停留处最近之人，需遵循游戏规则即兴赋诗并饮尽杯中酒。洛阳御苑中叠石建造的"流杯石沟"，便是曹魏曲水流觞的见证。晋时，上巳节曲水流觞广为流行，东晋废帝海西公曾于建康"钟山立流杯曲水，延百僚"（《晋书·礼志》）。至南北朝，上巳流觞不仅仅是官家、文士的雅事，每逢"三月三日，四民并出江渚池沼间，临清流，为流杯曲水之饮"（南朝梁宗懔《荆楚岁时记》）。

春日禊饮该是多么美好的事件，"惟暮之春，同律克和，树草自乐。禊饮之日在兹，风舞之情咸荡"（南朝齐王融《三月三日曲水诗》序）。

丽人行

杜甫

【题解】

这首诗是唐代著名诗人杜甫的作品，作于安史之乱前夕，大致天宝十二载（753）前后。诗人时居长安，尽管时局动荡，上巳节长安城南曲江边仍旧美女如云，华服闪耀，诗人由此引出外戚杨氏兄妹恃宠而骄的生活之态，予以辛辣的讽刺。

三月三日天气新，长安水边多丽人。

态浓意远淑且真，肌理细腻骨肉匀。

绣罗衣裳照暮春，蹙金孔雀银麒麟①。

头上何所有？翠微盍叶垂鬓唇②。

背后何所见？珠压腰衱稳称身③。

就中云幕椒房亲④，赐名大国虢与秦⑤。

紫驼之峰出翠釜⑥，水精之盘行素鳞。

犀箸厌饫久未下⑦，鸾刀缕切空纷纶⑧。

黄门飞鞚不动尘⑨，御厨络绎送八珍。

箫鼓哀吟感鬼神，宾从杂沓实要津⑩。

后来鞍马何逡巡，当轩下马入锦茵⑪。

杨花雪落覆白蘋⑫，青鸟飞去衔红巾⑬。

炙手可热势绝伦，慎莫近前丞相嗔⑭。

　　明皇每年十月幸华清宫，杨国忠姊妹五家扈从，每家为一队，著一色衣。五家合队，照映如百花之焕发，灿烂芳馥于路。而国忠私于虢国，不避雄狐之刺。每入朝，或联镳方驾，不施帷幔，同入禁中。

（录自《全唐诗》卷 216，中华书局 1960 年版）

【注释】

①蹙（cù）金：刺绣方法，用拈紧的金线刺绣，形成皱纹状的织品，类似今丝绸之绉纱。　②翠微：植物名，花瓣似水仙。盍（è）叶：妇人发髻上花、叶形状的饰品。　③衱（jié）：裙带。　④椒房亲：指皇帝的姻亲。《汉书·车千秋传》唐颜师古注：“椒房殿名，皇后所居也。以椒和泥涂壁，取其温而芳也。”　⑤虢（guó）与秦：即虢国与秦国，此处指贵妃杨玉环的姐姐分别被赐封虢国夫人与秦国

夫人一事。《旧唐书·杨国忠传》："是岁，贵妃姊虢国、韩国、秦国三夫人同日拜命，兄铦拜鸿胪卿。" ⑥紫驼之峰：赤栗色骆驼背上的肉峰，肉质鲜嫩，古为珍贵食物。翠釜：精美的炊具，可用来烧菜、炖肉等。 ⑦犀箸：用犀角制成的筷子。厌饫（yù）：吃饱了，吃腻了。 ⑧鸾刀：环上有铃的刀。缕切：切丝细如线缕。纷纶：忙乱。 ⑨黄门：太监，宦官。飞鞚（kòng）：驾马飞驰。 ⑩杂沓：相及，此处指"宾从"忙碌拥挤状。要津：指显要的职位、地位。 ⑪锦茵：锦制的垫褥，此处以精美地毯代指宴会。 ⑫杨花：即柳絮。 ⑬青鸟：传说中西王母的使者。 ⑭丞相：即右相杨国忠。

【评析】

诗人的作品以写实著称，有"诗史"之誉。这首诗作于安史之乱前夕，时局动荡，民怨沸腾，而皇家国戚依旧不以国事为重，极尽豪奢、歌舞升平。上巳节宫廷女眷盛装出行，水畔祓禊，诗人由此感慨皇宫贵族生活的腐败，揭露杨氏兄妹骄奢淫逸的丑行。诗开篇写天气晴朗，水边丽人云集。紧随其后，近景切入，描写丽人的体态、相貌、着装、配饰，雍容奢靡。诗人用笔细腻，言辞藻丽，不禁勾起了读者的好奇心："这些衣着华美的丽人是谁？""就中云幕椒房亲，赐名大国虢与秦"，原来人群中最为闪耀夺目的女子是皇上的姻亲：虢国夫人和秦国夫人。接着诗人笔锋一转，场景由水畔切换到室内，描写上巳节宴上的美味佳肴与珍贵食具。如此盛大的宴席，纤纤玉手却举箸不行，害得御厨们空忙一场。"厌饫"一词，道尽两位夫人生活的奢靡与腐化。"黄门""御厨"皆为皇帝侍者，"飞鞚不动尘"与"络绎"，言皇家侍从与杨家姊妹往来频繁，轻车熟路，足见玄宗对其恩赐不断、宠幸有加。也正是因为这份恩宠，节日里宾客盈门，阻塞街衢。"后来鞍马何逡巡"，宴乐琼林、高朋满座、晚来者大模大样、趾高气扬，马至堂前才下马入席。"鞍马逡巡""当轩下马"，极言飞扬跋扈之盛气。读者好奇心再一次被提起："如此骄横，此人是谁？""杨花"本为柳絮，杨花如雪般飘落，落入水中，覆盖在白色浮萍之上，难分杨花与白蘋。根据诗尾注可知，诗人以此暗指杨国忠与虢国夫人本为堂兄妹，却私会苟合的丑行。"青鸟"本为西王母的信使，此处用以喻指为杨氏兄妹传递信物的人。"炙手可热势绝伦"，言杨国忠权势无人能及，并以戏谑的口吻奉劝众人不要靠近，以免惹得丞相发脾气。清沈德潜《唐诗别裁》指出，这首诗"大意本《君子偕老》之诗，而风刺较显。'态浓意远'下，倒插秦、虢；'当轩下马'下，倒插丞相；他人无此笔法。"浦起龙《读杜心解》评此诗："无一刺讥语，描摹处语语刺讥；无一慨叹声，点逗处声声慨叹。"

【相关链接】

唐朝重视上巳，官方曾明文规定，上巳节文武百官不仅可以放假游玩，而且朝廷还会赏赐钱财。《唐会要》中记有唐穆宗长庆三年（823）下诏："每年上巳、重阳日，如有百官宴会，宜每节赐钱五百十贯文，令度支支给。"

这一日，皇帝曲江宴群臣，整个都城的百姓倾城而出，禊饮、踏青。明胡震亨《唐音癸签》对上巳宴乐的热闹场景做了详细的描述："百官游宴，多是长安、万年两县有司供设，或径赐金钱给费，选妓携馔，幄幕云合，绮罗杂沓，车马骈阗，飘香堕翠，盈满于路。朝士词人有赋，翌日即流传京师。当时唱和之多，诗篇之盛，此亦其一助也。"正是基于朝廷官府的倾资支持，打造出节日里歌舞升平、举国同乐的盛世画卷。

三月三日怀微之

白居易

【题解】

　　这首诗是唐代著名诗人白居易的作品，作于元和十三年（818）。微之即元稹。诗人时任江州司马，上巳节感怀任校书郎时与元稹共事共饮的时光，提笔写就此诗以寄元稹。

> 良时光景长虚掷，壮岁风情已暗销①。
> 忽忆同为校书日②，每年同醉是今朝。

（录自《全唐诗》卷 440，中华书局 1960 年版）

【注释】

①风情：怀抱，志趣。唐白居易《编集拙诗成一十五卷因题卷末戏赠元九李二十》："一篇《长恨》有风情，十首《秦吟》近正声。"　②校书：唐代官职，即秘书省校书郎，负责掌校典籍。

【评析】

　　作这首诗时，诗人贬谪江州（今江西九江）已三年。遥想贞元十八年（802）诗人与元稹二人同举"书判拔萃科"，次年春，授校书郎，二人秘书省共事已是十五年前的事了。开篇，诗人便感叹时光，美好的光阴被大把大把地浪费掉了，人生的志趣与抱负，也不知不觉间消失不见了。创作这首诗时，诗人四十六岁，根据今人研究，唐代人的平均寿命大约为五十岁，故此处"壮岁"当指诗人年少英发时期。远离京都、贬黜江南、壮志未酬的羁旅生活，该是造成诗人情感沮丧的重要因素。"忽忆"二字完成了今昔时空的转换，"每年同醉"表达出元、白二人深厚的友情。这首诗语言浅近，诗风写实，将时光之叹、政治失意与怀友之情，蕴藏在平实的表述中，真挚且深沉。

酬乐天三月三日见寄

元稹

【题解】

这首诗是唐代著名诗人元稹的作品，作于元和十三年（818）春。"酬"为酬答，这首诗是诗人为答复同年三月三日白居易寄给他的诗笺而作。其时诗人在通州（今四川达州）司马任上，白居易任职江州司马，都是被贬谪。诗人通过上巳节日的今昔对比，抒发失意与怅惘。

当年此日花前醉，今日花前病里销。
独倚破帘闲怅望①，可怜虚度好春朝。

（录自《全唐诗》卷 416，中华书局 1960 年版）

【注释】

①怅望：惆怅地怀想。唐杜甫《咏怀古迹》："怅望千秋一洒泪，萧条异代不同时。"

【评析】

"见字如面"。元和十三年三月，白居易寄给元稹题为《三月三日怀微之》的诗笺，忆起十多年前二人上巳节煮酒论诗的日子。小小的诗笺勾起了元稹的情思，追随着友人的思绪，不禁也回想起那年光景。白诗说"良时光景"，元诗和以"当年此日花前醉"，与友人饮，醉卧花前，确是美事一桩，二人皆满心留恋。白诗"壮岁风情已暗销"讲志向、抱负，元诗对以"今日花前病里销"，一方面与当年花前醉形成对比，一方面复用白诗中的"销"字，但诗人讲的是身体状况。白诗忆往昔"忽忆同为校书日"，元诗述当前"独倚破帘闲怅望"，同是生出许多愁苦，白诗中"每年共醉是今朝"似乎仍怀有希望，而元诗里"可怜虚度好春朝"，似乎更多了一些消极的愁苦和悲凉。元、白早年共同进步，也在跌宕人生中相互安慰。此处两首上巳节唱和之作，足见知己情深。

上巳日祓禊渭滨应制

徐彦伯

【题解】

　　徐彦伯（？—714），名洪，以字行，兖州瑕丘（今山东兖州）人，初唐著名文学家。年少能文，对策擢第，授永寿县尉，与韦嵩、李亘并称"河东三绝"。后曾迁给事中，任齐州、蒲州刺史，迁工部侍郎、太子宾客等职。

　　这首诗作于景龙四年（710）上巳节。唐中宗于渭水之滨宴侍臣，并赐柳圈各一，言带之可免蛊毒。此诗即为宴上应制之作。

晴风丽日满芳洲，柳色春筵祓锦流①。
皆言侍跸横汾宴②，暂似乘槎天汉游③。

（录自《全唐诗》卷 76，中华书局 1960 年版）

【注释】

①祓锦：用以斋戒沐浴、除灾求福的有花色的丝织品。　　②跸（bì）：

帝王出行的车驾，此处代指皇帝。横汾：汾水横波。汉武帝刘彻《秋风辞》："泛楼舡兮济汾河，横中流兮扬素波。"后世用以称颂皇帝。　③槎（chá）：木筏。

【评析】

诗人善写应制诗，其流传下来的诗歌，大多都是应制侍宴题材。诗的开篇描写春景，"洲"为水中陆地，紧扣题中"渭滨"，"晴""丽""芳"皆是清丽美词，为整首诗定调。"锦流"指君臣袚禊宴饮时的江水。"皆言"为群臣侍从"皆言"。众人将唐中宗的渭滨春筵，比作汉武帝的横汾宴。此处"横汾"一词，用汉武帝之典故。《昭明文选》录汉武帝《秋风辞》并序："上行幸河东，祠后土，顾视帝京欣然，中流与群臣饮燕，上欢甚，乃自作《秋风辞》曰：秋风起兮白云飞，草木黄落兮雁南归。兰有秀兮菊有芳，携佳人兮不能忘。泛楼舡兮济汾河，横中流兮扬素波。箫鼓鸣兮发棹歌，欢乐极兮哀情多。少壮几时兮奈老何！"后世以"横汾"称颂皇帝赐宴。"暂似"写出了诗人圣恩下的恍惚之感，盛大的宴席，精美的食馔，华贵的餐具，在清风、丽日、芳洲、柳色的衬托下，这渭水已不再是渭水，而是天上的银河，诗人正乘着木筏在天河上悠闲地划行。这首诗虽为应制之作，却文辞雅美，颇见清丽。

三月三日宴王明府山亭（得哉字）

高瑾

【题解】

高瑾，生卒年不详，渤海蓨（今河北景县）人，唐代诗人。出身名门，其祖父为太宗时名相高士廉。咸亨元年（670）进士。

明府是西汉时对太守的尊称。王太守，其人不详。这首诗作于调露二年（680），诗人与陈子昂等友人上巳节于王太守之林亭同赋娱乐。

暮春元巳，春服初裁。
童冠八九，于洛之隈^①。
河堤草变，巩树花开^②。
逸人谈发^③，仙御舟来。
间关黄鸟^④，瀺灂丹腮^⑤。
乐饮命席，优哉悠哉。

（录自《全唐诗》卷 72，中华书局 1960 年版）

【注释】

①洛：洛水，位于今河南洛阳。隈（wēi）：山水弯转曲折处。　②巩：即巩县，今河南巩义。　③谈发：指交谈发论。　④间关：鸟鸣声。黄鸟：又名黄莺、黄鹂、鸧鹒，羽毛华美，歌鸣悦耳。　⑤瀺（chán）灂（zhuó）：鱼出没貌。丹腮：指游鱼。

【评析】

"暮春元巳"点明时间，晚春三月的上巳节。"春服初裁"，新裁好的节日礼服，表达出一种趋吉心理。"童"为童子，"冠"为成人，"童冠八九"，说的是与诗人即席同赋的八九位友人。"于洛之隈"，点明诸人宴饮的地点。"暮春元巳，春服初裁。童冠八九，于洛之隈"，诗人描绘的场景不由得使人联想到《论语·先进》里曾点的志趣："暮春者，春服既成，冠者五六人，童子六七人，浴乎沂，风乎舞雩，咏而归。"因而，高诗中的这段叙事性的描述，天然地带有身心自由、无忧无虑的情感信息，令人回味无穷。"草变"与"花开"，承开篇之"暮春"，"变""开"两个动词，传达出春天的生机。诗人将席中之人比作隐逸之士，"仙御"用南朝宋范晔《后汉书·郭太传》"仙侣同舟"之典：太原介休（今山西汾阳）人郭太善谈论，美音制，因才华与河南尹李膺结识。郭太辞官归乡，李膺前来相送，二人同舟而济，岸上宾客望之，以为神仙。后世以此典故表达知己同游、高逸不凡的风度。"间关"为鸟鸣声，"瀺灂"为鱼出貌，鸟与鱼为春景增添了生命气息，也以鸟的灵动与鱼的悠然，比喻席中人宽闲从容、逍遥自在的状态。"乐""优""悠"，概括、总结了整首诗所负载的状态与情感。

玉楼春·三月三日雨夜觞客

毛滂

【题解】

这首词是宋代著名词人毛滂的作品，作于元符二年（1099）。上巳节遇雨，词人夜里备酒宴客，抒发韶华易逝的感慨，表达词人积极乐观的生活态度。

　　一春花事今宵了①。点检落红都已少②。阿谁追路问东君③，只有青青河畔草。　　尊前不信韶华老。酒意妆光相借好。檐前暮雨亦多情，未做朝云容易晓。

（录自《全宋词》第 2 册，中华书局 1965 年版）

【注释】

①花事：与花有关的事情，如游春看花等。　②点检：查点，清点。

宋晏殊《木兰花》："当时共我赏花人，点检如今无一半。"　　③东君：司春之神。清魏荔彤《大易通解》："帝出乎震，东方木行之青帝，为上帝之长子也。"

【评析】

三月暮春，"今宵"是个特别的春夜，它是上巳，也是有花可赏的最后时段，词人用一个"了"字，终结了花事春趣，也为整首词营造出伤春的气氛。"点检"句承上，用落红渐少，强调百花生命已至尽头。"阿谁"是词人自指，也推及节日中的所有人。"阿谁"追随春神的脚步，写出了"问"的急迫；"只有"则与追问形成强烈对比，表达出花事尽的必然与"阿谁"得到答案后的无奈。"青青河畔草"语出汉乐府《饮马长城窟行》："青青河畔草，绵绵思远道。"上片词人借花伤春，下片感叹年华，与杜秋娘"花开堪折直须折"异曲同工。"不信"上承"追路问"，表达出内心对衰老现实的拒绝以及对美好时光的眷恋。这个夜晚，酒意与盛装相互衬托，一切都刚刚好。"暮雨""朝云"，化用战国宋玉《高唐赋》之"旦为朝云，暮为行雨"，因为是雨夜觞客，故而词人有暮雨多情、未做朝云之说。这首词清丽缠绵，内含无限情思。

【相关链接】

由于上巳节日临近清明，宋时二节已逐渐相互融合，春游踏青、曲水流觞，成为两个节日共有的节俗活动，"清明池馆足游人，祓禊风光共此辰"（宋韩琦《清明同上巳》），因此便有了上巳节由宋代式微的说法。范成大以《观禊帖有感三绝》哀叹禊饮之不振："三日天气新，禊饮传自古。今人不好事，佳节弃如土。"这一点通过宋代的上巳词也能够印证。祓禊不再占据上巳诗词的至高位，抒发内心，往往才是宋人上巳词的主题。

宋代三月三日，也是道教北极佑圣真君诞辰之日，据吴自牧《梦粱录》记载，是日"士庶烧香，纷集殿庭。诸宫道宇，俱设醮事。上祈国泰，下保民安"。不仅道观，男女信众也会在家里设醮以示庆祝。

梦江南（九曲池头三月三）

贺铸

【题解】

这首词是宋代著名词人贺铸的作品。词人以乐景写哀情，通过描绘三月三日汴京节庆春游的欢乐场面，抒发对家乡的无限眷恋。

　　九曲池头三月三。柳毵毵①。香尘扑马喷金衔②。浣春衫③。　　苦笋鲥鱼乡味美④，梦江南。阊门烟水晚风恬⑤。落归帆。

（录自《全宋词》第 1 册，中华书局 1965 年版）

【注释】

①毵毵（sān）：枝条细长的样子。　②衔：马勒口。　③浣（wò）：污染，弄脏。　④鲥（shí）鱼：鱼名，常见于长江、珠江、钱塘江等流域。　⑤阊（chāng）门：苏州古城西门，此处代指苏州。

【评析】

　　上片写汴京上巳春游的繁华盛景。"九曲"即黄河，"池"或为金明池。汴京位于黄河中下游，金明池源自黄河，位于汴京之外。上巳节至，九曲池头，细柳扶风。"香尘"是游春女子带起的尘土，香尘滚滚，随风飘散，直冲往来的车马，马儿喷出的唾液四溅，弄脏了她们美丽的衣衫。词人间接地写出节日里游人如织、马车穿梭的情形。下片词人以南方盛产的"苦笋""鲥鱼",将场景由汴京转换至江南,"乡味美""梦江南",是词人乡恋的情感表达。梦里江南,阊门城外,河畔氤氲,晚风恬淡,伴着晚霞静坐河边,感受微风暖暖、落日余晖,不胜心欢。梦中的景色与情感越是清晰,词人对家乡的思念就越是浓厚,也许只有长期羁旅他乡的人,才能真正体会这其中的苦涩。

蝶恋花·上巳召亲族

李清照

【题解】

　　这首词是宋代著名词人李清照的作品,大致作于建炎三年(1129)。其时,词人的丈夫赵明诚任江宁知府。这首词描写了上巳节词人在建康(今江苏南京)家中宴请亲族的场景,抒发了词人对故国、旧都的思念。

　　永夜恹恹欢意少①。空梦长安②,认取长安道。为报今年春色好,花光月影宜相照。　　随意杯盘虽草草③。酒美梅酸,恰称人怀抱。醉莫插花花莫笑,可怜春似人将老。

（录自《全宋词》第 2 册,中华书局 1965 年版)

【注释】

①恹恹(yān):病态的样子。唐韩偓《春尽日》:"把酒送春惆怅在,年年三月病恹恹。"　　②长安:此处指北宋都城汴京。　　③草草:简单,不丰盛。明唐寅《除夜坐蛱蝶斋中》:"灯火萧萧岁又除,盘餐草草食无鱼。"

【评析】

上片开篇"恹恹"写词人的身体状况,"欢意少"写心情,病中的词人意兴索然,故而觉得节日的夜漫长无比,"永夜"二字传递出内心的无望。"长安"句,进一步解释"欢意少"的原因。徽、钦二帝被俘后,宋高宗于南京应天府(今河南商丘)即位,改元建炎,这一年词人也随夫君离开汴京赴江宁上任。词人怀念故都汴京的盛世光景常常在梦中出现,午夜梦回,依稀还能认出都城的街道。"空"字极言梦之虚幻,金军入侵,汴京沦陷,词人再也回不去了。"为报"说明是听说,"宜"意为应该,"花光月影"是词人推测而来的虚笔,是对故都春色的美好想象,充分体现出词人对汴京的眷恋。下片描写家宴。"随意""草草"说明宴席简单,然而,简单的宴席、酸梅酿的美酒,恰与词人此刻"欢意少"的心意相称。酒至酣处,词人不禁发出感叹,醉了就不要插花了,花儿也莫要笑我,可惜春天与人一样,也在慢慢老去。词尾词人将春与人相比,写春逝更是写感伤,婉曲地表达忧国情怀与人生感慨。

【相关链接】

插花,为宋人的习俗。宋代,插花风盛,鲜花在文人诗词创作中是极常见的意象,杨万里、陆游、叶绍翁等,多有与花有关的诗词作品。百姓生活中插花也变得十分重要。《洛阳牡丹记》:"洛阳之俗,大抵好花,春时,城中无贵贱,皆插花"。南宋张邦基《墨庄漫录》:"西京牡丹闻于天下,花盛时,太守作万花会……簪花钉挂,举目皆花。"可以见出当时风气炽盛。《东京梦华录》:"是月季春,万花烂漫,牡丹、芍药、棣棠、木香,种种上市。卖花者以马头竹篮铺排,歌叫之声,清奇可听。"蒋捷《昭君怨·卖花人》,也有对卖花之人的摹写。宋代,可以说以宋徽宗赵佶为代表的书法、绘画、诗词曲等大批文人才子的美学艺术的创作，正是"花"这一美的代言和"花艺"得以繁荣发展的有力推动者。

忆秦娥·上巳

刘克庄

【题解】

　　刘克庄（1187—1269），字潜夫，号后村，莆田（今属福建）人，南宋豪放派词人。以荫入仕，淳祐六年（1246），赐同进士出身。早年因《落梅》诗被言官指为讪谤，获罪遭贬谪。为人耿直，不畏权贵，也因此先后被罢黜四次。

　　这首词是词人上巳节被禊所感。词人通过追忆王羲之兰亭修禊一事，表达了对魏晋风流的激赏以及对时过境迁的慨叹。

　　修禊节。晋人风味终然别。终然别。当时宾主，至今清绝。　　等闲写就《兰亭帖》①。岂知留与人闲说。人闲说。永和之岁，暮春之月。

（录自《全宋词》第 4 册，中华书局 1965 年版）

【注释】

①《兰亭帖》：又称《禊帖》《兰亭集序帖》，东晋著名书法家王羲之的行书法帖。

【评析】

　　南朝梁学者刘孝标注释《世说新语》时，在《企羡》篇中引用了王羲之的《临河叙》，其中记有穆帝永和九年（353）三月上巳，王羲之与谢安等人在会稽山阴兰亭修禊，临水赋诗。词人正是基于此事，追忆魏晋风度，叹风致不再。上片开篇点明时间，简洁明快。继而以两个"终然别"，写出魏晋之风已远逝。当时兰亭赋诗的宾主，至今想来仍清雅至极。下片承"宾主"，写那一场修禊的情景。宾客中王羲之随手写成《兰亭帖》，"等闲"二字满载挥洒自如、潇洒肆意，正是词人念念的"晋人风味"，也正是晋人"清绝"的体现。当时的人哪里会想到兰亭故事与《兰亭帖》，能为今人津津乐道？"闲说"，指漫无边际的闲谈，极言话题流传之广，深入人心。"永和之岁，暮春之月"，佳话还在，闲雅风致却不再重现，不免令人唏嘘。这首词潇洒激越，看似闲情随笔，读来有至真之情流露。

满江红·和王伟翁上巳

何梦桂

【题解】

何梦桂（1229—1303），字岩叟，别号潜斋，淳安（今浙江杭州）人，南宋末词人。咸淳元年（1265）进士，历任台州军事判官、监察御史、大理寺卿。入元归家，数召不仕。

王伟翁，生平不详。这首词是词人上巳日的唱和之作，词人作闺音，传神地描绘出一个被爱人冷落的女子。或是借抒发女性怨弃之情，表达朝堂之悲。

睡起纱窗，问春信①、几番风候。待去做、踏青鞋履，懒拈纤手。尘满翠微低匼叶，离愁推去来还又。把菱花②、独对泪阑干③，羞蓬首。　回鸾字④，空怀袖。《金缕曲》⑤，无心奏。记碧桃花下⑥，夜参横斗⑦。六幅罗裙香凝处，痕痕都是尊前酒。到如今、肠断怕回头，长门柳⑧。

（录自《全宋词》第 5 册，中华书局 1965 年版）

【注释】

①春信：春天的信息，即能够表明气候变化的物象。　②菱花：菱花镜。唐李白《代美人愁镜》："狂风吹却妾心断，玉箸并堕菱花前。"　③阑干：纵横。唐冯延巳《采桑子》："愁颜恰似烧残烛，珠泪阑干。"　④鸾字：写在彩笺上的文字，此处指男女间的往来书信。　⑤《金缕曲》：词牌名，又名《贺新郎》，此调声情沉郁苍凉。　⑥碧桃花：一种重瓣的桃花，属蔷薇科落叶小乔木。　⑦参横斗：同"参横斗转"，指夜尽天亮之时。三国魏曹植《善哉行》："月没参横，北斗阑干。"　⑧长门：汉宫名，陈皇后被汉武帝冷落时的居所，后泛指被弃女子的居所。

【评析】

这是一首男子作闺音的闺怨体诗词。清田同之《西圃词说》中提道："若词则男子而作闺音，其写景也，忽发离别之悲；咏物也，全寓弃捐之恨。无其事，有其情，令读者魂绝色飞，所谓情生于文也。"除写景、咏物外，古人在代作闺音时，还常以良人轻薄、弃妇之殇隐喻仕途坎坷，这首词大概属于此类。上片开篇描写了女子睡起斜依窗栏、百无聊赖的样子。"问春信"，又似有所期待。本该做踏青鞋履，却"懒拈纤手"，通过描写女子对上巳节日毫无兴致，表达出愁苦与失意的情感。接下来，词人以细腻的文笔写女子落尘的首饰与松散垂在发间的头饰，"离愁推去来还又"，解答了女子慵懒与自弃形象的原因。然而，"泪阑干"与"羞蓬首",说明女子并未心灰意冷、彻底绝望。特别是"羞"字，表达了女子对当下境遇的不满，展现了她倔强的个性。下片承上，继续写节日里女子失意悲伤的情景。人已去，只有那封回信还揣在衣袖，再也无心弹奏曲子。想当年，二人情意绵绵，碧桃花下，聊天把盏到天亮；现而今，空留一地心碎的回忆，不忍再翻开。词尾女子自比西汉时失宠独居长门的陈皇后。根据司马相如《长门赋序》所记"相如为文以悟主上，陈皇后复得亲幸"，可见无论词中女子如何幽怨，仍抱有失而复得的希望与信心。

醉蓬莱（问东风何事）

叶梦得

【题解】

叶梦得（1077—1148），字少蕴，号石林居士，吴县（今江苏苏州）人，两宋之交著名词人。出身世家，绍圣四年（1097）登进士第，曾知汝州、蔡州、颍昌等地。绍兴元年（1131），起为江东安抚大使，兼知建康府，后移知福州。晚年隐居湖州石林。

这首词作于宣和三年（1121）。词人被谗罢颍昌知府，南居楚州（今江苏淮安）。上巳日怀想起与友人同游许州（今河南许昌）西湖曲水流觞的日子，以词代信，寄与友人。

辛丑寓楚州，上巳日有怀许下西湖，作此词寄曾存之、王仲弓、韩公表。

问东风何事，断送残红，便拚归去①。牢落征途②，笑行人羁旅。一曲《阳关》③，断云残霭，做渭城朝雨④。欲寄离愁，绿阴千啭，黄鹂空语。　遥想湖边，浪摇空翠，弦管风高，乱花飞絮。曲水流觞⑤，有山公行处⑥。翠袖朱阑，故人应也，弄画船烟浦。会写相思，尊前为我，重翻新句。

（录自《全宋词》第 2 册，中华书局 1965 年版）

【注释】

①拚（pàn）：舍弃，放弃。　②牢落：寥落，孤寂。　③《阳关》：《阳关三叠》的简称，又名《渭城曲》，据唐王维《送元二使安西》谱写而成的古琴曲，常用于送别。　④渭城朝雨：语出唐王维《送元二使安西》："渭城朝雨浥轻尘，客舍青青柳色新。劝君更尽一杯酒，西出阳关无故人。"　⑤曲水：弯曲的水流。流觞：酒杯顺流而下。曲水流觞为远古上巳民俗之一，后发展成为文人诗酒唱酬的雅事。将盛有酒的酒杯置于水流的上游，酒杯顺曲水而下，如遇杯打转或停止之处，水边所对之人即兴赋诗并饮酒。　⑥山公：即晋人山简。此处用《世说新语·任诞》山简醉酒倒戴头巾骑马之典，形容醉酒后的潇洒之态。

【评析】

上片开篇词人质问春风为何偏偏要离开，让这美好的春光与鲜妍只剩残花，让人怀恋不舍。此问既是基于暮春景色的实写，又暗含着词人对仕途受挫、背井离乡处境的愤懑与不满。"牢落征途"，写词人当下境遇，自己本为羁旅中人，寥落征途中却"笑行人羁旅"，这笑里透着无奈。"一曲《阳关》"，使得眼前的"断云残霭"，幻化成王维诗中的"渭城朝雨"，几多离愁。想托灵鸟黄鹂寄去思念，然而鸟儿的啼声虽百转千回，怎负载得了你我之间厚重的情意。下片"遥想"二字，由现实转入回忆。词人忆起昔日与友人许昌西湖边游春赏乐、曲水流觞共度上巳的美好光景。昔日的欢愉场景应该还在吧，只是画面中少了词人的身影。"翠袖朱阑"，言美人相伴；"画船烟浦"，描绘出文士风流之景。尾句以友人赋新词抒发对词人的思念，婉曲地表达了词人对故人想念之深。这首词词风兼具婉约清丽与雄浑豪放，言辞清旷又不失疏狂之气。

【越调】寨儿令

张可久

【题解】

张可久（1270？—1349？），又名伯远，号小山，庆元（今浙江宁波）人，元代著名曲作家，与乔吉、张养浩齐名，与乔吉并称"双璧"，与张养浩合称"二张"。一生流于小官典史，晚年隐居杭州。

这首小令描写了作者上巳游赏路上所见之烟波画船与丽人花艳。

三月三日书所见。

舣画船^①，驻丝鞭^②，问谁家丽人簇管弦？柳媚芳妍，花比婵娟^③，风韵出天然。牡丹亭畔秋千，蕊珠宫里神仙^④。三月三日曲水边，一步一朵小金莲。穿，芳径坠花钿。

（录自《全元曲》第 11 卷，河北教育出版社 1998 年版）

【注释】

①舣（yǐ）：停船靠岸。宋陆游《泊舟二首》："醮岸烟波舣画船，幅巾萧散任流年。"　②丝鞭：丝制的马鞭。宋张镃《分韵赋散水花得盐字》："应是东君归骑速，不如坠下玉丝鞭。"　③婵娟：指美人。唐方

干《赠赵崇侍御》："却教鹦鹉呼桃叶，便遣婵娟唱竹枝。" ④蕊珠宫：即道观，道教经典中的仙宫。唐李白《访道安陵遇盖寰为余造真箓临别留赠》："学道北海仙，传书蕊珠宫。"

【评析】

小令本多为轻快明丽的小词，而这首小令用越调"塞儿令"韵，明快之中情调婉转、节奏鲜明，勾勒出一幅水边游春赏景的动态画卷，美不胜收。开篇通过勒马、停船，反衬管弦之声美妙醉人。乐曲飘飘，柳树与鲜花都沉浸其中，具有了人的性情，"柳媚芳妍"，春景格外撩人。作者以花比美人，言其天然之美；又以人比神仙，言其悠然自适。自古牡丹常寓情色之意，"牡丹亭畔"概有所指。"一步一朵小金莲"，灵动，趣味横生。步步生莲，步步生香，步步玲珑花钿作响，小令中不曾描写丽人的模样与姿态，那分妖娆妩媚，却已力透纸背，呼之欲出。

【相关链接】

上巳节经历了唐时的鼎盛和宋时的多节融合，至元代已不显重要，但曲水流觞、春游踏青的习俗，依旧被承袭下来。这些节俗活动宗教、禁忌意味越来越淡，更加世俗化、娱乐化。元代，上巳的日期和活动内容，也变得更加宽泛。白朴《墙头马上》第一折便有"今日乃三月初八日，上巳节令"的说法。时人杨允孚在《滦京杂咏》一诗的自注中写道："上巳日，滦京士妇竞作彩圈临水弃之，即修禊之义也。"石君宝《曲江池》描写了元时宫廷过上巳的情景："时过三月三日……你看那王孙蹴鞠，仕女秋千。"可见，元代的上巳节俗增添了编织彩圈、蹴鞠、荡秋千等活动，上巳的节日意义，也朝着娱乐多样化的方向发展。

上巳二首（其一）

杨光溥

【题解】

　　杨光溥，字文卿，号沂川，青州沂水（今山东莒县）人，明代著名文学家。成化五年（1469）进士，曾任刑部郎中，"魏国公案"有功，宪宗赐其"宝楮"。官至山西按察司副使，任满回籍，赠太中大夫。

　　这首诗描绘了上巳节诗人晚起，闲游水边，修禊祈福时的所见所感。

> 百年逢上巳，花柳遍春城。
> 燕麦迎风舞，桑鸠唤雨鸣①。
> 逃禅常晏起②，修禊偶闲行。
> 却忆兰亭会，风流万古情。

（录自《石仓历代诗选》卷 401，［台湾］商务印书馆 1986 年版）

【注释】

①桑鸠：布谷鸟。　②逃禅：逃离禅佛，此处指不做佛家早课。晏起：晚起。宋张耒《晏起》："晚起翻书日欲西，偶然乘兴忘遨嬉。"

【评析】

　　首联开篇点明时节，"百年"意年年，"逢"有遇到之意，二者结合，说明明代上巳节已成为世俗色彩极强的节日，也暗示了诗人随性的性格。静态的"花柳"与动态的"燕麦""桑鸠"，共同勾画暮春景色。颈联叙述诗人上巳节的活动，"常"写出了诗人慵懒的日常，"偶"承首联的"逢"，恰逢上巳，诗人信步河边，被禊祈福。诗人不由得想起了晋时上巳节的"兰亭会"。时间已过千百年，名士的洒脱放逸与绝妙文章，至今为人津津乐道。诗的颈联暗含潇洒气韵，尾联追忆魏晋风流，情感由弱到强，层次分明。这首诗风格明快，文辞清丽，读来有春风拂面之感。

上巳将过金陵三首（其一）

龚鼎孳

【题解】

龚鼎孳（1615—1673），字孝升，号芝麓，合肥（今属安徽）人，明末清初文学家，与钱谦益、吴伟业并称"江左三大家"。崇祯七年（1634）进士，曾任兵科给事中。初降李自成，后又降清，入朝为官。

这首诗作于顺治十三年（1656），诗人自广东北上回京，途经金陵（今江苏南京）恰逢上巳，临古都而感怀。

倚槛春风《玉树》飘[1]，空江铁锁野烟消[2]。
兴怀何限兰亭感，流水青山送六朝。

（录自《篯衍集》，安徽师范大学出版社 2015 年版）

【注释】

①《玉树》：《玉树后庭花》的简称，又称《后庭花》，南朝陈后主所作。唐李商隐《陈后宫》："寿献金茎露，歌翻《玉树》尘。"　②空江铁锁：典出《晋书·王濬传》。晋武帝伐吴，吴以铁锁链锁江阻截，晋将王濬火烧铁锁，攻入金陵，吴主孙皓遂降。

【评析】

这是一首节庆里的怀古诗。诗人于古都金陵城下，回想起建都于此的南朝陈的灭亡、三国吴的灭亡，感叹造化弄人、朝代更迭不过须臾之间。诗的开篇写春风送来歌声，那是南朝陈后主作的《玉树后庭花》。歌中有"玉树后庭花，花开不复久"，世称亡国之音。长江上空空如也，不见了晋吴之战的铁锁，连雾霭都已散尽。"兰亭"句双关：一说后世文人逢上巳，常兴兰亭之叹，追忆魏晋风度，其实兴怀不限于此；一说是借《兰亭集序》中"向之所欣，俯仰之间，已为陈迹，犹不能不以之兴怀，况修短随化，终期于尽"生死之叹，抒怀无限的感伤。"流水"句为诗的核心，"送"字深沉、别致，流水青山送别六朝，任金陵更换着一个又一个名字，成为一个又一个朝代的都城，唯有流水常绿、青山不老。六朝纷纭已然消逝，正如明朝二百多年国祚轰然倒塌。全诗虽未一字著明对前朝的感怀，但字里行间流露出一个贰臣对故国的怀念。

上巳日清明

陈皖永

【题解】

　　陈皖永（1657—1726），字儒先，一字伦光，号汲云老人，海宁（今属浙江）人，清代女诗人。出身书香门第，其祖陈祖苞，其父陈之暹，其兄陈敳永，禀家学，工为诗。后嫁与同县杨中默，中年家道中落。著有《素赏楼诗稿》《破涕吟》等。

　　这首诗描写了诗人上巳、清明时节春游踏青的美丽心情。

秋千庭院祓除天，上巳清明景共妍。

待燕帘栊人悄悄，听莺池馆雨绵绵。

桃花水暖初修禊，榆荚风高已禁烟。

踏遍青青舣曲水，赏心还胜永和年^①。

（录自《清代闺阁诗集萃编》，中华书局 2015 年版）

【注释】

①永和年：即东晋穆帝永和九年（353），此处指代晋代著名的上巳兰亭集会。

【评析】

女子的诗歌，尤其是陈皖永这样不曾经历过战火、流离的仕宦家的女子，诗歌中没有蔡文姬一般家国残破的伤痛，也不会有李清照历经人生苦难的辛酸，以及鱼玄机、柳如是风尘女子诗中的丝丝身世伤怀，更不会有文人士子的壮志抒怀。闺阁之诗，更加纯粹，秋千院落，双节共赏，莺燕池馆，春雨扶风，桃灼榆荚初生。如此美丽的日子，春游踏青，诗人愉快的心情，简直还要胜过历代文墨反复吟咏中的兰亭雅集。

【相关链接】

清代，无论是学术还是艺术成就都达到了集成的态势，有趣的是，上巳节日也更加鲜明地被合并了。由于节日相差日期不多，上巳、寒食、清明已然成为集合春种、春游、赏花、踏青、祈福、祭祀等多种文化内涵的时节。如沈增植《清平乐》"过了清明上巳，孤他楚尾吴头"、朱祖谋《烛影摇红》序"上巳同半塘、南禅登江亭"、王士祯《踏莎行·秦淮清明》"禁烟时节落花朝，东风芳草含情思"等，多将三个节日合并写就。

青门引·上巳

张惠言

【题解】

张惠言（1761—1802），原名一鸣，字皋文，一作皋闻，号茗柯，武进（今江苏武进）人，清代词人，"常州词派"的开山祖。乾隆四十四年（1779）试高第，补廪膳生。乾隆五十一年举人，后参加礼部会试，落榜，入选国子监学等职。嘉庆四年（1799）进士，官纂修。世代以儒学为业，深于易学，与惠栋、焦循享有"乾嘉易学三大家"之美誉。

这首词作于乾隆五十六年，词人京师过上巳，病中赏春，赋词怀乡。

花意催春醒，和雨做成云性①。流杯不敢趁轻阴②，游丝一缕，个是江南影③。　　无端燕子呼残病，说道春将尽。出门却看芳草，青青放出垂杨径。

（录自《茗柯文编》，上海古籍出版社 1984 年版）

【注释】

①和雨：细雨。明文徵明《晚雨饮子重园亭》："芳草满庭飞燕子，晚凉和雨在梧桐。"　　②轻阴：天色微微阴沉。宋贺铸《剪朝霞·牡丹》："云弄轻阴谷雨干，半垂油幕护残寒。"　　③个是：这是。宋杨万里《过虎头矶》："真阳峡里君须记，个是瞿塘滟滪堆。"

【评析】

春天是由绽放的花朵叫醒的，"花意催春醒"，如童话，灵动、有趣。"云性"化用唐孟浩然《忆周秀才素上人时闻各在一方》"野客云作心，高僧月为性"，与"和雨"一同勾勒出清雅恬淡的暮春景色。花开绚烂，细雨如丝，微阴的天色，词人不敢水边流觞，生怕有那么一瞬、那么一眼，捕捉到了江南的影子，勾起无尽的乡思。"无端"上承"不敢"，语气中略有埋怨。词人本意出门赏春，却说自己是被燕子怂恿的。下片词人又是以拟人修辞起笔，续写童话。燕子对病中的词人说：暮春时节，春要尽了，你难道不出门看看大美春色吗？芳草青青，杨柳垂垂，走出房门的词人，用一个"放"字赋予芳草人格，小径从满目青草中挣脱而出，暗示词人离开久卧的病榻，满是回到自然的愉悦心情。这首词屡用拟人修辞，读来轻快活泼、妙趣横生，虽有乡思却不围于乡愁，充满了生活的热情。

七、寒食（寒日）

寒日书斋即事三首（一）

皮日休

【题解】

　　皮日休（838？—883），字逸少，后改字袭美，曾居鹿门山，道号鹿门子，又号间气布衣、醉吟先生，襄阳（今属湖北）人，唐代著名诗人。与陆龟蒙齐名，世称"皮陆"。咸通八年（867）进士及第，历任著作郎、太常博士、毗陵副使等职，后因黄巢起义军入京，皮任翰林学士，新、旧《唐书》不为其列传。

　　这首诗是诗人与陆龟蒙松陵唱和时期的作品，为诗人寒日感怀而作，叙写寒食节里无事的闲中之事，表达了诗人自娱自适的生活态度和精神追求。

参佐三间似草堂^①，恬然无事可成忙。

移时寂历烧松子^②，尽日殷勤拂乳床^③。

将近道斋先衣褐^④，欲清诗思更焚香。

空庭好待中宵月^⑤，独礼星辰学步罡^⑥。

（选自《全唐诗》卷614，中华书局1960年版）

【注释】

①参佐：即耳房，主房屋旁边加盖的小房屋。宋刘克庄《送明甫初筮十首》其一："三间参佐廨，昔也处先公。"　②移时：经历一段时间。寂历：事物凋零，人事冷清。　③乳床：石头座榻，因乳白色故称。　④衣褐（hè）：指穿着粗布衣服。　⑤中宵：中夜，半夜。唐杜甫《中宵》："西阁百寻余，中宵步绮疏。"　⑥步罡：又作"步纲"，

道教用语，指在地上布星图，随斗杓所指方位步行。

【评析】

国运衰败之时，文人常作诗以吟咏性情，自我排遣，形成了中国古典诗词自娱自适的文学审美。这首诗便是晚唐时期文人自适文学观的代表作之一。首联"恬然"形容恰切，表现出诗人虽不为世用却泰然处之的豁达心境，也为其后闲情逸趣的描写做好铺垫。颔联详写清闲度日的情形。"寂历"承"无事"。诗人《夏景冲淡偶然作二首》诗中有"茗炉尽日烧松子"一句，故此处"烧松子"当指烹茶，说明诗人清寂之时与茶为伴。"尽日殷勤拂乳床"，一方面说"烧松子"后需要勤拭座榻，一方面也有等客来之意。颈联与尾联，则描写了诗人学道养生的情景。唐人多信道教，逢节日常进行斋祭活动。寒食之日，布道焚香，北斗夜下，步罡踏斗，诗人以此深切尽致地表露其矢志隐逸、自娱自适的心态。

【相关链接】

寒食节可以追溯到上古时期。据《周礼·秋官·司寇》记载，周王朝有个管理火种的官员司烜氏，向日取火以点燃祭祀照明所用的灯烛，一如希腊人获取奥林匹克圣火。每到仲春时节，他便敲着木铎告诫人们，严格遵守用火禁令。郑玄注："今寒食准节气是仲春之末，清明是三月之初，然即禁火，盖周之旧制。"禁火和食用冷食，是寒食节的核心所在，南朝梁宗懔《荆楚岁时记》称："去冬节一百五日，即有疾风甚雨，谓之寒食。禁火三日。"自上一年的冬至日向后数一百零五天便是寒食，所以寒食节又称"百五节"。

寒食祭奠介之推之说，大致源于东汉桓谭的《新论》。尽管《左传》中提及介之推隐居绵山，晋文公封山一事，但没有关于烧山和寒食的说法。《史记》亦是如此。而桓谭《新论·离事》则有"太原郡民，以隆冬不火食五日，虽有疾病缓急，犹不敢犯，为介子推故也"，将寒食与介之推联系起来，为寒食的禁火冷食习俗增添了人文内涵。

寒食①

韩翃

【题解】

韩翃（hóng），生卒年不详，字君平，南阳（今河南南阳）人，唐代著名诗人，"大历十才子"之一。天宝十三年（754）进士及第，初为淄青节度使侯希逸幕僚，后随侯希逸回京，闲居长安十年。建中年间，擢驾部郎中知制诰，累官至中书舍人。

这首诗描绘了寒食之日京城长安的风光。唐孟棨《本事诗》记载，此诗深得德宗李适喜爱，并因此擢升诗人为驾部郎中知制诰。

春城无处不飞花②，寒食东风御柳斜③。
日暮汉宫传蜡烛④，轻烟散入五侯家⑤。

（录自《全唐诗》卷 245，中华书局 1960 年版）

【注释】

①寒食：一作寒食日即事。②春城：指春天里的长安城。　③御柳：宫苑中的柳树。唐曹松《长安春日》："御柳舞着水，野莺啼破春。"　④汉宫：汉代宫殿。传蜡烛：寒食节俗，指宫中钻新火燃烛，并赐予贵戚近臣。《西京杂记》："寒食禁火日，赐侯家蜡烛。"　⑤五侯：《后汉书·宦者列传》记载，汉桓帝封单超等五个宦官为侯，"五人同日封，世谓之五侯"，此处泛指权宦高官。

【评析】

此诗以"春城无处不飞花"句最为著名。"春城"点明时间，同时概括了寒食日长安景色的性质。"飞花"既包括漫天飞舞的杨花，又包括随风飘摇的落花。"无处不"双重否定以示强调，简简单单三个字，写尽了暮春时节的长安城。诗人开篇描写整个长安的春景，继而镜头推进，将焦点放在宫苑。"寒食"扣题，"东风"即春风，承接上句，"御柳斜"描绘出皇城中春风拂柳的画面。"日暮"二字完成了时间的切换，由起首两句的日景，转入夜景描写。全国禁火的夜晚，一列列宫人在宫中行走，将燃起的烛灯送至各权臣勋戚家中，以示恩宠。禁火为寒食节之要义，宫廷传烛五侯近臣，体现了皇家所享有的绝对统治地位，因此这首诗也被认为是春秋笔法的政治讽刺诗。喻守真在其《唐诗三百首详析》中评说此诗"四句不说别处，偏飞'五侯家'，则是明指宦官之得宠，而能传赐蜡烛。寓意深刻，不加讥刺，而已甚于讥刺"。

【相关链接】

唐代朝廷明文规定寒食节禁火三天，并要求全民严格执行，"普天皆灭焰，匝地尽藏烟"（唐沈佺期《寒食》）。唐代统治者对寒食节较为重视，最初设置了四天假期，后因寒食与清明时间接近，双节连休，假日延长至七天。《唐会要》"休假"条下记有从开元二十四年（736）至贞元六年（790）敕令中关于寒食节日安排的变化。

除了休假，唐朝宫廷还会举行寒食内宴，宴席上陈设的虽然都是冷食，但宴会的气氛相当热烈。诗人张籍在《寒食内宴二首》中写道："朝光瑞气满宫楼，彩纛鱼龙四周稠。廊下御厨分冷食，殿前香骑逐飞球。千官尽醉犹教坐，百戏皆呈未放休。共喜拜恩侵夜出，金吾不敢问行由。"

寒食节一过，需要重新点燃火种，称之为"改火"。是日，皇帝会命内园官小儿于殿前钻榆木、柳木取火，将新火种分赐给臣僚。

寒食日献郡守

伍唐珪

【题解】

伍唐珪，生卒年不详，袁州宜春（今江西宜春）人。唐末进士。

《岁时杂咏》录此诗，诗题"郡守"下有"卫使君"三字，疑题中郡守为袁州刺史卫景温。这首诗为寒食日诗人向郡守所上的触景感怀之作，反映了贫寒人家生活的困苦，颇具讽刺意味。

> 入门堪笑复堪怜，三径苔荒一钓船①。
> 惭愧四邻教断火②，不知厨里久无烟。

（录自《全唐诗》卷 727，中华书局 1960 年版）

【注释】

①三径：典出东汉赵岐《三辅决录》。据载，汉代隐士蒋诩在房前开三条小径，唯与高逸之士往来。后世以"三径"代隐士的家园，此处指代诗人的居所。　②断火：禁止用火。晋陆翙《邺中记》："并州俗，冬至后百五日，为介子推断火，冷食三日。"

【评析】

这首诗浅近通俗，诗人以此诗呈献郡守，诉处境之艰，抒贫士之苦。诗的开篇，描写了贫士归家的所见所感。入门"堪笑"与"堪怜"的尴尬，是因为院中荒凉衰败，只有角落里的钓船是唯一的家什。可见，诗人的自嘲一笑与自怜自哀，都是困顿窘迫现实逼迫下实实在在的情感。"断火"扣题中"寒食日"。诗人戏谑地将寒食禁火、吃冷食之俗，与贫士之家本无烟联系到一起。富足人家"断火""无烟"，意味着谨守习俗、欢度佳节，而贫寒人家常常"断火""无烟"，一声"惭愧"里包含着多少辛酸与难堪。

寒食日早出城东

罗隐

【题解】

　　罗隐（833—910），本名横，字昭谏，号江东生，新城（今浙江富阳）人，唐末五代时期著名诗人。年少英敏，有才情，但应进士试十次，终不第，遂改名隐。黄巢起义后，避乱隐居九华山。光启三年（887），得吴越王钱镠器重出仕。好黄老之学，著有《谗书》《太平两同书》。

　　城东即长安城东门。这首诗描写了诗人寒食日拂晓出城春游的所见所感，借高飞之风筝，反衬抱负不得舒展之愁苦。

青门欲曙天①，车马已喧阗②。

禁柳疏风雨③，墙花拆露鲜④。

向谁夸丽景，只是叹流年。

不得高飞便，回头望纸鸢。

（录自《全唐诗》卷659，中华书局1960年版）

【注释】

①青门：长安城的东门。曙天：黎明时的天空。　②喧阗（tián）：

亦作"喧填"，喧哗，热闹。　　③禁柳：指皇宫禁苑中种植的柳树。　　④墙花：种植在城墙边或攀缘在城墙上的花。

【评析】

首联叙事，"青门""曙天"，交代地点与时间；"喧阗"二字，描绘了长安城寒食游春的盛况。天微微亮，城内外已车马喧阗，热闹非凡。颔联写暮春晨景。弱柳扶风，露湿花叶，其中"禁柳"为官中之柳，暗示朝堂中人。"墙花"与"宫花"相对，暗指江湖之士。颈联由景及情，一年年过去，美丽的风景无人共同欣赏，实则是感慨自己无人赏识，未能一展抱负。尾联将情感推至高潮，"不得高飞便"写出了诗人愤懑的原因，"回头望"说明诗人已转身离开，却又禁不住回头看。诗人怀才不遇，回头看那高飞的风筝，不禁羡煞。

【相关链接】

春回大地，天气转暖，人们走到户外从事各种娱乐活动，兴高采烈地迎接春天，感受春天。一旦遇到节日，欢乐的气氛更加高涨。唐时便将打秋千、蹴鞠、斗鸡、镂鸡子、走马等游春时的娱乐活动，纳入寒食、清明等节日习俗中。"何处春深好，春深寒食家。玲珑镂鸡子，宛转彩球花。碧草追游骑，红尘拜扫车。秋千细腰女，摇曳逐风斜"（唐白居易《和春深》）。

放纸鸢，是传统的春日节庆习俗。宋高承在《事物纪原》里写道："纸鸢俗谓之风筝，古今相传，云是韩信所作。高祖之征陈豨也，信谋从中起，故作纸鸢放之，以量未央官远近，欲以穿地隧入宫中也。盖昔传如此，理或然矣。"唐代人们寒食放纸鸢已与军事无关，更多是通过高飞的纸鸢，传达出身心自然、自适、自由的精神追求。

寒食

杜甫

【题解】

这首诗是唐代著名诗人杜甫的作品，作于上元二年（761）寒食日。诗人描写了江村百姓敦厚质朴、邻里和谐相处的和美画面。

寒食江村路，风花高下飞。
汀烟轻冉冉，竹日静晖晖^①。
田父要皆去^②，邻家闹不违。
地偏相识尽，鸡犬亦忘归。

（录自《全唐诗》卷226，中华书局1960年版）

【注释】

①晖晖：清辉晴明的样子。　②要：同"邀"，邀请之意。皆：同"偕"，一同，一起。

【评析】

作这首诗时，诗人已居成都两年有余。步入晚年的诗人，在浣花溪畔种菜养花，与村民交流往来，渐渐融入了江村的生活。首联、颔联写寒食日江村的春景，行走在江村的小路上，暖风将杨花与落红吹拂得漫天纷飞。水边薄雾氤氲，阳光照耀下，竹林清朗、幽静。颈联写诗人路上徜徉时遇到的一幕。诗人与村民畅谈，有一农夫邀请诗人一同离开，而其他的邻人则不同意。"闹"字描绘了邻里间相互嬉闹的场景，足见民风朴实而醇厚。尾联写诗人的感受。在这样偏僻的小村庄，人人相互认识，就连养的鸡啊狗啊，也都常常来回串门玩耍而忘了回家。这首诗以欣喜和温情的笔调，记录诗人与当地村民的交往，画面既温馨又祥和，真实生动，情深意长。

寒食雨二首（一）
苏轼

【题解】

这首诗是宋代著名诗人苏轼的作品，作于元丰五年（1082）。时诗人贬居黄州，生活凄凉，心情孤郁。寒食节逢连绵阴雨，诗人有感而发，抒身世飘零之感。

> 自我来黄州^①，已过三寒食。
> 年年欲惜春，春去不容惜。
> 今年又苦雨^②，两月秋萧瑟。
> 卧闻海棠花，泥污燕脂雪^③。
> 暗中偷负去，夜半真有力。
> 何殊病少年，病起头已白。"

（录自《全宋诗》第 14 册，北京大学出版社 1993 年版）

【注释】

①黄州：今湖北黄冈。　②苦雨：久下成灾的雨。《左传·昭公四年》："春无凄风，秋无苦雨。"　③燕脂：又作"燕支"，植物名，用作红色染料。

【评析】

元丰二年（1079），诗人遭遇生平第一祸事，因"乌台诗案"被贬黄州。黄州度日已三载，诗人每一年都怜惜春光，可春光还是匆匆而过。今年寒食日，又是凄风苦雨，如同秋天一样萧瑟。老来已没有气力，在卧榻中听闻海棠花落，残红被泥所污，美好的事物遭到如此待遇，诗人心中不禁凄然：一定是有什么神奇的力量半夜里将海棠花偷了去。病中的少年与这凋零的海棠有什么分别？病中坐起，头发都白了。这首诗是诗人贬谪生活的记录与自白，亦是诗人沉郁心情的自我倾诉。诗中用典两处，一是"燕脂雪"，唐李白《王昭君》诗有"燕支长寒雪作花，蛾眉憔悴没胡沙"，此处"燕脂雪"一语双关之意，即是花落残红之色，又以昭君孤身西行借而代指诗人被贬栖身黄州之意；一是"暗中偷负去，夜半真有力"，出自《庄子·内篇·大宗师》"藏舟于壑，藏山于泽，谓之固矣，然而夜半有力者负之而走，昧者不知也"，《庄子》中的"有力者"是潮水，苏诗中的则是暮春苦雨。

【相关链接】

宋代非常重视寒食节，将其视为与冬至、元旦并重的"三大节"之一。北宋庞元英《文昌杂录》写道："祠部休假岁凡七十有六日。元日、寒食、冬至各七日"，是此三节最重。但南渡前，寒食只在北方地区盛行，"自闽岭以南，视此节则若不闻矣"（宋彭乘《墨客挥犀》）。随着皇室南迁，寒食节俗在南方也普遍流行开来。

宋时沿袭唐代寒食节俗，上坟扫墓、饮酒游乐，与清明节相连。寒食禁火，前一日准备食物，宋人称之为"炊熟"。据时人庄绰的《鸡肋编》记载："寒食火禁，盛于河东，而陕右亦不举爨者三日。以冬至后一百四日谓之'炊熟日'，饭面饼饵之类，皆为信宿之具。又以糜粉蒸为甜团，切破暴干，尤可以留久。以柳枝插枣糕置门楣，呼为'之推'，留之经岁，云可以治口疮。"

秦楼月·寒食日湖南提举胡元高家席上闻琴

范成大

【题解】

这首词是宋代著名词人范成大的作品。提举为宋代主管专门事务的职官。胡元高，名仰，乾道七年（1171）十月到任，乾道九年除湖南提刑。这首词作于乾道年间。词人往桂林赴任静江知府，途经湖南，在提举胡仰家中做客，席间闻琴有感。

湘江碧。故人同作湘中客。湘中客。东风回雁[①]，杏花寒食。　温温月到蓝桥侧[②]。醒心弦里春无极[③]。春无极。明朝残梦，马嘶南陌。

（录自《全宋词》第 3 册，中华书局 1965 年版）

【注释】

①回雁：即回雁峰，位于今湖南衡阳，相传秋雁至此不再南飞。　②蓝桥：位于陕西蓝田县蓝溪之上，相传为裴航遇仙女云英之处。唐裴铏《传奇·裴航》："一饮琼浆百感生，玄霜捣尽见云英。蓝桥便是神仙窟，何必崎岖上玉清。"此处指称夜月下的湘水畔，犹如仙境一样美。　③醒心：使神清气爽。元张养浩《赠刘仲宪》："半生醉梦郑卫音，一旦醒心《韶》《濩》曲。"

【评析】

上片写杏花开放的寒食节与故人聚会的情景。开篇以"湘江"扣题中"湖南"，诗人并未对湘江景色展开描述，只以一个"碧"字突出春来江水绿如蓝。"湘中客"，表明了词人与同游友人的身份。词人一路向南，春暖花开，江水澄碧。寒食节做客友人家，春风中抬头望见回雁峰，杏花下食用冷食守节俗。下片写月夜闻琴的感想。"温温"形容月色柔和，"蓝桥"用裴航、云英之典，将湘江水畔比作仙境，极言其美。夜晚桥边月亮的柔光下，宫弦弹奏令人心情大好，春光无限。即使"明朝残梦，马嘶南陌"，却依旧令人回味，词人陌上拍马而去，笔调轻快。

钗头凤·寒食饮绿亭

史达祖

【题解】

史达祖（1163—1220？），字邦卿，号梅溪，汴梁（今河南开封）人，宋代著名词人。一生未中第，曾依韩侂胄为堂吏，因韩侂胄北伐战败，被贬困顿而逝。

饮绿亭，位于杭州西湖之上，建于南宋初年。这首词作于寒食日，词人饮绿亭上伤春怀人，吟咏春光寄相思。

春愁远。春梦乱。凤钗一股轻尘满①。江烟白，江波碧，柳户清明②，燕帘寒食③。忆忆忆。　莺声晓，箫声短，落花不许春拘管。新相识。休相失，翠陌吹衣，画楼横笛。得得得。

（录自《全宋词》第 4 册，中华书局 1965 年版）

【注释】

①凤钗一股：指古时恋人离别时赠送的信物。钗原为两股，女子将自己的钗饰一分为二，临别赠予恋人。唐白居易《长恨歌》："钗留一股合一扇，钗擘黄金合分钿。"　②柳户：插有柳条的门户。宋梅尧臣《立

春在元日》："缀条花剪彩，插户柳生烟。"　　③燕帘：清明节俗，用面塑成燕形，以柳条串之，挂在门上。宋张炎《朝中措·清明时节》："燕帘莺户，云窗雾阁。"

【评析】

上片以情开篇。思念远人，心绪也跟着飘远。烦乱的心绪映入梦境，愁情难以抑制。"凤钗一股"，道出愁远与梦乱的原因。"满"字，说明分别已久。手执女子的一股凤钗，词人回到了二人初识的踏春时节。正值清明、寒食，江上烟霭蒙蒙，水波碧绿。片尾"忆忆忆"，强调词人难忘昔日的幸福时光。"莺声晓，箫声短"过片，回到现实，一夜辗转梦乱，不知不觉已是破晓。"不许"，赋予落花人的性情，仿佛任性的妙龄少女。此句写春日的落花故自凋零，无法挽留，就像相思之人，别后任你饱受相思之苦。继而词人再度陷入回忆。当时"新相识"，约定"休相失"，二人在翠色的田间小路上任风吹动衣袂，在雕梁画栋的楼下纵情吹笛，想到这里，相思之愁愈发浓郁，只得以"得得得"三字，表达心底不甘又无可奈何的喟叹。南宋词人张镃在《题梅溪词》中评价词人的词作："织绡泉底，去尘眼中，妥帖轻圆，辞情俱到。有瑰奇警迈、清新闲婉之长，而无（佚）荡污淫之失。"

【相关链接】

"柳户清明，燕帘寒食"，柳户与燕帘，是宋代民间流行的寒食、清明习俗。所谓柳户是指插有柳条的门户。宋吴自牧《梦粱录》："清明交三月，节前两日谓之寒食。京师人从冬至后数起至一百五日，便是此日，家家以柳条插于门上，名曰'明眼'。"插柳习俗袭自晋文公，据传，晋文公火烧绵山，逼隐居其间的介之推下山领功受禄，结果介之推葬身火海。晋文公悲痛追悔，次年上绵山祭拜介之推，坟前老柳死而复活，晋文公折柳为环，赐名"清明柳"。燕帘也与介之推的传说相关，孟元老《东京梦华录》"清明"节条记此日宋人"用面造枣馉飞燕，柳条串之，插于门楣，谓之'子推燕'"。

恋芳春慢·寒食前进

万俟咏

【题解】

　　万俟咏，字雅言，号词隐、大梁词隐，籍贯与生卒均不详，宋代词人。屡试不第。徽宗政和初年，授大晟府制撰，即负责乐律的官员，属大晟词人。绍兴五年（1135），补任下州文学。万俟咏工音律，能自度新声，与晁元礼、周邦彦等共审旧调。王灼《碧鸡漫志》称其为"元祐时诗赋老手"。

　　这首词是词人寒食节前的应制之作，谀颂盛世，歌功颂德。

　　蜂蕊分香，燕泥破润，暂寒天气清新。帝里繁华，昨夜细雨初匀。万品花藏四苑①，望一带、柳接重津。寒食近，蹴踘秋千，又是无限游人。　　红妆趁戏，绮罗夹道，青帘卖酒②，台榭侵云。处处笙歌，不负治世良辰。共见西城路好，翠华定③、将出严宸④。谁知道，仁主祈祥为民，非事行春。

（录自《全宋词》第 2 册，中华书局 1965 年版）

【注释】

①四苑：指东京四苑，即琼林苑、玉津苑、宜春苑、含芳苑的总称，均

为北宋初年建成，分布于汴京城外。　　②青帘：古代酒家门口挂的酒幌多以青布裁制，此处代指酒家。　　③翠华：天子仪仗中以翠羽装饰的车盖，此处代指天子车驾。　　④严宸：帝王居所。

【评析】

词人时处北宋风雨飘摇之时，作如此恭颂圣主、粉饰太平之词，体现了北宋末年朝官士人依旧声色犬马的作风。这首词描绘了汴京城的繁华盛景，天气清新，细雨纷纷，万花盛开，游人赏春娱乐，街前巷陌笙歌热闹，这一切美好的景象都是为了说明此为"治世良辰"。"共见"句，引出君王及其威武的皇家仪仗队。圣明君主寒食出巡，是人们所见，而"谁知道"言不知道，暗示臣民莫要妄测君心。皇帝的出行不是为了单纯游春赏玩，而是为了在节庆日求福万民。

点绛唇·紫阳寒食

陈与义

【题解】

陈与义（1090—1138），字去非，号简斋，洛阳（今属河南）人，两宋之交词人。与黄庭坚、陈师道并称江西诗派"三宗"，与朱敦儒、富直柔等并称"洛阳八俊"。政和三年（1113），太学上舍甲科，授开德府教授，累迁太学博士。南渡避难经湖北、湖南、广东、福建等地，终于绍兴元年（1131）抵达南宋的第一个都城越州（今浙江绍兴），改任中书舍人。至绍兴七年（1137）拜参知政事。

这首词作于建炎四年（1130），词人避乱至湖南紫阳山。他乡逢寒食，词人即事抒情，细腻情感流于纸卷。

寒食今年，紫阳山下蛮江左^①。竹篱烟锁。何处求新火^②。　　不解乡音，只怕人嫌我。愁无那^③。短歌谁和^④。风动梨花朵。

（录自《全宋词》第 2 册，中华书局 1965 年版）

【注释】

①紫阳山：山名，位于今湖南邵阳之南。宋祝穆《方舆胜览》："紫阳山有千寻石室，即周谏议读书处。前瞰溪，陈简斋所谓'雷霆鬼神之所为，非人力所就者'是也。"　　②求新火：寒食节俗，亦是寒食节的起源。古人钻木取火，因季节不同而改用不同的木质，便有了改火之俗。改火即求新火，新火未至，禁止生火。后世帝王寒食时节赐百官新火，以示恩宠。唐杜甫《清明》："朝来新火起新烟，湖色春光净客船。"　　③无那：无奈，无可奈何。　　④短歌：与长歌相对的乐府古辞。魏曹丕《燕歌行》："援琴鸣弦发清商，短歌微吟不能长。"

【评析】

宋室南迁，南渡文人的词中无不满怀异乡漂泊之感。这首词唱出了异乡人的孤单。上片开篇点明时节，交代地点，其中"蛮"是词人对湖湘之地的评价，写出了来自故国京城的文臣对边疆人文环境的心理感受。"竹篱烟锁"，描写词人逃难期间的生存状况。求新火是寒食节俗，词人发问"何处求"，一是因为身处异乡的陌生环境，一是因为京城为官时由皇宫赐发新火，如今国祚不定，无人有暇顾忌此事。上片借求新火不得写异乡孤独，下片则写"不解乡音"、言语不通的隔膜。"不解乡音"，不仅带来了生活上的阻碍，词人怕遭嫌鄙而不敢说话，更重要的是难有赋诗填词的伙伴，"短歌"无人来和。明杨慎在《词品》中评"愁无那"，绝似坡仙语。词人自比梨花，在词尾勾勒出一朵娇花风中摇曳的画面，表达了愁苦却无奈的心绪。

八声甘州·孤山寒食

罗椅

【题解】

　　罗椅（1214—1277），字子远，号涧谷，庐陵（今江西吉安）人，南宋词人。宝祐四年（1256）进士，文武兼备，以武臣官阶秉义郎为江陵府教授，改潭州军学教授，定居茶陵。知赣州信丰县，后迁监察御史。

　　孤山，位于浙江杭州西湖，因孤峰独耸而得名。词人借寒食春游的热闹，对比官场人情的凉薄，表达了弃官归隐的想法。

　　甚匆匆岁月，又人家、插柳记清明。正南北高峰，山传笑响，水泛箫声。吹散楼台烟雨，莺语碎春晴。何地无芳草，惟此青青。　　谁管孤山山下，任种梅竹冷，荐菊泉清。看人情如此，沉醉不须醒。问何时、樊川归去①，叹故乡、七十五长亭。君知否，洞云溪竹，笑我飘零。

（录自《全宋词》第 5 册，中华书局 1965 年版）

【注释】

①樊川：即唐代诗人杜牧，自幼居住樊川而自号"樊川居士"。

【评析】

　　上片俨然一幅杭州西湖的春日胜景。开篇描写清明插柳的习俗，扣题中"寒食"。词人将目光转向烟霞岭，描绘双峰间的欢笑喧闹与美妙乐声，"传""泛"二字活泼、灵动。"吹散"承"笑响""箫声"，采用拟物、夸张的修辞手法，写雨住云收，与下文"春晴"相照应。"何地"之问与"惟此青青"，强调眼前春景的可爱，让人流连。然而，下片语调突转，本应是春日桃红柳绿，词人却偏言冬梅、夏竹、秋菊和冷冷的清泉，一股凋零寒冷的气息扑面，实则语中含讥。本应是清明盛世，却是权臣当道，词人不愿再卷入政治漩涡，因而"看人情如此，沉醉不须醒"，希望酒醉人痴，糊涂做人。词人想要像樊川翁一样弃官归乡，但是却只能感叹故乡路途要经过太多驿站，家乡如此遥远。最后，词人"以物观我"，连洞间之云、溪涧之竹，似乎都在嘲笑"我"半生漂泊无为。其词作话语看似云淡风轻，哀而不怨，然苦闷的心绪令人嗟叹。

越溪春（三月十三寒食日）

欧阳修

【题解】

这首词是宋代著名文学家欧阳修的作品，描写了寒食节的汴京春色。

三月十三寒食日，春色遍天涯。越溪阆苑繁华地①，傍禁垣、珠翠烟霞。红粉墙头，秋千影里，临水人家。　　归来晚驻香车。银箭透窗纱②。有时三点两点雨霁，朱门柳细风斜。沉麝不烧金鸭冷③，笼月照梨花④。

（录自《全宋词》第 1 册，中华书局 1965 年版）

【注释】

①越溪：即若耶溪，位于今浙江绍兴东南，据传为越国美女西施浣纱

地，此处代指丽人汇集的京城河畔。阆（làng）苑：传说中仙人的住处。元李好古《张生煮海》："你看那缥缈间十洲三岛，微茫处阆苑、蓬莱。" ②银箭：即漏箭，用于计时的银器。古时漏壶多为注水型，漏箭随水沉浮指时间。宋司马光《官漏谣》："铜壶银箭夜何长，杳杳亭亭未遽央。" ③沉麝：沉香和麝香。金鸭：即金色鸭形的香炉，古时香炉多为黄铜铸造。 ④笼月：朦胧的月色。

【评析】

这首词流丽柔婉，"春色遍天涯"五字，奠定了整首词境。词的上片，描写了寒食节白天汴京城中的繁华景象。溪水阆苑，美女如织；细柳风前，女孩子们摇荡秋千，目所及处，皆是春色。词人以"归来"过片，场景由户外切换至庭中，一个"晚"字直接交代时间。乘华车游玩一天，回到家中，四下寂静。白天的热闹繁华不再，透过窗纱都能听到漏箭滴答声响，而偶尔落下的稀疏细雨渐渐停止，朱门两侧翠柳随风摆动。是日寒食禁火，不能燃香，香炉也是冷的，此时屋外朦胧月色下，朵朵梨花静静绽放。词人借富家女子写初到汴京的自己，上片白天之繁华与下片夜晚之静谧，相照互显。

沁园春·寒食郓州道中

谢枋得

【题解】

谢枋得（1226—1289），字君直，号叠山，别号依斋，信州弋阳（今江西弋阳）人，宋元之际爱国词人。宝祐四年（1256）进士及第，曾任礼兵部架阁。

这首词大致作于元世祖至元二十六年（1289）。郓州即今山东东平。南宋灭亡后，词人隐于福建建宁教书度日，福建参知政事魏天佑为元朝招安强迫词人北上入京。过郓州时恰逢寒食节，词人想到亡国后的境遇，有感而发。

　　十五年来，逢寒食节，皆在天涯。叹雨濡露润，还思宰柏①，风柔日媚，羞看飞花。麦饭纸钱，只鸡斗酒，几误林间噪喜鸦。天笑道，此不由乎我，也不由他。　　鼎中炼熟丹砂。把紫府清都作一家②。想前人鹤驭，常游绛阙③，浮生蝉蜕，岂恋黄沙。帝命守坟，王令修墓，男子正当如是邪。又何必，待过家上冢，昼锦荣华。

（录自《全宋词》第5册，中华书局1965年版）

【注释】

①宰柏：又称"宰树""宰木"，指坟墓上的柏树。　②紫府：道教中仙人的居所。晋葛洪《抱朴子·祛惑》："及至天上，先过紫府，金床玉几，晃晃昱昱，真贵处也。"清都：天神的居所。宋苏轼《隆祐宫设庆宫醮青词》："清都下照，诚通绛阙之仙。"　③绛阙：绛色门阙，此处指道教仙宫。

【评析】

　　这是一首爱国誓言。"十五年来，逢寒食节，皆在天涯"，开篇十二字已道尽半生苦楚与极度的故土思念情感。词人从南宋德祐元年（1275）出任江西招谕使，知信州，随后不久，元攻陷信州，词人入建宁唐石山，后又隐居闽中，至1289年被押送大都，已整整十五年。寒食节常常微雨绵绵，加之临近清明，总是勾起人们对家乡的思念。"麦饭纸钱，只鸡斗酒，几误林间噪喜鸦"，祭祖茔时上供的饭食酒肉与纸钱常被林间鸟雀往来叼啄，而词人无法回乡祭拜，连满足鸟雀的这一点心愿都做不到，"几误"二字实则充满了自嘲。"天笑道，此不由乎我，也不由他"，词人故作反语，这样有家难归的艰难境况，宋朝的臣民无能为力，头顶的青天也无能为力，而这一切都是元兵挥师南下造成的。然而身在元朝，情势逼仄，词人只能作隐语。词的下片，是词人英雄主义的赴死心态。家无归，国不再，人被束缚北上，人间没有容身之所，词人情愿化作一缕烟云飞升上天，像驾鹤宫阙的仙人一样，离开早已不再留恋的人世。"帝命守坟，王令修墓，男子正当如是邪"，又逢祭祖时节，词人的家国情怀被激发，"又何必，待过家上冢，昼锦荣华"。这样的爱国情感，读来心情澎湃。国家荣誉感，正是铮铮铁骨男儿该有的样子。

寒食

李俊民

【题解】

李俊民（1176？—1260），字用章，号鹤鸣老人，泽州晋城（今山西晋城）人，金末元初词人。金章宗承安五年（1200），经义科进士第一，授应奉翰林文字。金亡后，元世祖召之，不出，卒谥"庄靖先生"。

这首诗为寒食节的感怀之作，诗人饮酒怀念故国，叹风物、世事变化。

为恋风光好，那堪节物催。
事随浮世往，花似去年开。

莫洒无家泪，须倾有限杯。

诗人多少兴，都向醉中来。

（录自《庄靖先生遗集》，上海书店 1994 年版）

【评析】

宋、辽、金、元，长期制衡纷争。世事纷乱的时代，人心难安，朝夕难测，文人士子大体不过两种态度，如果不能铁马金戈、战场刀光剑影为国效命，不能朝堂之上为江山社稷谋政，或许及时行乐也是一种行世之道。这首诗正是诗人饮酒自适心态的写照。世人谁不贪恋大好春光，可谁又禁受得住季节风物的催逼？人世间是浮沉聚散、没有定数，花却一如往年、照常开放。"无家"道出诗人当下的处境，此处的"家"，既是故国亦是自家。"有限"表明人寿有尽。"莫洒无家泪，须倾有限杯"，人生须尽欢、莫停杯。词人的作品多内涵庄、老思想，写社会之变、心中之情。清陈廷焯《白雨斋词话》评其词"有骨有韵"。

【相关链接】

金、元时期，延续唐、宋寒食节俗。金代寒食节仍设置休假日，根据礼官张暐等编纂的《大金集礼》记载，"元正、冬至、寒食各节前后其休务三日"。寒食节官家民间谨遵禁火礼俗，"以出新火"（元白珽《湛渊静语》）。金人、元人食用的冷食也依汉人旧俗，基本同于宋代流行的节日食品。《东京梦华录》载北宋寒食节食用饧粥、杏花粥等，金高庭玉《道出平州寒食忆家》有"东阳寒食杏花饧"的诗句。除了禁烟、改火、吃冷食，寒食上坟祭奠先人的习俗也被保留下来，王寂《辽东行部志》记录了东北宜民县民众过寒食节的场景："山林间居民携妻孥上坟冢，往来如织。"朱弁留金时也曾作《寒食》诗："纸钱灰入松楸梦，饧粥香随榆柳烟。"

醉太平·寒食

王元鼎

【题解】

王元鼎，生卒年不详，字里，戏曲理论家孙楷第《元曲家考略》言其为西域人，元代剧作家。政和六年（1116）进士，授山阴令，官至翰林学士。

这支小令出自《寒食》小令正宫调组曲，此为第二首。作者以清新愉悦的笔调，描写了寒食节的景物。

声声啼乳鸦，生叫破韶华。夜深微雨润堤沙，香风万家。　　画楼洗净鸳鸯瓦①，彩绳半湿秋千架。觉来红日上窗纱，听街头卖杏花。

（录自《全元曲》卷10，河北教育出版社1998年版）

【注释】

①鸳鸯瓦：成对的瓦。唐韦庄《过旧宅》："阶前雨落鸳鸯瓦，竹里苔封蝴蛛桥。"

【评析】

开篇写"乳鸦"啼鸣，"乳"字给人小巧、可爱的感觉，以至于鸦啼也不会令人生厌，成了春日里喜悦的预告。"润"极言雨之轻柔，似牛毛、花针，而夜雨不会打扰人们的生活，只会送来清凉，以及浸润土地、花草后的芳香四溢。"画楼"句与"秋千"句，皆是对雨后干净、清新、带着温润潮气的景色描写。一夜的春雨，洗净了屋上的瓦片，秋千架的彩绳却是半湿，耐人寻味。雨后晴空，阳光大好，红日映射上窗纱，心情也明亮起来。而此时，远处街头传来了叫卖杏花的声音，整个春天就在这叫卖声中复苏了。这首小令不似组曲中其他三首，没有"莺莺燕燕正寒食，想人生有几"的孤独感，没有"辜负了禁烟，冷落了秋千。春光去也怎留恋"的惜春之情，也没有"多情人未还"的思春怀人之愁，而是勾画出一幅生机勃勃、情趣盎然的寒食春景，语言平实而婉约，清新而典雅，情思微露犹如春日的阳光，温暖却不炙热。

西夏寒食遣兴

朱孟德

【题解】

朱孟德，生卒年不详。官翰林庶吉士。《嘉禾征献录》记："海盐朱孟德，洪武中戍宁夏卫，遂家焉。"

西夏即明代宁夏中卫地区，也就是贺兰山脉一带。诗人寒食节饮酒散心，赋诗遣兴，抒发怀乡情怀。

春空云淡禁烟中，冷落那堪客里逢①。

饭煮青精颜固好②，杯传蓝尾习能同③。

锦销文杏枝头雨④，雪卷棠梨树底风。

往事漫思魂欲断，不堪回首贺兰东⑤。

（录自《乾隆宁夏府志》，宁夏人民出版社 1992 年版）

【注释】

①客里：离乡在外期间。唐刘长卿《颍川留别司仓李万》："客里相逢款话深，如何歧路剩沾襟。" ②青精：又叫墨饭草，可染黑饭。清厉

茎《事物异名录·南烛草》："青精……又曰墨饭草，以其可染黑饭也，故黑饭亦名青精。"　　③蓝尾：唐代宴饮时轮流斟饮，坐在最末位的需连饮三杯，称为"蓝尾酒"或"婪尾酒"。宋窦苹《酒谱·酒之事》："今人元日饮屠苏酒，云可以辟瘟气，亦曰蓝尾酒。或以年高最后饮之，故有尾之义尔。"　　④销：即销蚀。锦销：指春雨打湿了杏花。　　⑤贺兰：地名，位于今宁夏回族自治区北部。

【评析】

首联"禁烟"扣题中"寒食"，点明节令，"春空云淡"是对西夏寒食风物的描写，同时也营造出高远的意境。虽然禁烟冷食，离乡在外相逢友人怎能冷落？颔联承"客里逢"，描写宴饮情景。江南有寒食节吃青精饭的习俗，然而此时诗人身在西北边疆，青精饭的色泽再漂亮也吃不到了，所幸两地饮蓝尾酒这一酒俗是相同的，诗人怀乡之情显露无遗。颈联写雨湿杏花销、风飘梨花落，西北不似江南温柔，雨和风都来得更加直接，"销"字将杏花落之迅速呈现了出来，"卷"字突显风的力度，风卷棠梨如雪花飘落，纷纷扬扬洒落了一地。尾联追忆往事。"贺兰东"指向诗人的故乡海盐，高大的贺兰山是宁夏府城的天然屏障，草长莺飞，水美地肥。如此壮阔美丽的地方，诗人却"魂欲断""不堪回首"，表达出诗人追忆往事，怀乡、思亲的情感不可遏制。

【相关链接】

江南地区流传着寒食、清明染青饭的习俗，青精饭便是一类。宋陈元靓的《岁时广记》引述了《零陵总记》中关于寒食节食用青精饭的记录："杨桐叶、细冬青，临水生者尤茂。居人遇寒食采其叶染饭，色青而有光，食之资阳气，谓之杨桐饭，道家谓之青精干石𥺊饭。"明李时珍《本草纲目·谷部》卷中也有这样的记载："此饭乃仙家服食之法，而今之释家多于四月八日造之，以供佛耳。……日进一合，不饥，益颜色，坚筋骨，能行益肠胃、补髓、灭三虫，久服变白却老。"可见，作为寒食食俗之一的青精饭到了明代，又被赋予了佛教使命。除青精饭，明郎瑛在其《七修类稿》中提到寒食吃"青白团子"："古人寒食，采桐杨叶，染饭青色以祭，资阳气也。今变而为青白团子，乃此义耳。"团子由糯米春合填入馅料蒸制而成，青团子就是在糯米中加入雀麦草汁，蒸熟后色泽翠绿可爱。

清明前一日

李渔

【题解】

李渔（1611—1680），初名仙侣，后改名渔，字谪凡，号笠翁，兰溪（今属浙江）人，生于雉皋（今江苏如皋），明清之交著名文学家、戏曲理论家，被誉为"中国戏剧理论始祖""东方莎士比亚"。崇祯年间，补博士弟子员。因清军南下攻占金华而归隐故乡。此后，流寓杭州、南京等处，南京所居题名"芥子园"。康熙十六年（1677）迁居杭州，营建"层园"，并于杭州终老。

这首诗是明亡清兴之际，作为逃难者的诗人寒食日触景生情之作。

> 正当离乱世，莫说艳阳天。
> 地冷易寒食①，烽多难禁烟②。
> 战场花是血，驿路柳为鞭。
> 荒垄关山隔③，凭谁寄纸钱？

（录自《李渔全集》第2卷，浙江古籍出版社1991年版）

【注释】

①地冷：此处指江河残破，土地毫无生机。　②烽：即烽火，古代边防军事通讯的重要手段。　③荒垄：坟茔许久无人祭扫而坟头荒芜。

【评析】

　　这首诗语言朴素，感情真切，以白描的手法描绘出明亡之际文人士子的飘零之感。"正当离乱世，莫说艳阳天"，直白地指出诗作的时代背景。战乱的年代，没有寒食游春踏青、河畔花柳的美好情景，诗人寓情于景，悲伤的眼，看不到艳阳高照，只有阴霾漫天。吃冷食与禁烟，是寒食节俗，诗人这里用反讽的手法，说明山河破碎，战事频仍，天地间没有了生气。继而，诗人连用两个暗喻，土地变成了战场，鲜妍不再，以血为花，车马通行的道路不再有人经过，只有两旁的弱柳，仿佛从前挥扬的马鞭。亲人战死沙场，将尸骨留在了遥远的边疆，关山险隘隔断了祭扫的可能。生着的人艰辛，死去的人也不得善终，战争破坏了一切秩序，黎民成为流民。这首诗声讨战争，为饱受战争伤痛的人们发声，具有强烈的社会意义。

梅花引·苏小小墓

朱彝尊

【题解】

　　这首词是清代著名文学家朱彝尊的作品。苏小小，相传是南朝齐时的钱塘名妓，年十九抱病而死，鲍仁为其在西湖西泠桥畔立碑"钱塘苏小小之墓"。词人寒食节凭吊苏小小，表达出惋惜倾慕之情。

小溪澄，小桥横，小小坟前松柏声。碧云停，碧云停，凝想往时，香车油壁轻。　　溪流飞遍红襟鸟①，桥头生遍红心草②。雨初晴，雨初晴，寒食落花，青骢不忍行③。

（录自《朱彝尊选集》，上海古籍出版社 1991 年版）

【注释】

①红襟鸟：即知更鸟，每年春天三月向北迁徙，鸟喙至胸前为橙红色，故名。　　②红心草：学名红心灰藋，因唐王炎《葬西施挽歌》"满地红心草，三层碧玉阶"而闻名，后世借指美人遗恨。　　③青骢：青白相间的马。宋秦观《八六子·倚危亭》："念柳外青骢别后，水边红袂分时，怆然暗惊。"

【评析】

　　这首词充满了水乡歌谣的韵味，读来如同水滴轻扣石板般清脆悦耳。小小的溪流，小小的横桥，小小的坟茔，小小的小小，只有坟前松柏迎风沙沙作响，勾勒出静谧清幽、远离尘世的画面。寒食凭吊，坟前的人静默肃立，祭奠香魂；远天的青云，也静静地镶嵌在空中，仿佛陷入沉思一般，他们都在联想苏小小油壁香车、春游踏青的样子吧。"溪流"过片，上承"小溪澄"。溪头红襟鸟飞过，桥头生出红心草，寒食雨后初晴，落花浮了一地，词人自比小小的心上人，爱慕小小的骑马少年，不忍离她远去。词中"松柏""香车油壁""青骢"，皆出自乐府古辞，《玉台新咏》有载《苏小小歌》："妾乘油壁车，郎跨青骢马。何处结同心，西陵松柏下。""红心草"出自唐王炎《葬西施挽歌》"满地红心草，三层碧玉阶"，以"红心草"传递美人遗恨之意。这首词空灵清疏，字斟句酌，清逸婉丽。

　　清代寒食节和清明节逐渐融并，大多地区的寒食节俗被清明节吸收，成为清明节的活动内容，而寒食节也逐步被清明节所取代。例如寒食的标志性节俗吃冷食，清顾禄《清嘉录》有："市上卖青团熟藕，为居人清明祀先之品……今俗用青团、红藕，皆可冷食，犹循禁火遗风。"再如踏青、插柳习俗，据《乾隆宁夏府志·风俗》记载："清明日，挈榼提壶，相邀野田或梵刹间共游饮，曰'踏青'。插柳枝户上，妇女并戴于首。"

　　清代，少数民族的饮食文化，对寒食的食俗产生了较大影响。满、回等少数民族的饮食，加入清明节寒食的行列中。姜丝排叉、硬面饽饽、糖卷馃、艾窝窝、马蹄烧饼、豌豆黄、螺蛳转儿、馓子麻花、驴打滚、糖火烧、糖耳朵、芝麻酱烧饼、萨其马，被京城人称作"寒食十三绝"，用以祭祀先人并分而食之，获得先人庇佑和祝福。

　　寒食节传袭到了清代，进入了符号化的阶段。千年的历史前尘，生出太多的情感寄寓，文人士子借寒食抒发的细腻情感，让寒食节历久而愈发耐人寻味。

临江仙·清明前一日种海棠

顾太清

【题解】

　　顾太清（1799—1876），原姓西林觉罗氏，名春，字梅仙，满洲镶蓝旗人。祖父辈因牵连文字狱获罪，家道没落，为逃过宗人府的追查，改姓顾，字子春，号太素。顾太清嫁与贝勒奕绘为侧福晋，夫病逝后，携子寡居。温婉贤淑，文采俱佳，有"清代第一女词人"之誉。

词人尤爱海棠，这首词记录了寒食节移种海棠一事，充满了生活情趣。

万点猩红将吐萼，嫣然回出凡尘。移来古寺种朱门。明朝寒食了，又是一年春。　　细干柔条才数尺，千寻起自微因①。绿云蔽日树轮囷②。成阴结子后，记取种花人。

（录自《顾太清奕绘诗词合集》，上海古籍出版社 1998 年版）

【注释】

①千寻：形容极高或极长。　　②囷（qūn）：积聚、高大貌。

【评析】

上片描写寒食节移植海棠的情景。海棠树上星星点点，含苞待放，犹如凡尘外的仙子。词人把海棠比作瑶池仙种，写出海棠高贵脱俗的魂魄与骨气。含苞树苗自古寺移植而来，待明年寒食，又是一番春景。词人以"柔条"过片，拈出无限愿景。现在"细干柔条才数尺"，可所有的事物不都是由小及大的？参天的绿茵、古树粗壮的年轮，都是一点点积累成长起来的，正如词人在其《定风波·噩梦》中所表达的"事事思量竟有因，半生尝尽苦酸辛"。当花落结果，莫要相忘当初悉心照料花朵的种花人。末句径用刘克庄《临江仙》（县圃种花）之"记取种花人"。这首词，语言清新自然，寄寓娇弱的海棠以无限的希望。

八、清明

入东道路

谢灵运

【题解】

谢灵运（385—433），名公义，字灵运，以字行于世，会稽（今浙江绍兴）人。东晋、南朝宋时期著名诗人，山水诗派的开创者，诗与颜延之齐名，并称"谢颜"。出身太康谢氏家族，袭祖父谢玄爵位，封康乐公，世称"谢康乐"。刘宋代晋，降封康乐侯。历任永嘉太守、秘书监、临川内史等职，不被重用。元嘉十年（433），被宋文帝以"叛逆"罪处死。

这首诗作于元嘉五年，诗人因与刘宋皇帝互生嫌隙，称病离京，东归故里。途中正值清明节，诗人以怀古表达避世心意。

整驾辞金门^①，命旅惟诘朝^②。

怀居顾归云，指途溯行飙^③。

属值清明节，荣华感和韶^④。

陵隰繁绿杞^⑤，墟囿粲红桃^⑥。

鸴鸴翚方雏^⑦，纤纤麦垂苗。

隐轸邑里密^⑧，缅邈江海辽。

满目皆古事，心赏贵所高。

鲁连谢千金^⑨，延州权去朝^⑩。

行路既经见，愿言寄吟谣。

（录自《谢康乐诗注鲍参军诗注》，中华书局 2008 年版）

①金门：汉代官门金马门，此处代指刘宋都城建康。　②命旅：启程。诘（jí）朝：清晨。《左传·僖公二十八年》："戒尔车乘，敬尔君事，诘朝将见。"杜预注："诘朝，平旦。"　③指途：指上路。　④荣华：繁花盛开，草木茂盛。《荀子·王制》："草木荣华滋硕之时，则斧斤不入山林。"　⑤陵隰（xí）：山陵和湿地。　⑥墟圃：村落苑囿。　⑦鹢（yǎo）：雉鸡的鸣叫声。翚（huī）：长着五彩羽毛的山雉。雊（gòu）：雄鸡的鸣叫声。　⑧隐轸（zhěn）：繁盛、富饶的样子。　⑨鲁连：即鲁仲连，战国末期齐国人，因其助赵破秦之围，平原君欲予封爵，鲁连拒之。　⑩延州：姓氏名，此处指代春秋吴王寿梦第四子吴季札，吴王欲传位于他，辞而不受。《元和姓纂》："吴季札封延陵、州来，称'延州来季子'，后裔有姓延州氏。"

【评析】

这首诗开篇承题，描述了清早赶路的情景。诗人准备好车马便离开京城上路了。"怀居"句以天上行云流过与地上车马卷起风尘相对照，衬托怀乡归家的急切心情。"属值"句起，开始描写东归途中的风景。正值清明时节，草木新生，蓬蓬勃勃，感受着和暖美丽的春光；山岭湿地杞柳葱绿，村落园圃桃花盛开；彩毛的山雉鹢鹢鸣叫，一束束麦苗伫立在田地里。村落繁荣兴盛，江海辽阔遥远，诗人寓情于景，不吝笔墨描绘充满生机的大美春景，表达出内心重获自由的欣喜。"满目皆古事，心赏贵所高"，此句说理，为下文称赞"鲁连""延州"张本。诗人连用鲁仲连、吴季札之典表明观点：不被金钱、名位束缚的人，才是具有高贵品格之人。同时，诗人也是借鲁连、延州表达自己辞官归隐的态度。末句点明作这首诗的动机，以诗歌的方式寄托殷切思念。整首诗有叙事、写景、说理、抒情，情感随着题材的转换而层层推进，正如王世贞《书谢灵运集后》所评，其诗"至秾丽之极而反若平淡，琢磨之极而更似天然"。

【相关链接】

"春雨惊春清谷天"，清明是二十四节气之一，清明之称与这一天的物候有关。《淮南子·天文训》中说："春分后十五日，斗指乙，则清明风至。"清明风即清爽明净之风。清明风在农历三月，"此风属巽故也，万物齐乎巽，物至此时皆以洁齐而清明矣"（《国语》）。古人将清明定于春分后十五日，《岁时广记》引《孝经纬》："春分后十五日，斗指乙为清明。"清明时节梧桐初华，"清明前后，种瓜种豆"，天气转暖，雨水渐佳，正是春耕的大好时节。唐之前，文献中关于清明的记载大多与农事有关，如东汉崔寔《四民月令》载有"清明节，命蚕妾，治蚕室"等。

清明

杜牧

【题解】

这首诗相传是唐代著名诗人杜牧的清明节名篇。据《江南通志》记载，杜牧任池州刺史时，曾到过杏花村饮酒。

清明时节雨纷纷，路上行人欲断魂①。
借问酒家何处有，牧童遥指杏花村②。

（录自《千家诗评注》，北京联合出版公司 2015 年版）

【注释】

①断魂：形容十分伤心悲哀。　②杏花村：杏花深处的村庄，位于今安徽贵池秀山门外。

【评析】

这首小诗描绘了一幅清明时节的动态图景。诗人以第三人称的叙述视角，将清明的节日气氛很好地诠释和展现出来。清明遇雨，本就容易牵出许多惆怅，而纷纷春雨又下个不停，为节日平添了一分凄清。路上行人行倦而兴败，一个个默然地走着，如同失了魂魄，毫无生气。在这样清冷的氛围中，有一行人欲寻酒家而不得，牧童伸出手指，向行人指明杏花村就在那边远方。"牧童遥指"，诗风立转，顿觉豁然开朗。这首诗，诗里藏画，情感哀而不怨，语言清新晓畅。

【相关链接】

唐代以后，寒食、清明假期一同订制，寒食后一日即清明，故而《大唐开元礼》上明确写明的四天、五天直至七天假期，是寒食、清明双节共同拥有的。寒食节的习俗，从祭祀、扫墓到游春、踏青、种树植花、插柳、放风筝、荡秋千、蹴鞠、斗鸡等活动，也逐渐扩展入清明。唐代诗人顾非熊的《长安清明言怀》中记述了清明游春的盛景："明时帝里遇清明，还逐游人出禁城。九陌芳菲莺自啭，万家车马雨初晴。"唐代清明节，朝廷设宴曲江边，庆祝新科进士金榜题名。《岁时广记》引《辇下岁时记》："清明新进士开宴，集于曲江亭。既撤馔，则移乐泛舟。又有月灯阁打球之会。"可见，清明是新科进士举行宴集的时间之一，而此日除了宴饮赋诗，更有钟鼓管弦、泛舟游湖以及月灯阁打球等娱乐活动。曲江宴会之日，也是王公贵族择婿之时，曲江宴拣选东床快婿，成为唐代不成文的清明节俗，为宴会平添了许多喜乐的元素。

清明日宴梅道士房

孟浩然

【题解】

　　孟浩然（689—740），名浩，字浩然，号孟山人，以字行于世，襄州襄阳（今湖北襄阳）人，世称孟襄阳。唐代著名山水田园派诗人，与王维并称"王孟"。四十岁前居家未出，开元十六年（728）应试落第。曾任张九龄幕僚，不久隐居。

　　梅道士，生平不详，当为诗人居襄阳时的道友。这首诗描写了清明节诗人受邀赴梅道士房赴宴的情景。

> 林卧愁春尽，开轩览物华。
> 忽逢青鸟使①，邀入赤松家②。
> 丹灶初开火③，仙桃正落花④。
> 童颜若可驻，何惜醉流霞⑤。

（录自《全唐诗》卷 160，中华书局 1960 年版）

【注释】

①青鸟：神话中西王母的使者，此处喻指道士派来传信的人。　②赤松：即赤松子，传说中的仙人，此处代指梅道士。　③丹灶：道家炼丹炉。　④仙桃：传说西王母曾以仙桃赠汉武帝，称仙桃树三千年才结果实。　⑤流霞：仙酒名，即美酒。东汉王充《论衡·道虚篇》："口饥欲食，仙人辄饮我以流霞一杯，每饮一杯，数月不饥。"

【评析】

　　"林卧"点明诗人的状态，暗含病中之意。"愁"是心情写照，"春尽"交代为暮春之末。诗人卧隐山林，百无聊赖，正为春日好景将尽而发愁。"览"有通观之意，用笔大气。诗人打开窗子，正饱览春景，突然梅道士遣小道童送信邀请他去家中做客。"青鸟"与"赤松"皆为用典，将道士比仙人。接着，诗人描写了道士房内外的景色，说明接受邀请并赴宴。"初开火"承题中"清明"，炼丹炉因寒食禁火而停，次日清明取新火，故曰"初"。"仙桃"用典，"落花"承"春尽"，营造出飘逸唯美的暮春景象。尾联直抒豪情，既然流霞美酒能驻颜色，使人不老，诗人怎能惜醉？必当一醉方休。诗人隐逸自适，善于发掘自然与生活之美。这首诗意境清迥，韵致流溢，展现了诗人壮逸旷达的性情气质。

题都城南庄

崔护

【题解】

崔护（722—846），生平事迹不详，字殷功，博陵（今河北定州）人，唐代诗人。贞元十二年（796）进士，曾任京兆尹、御史大夫、广南节度使，官至岭南节度使。

据唐孟棨《本事诗》记载，诗人德宗贞元初年，进京赶考落第，暂居长安。清明节独自踏春出游至城南，得居人庄。一亩之宫，而花木丛萃，寂若无人。诗人口渴，叩门求饮，一位艳如桃花的女子以水待之。诗人对她一见钟情，却眷盼而归，嗣后绝不复至。次年，思该女心切，故地重游，而女子不知所终。于是，诗人提笔赋诗以抒心中之憾。

去年今日此门中，人面桃花相映红。

人面不知何处在，桃花依旧笑春风。

（录自《全唐诗》卷 368，中华书局 1960 年版）

【评析】

一首绝句，两度清明。"去年今日"开篇引入回忆，"此门"与"桃花"勾勒场景，"人面""桃花"对举，"人面"为实，"桃花"为虚，将镜头聚焦于女子，"相映红"极言女子明丽娇艳的容颜。如此美丽的女子，诱发了读者的好奇心。然而，故事反转，"人面不知何处去"写回现实，灼灼桃花仍在，门内物是人非。"笑"是描摹桃花迎风绽放的姿态，也以拟人修辞暗示对诗人再度光临却求而不得的谑笑。这首诗只有"门""人""桃花""春风"，却编写了一段情节完整、层次感极强的爱情故事。言辞质朴，真实而又不失浪漫，故事中的缺憾美极易引发读者的共鸣，从而反复吟咏，体味诗中味道。

清明感事

王禹偁

【题解】

王禹偁（954—1001），字元之，济州巨野（今山东巨野）人，宋代诗人、文学家。太平兴国八年（983）进士，历任右拾遗、左司谏、知制诰、翰林学士等职。多上书言事，因直言讽谏而屡遭贬谪。后贬至黄州，世称"王黄州"。后又迁蕲州病逝。

这首诗描写了诗人困顿寡淡过清明的场景。

无花无酒过清明，兴味萧然似野僧①。

昨日邻家乞新火②，晓窗分与读书灯。

（录自《全宋诗》第 2 册，北京大学出版社 1995 年版）

【注释】

① 野僧：山野僧人。宋释文珦《野僧》："野僧尘虑尽，住在最深峰。" ② 新火：清明前一日寒食禁火，清明重新起火，故称"新火"。

【评析】

清明本是游春赏玩的时节，诗人却毫无兴致。家中没有鲜花装点门户，也没有酒水以供自娱或与人分享，生活索然无味如同山野僧人，清苦异常。新火还是从邻居家讨要来的，"乞"字增加了凄楚之感。"晓窗分与读书灯"，除了烧火做饭，最重要的是要晨起燃上油灯好读书，"晓窗"言时间早，"分与"言局促。囊萤映雪类的清贫士子形象，古来不在少数，读书求仕是古代文人无可奈何的选择。经历寒窗苦读的诗人，最能体味其中艰辛，也最能引发读书人的共鸣。这首诗反映社会现实，文辞易道易晓，诗风平易清新，质朴感人。

【相关链接】

宋代清明节，依然承袭了唐代以来寒食、清明节假的规定，节日活动更加丰富。孟元老《东京梦华录》记载了汴梁清明节庆"四野如市，往往就芳树之下，或园囿之间，罗列杯盘，互相劝酬。都城之歌儿舞女，遍满园亭，抵暮而归。各携枣锢、炊饼、黄胖、掉刀、名花、异果、山亭、戏具、鸭卵、鸡雏，谓之'门外土仪'。"《梦粱录》记载临安清明节俗时说："宴于郊者，则就名园芳圃，奇花异木之处。宴于湖者，则彩舟画舫，款款撑驾，随处行乐。此日又有龙舟可观，都人不论贫富，倾城而出，笙歌鼎沸，鼓吹喧天，虽东京金明池，未必如此之佳。"

宋代歌舞、曲词、音乐、绘画、书法、书籍刻板、陶瓷等艺术形式都发展迅速，市民生活娱乐丰富，直接反映在时人的节庆活动中，也在诗词创作当中被反复描绘刻画。而游春踏青为后世传承，从未遗失。

清明

黄庭坚

【题解】

黄庭坚（1045—1105），字鲁直，号山谷道人，晚号涪翁，谥文节，洪州分宁（今江西修水）人，北宋著名诗人，"江西诗派"开山之祖，与杜甫、陈师道、陈与义素有"一祖三宗"之称，生前与苏轼并称"苏黄"。与张耒、晁补之、秦观游学于苏轼门下，合称"苏门四学士"。书法独树一格，为"宋四家"之一。治平四年（1067）考中进士，曾任国子监教授、实录检讨官、著作佐郎等职，奉命编修《神宗实录》。后知宣州、鄂州。因所修《神宗实录》不实罪名屡遭贬谪，曾诬贬涪州（今重庆涪陵）别驾、黔州（今重庆彭水）安置，旋迁戎州（今四川宜宾）安置，流寓江汉。

这首诗借清明物候说人间百态，由景及人，充满了对人生价值的拷问。

佳节清明桃李笑，野田荒垄只生愁。
雷惊天地龙蛇蛰，雨足郊原草木柔。
人乞祭余骄妾妇，士甘焚死不公侯。
贤愚千载知谁是，满眼蓬蒿共一丘。

（录自《全宋诗》第 17 册，北京大学出版社 1995 年版）

【评析】

首联与颔联充满了矛盾反差，对比强烈。"桃李"与"荒垄"对比，写清明庆佳节、悲逝者之意义；"龙蛇"与"草木"对举，写春日惊雷与细雨的物候。节日节气尚且如此有喜有悲、有得有失、有利有弊，人更是如此。颈联连用两个典故，皆与寒食、清明节日有关。"人乞祭余骄妾妇"典出《孟子》，是说齐国一人在别人的坟前乞求祭品充饥，回家后则在妻妾面前夸耀有富人请他喝酒；"士甘焚死不公侯"，是说介之推宁被火烧死也不贪慕富贵、下山做官。典故中的人、事因为不同的价值观和出发点，形成了截然相反的两种结果，诗人不由地感叹"贤愚千载知谁是，满眼蓬蒿共一丘"，到底是谁聪明、是谁痴傻？苦心经营也许得不到好的结果，而投机取巧似乎也并没有好的结果，到头来都不过"赤条条来去"而已。诗人一生为仕途所累，才会有如此对人生价值的叩问，而此问至今仍有现实意义。

蝶恋花（遥夜亭皋闲信步）

李煜

【题解】

李煜（937—978），字崇光，号钟隐、莲峰居士，江宁（今江苏南京）人，五代十国时期南唐最后一位国君。北宋开宝八年（975），被俘至汴京，封为右千牛卫上将军、违命侯。太平兴国三年（978），死于汴京，世称"南唐后主""李后主"。

这首词以清明时节暮春景色为背景，借女子之口，表达词人因未来迷茫而忧伤。

遥夜亭皋闲信步①。乍过清明，早觉伤春暮。数点雨声风约住。朦胧淡月云来去。　桃李依依春暗度，谁在秋千，笑里低低语？一片芳心千万绪。人间没个安排处。

（录自《李煜词集》，上海古籍出版社 2016 年版）

【注释】

①亭皋：水边的平地。南朝齐谢朓《奉和随王殿下诗十六首》："草合亭皋远，霞生川路长。"

【评析】

这首词描写词人长夜漫步亭皋之所见所感。"遥夜"交代时间，"亭皋"交代地点，"信步"本具随意之意，"闲"字用于其前，更增漫不经心之感。才过清明，词人却早早就陷入伤春的情绪中。于是，词人笔下的"雨""风""月""云"，都笼上了淡淡的愁绪。"依依"形容桃李轻柔披拂的样子，有幽幽暗香浮动。一切景物都是清清浅浅、朦胧不明的，包括秋千处传来的轻声笑语。而这都勾起了"一片芳心千万绪"，反衬出词人的孤寂与哀伤。"人间"句被认为是对南唐风雨飘摇、国家将要倾覆的忧心，语浅而情深。

风入松（听风听雨过清明）

吴文英

【题解】

吴文英（1200？—1260），字君特，号梦窗，晚年又号觉翁，四明（今浙江宁波）人，宋代著名词人，号"词中李商隐"。一生未曾及第，做人幕客，久居苏、杭、越等地，一世才秀而人微。

清陈洵《海绡说词》认为，这首词是词人清明"思去妾"之作。词中难掩的悲伤，足见怀人至深。

听风听雨过清明。愁草瘗花铭①。楼前绿暗分携路，一丝柳、一寸柔情。料峭春寒中酒②，交加晓梦啼莺。　西园日日扫林亭③。依旧赏新晴。黄蜂频扑秋千索，有当时、纤手香凝。惆怅双鸳不到，幽阶一夜苔生。

（录自《全宋词》第 4 册，中华书局 1965 年版）

【注释】

①草：起草，拟写。瘗（yì）：埋葬。瘗花铭：即葬花词。　②中酒：醉酒。唐杜牧《睦州四韵》："残春杜陵客，中酒落花前。"　③西园：园林名，此处指词人与恋人的居所。

【评析】

上片开篇渲染了清明节阴雨绵绵、凉风簌簌、雨湿娇花、落英纷纷的阴郁气氛。词人风雨中见花落而伤心，愁绪横生，心中惦记着要学庾信为落红拟一篇《瘗花铭》。"柳"为离别之物，词人的思绪跳跃到与恋人分别时的场景，柳寄柔情，语浅意深。"料峭春寒"，回归眼前，伤春又伤别，情到深处，借着清明的酒醉一场，偷得半日心欢，却不料晨莺啼叫，啼碎了词人的痴梦。"西园"过片，那里留下了词人与心上人的美好回忆。"日日""依旧"，说明过去生活的点滴已成为习惯，可谓"于平淡处见真情"。"黄蜂"句，触物怀人，"是痴语，是深语"（清谭献《谭评词辨》）。"惆怅"句以夸张修辞，正话反说，表达对恋人的思念。深刻的记忆太过清晰，日日思念，时间就过得很快，过去种种都像是昨天才发生的，因而才有了词人"幽阶一夜苔生"恍如错觉的夸张写意。这首词委婉细腻，情真意切，清陈廷焯《白雨斋词话》评此词："情深而语极纯雅，词中高境也。"

喜迁莺·清明

史浩

【题解】

这首词是宋代著名词人史浩的作品，是词人清明节的遣兴之作。

三春正美①。是霁景融和，韶华如绮。夹岸香红，登墙粉白，开遍故园桃李。画舸绣帘高卷，锦毂朱轩低倚②。对此际，向池台好处③，争倾绿蚁。　　醉里。须醒悟，些子芳菲④，造物都谩你。一瞬光阴，霎时蜂蝶，还付落花流水。我有大丹九转⑤，真个长春不死。待得了，把高歌清赏，随缘而已。

（录自《全宋词》第 2 册，中华书局 1965 年版）

【注释】

①三春：即暮春，春季的第三个月。清姚鼐《乙未春出都留别同馆诸君》："三春红药熏衣上，两度槐黄落砚前。"　②锦毂（gǔ）：彩绘雕饰的车轮毂轴。　③好处：美好的地方。宋范成大《许季韶通判水乡席上》："青山绿浦竹间明，仿佛苕溪好处行。"　④些子：少许，此处指时间短。唐李白《清平乐》："花貌些子时光，抛入远泛潇湘。"　⑤大丹九转：道教炼丹，此处指久练而成的丹药。

　　暮春正美，天气情暖，水畔花香沁人心脾。墙楼伫立，满园春色桃李。烟波画船喜迎宾客，达官显贵锦毂朱轩来来往往。"对此际，向池台好处，争倾绿蚁"，面对如此景象，需向池苑楼台，把酒言欢，才不负美好时光。下片，词人一改上片留恋光景的词调，转而书写个人情志。"些子芳菲"，指代一时繁华。词人自勉亦是劝勉时人：不能长醉不复醒，时光瞬息流逝，"流水落花春去也"，最终一场空。词人家世顺通，并且一生荣华，却能时刻提醒自己，人生在世浮世虚名莫要太过认真，也许这就是词人政坛长青的行世之道吧。"大丹九转"与"长春不死"属道教，"随缘"属佛教，节序词里引入佛、道术语，是词人作品的一大特色。作为长期处于政坛中心被皇帝"牵挂"的人物，词人虽历经沉浮迁谪，最终都能游刃有余地应付，足见其付出的心力。因而感叹若真的可以长生不老，就该闲适惬意、顺其自然地生活。

破阵子·春景

晏殊

【题解】

　　这首词是宋代著名词人晏殊的作品，描述了立春后，由春社到清明的百姓生活画卷。

　　燕子来时新社①，梨花落后清明。池上碧苔三四点，叶底黄鹂一两声。日长飞絮轻。　　巧笑东邻女伴，采桑径里逢迎。疑怪昨宵春梦好，元是今朝斗草赢②。笑从双脸生。

（录自《全宋词》第 1 册，中华书局 1965 年版）

【注释】

①社：古代祭祀土神以祈丰收的日子，分春、秋两社。新社：即春社，立春后第五个戊日，大概春分前后的时间。　②斗草：即"斗百草"，春季踏青之游戏，竞采花草，比赛多寡优劣。宋洪迈《夷坚支志丁》："尝因寒食拜扫先墓，小民百十为群，人山寻采水精，且斗百草为戏。"

【评析】

上片"燕子来时"对"梨花落后"，"池上碧苔"对"叶底黄鹂"，"三四点"对"一两声"，对仗工致，声韵和谐。春天回暖，燕子飞回，正是新社时间；等到梨花纷纷飘落，就是清明时节了。池中几点青苔，树枝上的黄鹂鸟动听的鸣叫，天气渐暖，白天渐长，暖暖的风中，柳絮在空中飞舞着，让人不禁感叹：好一幅春景！"巧笑东邻女伴"过片，由写景转而写人。路上遇到邻家女子，正与伙伴们采桑归来，女子巧笑嫣然。接着，词人以全知视角描述出女子开心的原因。采桑间隙，女孩们斗草玩乐，女子赢了，心中想怪不得昨晚做了一个好梦，莫不是好兆头吧。快乐是会传染的，女子满心欢喜，词人的心情也不由得愉快舒畅起来，"笑从双脸生"。这首词风格轻快明亮，言语清丽，极富画面感。

木兰花慢（拆桐花烂漫）

柳永

【题解】

这首词是宋代著名词人柳永的作品，词人以细腻的笔触描绘了真宗、仁宗年间清明踏青的盛景，再现了北宋前期社会经济高度发展的繁盛场面。

拆桐花烂漫^①，乍疏雨、洗清明。正艳杏烧林，缃桃绣野，芳景如屏。倾城。尽寻胜去，骤雕鞍绀幰出郊坰^②。风暖繁弦脆管，万家竞奏新声。　　盈盈。斗草踏青。人艳冶^③、递逢迎^④。向路旁往往，遗簪堕珥，珠翠纵横。欢情。对佳丽地，信金罍罄竭玉山倾^⑤。拚却明朝永日，画堂一枕春醒^⑥。

（录自《全宋词》第 1 册，中华书局 1965 年版）

【注释】

①拆桐花：桐花绽放。　②绀：天青色。幰（xiǎn）：车上帷幔，此处代指车子。坰（jiōng）：远郊，郊野。　③艳冶：艳丽，犹言妖冶。　④递逢迎：路上遇到一个接一个的人，并互相问候。　⑤金罍（léi）：古代青铜制的盛酒器。罄竭：此处指坛中酒已被喝干。玉山倾：典出《世说新语·容止》："嵇叔夜之为人也，岩岩若孤松之独立；其醉也，傀俄若玉山之将崩。"形容人酒醉欲倒之态。　⑥醒（chéng）：喝醉酒的样子。

【评析】

凡有井水处，皆歌柳词。这个"忍把浮名，换了浅斟低唱"的词人，一直生活在普通百姓的生活圈内，因而总是能将宋代昌盛时期繁荣的市井巷陌，鲜活生动地展现在我们眼前。上片前六句描绘节日风情，后五句是春游的动态图景，"倾城，尽寻胜去"以万人空巷的场景，从侧面烘托出了清明春游的热闹场面。如果上片是词人的远观，那么下片，就是词人置身郊野、融于节日气氛之中的所见、所听和所感。斗草、踏青，美人身姿柔挑，招呼着往来行人。她们盛装打扮，发饰耳坠随着欢乐的步伐叮当作响，令人赏心悦目。词人在佳丽之地以金罍盛酒畅饮，甘愿醉卧画堂，在这雕梁华美的地方长醉不醒。

忆少年（年时酒伴）

曹组

【题解】

曹组，生卒年不详，字元宠，颍昌（今河南许昌）人，北宋词人，词以"侧艳""滑稽下俚"著称。宣和三年（1121），赐同进士出身，曾官睿思殿应制。

这首词是词人清明节前登山踏青时的怀人之作。

年时酒伴①，年时去处，年时春色。清明又近也，却天涯为客。　　念过眼、光阴难再得。想前欢、尽成陈迹。登临恨无语，把阑干暗拍。

（录自《全宋词》第 2 册，中华书局 1965 年版）

【注释】

①年时：当年，往年时节。唐卢殷《雨霁登北岸寄友人》："忆得年时冯翊部，谢郎相引上楼头。"

【评析】

这首词无一字不平实，却在词人的遣词构境之下，组合出了无限深情。上片开篇以排比句式，追忆那时的酒友、那时的去处、那时的春色，节奏和谐，加强语势，显得感情洋溢。"清明又近也，却天涯为客"，直白而真实地诉说现状，曾经把酒闲话，如今天各一方。"念过眼、光阴难再得"过片，写时光匆匆而过，美好的光阴难得。一切都改变了，"前欢"成了生命中的"陈迹"。登临远眺无人陪伴，"阑干暗拍"以具体动作，形象地展示出怨之深、"恨"之切。宋辛弃疾《水龙吟·登建康赏心亭》中"把吴钩看了，栏杆拍遍，无人会、登临意"，也以"拍栏杆"的动作，传神地表达了心中的愁苦，语浅而情深。

倦寻芳慢·中吕宫

王雱

【题解】

王雱（1044—1076），字元泽，临川（今江西抚州）人，北宋著名文学家，与王安礼、王安国并称"临川三王"。王安石之子。治平四年（1067）进士，曾任太子中允、崇政殿说书等职。

这首词是作者传世的唯一一首小词，虽咏春愁，却写得极妩媚动人。

露晞向晚①，帘幕风轻，小院闲昼。翠径莺来，惊下乱红铺绣。倚危墙，登高榭，海棠经雨胭脂透。算韶华，又因循过了②，清明时候。　　倦游燕、风光满目，好景良辰，谁共携手。恨被榆钱，买断两眉长斗③。忆高阳④，人散后。落花流水仍依旧。这情怀，对东风、尽成消瘦。

（录自《全宋词》第 1 册，中华书局 1965 年版）

【注释】

①晞（xī）：干，干燥。《诗经·小雅·湛露》："湛湛露斯，匪阳不晞。"　②因循：等闲，随意、轻易之意。　③两眉长斗：即双眉紧皱。　④高阳：地名，位于今河南杞县西南，此处用"高阳酒徒"典故，指狂放的朋友。宋贺铸《答杜仲观登丛台见寄》："何以遇高阳？多营瓮头醹。"

【评析】

上片白描暮春清明风物，开篇交代时间，"向晚"与"闲昼"相对照。雨后清明，庭院深深，虽然也用了"惊下""倚""登""透"表达动作的字眼，但都展现出沉寂与清幽的画面，充满了静谧之感。雨后海棠呈现出饱满的胭脂红，既是对花开最盛的描绘，又暗含着盛极而衰的信息。故而，词人感叹韶华易老，转眼就过了清明，表达出对时光无可奈何的叹惋。"倦游燕"过片，"燕"即"宴"，写词人已厌倦了春日里的各种宴饮活动，原因是"风光满目，好景良辰，谁共携手"。榆荚形状似钱，故有"买断"之说。"榆钱买断"言春尽，"两眉长斗"说愁容。春色将尽，故而词人心生"恨"意。"高阳"语出《史记·郦生陆贾列传》，借高阳狂生郦食其喻一同游宴的故友。酒终人散，再遇"落花流水"，怎一个愁字了得？"情怀"句将怀人与春愁推至高潮，"尽成消瘦"句在形象上衬托词人内心的幽怨情绪，真实可感。

糖多令·湖口道中

吴潜

【题解】

吴潜（1195—1262），字毅夫，号履斋，宣州宁国（今安徽宁国）

人，宋代著名词人。嘉定十年（1217）举进士第一，曾任参知政事，拜右丞相兼枢密使。蒙元南侵时任左丞相，上言献计，力挽狂澜。后因功高被贾似道等人排挤，罢相被贬，改秘阁修撰、权江西转运副使、知隆兴府。景定三年（1262），被陷害饮毒酒身亡。

这首词当作于词人任职江西期间。清明节过鄱阳湖口，词人感念半生辛劳、岁月虚度，作词以记之。

白鹭立孤汀。行人长短亭①。正垂杨、芳草青青。岁月尽抛尘土里，又隔日、是清明。　　日暮碧云生。魂伤老泪横。算浮生、较甚浮名。万事不禁双鬓改，谁念我、此时情？

（录自《全宋词》第 4 册，中华书局 1965 年版）

【注释】

①长短亭：古代十里一长亭，五里一短亭，休憩之所。

【评析】

作这首词时，正值金、元不断犯境的多事之秋，有治政能力的词人屡遭迫害，壮志难酬的苦闷愁绪可想而知。词的上片开篇起兴，白鹭立于水畔，行人来往，柳叶碧绿，芳草萋萋，又是清明时候。节气的更迭，景物的循环，使得词人发出"岁月尽抛尘土里"的感叹。"尽抛"二字，饱含了词人对过往种种经历的无奈，多少时光被挥霍、浪费。"日暮碧云生"，词人以景色过片，点明时间。"日暮"暗喻人老，为下文"老泪""双鬓改"做铺垫。"魂伤""泪横"写情，"算浮生、较甚浮名"写理。什么都阻止不了时光老去，计较、执着虚浮的名声有什么意义呢？最终词人的情感汇聚于一个问句："谁念我、此时情"，孤寂、无助之感顿生。这首词风格沉郁顿挫，景物鲜明，感情真挚，既叹个人际遇，又抒家国情怀。

杏花天·清明

史达祖

【题解】

这首词是宋代著名词人史达祖的作品。清明时节，词人将离开洛阳，这首词记录了月下与恋人分别的场景，抒发离别的哀伤。

古城官道花如霰①。便恰限②、花间再见。双眉最现愁深浅。隔雨春山两点③。　　回头但、垂杨带苑。想今夜、铜驼梦远④。行人去了莺声怨。此度关心未免。

（录自《全宋词》第 4 册，中华书局 1965 年版）

【注释】

①霰：即小冰粒。唐张若虚《春江花月夜》："江流宛转绕芳甸，月照花林皆似霰。"　②恰限：正遇上。宋韩淲《鹊桥仙·红梅已谢》："春风吹我带湖烟，甚恰限、新晴天气。"　③春山：指妇人的眉形。宋代女子眉形上承隋唐，向清秀方向发展，小山眉多流行，形似柳叶，较多使用晕染，淡雅朴素。唐李商隐《代董秀才却扇》："莫将画扇出帷来，遮掩春山滞上才。"　④铜驼：洛阳铜驼街。《太平寰宇记》："汉铸铜驼二枚，在宫之南四会道，夹路相对。俗语曰'金马门外聚群贤，铜驼陌上集少年'。言人物之盛也。"

清明为暮春时节，词人却言春花如霰：一是因为月光，"月照花林皆似霰"（唐张若虚《春江花月夜》），一是因为词人内心的悲凉。悲从何来？原来是词人与恋人在花间道别。词人细描了恋人的双眉，这是一对会说话的眉毛，诉说着恋人深深浅浅的离愁。"春山"是姣好的眉，那"雨"是女子腮边的泪吧。"回头"过片，道尽不舍。词人依依不舍地再看一眼垂杨长苑，一想到今夜就要久别家乡，不知此行祸福，也许只有到了梦里才能再次见到家乡了吧。"行人去了莺声怨"，是莺怨？当然不是，故作他人语罢了，这次远行，免不了要彼此牵挂了。

蓦山溪（清明绿野）

蔡松年

【题解】

这首词是金代词人蔡松年的作品。词人清明节思念"斗南温秀"，情真意切。

清明绿野，玉色明春酒。燕地雪如沙，为唤起、斗南温秀①。鬓丝禅榻②，梦觉古扬州。瑶台路③，返魂香④，好在啼妆瘦⑤。　　春前入眼，似是章台柳⑥。欲典鹔鹴裘⑦，误金车、香迎马首。绿阴青子，后日便东风。秋千散，暮寒生，月到西厢后。

（录自《中州集》，中华书局1959年版）

【注释】

①斗南：北斗星以南，犹言中华大地。《新唐书·狄仁杰传》："狄公之贤，北斗以南，一人而已。" ②禅榻：禅坐的床榻。唐杜牧《题禅院》："今日鬓丝禅榻畔，茶烟轻飏落花风。" ③瑶台：传说中的神仙居所。晋王嘉《拾遗记·昆仑山》："傍有瑶台十二，各广千步，皆五色玉为台基。" ④返魂香：据传点燃后可以引导人们见到亲人亡灵的香。 ⑤好在：依然，依旧。啼妆：指美人的泪痕。五代前蜀韦庄《闺怨》："啼妆晓不干，素面凝香雪。" ⑥章台柳：语出唐韩翃《寄柳氏》："章台柳，章台柳，颜色青青今在否？"此处指心心念之者。 ⑦鹔（sù）鹴（shuāng）：鸟名，其羽可为裘以辟寒。《西京杂记》："司马相如初与卓文君还成都，居贫愁懑，以所着鹔鹴裘就市人杨昌贳酒，与文君为欢。"

【评析】

上片开篇实写北方清明节的景色。青草初长，野外泛着绿色，草木的新绿如同刚酿出来的酒一般令人心醉。此时词人燕京任职，"燕地雪如沙"化用唐李贺《马》诗中的"大漠沙如雪"。燕山脚下冰雪未尽，唤起了记忆中那个温和秀丽的女子。"鬓丝禅榻"语出唐杜牧《题禅院》"今日鬓丝禅榻畔，茶烟轻飏落花风"，表明词人过着僧侣般的清静生活，"禅榻"又为下文的"梦"作铺垫。词人与杜牧一样"十年一觉扬州梦"（唐杜牧《遣怀》），内心深处落魄无依。"瑶台路"言身心欲去；"返魂香"言去而不得，终归面对现实；"啼妆瘦"，泪痕依旧，人渐消瘦。下片仍从春写起，北方的春天总是来得迟一些。"章台柳"语出韩翃《寄柳氏》，表明自己对女子心心念念的挂牵。"鹔鹴裘"化用《西京杂记》中司马相如与卓文君贫居，相如典当鹔鹴裘买酒与卓文君欢饮之典故。"误金车"化用唐韩愈《游城南十六首》诗"只知闲信马，不觉误随车"，表达出词人愿舍弃荣华富贵、追随女子而去的心情。"绿阴青子"用杜牧《怅诗》"狂风落尽深红色，绿叶成阴子满枝"，抒发因错失良缘，词人内心的怅惘与遗憾。"秋千散"，写出了玩闹过后人去楼空的寂寥感。"暮寒生"，既是北方三月早晚气温低的真实写照，又是词人心境的侧面描述。这首词用典丰富，婉约隽爽，蕴意深厚。宋宣和末年，词人随父守燕山，宋军战败，便从父由宋入金。词人的作品中，常常蕴含着身为"贰臣"的复杂情感，也常常展示出虽身居高位却漂泊无依的内心。这首词或借女子言故国之思，也未可知。

庚辰西域清明

耶律楚材

【题解】

耶律楚材（1190—1244），字晋卿，号玉泉老人，法号湛然居士，契丹贵族，金代文学家。自幼习儒，博览群书。金宣宗贞祐三年（1215），成吉思汗攻占燕京，征召为臣。窝阔台汗三年（1231），任中书令，以儒学为政，有治国之才。卒谥"文正"。

庚辰年即金兴定四年（1220）。金兴定三年，诗人随元太祖入西域，次年清明节，诗人赋诗遥寄故土，抒发思乡之情。

清明时节过边城，远客临风几许情。
野鸟间关难解语，山花烂熳不知名。
葡萄酒熟愁肠乱，玛瑙杯寒醉眼明。

遥想故园今好在，梨花深院鹧鸪声①。

（录自《湛然居士文集》，中华书局 1985 年版）

【注释】

①鹧鸪声：鹧鸪的形象在古诗词中有特定的内蕴，其鸣叫声，极容易勾起旅途艰险的联想和满腔的离愁别绪。

【评析】

思乡是诗歌永恒的母题。诗的首联描写诗人经过"边城"时的状态与心情。"远客"是诗人自指，充分说明诗人将西域视为暂居之所，毫无归属感。"临风"既写出了边境孤城的气候条件，又写出了诗人一路风尘的艰辛。"几许"说明情感复杂，难以名状。颔联描写边城景色。"野鸟""山花"，言文明罕至，眼前野性粗犷的景色，催生出诗人的思乡情感。颈联借酒意写心情，葡萄酒、玛瑙杯皆为西域物产。"愁肠乱"，直言情感的错综复杂，其中包括了失落、孤独、迷茫以及对未知未来的恐慌。"醉眼"本该惺忪，诗人却说"醉眼明"，那明亮闪烁的，该是诗人眼底的泪光吧。尾联"遥想"，点明"醉眼明"的原因。古诗文中"鹧鸪"常有思乡意象，如唐郑谷有诗《鹧鸪》："游子乍闻征袖湿，佳人才唱翠眉低。"诗人恍惚间似乎回到了过去，故园梨花深院、鹧鸪啼鸣。

【双调】蟾宫曲·西湖寻春

徐再思

【题解】

徐再思（约 1280—1330），生平事迹不详，字德可，自号甜斋，嘉兴（今属浙江）人，元代著名散曲作家。与自号酸斋的贯云石齐名，称"酸甜乐府"。

这是一首描写清明春游的小令，语言风格清新自然，雅俗兼济。

清明春色三分，湖上行舟，陌上游人。一片花阴，两行柳影，十里莎裀①。　不要多般排一品，休嫌少酒止三巡。处处开樽，步步寻春。花下归来，带月敲门。

（录自《乐府群珠》，商务印书馆 1955 年版）

【注释】

①莎（suō）：莎草。裀（yīn）：同"茵"，垫褥。

【评析】

"春色三分"，语出苏轼《水龙吟·次韵章质夫〈杨花词〉》："春色三分，二分尘土，一分流水。"词人此处以"三分"言清明节气，春色满满。"湖上行舟"暗承苏词中的"一分流水"，"陌上游人"暗承苏词中的"二分尘土"。"一片""两行""十里"，以数量词形成排比，增加气势，勾勒出明媚春光下荡漾开来的无边春色。"不要""休嫌"，以否定形式传递出处处酒食丰足的肯定含义，所行之处皆有酒，饮酒之人皆寻春。"带月敲门"化用贾岛《题李凝幽居》"鸟宿池边树，僧敲月下门"，一个"敲"字极言夜之幽静。一天赏花游玩，归来已是月夜时分。暖暖暮春风，柳绿花遍开，伴酒醉归来。如此雅致，羡煞人也。

【相关链接】

元代，是历史上中国疆域最广阔的时期。明杨升庵在《升庵集》卷 72 提到，火禁之制"废之当自前元入主中国时也"。元代废除了寒食禁火的习俗，而清明节仍习中原旧俗，祭祀、游春、踏青。元熊梦祥《析津志辑佚·风俗》言元代"清明、寒食，宫廷于是节最为富丽，起立彩索秋千架，自有戏蹴、秋千之服"，中华传统的节日内涵在此时逐渐淡化，取而代之的是更为娱乐化的节日娱乐主题活动。

壬子清明看花有感

杨基

【题解】

　　杨基（1326—1378？），字孟载，号眉庵，苏州人，元末明初诗人。元末，入张士诚幕，明挥师南下，被流放凤阳、河南等地。洪武二年（1369），召为荥阳知县。因被谗削职服役，死于工所。

　　这首诗作于洪武五年（1372），是诗人清明节与友人方以常看花、有感于自己遭遇的诗作，此时的诗人已被贬谪。

　　熙宁五年壬子清明，眉山苏公看花于钱塘吉祥寺，金盘彩篮，献花者五十三人。有诗曰：吉祥寺里锦千堆，前年赏花真盛哉。道人劝我清明来，腰鼓百面如春雷，打彻凉州花始开，是其事也。洪武五年，基与员外方君看花于西江省掖，节值清明，岁亦壬子，去苏公三百年矣！叹公之不可见，而犹以诵公之诗也。因赋长句，以记岁月，庶为后三百年张本云。

　　　　吉祥寺里千堆锦，绿发仙人对花饮。
　　　　腰鼓金盘五色篮，醉归犹带花枝寝。
　　　　东风壬子几清明，三百年来寺已倾。
　　　　沙河塘上痴儿女^①，犹诵钱塘太守名。

看花我亦逢壬子，况是清明非偶耳。

莫论南浦与西湖，楚水吴山正相似②。

青莲居士识前因，金粟如来见后身③。

总不能知尘外劫，也须曾是会中人④。

（录自《眉庵集》，巴蜀书社 2005 年版）

【注释】

①沙河塘：苏轼任钱塘太守时修堤通江之处，位于钱塘（今浙江杭州）城南五里。　　②楚水吴山：楚地之水，吴地之山。五代前蜀韦庄《题盘豆驿水馆后轩》："冯轩尽日不回首，楚水吴山无限情。"亦泛指长江中下游一带。　　③金粟如来：指在家菩萨维摩居士之前身。维摩居士，又名维摩诘，是以洁净、没有染污而著称的人，此处以维摩居士指代唐代诗人王维。王维，字摩诘，号摩诘居士，人称"诗佛"。　　④会中人：指佛家所谓与佛有缘、能悟菩提之人。

【评析】

　　诗人的这首长诗，前八句以苏轼清明节吉祥寺赏花为主题。"千堆锦"，言寺庙上香祈福的人多，花团锦簇。"绿发仙人"喻苏轼，熙宁五年（1072），苏轼三十五岁，年轻有为，雄姿英发。锣鼓管弦、金盘彩篮，是人们爱戴苏轼的表现。诗人作这首诗时，离苏轼壬子赏花已过三百年了。"三百年来寺已倾"，世事变迁不如人料，寺庙也已倾覆，唯有苏轼为公为民的盛名还久久流传。后八句诗人念及自己。同样为壬子年，同样的清明节，相似的景色却是两样心情，苏轼为官被当地百姓称赞至今尤有诵名，而自己不曾料半生为浮名所累，到晚来遭逢贬谪的变数，怕再不能名留青史了。于是，诗人以李白、王维来安慰自己，李白为谪仙、王维为维摩诘，一道、一佛，都如神仙般超脱尘俗。早知命运如此安排，倒不如一开始就参禅信佛，保持着"心无挂碍"的生存之道。

【相关链接】

明代，清明节延续了祭祀先祖与踏青游春的风俗。明时，心性理学大盛，伦理纲常的观念深入人心。在此背景下，以祭扫和拜敬为主题的清明节，就显得尤为重要。是日，朝廷会举行大型祭祀活动。明刘侗、于奕正的《帝京景物略》有载"三月清明日，男女扫墓，担提尊榼，轿马后挂楮锭，粲粲然满道也。拜者、酹者、哭者、为墓除草添土者，焚楮锭次，以纸钱置坟头"，烧纸、压钱，以利往生。

同时，明代清明节庆活动也相当丰富。"清明来到，是日簪柳，游高梁桥，曰踏青。多四方客未归者，祭扫日感念出游"（《帝京景物略》）。张岱《陶庵梦忆·扬州清明》有："是日，四方流离及徽商西贾、曲中名妓，一切好事之徒，无不成集。长塘丰草，走马放鹰；高阜平冈，斗鸡蹴鞠；茂林清越，劈阮弹筝；浪子相扑，童稚纸鸢；老僧因果，瞽者说书；立者林林，蹲者蛰蛰；日暮霞生，车马纷沓。"

清明呈馆中诸公

高启

【题解】

高启（1336—1374），字季迪，号槎轩，长洲（今江苏苏州）人，元末明初诗人，与刘基、宋濂并称"明初诗文三大家"，与杨基、张羽、徐贲被誉为"吴中四杰"，又与王行等号为"北郭十友"。入明为仕前，曾隐居吴淞江畔青丘，自号青丘子。洪武年间，被征召参修《元史》，授翰林院国史编修，教授诸王。擢户部侍郎，却请辞不受。后，苏州知府魏观在张士诚宫址改修府治获罪被诛，高启因给魏观作《上梁文》而受牵连被腰斩，壮年离世。

这首诗作于洪武二年（1369）。时诗人任国史馆编修，于南京天界寺参与《元史》的纂修工作。清明节作诗感怀，与馆中宋濂等人唱和。

新烟着柳禁垣斜[①]，杏酪分香俗共夸[②]。
白下有山皆绕郭[③]，清明无客不思家。
卞侯墓下迷芳草[④]，卢女门前映落花[⑤]。
喜得故人同待诏[⑥]，拟沽春酒醉京华。

（录自《明诗别裁集》，上海古籍出版社 1979 年版）

【注释】

①新烟：寒食节后重新燃火所生之烟。　②杏酪：即杏仁粥，古代寒食节食品。唐崔橹《春日即事》："杏酪渐香邻舍粥，榆烟将变旧炉灰。"　③白下：古地名，唐代将金陵县安置于此，改名白下，为南京的别称。　④卞侯：即东晋名臣卞壶，刚正自持，累官三朝，忠君不阿，后在讨伐苏峻叛乱中战死。卞侯墓位于今江苏南京。　⑤卢女：即三国魏武帝宫女卢姬，善鼓琴，至明帝崩后方出嫁。南朝梁简文帝《妾薄命》："卢姬嫁日晚，非复少年时。"此处为南京歌妓莫愁，相传莫愁忠于爱情，为保爱之贞洁，不畏权贵，投湖自尽。　⑥待诏：等待皇帝诏命之人，明代亦为翰林院官职，此处指修史。

【评析】

首联以"新烟""杏酪"，描写寒食、清明节俗。颔联以南京地理特点起笔，写"山"与"郭"的关系，接着由景入情。诗人经历王朝更迭，又被征召入京供职，此时就正逢清明纪念祖宗先人之际，百感交集，写下"清明无客不思家"的诗句，充满了对故乡亲人的思念。颈联"卞侯墓下"与"卢女门前"，皆为南京的人文景观，"卞侯"忠于君主，"卢女"贞于爱情，斯人斯事已成前尘往事、过眼云烟，看那卞侯墓芳草迷离，卢女门前落花满地，清明时节诗人念及这两位逝者，为诗歌平添一分悲情。尾联"喜得"破悲为喜，与故人同入馆阁修书，实乃不开心生活中的小幸，于是诗人决定出门买酒，要与故人在京城一醉方休。这首诗语言平实，风格沉骏清劲，满载宦游漂泊与抚今追昔的惆怅。

清明效白体

顾璘

【题解】

顾璘，生卒年不详，字英玉，苏州人，一作南京人，明代诗人。正德九年（1514）进士及第。曾任南京兵部郎中、河南副史。为人正直，性孤介，罢官归家，教授自给。

"白"即"白居易"，"体"为"诗体"，"效白体"即效法白居易的诗体风格与样式。这首诗仿效白居易诗的晓畅清新，描绘清明景色，表达饮酒自适的人生志趣。

四序无如春最好，一春最好是清明。
海棠欲放留莺语，杨柳初齐趁马行。
风定秋千时自动，月高弦管夜还鸣。
老来减尽少年兴，对酒当歌尚有情。

（录自《列朝诗集》丙集卷 14，清顺治九年毛氏汲古阁刻本）

【评析】

首联反复"春""最好",强调春夏秋冬四季中最好时节是清明,色调明朗,坚定的语气引发读者的好奇心。颔联给出了论断的原因,海棠欲开,黄莺软语,杨柳依依,街市行人车马往来不绝。"欲放"与"初齐",蕴含无限的生命力。颈联将满幅春色图景,写得生动活泼。风定,秋千自动,是在回味白日里玩耍的开心;夜晚来临,城中仍是楼台歌馆弦声不绝,好一派繁华热闹的清明游春之景。这是一首读来令人心情愉悦的清明节庆诗,虽然诗人尾联叹"老来减尽少年兴",诗中对暖融春景的描绘、对事物细节的观察,仍反映出诗人积极的生活态度。此身虽老,此心依旧,人生之乐,"对酒当歌尚有情",读来酣畅淋漓。

红窗月（燕归花谢）

纳兰性德

【题解】

这首词是清代著名词人纳兰性德的作品。词人借清明风景述说离情,或为悼念亡妻而作。

燕归花谢,早因循①、又过清明。是一般风景,两样心情。犹记碧桃影里、誓三生②。　　乌丝阑纸娇红篆③,历历春星。道休孤密约④,鉴取深盟。语罢一丝香露⑤、湿银屏⑥。

（录自《饮水词笺校》,中华书局 2005 年版）

①因循：道家处世之法，顺应自然，沿袭一般规律。宋王雱《倦寻芳慢》："又因循过了，清明时候。"　②三生：佛家所谓前生、今生、来生。　③乌丝阑纸：古代书籍刻印的纸张模板，上下以乌丝织成栏，其间用朱墨界行。　④孤：辜负，对不住。

【评析】

　　上片开篇写时令物候。清明正值暮春时节，燕子北归，百花凋谢。"因循"道出时序更迭的客观与必然，似乎是早已命中注定的事情，令词人无限怅惘。还记得那时碧桃树影婆娑中，"我们"发誓要三生三世一辈子在一起，但同样的风景，今时的清明，却是另一番心境。词人运用"一""两""三"等数字加重声色。下片，睹物思人。纸笺上一枚枚印章宛如夜晚的星辰清晰可见。"乌丝"与"娇红"色彩对比强烈，一个沉郁，一个明艳，增强了词的画面感。说过不辜负二人的秘密约定，这信笺上的盟誓即可作为凭证。"香露"本意为花草上的露水，此处喻指眼泪。说罢，一串眼泪打湿了银色的屏风。整首词今昔对比、情景交融，自始至终体现出的离别之悲，使人不忍卒读。

【相关链接】

　　清代清明节袭明制，由于满族祖先崇拜与清明祭祖传统相一致，朝廷对清明节也极为重视。据《清太宗实录》所载，天聪十年（1636），"三月丙午朔，清明节，上率诸贝勒大臣亲祭太祖皇帝山陵"。清代皇家清明祭祀活动，在时间、地点、规模、礼仪等诸多方面都逐渐形成了定制。

　　民间过清明节基本与前朝相同，以扫墓、祭祖、踏青和宴饮等活动为主。《宛平县志》记："清明，男女簪柳，出扫墓，担樽盒，挂纸钱，拜者、酹者、哭者、为墓除草添土者，以纸钱置坟巅，既而趋芳树、择园圃，列坐余而后归。"南方通常在祠堂中行祭拜活动，祭祀结束后还会集于祠堂中宴饮，借以酬谢祖先的庇佑。一抔新土，一壶浊酒，感念逝者，是为清明。

青玉案（丝丝香篆浓于雾）

高鹗

【题解】

高鹗（1758—1815？），字云士，号秋甫，别号兰墅、红楼外史，祖籍辽宁铁岭，寓居北京，清代文学家。乾隆六十年（1795）进士，官至内阁中书、内阁侍读、江南道监察御史、刑科给事中等职，后因案件失察被降职，晚景凄凉。

这首词是清明怀人之作，词人向心上人诉说相思惆怅，借以表达参透功名浮华后的感悟。

　　丝丝香篆浓于雾①。织就绿阴红雨。乳燕飞来傍莲幕②。杨花欲雪，梨云如梦，又是清明暮。　　屏山遮断相思路。子规啼到无声处③。鳞瞑羽迷谁与诉④。好段东风，好轮明月，尽教封侯误。

（录自《高鹗诗文集》，百花文艺出版社 1984 年版）

【注释】

①香篆：古人用工具将香粉打篆成不同形状放置在香灰上，点燃使用。宋方岳《郑文振席上》："香篆烧残小玉虬，荷花深处浴凫鸥。"　　②莲

幕：又称莲花幕。《南史·庾杲之传》：王俭用杲之为卫将军长史，萧缅称赞他"冷渌水，依芙蓉"，当时人"以入俭府为莲花池"，后因称幕府为莲幕，诗文中多因袭之。唐韩偓《寄湖南从事》："莲花幕下风流客，试与温存谴逐情。"　　③子规：杜鹃鸟，面朝北方，其鸣也哀，昼夜不断。　　④鳞瞑羽迷：鱼闭眼睛，鸟羽模糊，即鱼、雁不能传书传情。

【评析】

这首词情境刻画细腻，有醉眼迷离之感。上片写景，一阵微风，丝丝燃烧的香线随风飘着，像绸带一般缠绕、穿插于绿树花雨之间。飞燕在梁间呢喃，杨絮、梨花如雪似梦般美丽，看刹那芳华将近，不由感慨转眼间清明就要过去了。下片写情。相思之人也许每天都伫立门前远眺，山峦万重却不解风情，遮断了其心中记挂之人。"子规啼到无声处"，相思之人因情感物，借子规啼叫述说日夜的想念，但鱼、雁却不能派上用场传递相思书信。一番思索与惆怅后，相思之人回过神来，感慨这大好春色，月色撩人，却不能和心上人一起欣赏。"尽教封侯误"，似乎在责怪自己，远去建功立业、成就一番作为，却耽误了这良辰美景，辜负了远方的人。词人年轻时争名求功，半世浮名，老而落寞，寓情于景，表达了对浮名半生虚度的哀怨。

九、端午

端午①

李隆基

【题解】

　　李隆基（685—762），因行三别称李三郎，先天元年（712）至天宝十五载（756）在位。庙号玄宗，谥号"至道大圣大明孝皇帝"，史称"唐明皇"。

　　唐代，洛阳宫武成殿是皇帝日常处理政务的地方。端午节君臣于殿中宴饮，让诗人忆起了武丁与傅说，寄语臣子忠心辅政。

> 端午临中夏，时清日复长。
> 盐梅已佐鼎②，曲糵且传觞③。
> 事古人留迹，年深缕积长④。
> 当轩知槿茂⑤，向水觉芦香。
> 亿兆同归寿⑥，群公共保昌。
> 忠贞如不替，贻厥后昆芳⑦。

（录自《全唐诗》卷3，中华书局1960年版）

【注释】

①端午：一作端午武成殿宴群臣。　②盐梅：即盐和酸梅。《尚书·说命下》："若作和羹，尔惟盐梅。"孔《传》："盐咸，梅醋，羹须咸、醋以和之。"　③曲糵（niè）：酒曲，此处指美酒。觞（shāng）：酒器。　④缕：五彩丝、续命缕等节俗物件，用以辟邪、保安康。　⑤轩：门窗。唐王维《临湖亭》："当轩对樽酒，四面芙蓉开。"槿：木槿，夏秋开花。　⑥亿兆：指庶民百姓。唐元稹《酬别致用》："达则济亿兆，

穷亦济毫厘。" ⑦贻（yí）厥（jué）：留给，遗留。《尚书》："有典有则，贻厥子孙。"后昆：后嗣，后代。

【评析】

端午已至，夏至未至，时光清幽，白昼也越来越长。诗起扣题，铺陈叙事，然而，首句并非只是对节气更替的平淡白描，"清"亦可解作"清平"，"时清"传递出时下天下清平、朝堂政事通达的信息。"日复长"，则表明社会安定、光景绵长，可见，端午节皇帝有话要说。"盐梅已佐鼎，曲糵且传觞"一句，用商王武丁与傅说之典，典出《尚书·说命下》："尔惟训于朕志，若作酒醴，尔惟曲糵；若作和羹，尔惟盐梅。"这句话将臣与君的关系譬如酒曲之于酒、盐醋之于羹汤，而诗中盐梅已入鼎，美酒也已在杯中流转，喻指贤臣们的辅政之功，与上文提到的政通人和构成因果。武丁与傅说是商代的明主与贤臣，诗人正是奉行古人留下来的教导训诫，才使唐王朝得到绵长不绝的庇护，开创了鼎盛的开元之治。此处诗人以端午习俗中祈福避祸的五彩丝作比，照应标题，接着连用两处比喻，将贤臣喻为花团锦簇的木槿和沁人心脾的芦苇，强调君臣亲近，接触沟通，如此方会国运昌盛、百姓安康。尾句直白，以假设的方式来缓和语气，却表达出对臣子不容置疑的要求。

【相关链接】

地支十二数，寅为一、卯为二、辰为三、巳为四、午为五，因此以地支纪日月，五月五日，便是重午。端有初始、发端之意，西晋周处《风土记》："仲夏端五，烹鹜角黍。端，始也。谓五月初五日也。"故重午，又称端五、端午。"阴阳者，天地之道也"，从天干地支与阴阳对应来看，午为阳支，所以，端午又为端阳。

唐朝将端午确定为国家节日，且《唐六典》卷 2 "吏部郎中"条注中明确指出五月五日休假一天。是日，君臣宴饮作乐，或应制赋诗，或演剧游戏，甚至偶有"逾制悖理"之事发生。据《唐会要》（卷34）记载，武德年间，"太常官司于人间借妇女裙襦五百余具，以充散伎之服，云拟五月五日于玄武门游戏"，因有违闺训、怪谲不伦而被斥。宫中每到端午节，还会举行射团之戏，"造粉团、角黍贮于金盘中，以小角造弓子，纤妙可爱，架箭射盘中粉团，中者得食"（五代王仁裕《开元天宝遗事》卷2）。粉团异常滑腻，很难射中，游戏的参与者也很难取胜吃到粉团，也许正是因为挑战性，这个游戏在长安盛极一时。

端午日赐衣

杜甫

【题解】

这首诗是唐代著名诗人杜甫的作品，作于乾元元年（758），诗人时任左拾遗。肃宗端午日赐衣，诗人题诗谢恩。

> 宫衣亦有名①，端午被恩荣。
> 细葛含风软②，香罗叠雪轻③。
> 自天题处湿④，当暑著来清。
> 意内称长短，终身荷圣情。

（录自《全唐诗》卷225，中华书局1960年版）

【注释】

①宫衣：宫人裁制的衣裳。　②葛，植物名，可用来织布。　③罗：轻软的丝织品。　④天：天子。

【评析】

作这首诗时，诗人因与肃宗政见不合，面临着被贬谪的可能。而此时，皇帝御赐的官衣上竟然有诗人的名字，不可说不意外，故而，诗人用了一个"亦"字，表达自己在端午节被恩泽覆盖的惊异。颔联描绘赐衣的精美，软似含风，轻似叠雪，有比喻，有夸张，词语唯美雅致。颈联"处"表示地点，"来"表示时间，写着诗人名字的地方墨迹微湿，说明诗人一收到赐衣便撰写了这首词；暑热天气穿起时一定清爽，诗人将心理温暖的感受用身体惬意的感觉表达出来。"意内称长短"，表明衣服虽然未着身，但心里测算，大小合适，足见唐朝礼制的周全。最终诗人将满腔感激直白倒出，诗缘情，杜甫诗歌一向情感深沉、充满蕴藉，这首诗的感情外显，却不失真挚。

【相关链接】

唐朝将端午确定为国家节日，且《唐六典》卷2"吏部郎中"条注中，明确指出五月五日休假一天。既然为节，就要行令庆祝，君臣宴饮、应制唱和，是宫廷庆贺的常规活动。端午临近仲夏，每逢端午，长安正值换季，皇帝在这一天赐给大臣衣物用以勉励臣下，逐渐作为皇家礼仪写入法令。所赐衣物通常为夏季轻薄的套装，以细葛为料。赐衣华丽与否，视对象而定。《新唐书·李元纮传》记载了李元纮任宰相时，端午节，皇帝在武成殿宴饮群臣并赐袭衣，特以紫服、金鱼赐元纮和萧嵩，群臣无人能与之相比。除了赐衣，皇帝还会赐给臣下金银器物、百索绶带、扇子、食品等物。百索绶带，是长命缕中的一种，是由汉代端午风俗中的五彩丝发展而来的，既为祈福辟邪，更突出富足与欢庆。唐窦叔向《端午日恩赐百索》："仙宫长命缕，端午降殊私。事盛蛟龙见，恩深犬马知。"诗人受赏后甚是感动，誓以犬马之心报答圣主恩泽。而赐扇则是因其美好的政治寓意，轻摇纨扇，清风徐来，喻指政治清明的环境和两袖清风的贤臣。

乙卯重五

陆游

【题解】

这首诗是南宋著名诗人陆游的作品，作于庆元元年（1195），描写了越州（今浙江绍兴）端午节吃粽子、插艾草、制香囊、点朱砂、开怀宴饮等节俗，满溢生活的乐趣。

重五山村好，榴花忽已繁①。
粽包分两髻，艾束著危冠②。
旧俗方储药，羸躯亦点丹③。
日斜吾事毕，一笑向杯盘。

（录自《全宋诗》第40册，北京大学出版社1998年版）

【注释】

①榴花：石榴花。　②危冠：高高的帽子。晋陶渊明《咏荆轲》："雄发指危冠，猛气冲长缨。"　③羸（léi）：身子弱。羸躯：此处指诗人年迈的身体。点丹：点朱砂，将混有朱砂的雄黄酒涂在额头，以驱避毒虫，祈求平安健康。

【评析】

创作这首诗时，诗人已入古稀之年。辞官归家的日子里，诗人渐渐融入田园生活，这一时期的诗作也表现出清旷淡远的风格。诗开篇扣题,一个"好"字,既在描写山村仲夏的美景,与下文满树榴花相照应,又透露出节日里诗人的大好心情。五月是石榴花开的时节,欧阳修《西园石榴盛开》诗中写石榴花也用到了"繁"字,"荒台野径共跻攀,正见榴花出短垣。绿叶晚莺啼处密,红房初日照时繁。"繁,一是说数量多,一是说开得盛,火红的石榴花将节日氛围衬托得更加热烈。颔联、颈联都是山村端午节俗的描写,从尾联的"吾事毕"可以推测,年迈的诗人参与到了欢快的节庆活动中,吃粽子、插艾草、制香囊、点朱砂,直到日暮。尾句"一笑"二字,显露出诗人英武、豪迈的气概,仿佛看到了他"慷慨心犹壮"的影子。这首诗语言平易晓畅,章法整齐谨严,色彩明丽,闲适细腻。

【相关链接】

唐代,吃粽子被写入官方文书,端午节这天,贵族、官员以食粽为俗。而五月初五吃粽子,早在晋代文献里就有记述。周处的《风土记》详细描述了粽子的做法:"俗以菰(gū,即茭白)叶裹黍米,以淳浓灰汁煮之令烂熟,于五月五日及夏至啖之,一名粽,一名角黍。"粽子本为南方端午的传统食品,除粽子外,人们还会在这天煮鸭子,"仲夏端五,烹鹜角黍"(周处《风土记》)。南朝梁吴钧在《续齐谐记》中将粽子与屈原联系起来,称"屈原五月五日投汨罗而死,楚人哀之。每至此日,竹筒贮米投水祭之"。东汉建武年间,长沙人欧回遇到一个自称三闾大夫的人,该人告诉欧回祭品常年被蛟龙偷吃,如果米中塞入楝叶,并用五彩绳捆绑,蛟龙就会惧怕。时至南朝,百姓包粽子时并带楝叶及五色丝,便成为汨罗江的遗风(引自《艺文类聚·岁时部》)。

端午日寄酒庶回都官

余靖

【题解】

余靖（1000—1064），字安道，号武溪，韶州曲江（今广东韶关）人。北宋政治家，以直谏著称于世。天圣二年（1024），中进士第而出仕。景祐三年（1036），因上疏谏言被贬。庆历三年（1043）复起任，擢升谏院右正言，专向皇帝进谏奏事。次年出使契丹，回国后屡迁其职。治平元年（1064），回京述职途中病逝，谥"襄"，人称"忠襄公"。

都官为宋代刑部的官职名。题中都官姓名不详。这首诗大致作于嘉祐二年（1057），诗人知潭州，端午日寄酒与刑部都官，并抒发"心之忧矣，其谁知之"的苦闷。

龙舟争快楚江滨①，吊屈谁知特怆神！
家酿寄君须酩酊，古今嫌见独醒人。

（录自《全宋诗》第 4 册，北京大学出版社 1995 年版）

【注释】

①楚江：泛指楚地江河。

【评析】

端午龙舟竞渡之俗兴于楚地，官府、百姓通过赛龙舟的方式凭吊屈原。面对百舸争先的热闹场面，诗人不由得想起屈子投江的悲壮。首联因所见以起兴，借龙舟引出对屈原被谗放逐、一身空死的伤心。继而，诗人又由屈原联想到自己。从政四十一年，竭智尽忠，建策匡时，以"清""公""勤""明""和""慎"六字箴言为座右铭，抚民治吏的同时，也真切地感受着做一个清正廉明、为国为民好官的不容易。《楚辞·渔父》中屈原自称"举世皆浊我独清，众人皆醉我独醒"，后世以"独醒者"指代不随波逐流的人。诗人自比"独醒人"，表达了政事上没有应和之人的苦闷。举世混浊之时，孤独是清醒者的特质，因此，尾联中的"古今嫌见"是劝君酩酊的原因。然而，此处的劝诫并非真劝，而是反用其意，以此抒发诗人"心之忧矣，我歌且谣"的愤懑。这首诗吊的是屈原，感的是时事，言语平易，寓意深刻。

【相关链接】

端午赛龙舟的习俗在南朝时便已盛行。据《荆楚岁时记》记载，荆楚一带"是日竞渡"，坊间认为五月五日是屈原投汨罗江的日子，人们对他志存高远、以身殉国甚是哀伤，便拜命驾驶小船来救人。"舸舟取其轻利，谓之飞凫，一自以为水军，一自以为水马"。寻找屈原遗体的轻舟在江中疾行，官员、百姓全都在水边观看。古老习俗流传至今，竞渡脱下了沉重、严肃的外衣，发展为热闹、刺激的赛龙舟，而赛龙舟也由南向北延伸，成为今天端午节最具代表性、全国性的民间活动。

和端午

张耒

【题解】

张耒（1054—1114），字文潜，号柯山，楚州淮阴（今江苏淮安）人。宋代著名诗人，为苏轼门下弟子，与秦观、黄庭坚、晁补之并称"苏门四学士"。熙宁六年（1073）中进士第步入仕途，曾任起居舍人、太常少卿，人称"张右史"。受新旧党争牵连，屡遭贬官。晚年定居宛丘（今河南淮阳），世称"宛丘先生"。

这首诗由端午竞渡而起，赞颂了屈原的爱国精神和高尚情操，抒发了为屈子冤屈鸣不平的悲愤心情。

> 竞渡深悲千载冤，忠魂一去讵能还^①。
> 国亡身殒今何有，只留《离骚》在世间^②。

（录自《全宋诗》第 20 册，北京大学出版社 1995 年版）

【注释】

①讵：怎，岂。　②《离骚》：战国诗人屈原的代表作。东汉王逸《楚辞章句》："离，别也；骚，愁也。"该诗体现了屈原的伟大思想和崇高的人格，是中国文学浪漫主义的奠基之作。

【评析】

这首诗题为"和端午"，写的是人们在端午节所凭吊的爱国诗人屈原。全诗虽未见屈原之名，却每一句都在写他。端午竞渡的习俗，来自于拯救屈原冤魂的传说，然而"忠魂"已去，"讵能还"表达出对"国亡身殒"灰飞烟灭的悲哀与无奈。诗人为屈原所受的冤屈愤愤不平，他慷慨赴死也无法改变楚国灭亡的命运，最终只有一部《离骚》绝唱千古流传。诗的尾句虽有颓丧消沉的意味，但《离骚》所蕴含的内美、修能、求真、民本及爱国情怀得以传承万代，光照后人。整首诗凄清悲切，言辞平易却不失雄浑，充满了对屈原的深切缅怀和崇高敬意。

端午即事

文天祥

【题解】

文天祥（1236—1283），初名云孙，字宋瑞，后改天祥，字履善，号文山，道号浮休道人，吉州庐陵（今江西吉安）人，宋代政治家、文学家，与陆秀夫、张世杰并称"宋末三杰"。宝祐四年（1256）进士第一，出仕后因讥讽权贵而罢官。元军东侵，倾家产抗敌，并以右丞相兼枢密使身份代表宋廷与元营谈判。元至元十六年（即宋祥兴二年，1279）被俘，次年押送到大都。

这首诗作于至元十八年端午节，诗人自知死期将近，欲以屈原为榜样，献身殉国，慷慨就义。

五月五日午，赠我一枝艾①。

故人不可见，新知万里外。

丹心照夙昔②，鬓发日已改。

我欲从灵均③，三湘隔辽海④。

（录自《全宋诗》第 68 册，北京大学出版社 1998 年版）

【注释】

①艾：艾草。端午有在家门上插艾草的习俗，以为驱虫、辟邪。　②夙（sù）昔：往日，过去。唐权德舆《酬李二十二兄主簿马迹山见寄》："远郊有灵峰，夙昔栖真仙。"　③灵均：屈原的字。　④三湘：即潇湘、资湘、沅湘三条江水。辽海：指辽河流域以东至海地区。

【评析】

创作这首诗时，诗人在狱中已近三年。自关押时起，劝降之人络绎不绝，有王公遗老，有至爱亲人，甚至元统治者也以重利利诱，他都宁死不屈，以诗明志。是日端午，一个祭祀屈原的日子，人们在这一天纪念屈原高洁廉贞、为国赴死的爱国精神。诗人从五坡岭被俘后，便怀有舍生取义、以身殉道之心，诗人打算以屈原为榜样，救国不成即殉国。首联铺陈叙事，"一枝艾"道出节庆礼俗与当下处境的巨大反差。馈赠者为何人不得而知，但从中可以看出，时人对诗人的尊重。颔联以故人、新知不在身边，写节日里的孤独与凄凉。诗人诗作中常有"丹心"语，"丹心射碧空""留取丹心照汗青"，丹心是不息的忠诚之心、赤诚之心，人已老去，但拳拳爱国之心一如往昔。尾联明确、直截了当地表达了诗人从屈原之所居"将以有为也"的坚定信念，表现出他慷慨激昂、视死如归的爱国精神与积极奋发的生死观。

【相关链接】

据吴自牧的《梦粱录》记载，宋时端午节又叫"浴兰令节"，所谓浴兰，指用兰草等香料、药材熬煮的水沐浴，祓除不祥，祛病防身。早在先秦时期，古人就已进行药浴，《楚辞·云中君》中有"浴兰汤兮沐芳，华采衣兮若英"的记载。唐宋时，人们会在农历五月初五举行浴兰仪式，《岁时广记》引《琐碎录》："五月五日午时，取井花水沐浴，一年疫气不侵。俗采艾、柳、桃、蒲揉水以浴。"

艾草是端午重要的节物。因其有理气血、暖子宫、祛寒湿的功能，艾草常被用来作为制作药浴浴汤的主料，也常有人将艾草与其他香料混合放入锦囊中贴身佩戴。端午节插艾，是南、北方共有的节日习俗，天未亮时，人们把艾束插在家门上或帽子上，艾草所产生的奇香可以驱蚊蝇、虫蚁，也可以驱邪避祸，正所谓"手执艾旗招百福，门悬蒲剑斩千邪"。

戊戌端午

方回

【题解】

方回（1227—1305），字万里，号虚谷，徽州歙县（今安徽黄山市）人，由宋入元的诗文作家，为"江西诗派"的殿军。宋景定年间进士，知严州。降元后，授建德路总管，未见重用。辞官返乡，晚年以卖文为生，往返杭、歙之间，别号"紫阳居士"。

这首诗作于元大德二年（1298）端午，诗人通过描写归隐生活，表达放下浮华、享受田园的心态。

退休敢望赐宫衣，破箧重寻旧暑绨^①。
梅子黄时端午又，葵花红处故园非。
画符焉用元无病，标锦休争但合归^②。
赖有故人饷新煮^③，一杯草草勒鱼肥^④。

（录自《全宋诗》第 66 册，北京大学出版社 1998 年版）

【注释】

①箧（qiè）：小箱子。储物工具，大曰箱，小曰箧。　暑绨（chī）：暑天穿的细葛布衣。　②标：给优胜者的奖品。锦：有彩色花纹的丝织品。宋贺铸《锦缠头》："一标争胜锦缠头。"　③赖：幸而，幸亏。饷（xiǎng）：用酒食等款待。　④勒鱼：鱼名，有药用价值。江浙一带，端午节有给师傅、长辈送勒鱼的习俗。

【评析】

首联"敢望"实为"不敢望""岂敢望",略带酸楚味道,而"破""重""旧"三字,渲染了愁怨凄苦的心境。"赐宫衣"是自唐以来端午节的宫廷习俗,"暑绨"也说明仲夏已至,换季在即,均为端午节情事的写照。颔联托物寓意,对仗工整,时间上的"又"与空间上的"非",表达出时序往复、家园不在、沧海桑田之意。颈联再次提到端午节俗,不在于描写节俗的喜庆,而在以"焉用"画符和"休争"锦标表明当下处境:诗人生活百无聊赖,对节庆活动已不感兴趣。幸好有老朋友、有新烹好的饭菜,有薄酒,有肥鱼。尾联欲表达出归隐田园的老者的达观心态,而在这份达观深处蕴藏着感伤。整首诗借事抒情,清新明秀,句律流畅。

端午
吴师道

【题解】

吴师道(1283—1344),字正传,婺州兰溪(今浙江兰溪)人,元代文学家。至治元年(1321)登进士第,为官清正,官至礼部郎中。

这首诗写诗人远在京城过端午的情形,抒发对故园与远方家人的思念之情。

今年重午住京华,一寸心情万里家。
楚些只添当日恨①,戎葵不似故园花②。
案头新墨题纨扇,墙外高门响钿车③。

朋侣萧疏欢事少^④，谁怜衰鬓受风沙？

（录自《吴师道集》[上]，浙江古籍出版社 2012 年版）

【注释】

①楚些：楚地的乐调。些，楚地习用的语气词。　②戎葵：蜀葵，又名一丈红，端午将其插于室内瓶中以辟邪。　③钿车：用金花装饰的轻便小车。　④疏：稀少，稀疏。

【评析】

　　思乡与怀远是古代诗词的一大母题，特别是节日思乡。"一寸心情万里家"一句，以距离上的强烈对比，将对家的眷恋与牵挂展现出来。思乡实为思亲，诗人以移情的修辞手法从听觉和视觉两方面入手，写乐曲带来的烦恼，写花儿不够美艳，表达内心的不快与煎熬。古人端午节以扇子为礼物互相馈赠，诗人备好了纨扇等着客人的到来。墙外车马喧嚣，而诗人京华友朋稀少，耳闻车马声却不见友人来，突显了诗人孤单的处境与孤独的心情，不免让人心生悲凉。尾联诗人感叹朋友日渐零落，自己也添了白发。此处的"受风沙"乃虚指，古诗文中"风沙"常与边塞相关，农历五月已是仲夏，北方也很少有风沙，诗人这样用，极言离家千里的孤苦与忧伤。

【相关链接】

　　根据《元典章》记载，元朝端午，全国公职人员放假一天。是日，宣徽院、典饮局为宫廷提供凉糕、光禄寺酒、蜜枣糕、杭米粽、金桃、御黄子、藕、甜瓜、西瓜。上自三公宰辅、省院台，俱有画扇、彩索、软牛毛拂子、凉糕之礼，民间亦有艾虎、泥大师、彩线符袋牌等节令物品的贩售。元代对关公崇拜达到新高度，表现在端午节大都南城、北城举行的"赛关王会"上，人们用兽皮缝制、绘染成关羽的画像，庙会游园时拿画像来比拼，场面极其壮观。画像上，关公正气凛然，表达了百姓驱邪镇恶的愿望。游园会上人们齐唱端午词，"若鼓乐、行院，相角华丽，一出于散乐所制，宜其精也"（《析津志·岁纪》）。古乐十二律中，蕤宾与农历五月相对应，所以元代又称端午为"蕤宾节"。

五日

陈子龙

【题解】

　　陈子龙（1608—1647），初名介，后改名子龙；初字人中，后改字卧子，又字懋中，号大樽、海士、轶符等，松江华亭（今上海松江）人，明代著名文学家，被誉为"明诗殿军""明代第一词人""云间词派盟主"。崇祯十年（1637）进士及第，出仕为官。清兵攻陷南京时，组织抗清，被捕后投水殉节。

　　诗人作这首诗，时间当在明末。诗人笔下的端午竞渡，奢华、隆重，展示了吴地欢庆、热闹的节日气氛。

吴天五月水悠悠，极目烟云静不收。
拾翠有人卢女艳①，弄潮几部阿童游②。
珠帘枕簟芙蓉浦③，画桨琴筝窄艋舟④。
拟向龙楼窥殿脚⑤，可怜江北海西头。

（录自《陈子龙诗集》卷13，上海古籍出版社2006年版）

【注释】

①拾翠：捡拾翠鸟的羽毛作首饰。三国魏曹植《洛神赋》："或采明珠，

或拾翠羽。"后指妇女游春。卢女：善奏乐器的女子。唐张子容《除夜乐城逢孟浩然》："妙曲逢卢女，高才得孟嘉。"　②阿童：西晋水军名将王濬小字阿童，此处指与潮水周旋的水手。　③枕簟（diàn）：枕席，泛指卧具。芙蓉浦：有溪涧可通的荷花塘。宋周邦彦《苏幕遮·燎沉香》"小楫轻舟，梦入芙蓉浦。"　④笮（zé）艋（měng）：同"舴艋"，小船。　⑤殿脚：隋炀帝下扬州时，为船队披彩拉纤男、女纤夫的统称。

【评析】

明代吴地纺织业发达，有"衣被天下"的美誉。商贾逐利而来，打造出一片商业文明的繁华胜景。这里也是滋养江南文人的水乡泽国，才俊名士辈出。这首诗描述的就是吴地欢庆端午时锦帆彩缆、笙歌鼎沸的情景。首联勾勒吴地五月的景色，天水烟云美不胜收。颔联写琴女游艺、水手竞游，描绘出节日的欢乐与喧闹，沉静的水光天色与青年男女们动态的美相映成趣。颈联描绘船舸、器物的细节，"珠帘枕簟"，慵懒奢靡，"画桨琴筝"，气韵优雅。其时，诗人多次科考不第，便回乡与友人吟诗作文，把酒言欢，然而诗人又不甘于此，意图尽忠报国。尾联诗人借窥看为君王拉纤的纤夫，表达了想要出仕、任职朝廷的心意。

【相关链接】

明时，每逢端午，宫廷按例于午门等处赐百官宴，以示君臣同乐、欢庆佳节。宴席上百官获赠御赐的扇子、彩索和粽子。据明李诩《戒庵老人漫笔》记载："端午，赐京官宫扇，竹骨纸面，俱画翎毛不工。彩缕一条，五色线编者，须头作虎形。彩杖二根，长丈许，五色线缠绕。艾虎纸二幅，方尺许，俱画虎并诸毒虫。"宫中上下都穿上"五毒吉服"。五毒吉服是端午节的专门服饰，饰有"五毒"纹样。明代通行的五毒图案是蛇、蝎、壁虎、蜈蚣、蟾蜍，加上艾叶与老虎（艾虎），有驱邪避害的寓意。

皇帝也会将五毒吉服赐给臣下，勉励臣子。是日，宫廷还会举办各种游艺活动，如在天坛举行射柳之戏，在禁中举行走骠骑、划龙船的游戏等。

明代的端午节还是"女儿节"。据沈榜的《宛署杂记》记载："燕都自五月一日至五日，饰小闺女，尽态极妍。已出嫁之女，亦各归宁，俗呼是日为'女儿节'。"从五月初一到五月初五，京城未婚嫁的女孩子着新衣，施粉黛，用石榴花精心地装扮起来；出嫁的女子在这几天回到娘家小住。时人不仅给小女儿佩戴石榴花，还会为她系端午索、戴艾叶、佩戴五毒灵符，祈求康健平安。

端午

樊增祥

【题解】

樊增祥（1846—1931），字嘉父，别字樊山，号云门，晚号天琴老人，湖北恩施人，清末民初著名诗人。光绪三年（1877）进士，出仕为官。师事张之洞、李慈铭，是近代"晚唐诗派"代表诗人。

这首诗以端午节院内安然景色起笔，通过对节俗活动的描写，诗人追思怀远，想念家乡。

午日新凉宛似秋，广庭梧竹翠修修①。
绿浮一盏菖蒲酒②，红煞两株安石榴。
自剥菰筒酬屈子③，戏拈缯彩制罗睺④。
生衫团扇香盈路，最忆西陵竞渡舟⑤。

（录自《樊樊山诗集》卷28，上海古籍出版社2004年版）

【注释】

①修修：修长美好的样子。唐白居易《府西池北新葺水斋即事招宾偶题十六韵》："紫浮萍泛泛，碧亚竹修修。"　②菖（chāng）蒲：亦称尧韭，植物名，有毒。民间端午门口插菖蒲，以防病、驱邪、辟障。　③菰（gū）：茭白。菰筒：先秦时，以菰叶包黍米成牛角状，称"角黍"，以竹筒装米密封烤熟，称"筒粽"，是为端午食俗。　④缯（zēng）彩：亦作"缯采"，彩色丝帛。罗睺（hóu）：星名，九曜中的凶星，此处代指役鬼神、辟病邪的符箓。　⑤西陵：西陵峡，位于今湖北宜昌西。

【评析】

诗开篇描写仲夏院中景色，"新凉"和翠色，带给人清凉与雅致的感觉。诗中有画，从首联来看，画的底色是冷色调的，为下文回忆与想念做好铺垫。菖蒲与石榴是端午的节物，点明题意。青青的酒与火红的石榴色彩对比强烈，使整个画面明丽起来。颈联写端午节俗，诗人亲自参与到做粽子、写符箓的活动中，此情此景牵起了诗人对故乡深深的眷恋。纵然被节日欢娱的气氛围绕，还是想起了年少时宜昌西陵峡上竞渡的热闹场面，怀念故乡，怀念旧时光。诗人诗风艳丽，辞藻精美，也因诗文追求雅典流丽、稍逊性情内容而饱受世人争议。文学史上对其诗词褒贬不一，汪国垣《近代诗派与地域》的评价较为中肯："樊山胸有智珠，工于隶事，巧于裁对，清新博丽，至老弗衰。迹其所诣，乃在香山、义山、放翁、梅村之间，惟喜摭僻书，旁及稗史，刻画工而性情少，采藻富而真意漓，千章一律，为世诟病。"

【相关链接】

依满族旧俗，端午节人们将黏高粱米、红豆沙用椴树叶包裹起来，放到笼屉上蒸熟，称其为"椴木饽饽"。椴木饽饽不仅用来食用，而且也是满族人端午祭祀祖先的必备供品。清军入关后，汉族文化与满族文化融合，粽子也端上了满族人的餐桌，清宫档案也有关于坤宁宫祭神同时供椴木饽饽与粽子的记录。端午节作为古代的卫生节，这一点在汉族与满族百姓的认识中是相同的，满族人称端午为"药香节"，并传端午当日天不亮时所采摘的草药有奇效，并且当日清晨的露水也很灵验，以之洗眼睛可使眼睛清澈明亮。今天东北地区还保留着端午清晨踏青的习俗，人们赶在太阳升起之前来到江边或河畔，用手掬一捧清水洗洗面颊、洗洗颈项，希求一年清清爽爽。

清宫的节日活动大多入乡随俗，比如赛龙舟。赛龙舟主要在西苑、圆明园两处举行，届时皇帝会亲临观看。戏楼上节令戏连台上演，大多都是天师除毒、屈原成仙、采药伏魔等应时应景的题材。据清人徐珂《清稗类钞·孝钦后宫中之端午》记载："初五日，大内演剧，所演为屈原沉江故事。而宫眷所蹑之履，则如小儿之虎头鞋，且簪绸制之小虎于冠，孝钦所命也。"虎头鞋、小虎簪皆因虎食五毒，可以驱邪避灾。除了小虎形，时人还会佩戴用绢帛裁剪缝制的小粽子、小葫芦、小樱桃或小桑葚，以彩线穿之，悬于钗头，或系在小孩的背上。

浣溪沙·端午

苏轼

【题解】

这首词是宋代著名词人苏轼的作品。绍圣二年（1095），适逢端午，词人为侍妾朝云精心准备并盛装庆贺节日的情形所感染而作此词，抒发了词人对朝云浓浓的爱恋。

　　轻汗微微透碧纨。明朝端午浴芳兰①。流香涨腻满晴川②。　　彩线轻缠红玉臂③，小符斜挂绿云鬟④。佳人相见一千年。

（录自《全宋词》第 1 册，中华书局 1965 年版）

【注释】

①芳兰：芳香的兰草。古时盛行以兰草汤沐浴，除毒避秽。　②流香：指古代女子梳洗后融进了胭脂香粉的水。　③彩线：五彩丝线，端午节佩戴用以驱邪镇恶，又称长命缕、续命缕等。　④小符：写有咒语符篆的小纸条或小布条，端午节簪于发间以驱邪镇恶。

【评析】

　　作这首词时，词人贬居惠州，侍妾朝云始终陪伴在词人身边，不离不弃。二人感情笃厚，相知相爱，因此词中未见贬谪的痛楚，反而满是轻松快意的生活趣味。词中没有提及端午，上片的"浴芳兰"、下片的"彩线""小符"，均为端午节俗，点明题意。上片写端午前一天，女子为次日沐浴采摘兰草，忙碌不已。"轻汗微微透碧纨"，描写细腻，以热情高涨的劳动场面，表达出女子对"浴兰汤兮沐芳"（《楚辞·九歌·云中君》）的期待。明朝沐浴，那么晴空下的河流里一定满是洗下的胭脂香粉。此处"涨腻"与下片"绿云鬟"，化用唐杜牧《阿房宫赋》"绿云扰扰，梳晓鬟也；渭流涨腻，弃脂水也"，前者说明女子脂浓粉香，后者说明女子鬟发如云，足见是个美人。下片中女子已缠上了彩线、戴好了小符，"轻缠""斜挂"刻画逼真，写出了女子的温婉与柔美。如此佳人，希望能与之相伴千年。词人用"千年"的夸张表达，表明心意。节日里，许下与爱人长相厮守、永不分离的心愿，应是对自己最美好的祝福吧。

阮郎归·重午寿外舅

陈亮

【题解】

陈亮（1143—1194），字同甫，号龙川，学者称为"龙川先生"，婺州永康（今浙江金华）人，南宋著名文学家，"永康学派"的创始人。力主抗金，提倡经世致用之学。绍熙四年（1193）状元及第，次年卒。

据《尔雅·释亲》："妻之父为外舅。"因此，这首词是词人写给岳父何茂宏的，意在端午节向岳父拜寿。

波光渺渺浸晴陂①。有亭湖岸西。芰荷香拂柳丝垂②。升堂献寿卮③。　　红约腕，绿侵衣。愿祝届期颐④。《花间》妙语欲无诗⑤。一年歌一词。

（录自《陈亮集》[增订本]卷39，中华书局1987年版）

【注释】

①晴陂（bēi）：晴空下的池塘。　②芰（jì）荷：指菱叶与荷叶。《楚辞·离骚》："制芰荷以为衣兮，集芙蓉以为裳。"　③卮（zhī）：古代酒器。西汉司马迁《史记·项羽本纪》："项王曰：'壮士！赐之卮酒。'则与斗卮酒。"　④期颐：一百岁。《礼记·曲礼》："百年曰期颐。"　⑤《花间》：即《花间集》，是由后蜀人赵崇祚编辑的一部词集，收录花间词派的经典词作。此处以《花间集》的妙语佳句指代词体。

【评析】

词中说"一年歌一词",而这首《阮郎归·重午寿外舅》是词人现存唯一一首写给岳父的寿词。词人多慷慨豪迈的爱国辞章,而此词意在拜寿,是一首清丽、闲适之作。岳父家宅有池陂湖亭之景,上片便从晴空下池塘里如笼烟纱的波光写起。"浸"字尽显弥漫状。有亭伫立岸西,湖中荷花与湖边垂柳实为端午、仲夏美景。"升堂"一语双关,既实写登上厅堂,又表明结为通家之好的人物关系。"献寿卮"点明题意。下片起笔承接前文的荷花与柳丝,人景合一,唯美如画,与南朝梁简文帝萧纲《采莲曲》中"荷丝傍绕腕,菱角远牵衣"有异曲同工之妙。"欲无诗"言词胜于诗,在词人看来词体语言精妙,优于诗体,甚至可以完全取代诗这种文体形式,因此词人要为岳父"一年歌一词"。这首词文采华美,写景处如锦绣缤纷,表达了词人对岳父健康长寿的祝福,也表明了词人在诗体、词体取舍上的态度。

贺新郎·端午

刘克庄

【题解】

这首词是宋代著名词人刘克庄的作品,以热闹的端午节庆反衬词人不得志的落寞,以怀古念远表达了对屈原爱国精神的敬仰以及对现实社会环境的不满。

深院榴花吐。画帘开、绤衣纨扇①,午风清暑。儿女纷纷夸结束②,新样钗符艾虎③。早已有、游人观渡。老大逢场慵作戏④，任陌头、年少争旗鼓。溪雨急，浪花舞。　灵均标致高如许。忆生平、既纫兰佩⑤，更怀椒糈⑥。谁信骚魂千载后，波底垂涎角黍。又说是、蛟馋龙怒。把似而今醒到了⑦，料当年、醉死差无苦。聊一笑，吊千古。

（录自《全宋词》第 4 册，中华书局 1965 年版）

【注释】

①练（shū）衣：粗布衣衫。宋徐铉《和印先辈及第后献座主朱舍人郊居之作》："积雨暗封青藓径，好风轻透白练衣。"　②结束：装束，打扮。唐杜甫《陪王使君晦日泛江就黄家亭子》诗之一："结束多红粉，欢娱恨白头。"　③钗符：端午节物之一。东晋葛洪《抱朴子》："五月五日，剪采作小符，缀髻鬟为钗头符。"艾虎：端午节物之一。宋陈元规《岁时广记》："端午以艾为虎形，至有如黑豆大者，或剪彩为小虎，粘艾叶以戴之。"　④逢场：遇到合适的场合。宋释道原《景德传灯录》卷 6："竿木随身，逢场作戏。"　⑤纫兰佩：将秋兰连缀在一起佩戴在身上。《楚辞·离骚》："纫秋兰以为佩。"　⑥椒糈（xǔ）：以椒香拌精米制成的祭神食物。《楚辞·离骚》："巫咸将夕降兮，怀椒糈而要之。"　⑦把似：假如，譬如。

【评析】

　　上片开篇描写仲夏庭院的景色，交代了地点和时间，并以端午时节开放的榴花点明题意，简洁明了。"画帘开"引出人物，一众角色上场，有穿着粗布衣衫、手摇纨扇的词人，有佩戴端午节物的儿女，有竞渡的少年，有观看赛龙舟的游人。词人"老大"，没有了投身节日的热情，在儿女们钗符艾虎的对比下，练衣尤显朴素、简单；而一个"慵"字，也将词人与观渡的游人和竞渡的少年区分开来，抒发其岁月已老、身被废弃的抑郁心情。下片怀古。起笔写屈原高洁的品行。词中化用《离骚》典故，一方面表达对屈原的敬仰，一方面由屈原祭神的"椒糈"引出时人端午节祭奠屈原的"角黍"。词人质疑角黍习俗的来历，并运用反诘的修辞手法，表明对只求节俗形式却不发扬屈原精神的否定态度。"把似"句是整首词的核心观点，倘若屈原独醒到今，恐怕会想还是当年醉死一了百了。词人通过假设性的评论，表达了对现实的不满，曾经一心为国的他屡遭权贵迫害，如此阴暗的政局，即使是屈原活到今日又如何？只好一声苦笑，凭吊屈原，也悼念那个满腔爱国热情的自己。明杨慎《词品》云："此一段议论，足为三闾千古知己。"清黄蓼园《蓼园词选》亦认为："非为灵均雪耻，实为无识者下一针砭，思理超超，意在笔墨之外。"

临江仙·端午

刘辰翁

【题解】

刘辰翁（1233—1297），字会孟，号须溪，庐陵（今江西吉安）人，南宋著名词人。景定三年（1262）进士，曾任濂溪书院山长、临安府学教授等职。德祐元年（1275），受聘史馆、太学博士等职，辞而不赴。元兵南犯，随文天祥军抗元，宋亡隐居。

这首词记述了南宋末年词人过端午的情形。

幸自不须端帖子①，闲中一句如无。爱他午日午时书②。惟应三五字③，便是辟兵符④。　　久雨石鲸未没⑤，小风纨扇相疏。邀朋一笑共菖蒲。去年初禁酒，今日漫提壶⑥。

适满城无酒酤，去年此日，初卖官酒。

（录自《全宋词》第 5 册，中华书局 1965 年版）

【注释】

①端帖子：端午节的帖子词。　②午时书：端午时所书，多以对联形式，用以避邪祛魅，今福州等地仍有此风。清梁章钜《楹联丛话》："午时书，盖自前明已然，亦桃符之别调也。"　③三五：约数，言数量少。　④辟兵符：古人佩挂胸前以避灾邪的符箓。晋葛洪《抱朴子·杂应》："或问辟五兵之道……或以五月五日作赤灵符，著心前。"　⑤石鲸：石刻鲸鱼，汉武帝时雕刻两条石鲸，分别放置于昆明池和太液池中。　⑥漫：徒然。唐杜甫《宾至》："岂有文章惊海内，漫劳车马驻江干。"

【评析】

　　德祐年间，词人受聘史馆、太学博士等职，却未就任。按例端午内宴上，翰林学士应呈献帖子词，贴在阁中门壁上。端帖子通常以颂升平、美帝妃为主题，词人乃一介布衣，故而庆幸自己无须写那空无一物的端帖子。与端帖子相比，词人更喜欢午时书，寥寥数语便有消灾避祸的功能。端帖子是应诏颂圣之作，而午时书是文人趣味之作，通过两种不同文体的对比，表明了词人对朝堂之事的态度。这个端午节有雨有风，此处"久雨"双关，一是指连绵不断的雨水，一是指无止无休的战事。而位于皇家园林中的石鲸，也象征着南宋王朝风雨飘摇的政权。内忧外患、危机四伏之时，不如约朋友一起把酒笑对佳节，可酒壶中哪里有酒？根据词人自注，其时金兵南侵，南宋朝廷为了抗击金兵，一再增加酒税，由官家开设糟房，派专官管理，造成全城街巷无酒可售的局面。词人以轻松风趣的笔调，漫话南宋末年的国情与政事，词中处处见端午节俗，却意不在节俗本身，内蕴丰富，寓意深刻。

虞美人·端午闺词

陈维崧

【题解】

这首词是明清之交著名词人陈维崧的作品。闺词，或称闺怨词，指专为表现女性生活及情感的诗歌题材，因女性多处闺阁之中，故曰"闺词"。唐宋时创作"闺词"的作者大多为男性，以男性的身份代女性说话，表现出"闺音"原唱与纤婉文学的风格。这首词即是词人以女性的视角描写的今昔端午节之不同。

年年竞渡喧歌唱。雪屋崩银浪。如今不见木兰桡①。门掩一庭微雨读《离骚》。　风前皓腕缠红缕。往事依稀数。多时忘却辟兵符。今岁重新提起暗嗟吁②。

（录自《全清词·顺康卷》第7册，中华书局2002年版）

【注释】

①木兰桡（ráo）：又称木兰舟、木兰楫、木兰船，指用木兰树造的船。据南朝梁任昉《述异记》记载，吴王阖闾植木兰于浔阳江中，用以建造宫殿。鲁班在七里洲刻木兰为舟，诗家云木兰舟出于此。　②嗟吁：伤感长叹。唐元稹《酬乐天东南行诗一百韵》："耽眠稀醒素，凭醉少嗟吁。"

【评析】

"年年"与"如今"，将上片明确地划分为两个部分，前者热闹欢腾，后者静谧凄清，特别是"雪屋崩银浪"一句，不仅画面充满了力量感，"崩"字使人仿佛听到隆隆的呐喊声与欢呼声，与闭门掩户、细雨中悲恸地吟诵屈原爱国诗篇的景象形成了强烈的对比。下片继续今昔对比，不似上片以区域分割的形式将今昔对峙，而是将对比蕴藏在主人公喃喃的叙述中。是日端午，有雨有风，主人公一边将长命缕缠在手腕上，一边回忆着渐渐模糊的往事。很多年都不曾佩戴这些节物了，现在重新拾起旧俗，不免心中唏嘘。词人力图通过对往日与今朝过节场景大不同来讲其背后的故事，上片中的《离骚》与下片中的辟兵符，说明是战争改变了一切，太平不再，兵患四起，是今昔不同的原因，也是词人伤感长叹的原因。整首词言语平易却情真意切，既有婉约阴柔之风，又不乏豪迈雄浑之气。

十、七夕

为织女赠牵牛

颜延之

【题解】

　　颜延之（384—456），字延年，琅琊临沂（今山东临沂）人，南朝宋著名诗人，与谢灵运并称"颜谢"。出身晋代没落门阀，少时家贫，义熙年间出仕。刘裕代晋建宋后，曾任光禄大夫，故世称"颜光禄"。亦曾因受牵连遭贬、外放。元嘉十年（433）后，罢官归家。

　　这首诗作于农历七月初七，诗人借织女期盼牛郎的相思之苦，表达半生潦倒、不得志的忧郁心情。

> 婺女俪经星^①，姮娥栖飞月^②。
> 惭无二媛灵，托身侍天阙。
> 阊阖殊未晖^③，咸池岂沐发^④。
> 汉阴不久张^⑤，长河为谁越？
> 虽有促宴期^⑥，方须凉风发。
> 虚计双曜周^⑦，空迟三星没。
> 非怨杼轴劳^⑧，但念芳菲歇。

（录自《古今岁时杂咏》，三秦出版社 2009 年版）

【注释】

①婺女：星名。经星：即恒星。俪（lì）：配对，成双。　②姮娥：即嫦娥，为避汉文帝刘恒的讳改称嫦娥。　③阊（chāng）阖（hé）：传说中的天门。　④咸池：即天池，是古代中国神话中供仙女沐浴的地方。西汉刘安《淮南子·天文训》："日出于旸谷，浴于咸池。"　⑤汉阴：河

汉之南，即银河之南。　　⑥促：短暂的。期：会合。　　⑦双曜：指日与月。周：旋转。　　⑧杼轴：纺织工具，此处指织布。

【评析】

　　这是一首代言体古诗，诗人以织女星的身份向牵牛星倾诉思念之情，想象力丰富，情感真挚。整首诗大致分为三部分。首先，织女星羡慕婺女与姮娥分别有经星和月亮相伴，而愧于自己没有婺女、姮娥的福气，只能孤身待在宫阙中侍奉上天。"惭"字，一方面表示自愧不如，一方面传递出顾影自怜的情感。继而诗人描写织女内心的慨叹，以天上与人间约会的不同，展示出深深的孤独感。高高的天门隔断了光亮，天池怎可沐发？天上不似人间，没有黄昏之约，就算跨过宽宽的银河又是为谁？此处连用两个问句，可见织女心中的苦闷以及对牵牛思念至深。最后写织女等待短暂会面的焦急心情。虽然有短暂的约会，也要等到天气渐凉的七夕。一次次地看日升月落，三星出没，徒然地计算着时间。"我"并非抱怨织布辛苦，只是担心年华不再，红颜逝去。整首诗凄婉哀怨，诗人善用典故，讲究辞藻，南朝梁钟嵘《诗品》评其诗"如错采镂金"。

【相关链接】

　　七夕源于古人星辰崇拜。夜空中的星被天文学家分为二十八组，称为"二十八宿"。二十八星宿又依东、西、南、北四方分别命名为青龙、白虎、朱雀、玄武，牵牛星与织女星便属于北方玄武七宿，位于银河两侧遥遥相对。《诗经·小雅·大东》是现存文献对织女、牵牛二星最早的记录："维天有汉，监亦有光。跂彼织女，终日七襄。虽则七襄，不成报章。睆彼牵牛，不以服箱。"诗里二星被人格化了，闪亮银河，一侧的织女星每天移动七次，尽管移动七次，织女却织不出好的罗章；另一侧的牵牛星，也不能拉车载箱。这种人格化在《诗经》后的文学作品中不断加强，直到演化为追求自由爱情的悲剧故事。例如东汉《古诗十九首》："迢迢牵牛星，皎皎河汉女。纤纤擢素手，札札弄机杼。终日不成章，泣涕零如雨。河汉清且浅，相去复几许。盈盈一水间，脉脉不得语。"

到了晋代，牵牛、织女星的崇拜更加世俗化了。根据周处《风土记》记录，晋代七月七日夜，洒扫于庭，人们在空地里摆放好坐卧的器具，设酒脯时果，并在宴席上散香粉以祭祀牵牛星与织女星，认为这两个星辰将会相会。守夜的人们各自祈祷祝福，在心里默默地对牵牛、织女二星讲着心事。有人说如果看到银河中有奕奕正白气，有耀五色，则说明此时许愿将灵验。见者便拜，愿乞富乞寿，无子乞子。但只可求一种，不可以贪心多求。三年方可验证，据说受福佑者不在少数。

七夕

何逊

【题解】

何逊（472—519），字仲言，东海郯（今山东郯城）人，南朝梁著名诗人，诗与阴铿并称"阴何"，文与刘孝绰齐名，世称"何刘"。曾任建安王水曹参军，安西、安成二王参军事，兼尚书水部郎等职，故世称"何水曹""何水部"。晚年为庐陵王萧续记室，故又称"何记室"。

这首诗于七夕日书写织女与牛郎相见不易以及不舍离别的情意。

仙车驻七襄①，凤驾出天潢②。
月映九微火③，风吹百和香④。

来欢暂巧笑，还泪已啼妆。

依稀如洛汭⑤，倏忽似高唐⑥。

别离不得语，河汉渐汤汤⑦。

（录自《传世文选·玉台新咏》，西苑出版社 2009 年版）

【注释】

①七襄：织女星移位七次。《诗经·小雅·大东》："跂彼织女，终日七襄。虽则七襄，不成报章。"　②天潢（huáng）：星宿名。《史记·天官书》："王良策马，车骑满野。旁有八星，绝汉，曰天潢。"此处指银河。唐司马贞《史记索隐》："潢主河渠，所以度神，通四方。"　③九微火：即九微灯、九光灯、九华灯，指一台而有九个分枝的灯烛，亦泛指一台而多枝的灯。　④百和香：多种香料配制的香。《太平御览》卷 816 引《汉武内传》："燔百和香，燃九微灯，以待西王母。"　⑤洛汭（ruì）：洛水流入黄河的位置。　⑥高唐：战国时楚国台观名。战国楚宋玉《高唐赋序》："昔者楚襄王与宋玉游于云梦之台，望高唐之观。"　⑦河汉：银河。汤汤：水盛貌。《诗经·卫风·氓》："淇水汤汤，渐车帷裳。"

【评析】

诗的开篇写织女赴约时的情形，仙车与凤驾均为织女所乘之车。《诗经·小雅·大东》有云："跂彼织女，终日七襄。"说的是织女星自卯时至酉时的七个时辰里每个时辰移动一次，如此一来，到了傍晚，织女驾乘着仙车便渡过银河。月亮映照着点点星火，织女途经之处阵阵馨香。"来欢暂巧笑，还泪已啼妆"，短短两小句概括了整个相见的过程，由来时欢愉到还时垂泪，以跌宕起伏的情绪变化，表达了织女对牛郎的恋恋不舍。接着诗人引用两个典故，类比牛女的短暂相逢。曹植《洛神赋》称在洛水曲处见到一女子，"睹一丽人，于岩之畔"。宋玉

《高唐赋》称楚怀王游高唐时，曾于白日梦中与巫山神女欢好。曹植遇到宓妃、楚怀王梦见神女都是短暂的美好，正如牛女之会，"依稀"言微，"倏忽"言快。尾句写离别，默默的离人与滔滔银河水形成鲜明对比，更显得归途中的织女身影孤寂、情感悲切。整首诗风格清冷，文辞秀美，绘景言情，已初具格律之美。

答唐娘七夕所穿针

刘令娴

【题解】

徐悱妻刘氏，本名令娴，生卒年不详，彭城（今江苏徐州）人，南朝梁女诗人。当世著名文人刘孝绰的三妹，才学出众，世称"刘三娘"。及笄，嫁与徐悱。徐悱宦游在外时，二人以诗歌赠答，排遣相思之苦。梁武帝普通六年（525），徐悱过世，诗人作文以祭之，辞甚凄恻，是为祭夫文典范。

这首诗作于诗人孀居期间。"答"乃答谢意。题中唐娘当是艺伎，七夕日，唐娘将针线与女红赠予诗人，诗人作诗答谢。此诗通过想象唐娘的样子、赞美唐娘的心灵手巧，表达了对唐娘的情谊和祝愿。

倡人助汉女①，靓妆临月华。
连针学并蒂，萦缕作开花②。
孀闺绝绮罗，揽赠自伤嗟。
虽言未相识，闻道出良家③。
曾停霍君骑④，经过柳惠车⑤。

无由一共语^⑥，暂看日升霞。

（录自《传世文选·玉台新咏》，西苑出版社 2009 年版）

【注释】

①倡人：古代歌舞杂戏艺人。汉女：传说中汉水之神女。　②作：如同，仿佛。南朝梁吴均《行路难》："白璧规心学明月，珊瑚映面作风花。"　③良家：善于经营而致富的人家。　④霍君：即汉代大司马大将军霍光。《汉书·霍光传》："不失尺寸，其资性端正。"　⑤柳惠：即春秋鲁国大夫柳下惠。　⑥无由：没有机会。宋范仲淹《御街行·秋日怀旧》："愁肠已断无由醉。酒未到，先成泪。"

【评析】

诗开篇描写唐娘盛装月下乞巧，根据下文"未相识"可知，诗人并未见过唐娘，"靓妆"与"连针"的样子，都是诗人想象出来的。"孀闺"道出了诗人现在的寡居状态，丈夫逝世后，诗人就不再做女红了，因此手持"并蒂""开花"的七夕礼物，心中不免持物神伤、悲伤嗟叹。唐娘赠穿针，诗人绝绮罗，前者欢喜，后者悲伤，不同的人生境遇，在七夕节日的氛围里被放大。对古代女性而言，七夕乞巧不仅仅是一项节俗活动，也承载着女性对自身命运的言说与祝祷。"虽言"句解释了开篇未对唐娘做细致描摹，只是对其美好形象虚写一笔的原因。这样一个聪颖标致的女儿，曾使得如霍光、柳下惠一般品行端正的君子，打马前来一亲芳泽。诗人通篇未对唐娘的容貌、品行做直接交代，而是通过"曾停"句为读者营造了一个广阔的想象空间。如此美好的人，却没有机会和她说说话，只能独自彻夜孤坐等待日出、迎接朝霞。整首诗有两个焦点，唐娘和诗人，尾句与"孀闺"句相应和，将焦点重新放置在诗人身上，一来表达愿与唐娘交好的心意，二来抒发形孤影单的凄恻心情。

《梁书·刘孝绰传》中评其诗文辞"清拔"，颇为中肯。

【相关链接】

七夕节，又名乞巧节、七巧节、七姐诞，是传承数千年的女儿节。《黄帝内经》中提到女子的生命节律与七有关，且古人认为七为少阳，远阳而近阴，所以，七月七日天然地成了一个与女子相关的日子。西汉时，宫中会在七夕当日举行各类女性的游戏，比如人们用蜡塑成各种形象，有人形，有动物形，并将其放入水中，称为"水上浮"。其中浮游在水上的蜡制婴孩叫作"化生"，意在求子。

晋葛洪在《西京杂记》中记载，七夕女子们庭中乞巧的习俗源于汉初刘邦的后宫，"汉彩女常以七月七日穿七孔针于开襟楼，俱以习之"，"至七月七日临百子池，作于阗乐，乐毕，以五色缕相羁，谓为相连爱"。到了南朝，七月七日妇人备针七根、丝线七色来乞巧。巧乃心灵手巧，女子们借着朦胧的月色结彩缕穿七孔针，比的是穿针、引线的速度，胜者为巧。

七夕诗

萧衍

【题解】

萧衍（464—549），字叔达，小字练儿，建康（今江苏南京）人，籍贯南兰陵郡武进县东城里（今江苏丹阳），南朝梁政权的建立者，502年至549年在位。前期任用陶弘景，颇有政绩。太清二年（548）爆发"侯景之乱"，都城陷落遭囚禁。死后葬于修陵，谥号"武皇帝"，庙号高祖。萧衍博通文史，为"竟陵八友"之一。

这首诗诗人借七夕织女与牛郎相会、别离的情景，表达了相见时难别亦难的悲伤与凄楚。

> 白露月下团，秋风枝上鲜。
> 瑶台涵碧雾①，琼幕生紫烟②。
> 妙会非绮节③，佳期乃良年④。
> 玉壶承夜急⑤，兰膏依晓煎⑥。
> 昔悲汉难越，今伤河易旋⑦。
> 怨咽双念断，凄别两情悬⑧。

（录自《古今岁时杂咏》，三秦出版社 2009 年版）

【注释】

①瑶台：神仙的居所。碧雾：青色的云雾。　②琼幕：华美的帐幕。　③绮：指织女所织的罗绮。绮节：即七夕。清代《渊鉴类函·岁时·七月七日》："绮节，是夕乃罗织之节也。"　④佳期：男女约会的日期。清陈梦雷《拟古·迢迢牵牛星》诗："云汉烂清光，佳期渺何许。"　⑤玉壶：滴漏，古时计时器。　⑥兰膏：古人用泽兰子炼油，即可制成香膏，又可制成火烛。《楚辞·招魂》："兰膏明烛，华容备些。"　⑦旋：返回，归来。　⑧悬：距离远。

【评析】

白露过后正式进入秋季，诗的首句点明时节，正值早秋，连扫过枝头的秋风都是新鲜的。"团"一方面说月下白露的样子，一方面暗示人的团圆。句二描写雾霭缭绕的仙境，美丽的景色中，必当有美丽的故事发生。以上两句意在环境铺陈，渲染气氛。句三突发评论，并非要在织女的节日相会，只要与佳人在一起，就是美妙的时光。然而，快乐的时光总是那么的短暂。"急""煎"二字，细腻地刻画了约会之人常有的时间飞逝的心理感受。明烛将尽，天即破晓，分别的时刻也将到来。句五写见面前后的对比，以对银河一"悲"一"伤"的不同感受，表达相见时难别亦难的心情。尾句可谓情感的极致表达，哀伤、呜咽、绝望、凄楚，整首诗所有的悲伤全都汇集在此。这首诗秀丽轻婉，情感充沛，体现了抒情与审美的浑然统一。

辛未七夕

李商隐

【题解】

李商隐（813？—858？），字义山，号玉溪生、樊南生，沁阳（今河南焦作）人，晚唐著名诗人，和杜牧合称"小李杜"，与温庭筠合称"温李"，又与李贺、李白合称"三李"。幼年贫困，性格敏感而清高。开成二年（837）考中进士，后因卷入牛李党争，仕途不振。一生才华过人，却郁郁不得志。

这首诗作于唐宣宗大中五年（851）的七夕节，不写织女、牛郎如何相聚，却道二仙常常别离。

恐是仙家好别离，故教迢递作佳期①。
由来碧落银河畔②，可要金风玉露时③。
清漏渐移相望久，微云未接过来迟④。
岂能无意酬乌鹊，惟与蜘蛛乞巧丝。

（录自《全唐诗》卷539，中华书局1960年版）

【注释】

【注释】

①迢递：遥远。唐骆宾王《畴昔篇》："我家迢递关山里，关山迢递不可越。" ②碧落：天空，道教术语。 ③金风：秋风。秋，五行属金。唐李善注《文选·张协》："西方为秋而主金，故秋风曰金风也。" ④微云：尚未聚集成团的云气。《广雅·释诂二》："微：小也。"

【评析】

这首诗的特别之处在于，七夕诗通常写牛、女相会、不忍离别，而此诗反其道而行，开篇就提出质疑："恐是仙家好别离。"本来位于银河两岸、隔岸相望的牵牛星与织女星，何必要等到冷秋才团聚？一定因为习惯了别离，所以才将一年一度的相会安排得那么远。如此一来，相见也就倍加珍惜。金风、玉露是古诗中常见意象，二者常以对仗形式出现。如谢朓《泛水曲》"玉露沾翠叶，金风鸣素枝"，诗中连用，一方面言秋景，一方面言短暂，一方面言珍贵。时间慢慢挪移，二星深情对望，银河上蒸腾的云气尚未接通，他们也迟迟不能过河相会。"渐""久""迟"，皆用于表示时间的漫长，与前文中的"迢递"相照应。首联、颔联和颈联展示了诗人超群的想象力，尾联旋接直下，写民间七夕乞巧和"喜蛛验巧"的节俗。《淮南子》说"乌鹊填河成桥而渡织女"，既以相会，怎么能不酬谢搭桥的乌鹊呢？这首诗或借牵牛星与织女星聚短离长的佳期之乐，反衬诗人与妻子的别离之苦；或以牵牛、织女二星，借喻自己与太学博士一职，表达对举荐人令狐绹的感谢。

【相关链接】

蜘蛛因外形很像汉字"喜"，古人又称之为"喜子"。东晋郭璞注《尔雅·释虫》："小蜘蛛长脚者，俗呼为喜子。"北齐刘昼《刘子新论·鄙名》亦称："今野人昼见蟢（xǐ）子者，以为有喜乐之瑞。"坊间流传着"甘鹊噪而行人至，蜘蛛集而百事喜"的预言，可见在古人眼中，蜘蛛寓意喜事连连，好运将至。七夕喜蛛应巧，大致起于南北朝。据南朝梁宗懔《荆楚岁时记》记载："七夕，妇人结彩缕穿七孔针，或以金银鍮（tōu，黄铜）石为针，陈瓜果于庭中以乞巧。有喜子网于瓜上，则以为得。"到了唐代，宫廷将蜘蛛视为吉兆之虫，如若嫔妃夜里见到蜘蛛，说明皇帝将要临幸。七夕夜里，宫女们月下乞巧，并将捉来的蜘蛛放在小盒子里。到第二天的早晨打开盒子，察看盒内蜘蛛结网的疏密，网密则得巧多，网稀则得巧少。这一习俗流传到民间，唐朝百姓竟相效仿。

七夕
李贺

【题解】

李贺（790—817），字长吉，福昌昌谷（今河南宜阳）人，世称李昌谷，中唐著名浪漫主义诗人，有"诗鬼"之称，唐代"三李"之一，长吉体诗歌的开创者。李唐宗室，出生时已家道中落，家境贫寒。天资过人，名扬京洛，却屡试不中。元和六年（811），经宗人推荐，父荫得一小官，终不得迁。元和九年，辞官归乡。

这首诗大致作于宪宗元和十一年的七夕，诗中描写节日习俗，借咏七夕抒发离别之情与相思之意。

别浦今朝暗①，罗帷午夜愁。
鹊辞穿线月，花入曝衣楼②。
天上分金镜③，人间望玉钩④。

钱塘苏小小⑤，更值一年秋。

（录自《全唐诗》卷 390，中华书局 1960 年版）

【注释】

①别浦：银河，因其为牛、女二星隔绝之地而得名。　②曝衣楼：皇宫中帝后于七月七日晒衣之所。　③金镜：比喻月亮。　④玉钩：比喻新月。　⑤苏小小：南朝齐时钱塘名妓，李贺曾作《苏小小墓》一诗。

【评析】

"暗"字源于坊间七月七日天河隐没的传说。七夕夜，乌鹊填河成桥渡织女，遮挡了银河的光芒。天上是执手相看的牛郎织女，而身边是空荡荡的罗帐，诗的首联分别描写七夕天上、人间的景象，通过对比抒写诗人内心的孤独感和无尽的相思愁。颔联写七夕节俗，七夕节，女子们庭中观星、月下乞巧，故称当天的月亮为穿线月。乌鹊散去、辞别月亮，说明牛郎与织女的相会结束，天将向晓；待到太阳升起，人们将衣物摊开迎接阳光，曝衣楼里花影绰绰。颈联辩证，如镜圆月终会一分为二，正如天上双星合而复分；弯月如钩，终将复圆，因此才有了期盼相聚的离人深情、长久地凝视。尾联因寄情寓意幽闭深邃而颇受争议：一说，此联是随意而为。明徐渭在《唐李长吉诗集》中写道："末二句忽说至此，信手拈来。"清方扶南表示信手一说不妥，此联当是通篇之妙。而清陈本礼则认为此联就是写给阴阳两隔的苏小小，是"因生别而忆及死别也。七夕牛女一别，已固可悲，然一年一度尚有会期。南齐苏小小，七夕骨埋芳土，魂化无归，而怜香惜玉者犹年年凭吊。今且更一年秋矣，岂不尤可悲哉"（《协律钩玄》卷 1）。

【相关链接】

　　农历七月，天高气爽，风高物燥，是晾晒衣物的好时节。西汉建章宫北有太液池，池西有曝衣阁，每逢七月七日，宫女们便登楼曝衣以防虫蛀。东汉崔寔《四民月令》亦记有七月七日"合蓝丸及蜀漆丸，曝经书及衣裳，作干糗（即炒麦），采葸耳（即苍耳）"。可见，除晒衣外，人们还将书卷拿到太阳下晾晒。《世说新语》里记载了一个很有趣的故事。西晋人郝隆曾在大司马桓温手下任职，博学多才却不被重用，因而辞职回乡。七月七日，郝隆袒胸露腹在日中仰卧，人问其故，答曰："我晒书。"

　　七月七日曝晒之俗，一直到唐代都非常流行，甚至出现了借曝晒之名行炫富之实的情况。沈佺期《七夕曝衣篇》记载了唐朝宫廷曝晒活动的奢侈："宫中扰扰曝衣楼，天上娥娥红粉席。曝衣何许熏半黄，宫中彩女提玉箱。"明清后，七夕曝晒习俗只在部分地区保留，失去了往日的舞台。

七夕

罗隐

【题解】

　　这首诗是唐末著名诗人罗隐的作品，描写了女子七夕聚会赋诗、乞巧、拜织女的情景。

　　　　络角星河菡萏天①，一家欢笑设红筵。
　　　　应倾谢女珠玑箧②，尽写檀郎锦绣篇③。

香帐簇成排窈窕④，金针穿罢拜婵娟⑤。

铜壶漏报天将晓，惆怅佳期又一年。

（录自《全唐诗》卷 656，中华书局 1960 年版）

【注释】

①角：星名，二十八星宿中的角宿。菡（hàn）萏（dàn）：荷花。 ②谢女：即晋代才女谢道韫，泛指女子。箧：箱子。 ③檀郎：即晋代美男子潘安，泛指男子。 ④窈窕：指女子文静而美好。 ⑤婵娟：形容姿态美好，此处代指织女。

【评析】

　　这首诗描写的是七夕节的女眷聚会，笔调欢快，意境隽永，充满情趣。诗开篇铺陈，渲染节日的气氛。银河横跨星空，直连东方第一宿角宿。七月正值荷花开放之时，庭中阵阵清香。夜色里，女子们一边欢声笑语，一边摆放瓜果贡品，正所谓"新秋牛女会佳期，红粉筵开玉馔时"（唐李郢《七夕寄张氏兄弟》）。诗人将聚会中的女子，类比晋代才女谢道韫。珠玑箧本为装珠宝、珠玉的匣子，此处比喻拥有写出美好诗文的才华。女子们倾尽才思，书写歌咏情郎的锦绣篇章。"香帐"与"金针"均为美称，娴静的女子们排坐在罗帐里，穿针乞巧后祭拜织女星。"金针穿罢拜婵娟"仅七个字，便道明了是夜女子们的庆祝活动。除乞巧外，古时七夕节还有"拜织女"的习俗，女子们斋戒一天，沐浴停当，聚在一处，于桌案前朝向织女星座焚香礼拜。时间一点一滴地过去，天将破晓，女眷们不忍牛郎、织女分离，为二星又要等一年的时间方能团聚而感伤。此诗写古代女子对爱情的向往，对自身命运的祈福，对织女的同情与怜爱，展现了女性纯真善良、如水柔情的特质。

七夕

温庭筠

【题解】

  该诗是唐代著名诗人温庭筠的作品。这首七夕怀念恋人的七言律诗，通过牛郎织女聚后别离的情景，抒发内心的凄清之感和思念之情。

鹊归燕去两悠悠，青琐西南月似钩^①。

天上岁时星右转，世间离别水东流。

金风入树千门夜，银汉横空万象秋。

苏小横塘通桂楫^②，未应清浅隔牵牛^③。

（录自《全唐诗》卷 578，中华书局 1960 年版）

【注释】

①青琐：刻镂成格的窗户。 ②苏小：即苏小小。桂楫：桂木做的船桨，此处代指渡船。 ③清浅：清且浅，此处指七夕夜的银河。《古诗十九首》："河汉清且浅，相去复几许。"

【评析】

  诗的首联写牛郎、织女分离后的景象。乌鹊填河渡织女、燕子素以雌雄颉颃，因此二者均为古诗中常见的爱情鸟。"悠悠"，表达出离别后无尽的思念。通常古人认为月圆为满，月半为缺，如钩弯月又称残月，在诗文中具有渲染凄清气氛、烘托孤苦情怀的功能。颔联用"星右转"说明时序更替，天上的牛郎、织女还会再次相聚，而人间的离愁别恨如同东流水一样绵绵不绝。颈联以宏大的笔触写秋意，为尾联做铺垫。秋风四起，银河横贯天空，自然界的一切事物与景象已进入秋天。七夕夜，诗人有感于织女盼夫、每年一见的苦楚，想到了更加悲情的苏小小，用尽一生去等待，至死无果。因此，诗人怜爱地让苏小小拥有一艘通向爱人的渡船，不要像牛郎、织女一样任银河阻挡他们的爱情。清贺裳在《载酒园诗话》中评价此联与李商隐的"清漏渐移相望久，微云未接过来迟"类似，"皆妙于以荒唐事说得十分真实"。

谢余处恭送七夕
酒果蜜食化生儿二首（其一）

杨万里

【题解】

这首诗是南宋著名诗人杨万里的作品。余处恭乃南宋官员余瑞礼，处恭为字，曾官至丞相。这首诗大致作于绍熙二年（1191），诗人为答谢友人处恭七夕节赠送酒果、蜜食、化生儿而作。

踉跄儿孙忽满庭①，折荷骑竹臂春莺②。
巧楼后夜邀牛女③，留钥今朝送化生④。
节物催人教老去，壶觞拜赐喜先倾。
醉眠管得银河鹊，天上归来打六更⑤。

（录自《全宋诗》第 42 册，北京大学出版社 1998 年版）

【注释】

①踉（liàng）跄（qiāng）：步态不稳。 ②骑竹：又称骑竹马，指儿童将竹竿置于胯下，用手拖着来回奔跑。唐杜甫《清明》："绣羽衔花他自得，红颜骑竹我无缘。" ③巧楼：即乞巧楼。宋孟元老《东京

梦华录·七夕》："至初六日、七日晚，贵家多结彩楼于庭，谓之乞巧楼。"　　④留钥：又称"留守"，官职名，此处指余处恭。化生：即摩睺罗人偶，泥塑或蜡做的小男孩形象，唐及其后，人们七夕节互赠的节物。《岁时纪事》："七夕，俗以蜡作婴儿形，浮水中以为戏，为妇人宜子之祥，谓之化生。本出西域，谓之摩睺罗。"　　⑤六更：宋朝时宫中更漏较民间短，宫中五更过后，梆鼓交作，始开宫门，俗称"六更"。诗人自注："予庚戌考试殿庐，夜漏杀五更之后，复打一更。问之鸡人，云宫漏有六更。"

【评析】

这是一首充满了节日兴味与生活情趣的律诗。首联中的"忽"字，说明儿孙满庭的画面是幻想出来的，而非实景。恍惚间，庭院里到处都是姗姗学步的小童，欢笑嬉闹，可爱至极。小童们什么样？手执荷花，骑着竹马，手臂上架着春莺鸟。"骑竹"是古时小男孩常玩的游戏。"折荷"类似于角色扮演，七夕节，市井儿童上身穿着荷叶形的衣服，手持荷叶，模仿佛教摩睺罗的形象。"春莺"即百舌鸟，佛教认为母未怀子前言辞木讷愚钝，怀子以后能言善辩、难以应对，故以母多辩为"春莺"。可见，此句的"折荷""骑竹""春莺"，皆与妇人宜子有关，也与前文的"儿孙忽满庭"以及下文的"送化生"相应。颔联写回现实，也点明诗题。颈联写节日感受，节物当指友人送来的化生，节日的轮回提醒人岁月的更迭，让人深深地感受着年华老去；斟满酒拜谢友人的赠予，倾倒出的都是喜悦。尾联洒脱，诗人饮酒尽兴、酣畅淋漓，哪管牛郎、织女鹊桥会，待到思绪云游归来，天已破晓，七夕已过。这是一首融入了民俗与友情的节日诗，诗里的故事虚实结合、生动形象，又不乏深邃的意境。

【相关链接】

　　宋代七夕可谓是盛大的节日。七月初一开始，筹备节物的车马填塞大街小巷，到处是热情、欢腾的人群。特别是宋皇宫东南角楼附近的商业街——潘楼大街，七夕节前三天就已经不通车马，车马行到此处相次壅遏，不复得出，至夜方散。到了初六、初七的晚上，富贵人家会在庭院里搭起彩楼，称为"乞巧楼"。楼中摆放上摩睺罗的塑像，还有花瓜、酒炙、笔砚、针线等物。妇女、儿童相聚楼中，通常小孩们作诗，妇女们望月穿针、焚香列拜，就是所谓的"乞巧"。唐朝时观察蜘蛛结网疏密的习俗一直延续下来，宋朝人为此项活动又增添了新的内容。宋人将小蜘蛛放在盒子里，待到第二天观看，如果蜘蛛结的网是正圆形，那么就意味着"得巧"，乞取智巧、追求幸福的心愿便会达成。民间还会互赠节物以酬佳节，比如红熝鸡、果食、时新果品以及《谢余处恭送七夕酒果蜜食化生儿二首》诗文中提到的化生等。七夕节是女性的节日，东京城的儿童和女子都梳妆打扮、穿戴一新。育龄妇女还有特别的祈福方式，她们为祈求生育，将蜡制的婴儿像放在水里，称为"水上浮"；或者将豆子泡在水里，以之生菜，称为"种生"。

七夕咏牛女

朱彝尊

【题解】

　　这首诗是清代著名文学家朱彝尊的作品。诗人感叹牛郎织女七夕夜的短暂相会，抒发离别易、相见难的惆怅心情。

浪传灵匹几千秋^①，天路微茫不易求。

今夜白榆连理树^②，明朝银浦断肠流^③。

（录自《朱彝尊诗词选》，浙江古籍出版社 1989 年版）

【注释】

①浪：徒然。灵匹：神仙佳偶，指牛郎与织女。 ②白榆：星名，相传此星是天上的树。乐府《陇西行》"天上何所有？历历种白榆。" ③银浦：银河。

【评析】

别易会难，古今所叹。这首诗便是以"别易会难"为主旨，起笔写牛郎、织女的爱情故事流传了几千年，至今二星相聚的天路仍旧渺茫难求。"灵匹"点题，诗题为咏牛、女，诗人便从牛、女的传说入手，但是他没有讲故事，而是利用传说的久远，衬托解决牛、女二星聚少离多的困难。尾句中"今夜""明朝"对比强烈，"白榆"为古诗文中的天树，此处借喻牵牛星与织女星，因二星相聚故称"连理"，颂扬二星矢志不渝的爱情。而"断肠"一词荡气回肠，道出了离别的极度思念和悲伤。这首诗构思新颖，言辞浅易却情感真挚，正如诗人在《高舍人诗序》所说："诗之为教，其效至于动天地、感鬼神。"

【相关链接】

明清时，七夕承继了前朝各项节俗，如望月乞巧、喜蛛结网、吃巧果（白糖溶为糖浆后和入面粉、芝麻搅拌，放置案上擀薄、切成小方块，凉冷后将小方块折成梭形，入油炸熟）、水上浮、拜织女等等。在此基础上，人们还增添了卜巧和拜魁星等活动。卜巧即投针验巧，明刘侗、于奕正《帝京景物略》记载："七月七日之午丢巧针。妇女曝盎（腹大口小的盆）水日中，顷之，水膜生面，绣针投之则浮，看水底针影。有成云物花头鸟兽影者，有成鞋及剪刀、水茄影者，谓乞得巧；其影粗如槌、细如丝、直如轴蜡，此拙征矣。"清于敏中《日下旧闻考》也记载了投针卜巧的方式，与《帝京景物略》无异，只是验巧时"徐视水底日影，或散如花，动如云，细如线，粗如槌，因以卜女之巧。"拜魁星，因俗传七月七日是魁星的生日。魁星在儒生心中是至高无上的神，主宰着文人应试的运气。是日拜魁星，祈求能金榜题名、指日高升。

鹧鸪天（当日佳期鹊误传）

晏几道

【题解】

　　这首词是北宋著名词人晏几道的作品。词的上片写因鹊鸟误传而导致织女、牵牛相思断肠、相聚短暂，下片借一夜欢喜、一年惆怅的织女星与牵牛星，表达对人生长别离的无奈。

　　当日佳期鹊误传。至今犹作断肠仙①。桥成汉渚星波外②，人在鸾歌凤舞前。　　欢尽夜，别经年③。别多欢少奈何天④。情知此会无长计⑤，咫尺凉蟾亦未圆⑥。

（录自《全宋词》第 1 册，中华书局 1965 年版）

【注释】

①断肠仙：因思念、别离而伤心欲绝的神仙，指牵牛星与织女星。　②汉渚：银河。　③经年：经过一年。　④奈何天：令人无可奈何的时光。　⑤情知：深知，明知。　⑥凉蟾：冷月。

　　南朝梁殷云《小说》载："天河之东有织女，天帝之子也，年年机杼劳役，织成云锦天衣。天帝怜其独处，许嫁河西牵牛郎。嫁后遂废织纤，天帝怒，责令归河东，但使一年一度相会。"宋代坊间流传的版本更为曲折：牵牛郎与织女婚后荒废工作，天帝大怒，于是便命乌鹊传旨二仙，只准七天相会一次，可乌鹊却误传为七夕相会一次，结果使得牵牛星与织女星每年只有一次渡河相见的机会。乌鹊误传了天命，所以受到了填河渡织女的惩罚，所以每过七夕，乌鹊头顶的毛会秃掉。按宋罗愿《尔雅翼》卷 13 中所说："涉秋七日，鹊首无辜皆髡，相传是日河鼓与织女会于汉东，役乌鹊为梁以渡，故毛皆脱去。"因此，上片有："当日佳期鹊误传。至今犹作断肠仙。"词的上片简述七夕鹊桥会背后的故事，下片抒发别多欢少的惆怅心情。词人借牛郎织女的短暂相聚慨叹人生的哲思，相会只是暂时的，分离才是长久的，正如七夕夜里与双星咫尺之遥的残月一样，孤寂、凄冷。

摊破浣溪沙·七夕

高观国

【题解】

　　高观国，生卒年不详，字宾王，号竹屋，山阴（今浙江绍兴）人，南宋著名词人，"南宋十杰"之一。同史达祖交谊厚密，叠相唱和，史称"高史"。

　　这首词作于七夕节，描写了织女乘车赴鹊桥会的过程。词人通过细致描绘织女赴约途中的心理状态，表达了对天上、人间聚少离多的感慨。

　　袅袅天风响佩环^①。鹊桥有女夜乘鸾^②。也恨别多相见少，似人间。　　银浦无声云路渺，金风有信玉机闲^③。生怕河梁分袂处^④，晓光寒。

感慨。

　　袅袅天风响佩环①。鹊桥有女夜乘鸾②。也恨别多相见少，似人间。　　银浦无声云路渺，金风有信玉机闲③。生怕河梁分袂处④，晓光寒。

（录自《全宋词》第 4 册，中华书局 1965 年版）

【注释】

①袅袅：声音绵延不绝。　②鸾：指神仙所乘的车子。唐李白《草创大还赠柳官迪》："鸾车速风电，龙骑无鞭策。"　③玉机：织女的织布机。　④河梁：河桥，此处指银河上架起的鹊桥。分袂：离别，分手。

【评析】

　　这首词描写了织女星去会牵牛星时的情景，词人以织女星为主角，发挥想象，细腻地刻画了织女赴约路上的心绪与感触。词的上片从听觉引出人物。天风吹拂下，环佩叮当，可见织女穿着隆重。乘鸾车而来的织女，虽为神仙，却和人间女子一样心负怨气。句中"也"字说明织女有着和凡间女子一样的喜怒哀乐，"恨"字则直接表达了织女行于鹊桥之上的情绪，也由这个情绪给读者提供了广阔的空间去设想、勾画织女此时的情态。词的下片先铺陈景色，"渺"既是实写云路的辽远，也是虚写人物心理的渺茫。"金风"句运用拟人修辞，写秋风送来鹊桥会的讯息，织女为此停下了手中的工作。破晓的晨光中，织女与牵牛必须分别，"生怕"写出了织女的担心与不舍。全词叙事与抒情相融合，情景相生，工巧含蓄，情真意切。

鹧鸪天·七夕

周紫芝

【题解】

周紫芝（1082—1155），字少隐，号竹坡居士，宣城（今属安徽）人，南宋著名文学家。高宗绍兴年间中进士第，官至枢密院编修。晚年退隐庐山。

这首词描绘了七夕夜天上牛郎织女相逢以及人间女子穿针得喜的欣喜。

乌鹊桥边河汉流。洗车微雨湿清秋①。相逢不似长相忆，一度相逢一度愁。　　云却静，月垂钩。金针穿得喜回头。只应人倚阑干处，便似天孙梳洗楼②。

（录自《全宋词》第 2 册，中华书局 1965 年版）

【注释】

①洗车微雨：七月初六下小雨。《岁时广记》："七月六日有雨谓之洗车雨，七日雨则云洒泪雨。"　　②天孙：天帝的孙女，即织女星。《史记·天官书》："婺女，其北织女。织女，天女孙也。"

【评析】

这首词上片主要写七夕鹊桥会的感悟。词的开篇以"乌鹊""河汉"点题，并交代这年七夕前刚刚下过一场秋雨，繁星点点，空气清凉，勾勒出舒适、清爽的早秋景象。继而词人写相逢却叹重逢后便是离别的愁苦，充满了人生哲思。下片仍由天空景色入手，接着写月下女子乞巧。顺利得巧后，女子不禁喜形于色。"回头"，说明乞巧楼里尚有他人，女子回头分享得巧的快乐。尾句以织女梳妆楼，喻人间的乞巧楼，是依靠栏杆的女子让天上人间的景色交汇在一起，意境优美高雅。

鹊桥仙（飞云多态）

向子谌

【题解】

这首词是南宋著名词人向子谌的作品。词人以织女的凄楚相思为对照，描写七夕节人间恋人团聚、饮酒欢歌的美好时光。

飞云多态，凉飔微度①，都到酒边歌处②。冰肌玉骨照人寒，更做弄、一帘风雨。　　同盘风味，合欢情思，不管星娥猜妒③。桃花溪水接银河，与占断④、鹊桥归路。

（录自《全宋词》第 2 册，中华书局 1965 年版）

【注释】

①凉飔（sī）：凉风。　　②酒边：宴集饮酒中。唐卢藏用《九日》："莫依佩裹发，菊向酒边开。"　　③星娥：织女。唐李商隐《圣女祠》："星娥一去后，月姊更来无。"　　④与：给。占断：完全占据。唐吴融《杏花》："粉薄红轻掩敛羞，花中占断得风流。"

【评析】

这首词的上片写七夕夜景。姿态万千的流云、微微吹来的凉风，是饮酒欢歌的背景。"冰肌玉骨"，往往用于形容女子的肌肤晶莹洁白，如冰之清、玉之润，此处代指织女星。织女思念恋人的痛楚，使得星光下的人们感受到她的悲伤与愁绪，故而觉得寒冷。而七夕节日里的一帘风雨，为牛郎、织女的故事又添了一抹凄清。下片词人的想象更为天马行空。下片写人间欢好的恋人同盘而食、举止亲密，不管是否会引起织女的嫉妒。此处以"星娥猜妒"，反衬恋人团聚的欢洽。绵长的桃花溪仿佛通到天上，与银河相接，占据了牛、女二星离别时的鹊桥归路。这首词意蕴不深却也不庸俗，对男女情爱写得缠绵悱恻、情深意长。

行香子·七夕

李清照

【题解】

　　这首词是宋代著名婉约派词人李清照的作品。其时词人与丈夫赵明诚分居两地。恰逢七夕，由牵牛织女的相聚别离联想到自己的婚姻状况，抒写人间离恨，抒发思念愁浓。

　　草际鸣蛩①，惊落梧桐。正人间、天上愁浓。云阶月地②，关锁千重。纵浮槎来③，浮槎去，不相逢。　　星桥鹊驾，经年才见，想离情、别恨难穷。牵牛织女，莫是离中。甚霎儿晴④，霎儿雨，霎儿风。

（录自《全宋词》第 2 册，中华书局 1965 年版）

【注释】

①蛩（qióng）：蟋蟀。宋岳飞《小重山》："昨夜寒蛩不住鸣。惊回千里梦，已三更。"　　②云阶月地：以云为阶，以月为地，此处指天宫。唐杜牧《七夕》："云阶月地一相过，未抵经年别恨多。"　　③浮槎（chá）：木筏，据传能往返于海上与天河之间。晋张华《博物志》："天河与海通，

近世有人居海渚者，年年八月，有浮槎去来，不失期。" ④霎儿：一会儿。

【评析】

梧桐叶落，不是因为风，而是因为草丛中的虫鸣。词的上片开篇写景，词人运用了拟人修辞，赋予梧桐以人的情绪。蟋蟀鸣叫本为微细，而此处其声足以"惊落梧桐"，以夸张的手法说明虫鸣的凄怆，也说明环境的幽静。紧接听觉与视觉描写之后的，是心理上的刻画。是日七夕，牛郎、织女聚短而离长，词人想到牛、女相聚后的分离，不由得感慨"人间、天上愁浓"。七夕一过，将入八月，纵使天河上有浮槎来去，怎奈天宫关卡重重，天上的织女与人间的牛郎也只能遥望对方，不得相逢。词的下片承接前文，写别易会难。"想离情、别恨难穷"，既是代牛郎、织女发言，也是词人自己的心声。"莫是离中"，是词人的揣测，刚刚见面的牛郎、织女，莫不是正在离别之中吧。相聚本就不易，又恰逢是个多变的天气，一会儿晴、一会儿雨、一会儿又刮风的。"霎儿"是口语表达方式，句中"以寻常语度入音律"（宋张端义《贵耳集》），并反复三次，表达了幽怨与不耐烦的情绪。整首词来自词人七夕节天马行空的想象，看似写牛、女，实则要抒发的是自己与丈夫被迫分离的愁绪与苦楚，正如宋王灼《碧鸡漫志》所评："能曲折尽人意。"

鹊桥仙（纤云弄巧）

秦观

【题解】

秦观（1049—1100），字太虚，又字少游，号邗沟居士、淮海居士，高邮（今属江苏）人，北宋著名词人，世人尊其为婉约派一代词宗，为"苏门四学士""苏门六君子"之一。元丰八年（1085）进士，授定海主簿。后官至太学博士、国史馆编修。因卷入党争屡遭贬抑。卒于赦还途中。

这首词咏牛郎织女的忠贞爱情，并提出了"爱情长久，不在于日夜厮守"的观点，与同时代大多七夕诗词主旨相悖，给人耳目一新之感。

纤云弄巧，飞星传恨①，银汉迢迢暗度。金风玉露一相逢，便胜却、人间无数。　　柔情似水，佳期如梦。忍顾鹊桥归路②。两情若是久长时，又岂在、朝朝暮暮。

（录自《全宋词》第 1 册，中华书局 1965 年版）

【注释】

①飞星：流星。东汉班固《汉书·天文志》："四年闰月庚午，飞星大如缶，出西南，入斗下。"　　②忍顾：不忍心回头看。

【评析】

这是一首借传说颂扬爱情的节庆词。词的上片咏牛郎、织女的相逢。据传云霞是织女织出来的，"纤云"说明云薄如雾，一方面显示了织女织造的技巧，另一方面说明织女为相会精心营造环境。词首对仗。纤薄的云彩变幻形态，流星传递着织女与牛郎的相思之苦。织女渡过了宽阔辽远的银河，"迢迢"既是银河两岸的空间距离，也暗喻牛、女分别的时间长度。"暗"，典出唐李贺《七夕》"别浦今朝暗"。"金风""玉露"，皆暗示七夕时节，也是织女会牛郎的时节，典出唐李商隐《辛未七夕》"由来碧落银河畔，可要金风玉露时"。"便胜"句化用唐赵璞

（一作李郢）《七夕诗》"莫嫌天上稀相见，犹胜人间去不回"，通过对比，突显"一相逢"的珍贵。词的下片咏牛郎、织女的相别。"柔情似水，佳期如梦"，写相会时分的美妙与短暂。"忍顾"是反诘用法，实言不忍。尾句是全词的精华所在，明李攀龙《草堂诗余隽》评此句"相逢胜人间，会心之语；两情不在朝暮，破格之谈"。明顾从敬《类编草堂诗余》亦评此句："化臭腐为神奇，宁不醒人心目？"这首词立意奇警，文辞清丽，风格清新，意境优美。

鹊桥仙·七夕

纳兰性德

【题解】

　　这首词是清代著名文人纳兰性德的作品。词作于康熙十七年（1678）或其后，词人通过对独自一人过七夕的情景描写，表达对亡妻卢氏深深的怀念。

　　乞巧楼空，影娥池冷①，佳节只供愁叹。丁宁休曝旧罗衣，忆素手、为予缝绽②。　　莲粉飘红，菱丝翳碧③，仰见明星空烂。亲持钿合梦中来④，信天上、人间非幻。

（录自《饮水词笺校》，中华书局 2005 年版）

【注释】

①影娥池：池名，位于汉代未央宫中，汉武帝凿之以玩月。　②缝绽：缝衣服。　③菱丝：菱角如丝般的枝蔓。翳（yì）：遮盖。　④钿合：镶嵌金银珠宝的首饰盒子，史传为唐玄宗与杨贵妃的定情信物。

【评析】

"乞巧楼空"交代物是人非，"影娥池冷"衬托心境孤寂，"只供"二字说明是日词人除了愁绪万千，别无他物，在他而言，欢愉的节日成了最悲伤的日子。晒衣是女子们欢度七夕的方式，而词人叮咛下人"休曝旧罗衣"，因为那些旧衣物都是爱妻亲手缝制的，如今目不忍视，怕勾起对过往美好的回忆。词的上片触景伤情，通过描写节日的冷清，营造出凄凉悲怆的气氛。词的下片移情入景。莲花、菱蔓、星空是七夕秋夜的常景，"莲粉飘红"典出杜甫《秋兴》"露冷莲房坠粉红"，而"飘"与"坠"不同，写出了花瓣飘零的虚幻；水中菱蔓荡漾如丝，词人词作中不止一次出现"菱丝"，"脉脉逗菱丝"（《生查子·鞭影落春堤》）、"漏痕斜胃菱丝碧"（《天仙子·天咫尺》）等，而词中的菱丝遮掩了水波粼粼的碧绿池水；仰望星空，"空"使得灿烂星光不那么真实。词人因思成梦，梦中仿佛看到爱妻手持钿合而来，告诉词人要相信"但教心似金钿坚，天上人间会相见"（白居易《长恨歌》）。整首词虚实结合，围绕"七夕"的景物展开对妻子无限的思念，寓情于景，触景生情，想象丰富，用典娴熟，体现了较高的艺术技巧。

十一、中元

中元作

李商隐

【题解】

这首诗是唐代著名诗人李商隐的作品，大致作于诗人玉阳山（今河南济源西）学道期间。诗人借中元节法会之便，与灵都观一宋姓女冠相约。诗中描写了与女冠在法会幽会的情景，通过大量用典，抒发对女冠的爱慕之情与求之不得的苦楚。

绛节飘飖宫国来①，中元朝拜上清回。

羊权须得金条脱②，温峤终虚玉镜台③。

曾省惊眠闻雨过④，不知迷路为花开⑤。

有娀未抵瀛洲远⑥，青雀如何鸩鸟媒⑦。

（录自《全唐诗》卷540，中华书局1960年版）

【注释】

①绛节：红色的幡节。宋周煇《清波杂志》卷11："即见有道流、童子，持幢幡节盖相继而出云间。"飘飖（yáo）：飘扬。 ②羊权：魏晋诗人，字道舆。据传，晋穆帝时，道教女仙萼绿华夜降羊权家。南朝梁陶弘景《真诰·运象篇》："萼绿华者……以升平三年十一月十日夜降羊权。……赠权诗一篇，并致为浣布手巾一枚，金玉条脱各一枚。"条脱：古代臂饰。南朝梁陶弘景《真诰·运象篇》："条脱似指环而大，异常精好。" ③温峤：东晋名将。南朝宋刘义庆《世说新语》："温公丧妇。从姑刘氏家值乱离散，唯有一女，甚有姿慧。姑以属公觅婚，公密有自婚意……因下玉镜台一枚。" ④雨过：指梦中云雨，交欢。 ⑤花：喻指爱慕的女

子。　　⑥有娀（sōng）：即有娀氏，古国名。战国楚屈原《离骚》："望瑶台之偃蹇兮，见有娀之佚女。"瀛洲：传说中神仙居处。《史记·秦始皇本纪》载："齐人徐市（徐福）等上书，言海中有三神山，名曰蓬莱、方丈、瀛洲，仙人居之。"　　⑦青雀：传说中西王母的信使。南朝宋鲍照《野鹅赋》："无青雀之衔命，乏赤雁之嘉祥。"鸩：鸟名，羽毛有毒，可用以杀人。战国楚屈原《离骚》："吾令鸩鸟为媒兮，鸩告余以不好。"

【评析】

这首诗开篇描写中元节法会，绛红色的幡节迎风飘飘，似从仙境天国而来，首联"中元"扣题，诗人参加了中元盛会，朝拜上清归来。"羊权"句典出南朝梁陶弘景的《真诰·运象篇》，"温峤"句典出南朝宋刘义庆的《世说新语》，此二句皆为与爱情、婚姻有关的故事。晋穆帝时，道教女仙萼绿华夜降羊权家，赠予诗及金玉条脱等物以定情，诗人借此暗示自己与宋姓女冠幽会定情。东晋温峤以玉镜台为聘礼，欲娶表妹为妻。"虚"字表明此行未果，暗示诗人欲与女子结为连理，却因女子为道人而终不能成婚。颈联仍用典故，譬喻二人爱恋之事。"曾省"句典出战国宋玉《高唐赋》，"不知"句典出南朝宋刘义庆《幽明录》，此二句皆讲述人神相恋的故事。楚王游高唐，白日梦中遇见巫山神女，神女临别时称自己"旦为朝云，暮为行雨"，此句暗示诗人曾梦中与女子欢好。东汉刘晨、阮肇二人在天台山采药时迷路，寻路时遇见两位仙女，仙女唤出二人姓名如同故交，二人遂暂时忘掉现世生活，与仙女们寻欢作乐，此句暗指诗人对女子一往情深、梦魂颠倒。尾联化用屈原《离骚》"望瑶台之偃蹇兮，见有娀之佚女。吾令鸩鸟为媒兮，鸩告余以不好"句，意在说屈子倾慕的有娀女立于瑶台之上，位于远望可见的距离，而诗人爱恋的女子则居于仙山道境之中那么远。即使请来西王母的青鸟作传递情书的使者又如何，其结果还不是和屈子辞中的鸩鸟一样，难以成就美好姻缘。此诗后三联句句用典却不生硬。诗人寄充沛的情感于神话传说、历史掌故中，丰富了诗歌的层次；利用暗示、隐喻等手法，赋予诗境神秘而浪漫的色彩。

【相关链接】

中元是道教三元之一。道教三元分别为天官、地官与水官。上元天官赐福，中元地官赦罪，下元水官解厄。农历七月十五是立秋后的第一个望日，圆月为秋夜平添了几分凄清，地官大帝在这天降临，定人间善恶，为人赦罪，道士则在夜里斋醮诵经，以求饿鬼囚徒得到解脱。西晋时，《佛说盂兰盆经》传入中国，据经上言，佛陀弟子目连为救母亲于饿鬼之中，在各方大佛前供奉盂兰盆，内置食物与百味鲜果，以此来洗脱母亲的罪孽，最终将亡母救出地狱。"盂兰"是梵语音译，其意为倒悬。佛教认为，倒悬状的盂兰盆能将逝者从苦难中解救出来，这刚好满足了古人追先悼远的需求，因此，每逢七月十五日，做子女的会为七世父母超度以及为处于厄难的现世父母祈福，人们学习目连，将饭、百味、五果等尽世甘美放入盆中，供养十方大德，父母方可解脱一切恶鬼之苦。北朝时，道教、佛教及民间各种信仰的宣传广度和力度有了很大提高，人们将节期相同的中元节与盂兰盆会融合，确立农历七月十五正式作为祭祖、奉亲、普度的岁时节日而存在。

中元夜

李郢

【题解】

李郢，生卒年不详，字楚望，一说苏州吴（今江苏苏州吴中区）

人，一说长安（今陕西西安）人，晚唐著名诗人。少有诗名，居杭州，不务进取。唐宣宗大中十年（856）中进士第，历为藩镇从事，官终侍御史。

　　这首诗描写了江南中元日诗人在游人如潮的法会遇到一美貌绝伦的女子，表达了女子离去后诗人怅然若失的心情。

<blockquote>
江南水寺中元夜^①，金粟栏边见月娥^②。

红烛影回仙态近，翠鬟光动看人多^③。

香飘彩殿凝兰麝^④，露绕轻衣杂绮罗。

湘水夜空巫峡远^⑤，不知归路欲如何。
</blockquote>

（录自《全唐诗》卷590，中华书局1960年版）

【注释】

①水寺：临水的寺院。　　②金粟：桂花，因花蕊如金粟点缀而得名。　　③鬟（huán）：古代中国未婚女子的一种环形发式。唐杜牧《阿房宫赋》："绿云扰扰，梳晓鬟也。"　　④兰麝：兰与麝香，泛指香料。　　⑤湘水：此处指娥皇、女英。巫峡：此处指巫山神女。

【评析】

　　这首诗仿佛一组镜头，记录下诗人中元夜偶遇的一名女子。诗中美人如画，姿态高雅，瞬间永恒。首联简要明晰地交代出这首诗所述的时间、地点、人物、事件。中元夜，诗人在江南临水寺院的桂花树下见到了女子。诗人直接用月宫翩然而降的嫦娥指代女子，说明其美貌如仙人。颔联与颈联既以视觉、嗅觉直接描绘女子的高雅动人，又以观者的如痴如醉，间接烘托女子的气度与魅力。"红""翠"色彩对比强烈，"光动"写出女子秀发如云、光泽迷人。"飘""绕"二字增添了女子的仙气，"兰""麝"都是名贵的香料，"绮罗"亦是华贵的衣料，通过上述用字，暗示女子的出身非是庶人。尾联以湘水女神、巫山神女比喻女子，暗示了会合无缘的结局，表达了女子离去后诗人怅然若失的心情。

【相关链接】

唐代重道教，三元斋会自然也得到了皇家的重视与垂青。中元节被认定为法定假日，准令休假三日。唐玄宗曾下诏："今（开元二十二年）以后，及天下诸州，每年正月、七月、十月三元日，十三至十五日，并宜禁断屠宰。"与此同时，盂兰盆法会并未消失，每逢七月十五，掌管郊祀的中尚署向皇家进盂兰盆以供献诸寺，特别是武周时期，武则天供养盂兰盆，敬佛发心，以祈愿祖考同佛祖一起护佑武周王朝。

民间，中元节的主题虽是祭祀鬼神，但节俗活动充满了娱乐性。中元赏月是唐人的重要活动之一。"朦胧南溟月，汹涌出云涛"（唐罗隐《中元夜看月》），文人雅士月下联句，每人一句或数句，依次而下，联结成篇。各地的寺庙、道观，也成了人们娱乐活动的场所，"时中元日，番禺人多陈设珍异于佛庙，集百戏于开元寺"（《太平广记》卷34），而荆州的开元观也举行斋会，"舞态疑回紫阳女，歌声似遏彩云仙"（唐戎昱《开元观陪杜大夫中元日观乐》），载歌载舞，热闹非凡。

水调歌头·丙子中元后风雨有感

葛长庚

【题解】

葛长庚（1194—1229），字如晦，一字白叟，号海琼子；又名白玉蟾，字以阅，又字象甫，号蟾庵，闽清（今属福建）人，南宋道士、文学家。幼年父亡母嫁，遂弃家而游，久居武夷山学道。宁宗嘉定年间馆太乙宫，金丹派"南宗五祖"之一，封"紫清明真道人"。

　　这首词为嘉定九年（1216）词人于江西、浙江云游悟道时所作。题中有"风雨"，而词中却无凄凉，词人通过秋景的辽阔萧爽、道人的潇洒肆意，表达了词人自在宁静、真趣无为的审美境界。

　　一叶飞何处，天地起西风。夜来酒醒，月华千顷浸帘栊。塞外宾鸿来也①，十里碧莲香满，泽国蓼花红②。万象正萧爽，秋雨滴梧桐。　　钓台边，人把钓，兴何浓。吴江波上，烟寒水冷翦丹枫③。光景暗中催去，览镜朱颜犹在，回首鹫巢空④。铁笛一声晓，唤起玉渊龙。

（录自《全宋词》第 4 册，中华书局 1965 年版）

【注释】

①宾鸿：鸿雁。唐刘禹锡《秋江晚泊》："暮霞千万状，宾鸿次第飞。"　②泽国：多水的地区，此处指江南水乡。唐杜牧《题白云楼》："江村夜涨浮天水，泽国秋生动地风。"蓼（liǎo）花：植物名，多生长在水边。　③翦：同"剪"。　④鹫：鸟名，属鹰科，大型猛禽。

【评析】

　　这首词上片写一位心怀禅意、处处修行的道人眼中的秋景。"一叶"知秋，秋风乍"起"，初秋时节与题目"中元"相应，交代了时间。渺小的"一叶"后，紧连突然开阔的"天地"，对比强烈，既有留白美，又有宏大感，一"飞"一"起"，勾勒出一幅极具动态美的画面。刚过十五，皎洁的月光如瀑布般倾泻，门窗的帘子上洒满了月光，仿佛沉浸其中。"泽国",说明词人身处江南水乡。北雁南飞、莲花开放、蓼花吐蕊,皆为初秋景象。下文以"万象",归纳词人对眼前秋景的感受,江南的秋天萧闲舒爽,即使秋雨,一个"滴"字尽显温柔。下片写道人,即词人自己。江上虽冷,垂钓道人兴致勃勃,投闲于云水之间。"光景"句写词人修道多年,虽相貌未变,但心中那个狂躁、不安的本我已经不在。句中以猛禽"鹫",比拟贪欲无限的世俗之心,内心无为了,"鹫巢"便空了。铁笛具有雄健刚劲的力度,古诗词中常以铁笛抒发清刚、豪放、旷达的情怀。词人曾作《懒翁斋赋》,赋中想象出一得道隐士"懒翁","翁欲狂歌时,一声吹铁笛,唤起玉渊龙",可见词的尾句意在描绘出得道之人无拘无束、无所不能的自由。这首词笔墨疏宕,有清旷高迈之气,清王奕清《历代词话》评此词与苏轼《水调歌头》匹敌,"此岂胸中有烟火,笔下有纤尘者所能仿佛其一二耶"。

【相关链接】

宋代中元节俗除了祭祖、赏月、观目连戏外,还增加了张灯、泛舟和放灯等活动。宋朝初年,中元节同上元节一样有燃灯的节俗。"三元观灯本起于外方之说。自唐以后,常于正月望夜,开坊市门然灯。宋因之……太平兴国二年(977)七月中元节,御东角楼观灯,赐从官宴饮。五年十月下元节,依中元例,张灯三夜"(元脱脱等《宋史·礼志十六》)。中元张灯并非从太平兴国二年才开始,《宋会要》中有"开宝四年(971)七月中元节京城张灯"的记载。然而,张灯的习俗在宋太宗登基后便被废止了。泛舟是宋代文人继苏轼之后为中元节俗增添的一件雅事。苏轼壬戌(1082)年中元泛舟赤壁,作《前赤壁赋》,其后文人多效仿之。放灯大约起于南宋,在现有历史文献中,南宋《梦粱录》是最早的记载:"后殿赐钱,差内侍往龙山放江灯万盏。"而且当时放灯多为官府所为，民间尚未流行。传说水上放灯是为亡魂引路，引鬼魂过奈何桥，并为它们照亮回家的路。放灯大约沿袭了佛家的传统，灯多为莲花形状。今天有些地方还保留着七月十五放河灯的习俗，只是淡化了宗教意味，承载的更多是人们的世俗心愿与美好祝福。

酹江月·乙未中元自柳州过白莲

赵师侠

【题解】

赵师侠，生卒年不详，一名师使，字介之，号坦庵，赵宋王朝的宗室，南宋著名词人。孝宗淳熙二年（1175），赴杭州参加殿试，进士及第。

"柳州"为"柳洲"之讹，指西湖北山区的柳洲寺。白莲即南屏山附近的白莲寺。这首词作于淳熙二年中元节，词人西湖泛舟自柳洲寺过白莲寺，一路游览自然山水、人文景观。水光山色中，词人表达了随遇而安、萧散自在的超然心境。

晓风清暑，映湖光如练，山光如染。十里荷花香满路，飞盖斜敧妆面①。一叶扁舟，数声柔橹，陡觉红尘远。六桥三塔②，恍然图画中见。　　因念当日三贤③，两山佳处④，应也经行遍。琢月吟风无限句，景物随人俱显。贺监风流⑤，玄真清致⑥，我亦情非浅。渔蓑投老，利名何用深羡。

（录自《全宋词》第3册，中华书局1965年版）

【注释】

①飞盖：高高的车篷，此处喻指荷叶。斜敧：亦作"斜攲"，倾斜，歪斜，斜靠。　②六桥：指杭州西湖苏堤之映波、锁澜、望山、压堤、东浦、跨虹等六桥。三塔：指杭州西湖堤外三座瓶形石塔，又名"三潭"。　③三贤：即白乐天、林和靖、苏东坡。杭州苏堤建有纪念性祠庙"三贤堂"，宋方回曾作《三贤堂移入西湖新书院》、顾逢亦有《西湖书院重建三贤堂》二首。　④两山：即孤山与宝石山。三贤堂初建孤山，绍兴后废，府尹周淙徙寄宝石山水仙王庙庑。　⑤贺监：即唐朝诗人贺知章，因其曾任秘书监而得名。　⑥玄真：即唐朝诗人张志和，号"玄真子"。

【评析】

　　杭州的七月暑气未退，清晨的风中夹带着清凉。词的开篇交代时间，并为读者营造出闲逸舒适的心理感受。接着词人从视觉与嗅觉两方面描绘眼前的景色，湖光、山色、荷花，由大到小，由远及近。在这醉人的景色中，词人乘一叶扁舟而来。古诗词中扁舟往往象征隐逸高格，而"数声"说明船桨只是随意轻摇几下，二者结合构成了适宜为乐、萧散自在的意象，故而词人"陡觉红尘远"，生出隐士情怀。词的下片先以词人已游览过与三贤有关的名胜景观，来表达对三贤的爱慕与敬仰。三贤观书论诗，"琢月吟风"，留下诗文万千。词人在景物中游走，三贤的样子也都渐渐清晰起来。词人将自己与贺知章、张志和类比，贺知章自号"四明狂客"，旷达不羁，张志和自号"元真子"，清雅而有风致，而词人表示自己同二者一样，愿做一身披蓑衣的渔翁，直到终老，"利名何用深羡"。从词人履历看来，进士及第后，词人并未从事高职，也许正如这首词所表达的，其人生志趣在于悠然山水之间，任运自然，随遇而安。整首词高雅淡泊，不事雕琢。《四库全书总目提要》评其词："萧疏淡远，不肯为剪红刻翠之文，洵词中之高格。"

十二、中秋

八月十五夜月二首

杜甫

【题解】

  这首诗是唐代著名诗人杜甫的作品。诗人避乱蜀中，适逢八月十五，以诗记录中秋圆月及夜月下秋景，抒发其异乡漂泊的羁旅愁思。

满月飞明镜，归心折大刀^①。

转蓬行地远^②，攀桂仰天高^③。

水路疑霜雪，林栖见羽毛。

此时瞻白兔^④，直欲数秋毫^⑤。

（录自《全唐诗》卷230，中华书局1960年版）

【注释】

①大刀：指大刀头。古代大刀头挂有铁环，环与"还"同音，古诗词中常借大刀比喻归心。明何景明《明月篇》："归心日远大刀折，极目天涯破镜飞。" ②转蓬：随风旋转的蓬草，此处比喻漂泊不定的生活。 ③桂：桂树，代指月亮。据神话传说，月中有桂树。 ④白兔：代指月亮。据神话传说，月中有白兔。 ⑤秋毫：秋天鸟兽身上的细毛。

【评析】

  从诗题可知，"月"是此诗吟咏的对象。诗人望月生叹，首联化用乐府古诗"何当大刀头，破镜飞上天"，表达归家的心愿。"明镜"喻指"满月"，紧扣诗题。团团圆月与摧折心肝的归心形成强烈的对比，展示出诗人羁旅他乡的孤寂与悲怨。颔联"转蓬"借喻诗人的漂泊无依，诗人因安史之乱辗转到四川，身处偏远的夔州。"攀桂"借喻仕途前程，诗人壮志难酬、不被重用，心向长安如天之高远。首联与颔联借月亮写身世遭遇，睹月兴感；颈联与颔联聚焦月亮，运用比喻、夸张、借代等修辞细描月色，极言月光的清澈明亮，与首句"明镜"相照应。诗人将神话传说、历史典故融入诗中，先情后景，沉郁顿挫，立意浪漫。

【相关链接】

依据中国古代历法，八月是秋季的第二个月，即"仲秋"，而十五日又在仲秋之中，故八月十五有"中秋"之称。中秋之夜，月圆如璧，中唐文人欧阳詹在《长安玩月诗序》中写道："八月于秋，季始孟终；十五于夜，又月之中。稽之天道，则寒暑均；取于月数，则蟾兔圆。"虽然唐时中秋尚未进入岁时节日体系，但普天之下皆不辜负良辰月景，自皇家至黎民形成了中秋赏月、玩月的风俗。王仁裕《开元天宝遗事》中记有唐玄宗八月十五日夜与贵妃临太液池凭栏望月的故事，结果玄宗因观赏得不够尽兴，遂命左右人等在太液池的西岸另建百尺高台以待来年中秋赏个痛快，最终因安史之乱爆发未能如愿。文士、百姓望月，自然没有如此排场，人们或庭中话月，或登高赋月，或于寺院道观祈月，留下了大量吟咏中秋月的诗篇。不仅如此，据传唐代著名舞歌《霓裳羽衣》也与中秋赏月的习俗有关。据《太平广记》记载："开元中，中秋望夜，时玄宗于宫中玩月。公远（即唐代道士罗公远）奏曰：'陛下莫要至月中看否。'乃取拄杖，向空掷之，化为大桥，其色如银，请玄宗同登。约行数十里，精光夺目，寒色侵人，遂至大城阙。公远曰：'此月宫也。'见仙女数百，皆素练宽衣，舞于广庭。玄宗问曰：'此何曲也？'曰：'霓裳羽衣也。'玄宗密记其声调，遂回，却顾其桥，随步而灭。且召伶官，依其声调作《霓裳羽衣》曲。"（《太平广记·神仙二十二·罗公远》

十五夜望月寄杜郎中

王建

【题解】

王建（768—835），字仲初，颍川（今河南许昌）人，唐代著名诗人，以"宫词"知名，乐府与张籍并称"张王乐府"。出身寒微，代宗大历十年（775）进士，曾任陕州司马、光州刺史，世称"王司马"。有《王司马集》传世。

杜郎中，诗人的友人，疑为曾任户部郎中的杜羔。中秋夜，诗人望月怀远，以诗代信，向杜姓友人倾诉思念之情。

中庭地白树栖鸦[①]，冷露无声湿桂花。

今夜月明人尽望，不知秋思在谁家[②]。

（录自《全唐诗》卷301，中华书局1960年版）

【注释】

①中庭：即庭中，庭院中。　②秋思：秋天的情思，此处指怀念的思绪。

【评析】

思念玄妙，如影随形。这首诗写的是静夜里的凝思，月光下的庭院静谧无声，只有绵绵的思绪不可遏制。首句以"地白"衬托月色的明亮，给人清澄、空明之感。如霜覆盖的地面、栖息的乌鸦、秋夜里的露水、被冷露打湿的小而嫩的桂花，种种秋景，营造出旷寂凄清之感。露水湿花本无声，此处与"无声"叠加，以听觉写眼前的景色，强调月夜之静。静夜好抒怀，下文由景入情。"今夜月明"，天下人皆望月，或与亲友共，或心怀故人，同是望月，思人怀远的情感却各不相同。陷入浓挚相思中的诗人推己及人，不禁问出"不知秋思在谁家"？诗题明明是诗人怀念故友、凭月寄深情，尾句却不言自己的感秋之意、怀人之情，而是宕开一笔，以问作结。此法既含蓄、深刻地表达了内心，又可成为友人酬答的引子。俞陛云在《诗境浅说》评此诗："自来对月咏怀者不知凡几，佳句亦多。作者知之，故著想高踔题巅，言今夜清光，千门共见……秋思之多，究在谁家庭院？诗意涵盖一切。且以'不知'二字作问语，笔致尤见空灵。前二句不言月，而地白疑霜、桂枝湿露，宛然月夜之景，亦经意之笔。"

天竺寺八月十五日夜桂子

皮日休

【题解】

　　这首诗是唐代著名诗人皮日休的作品。天竺寺位于浙江杭州西湖区灵隐天竺路旁，始建于东晋咸和年间，名法镜寺，隋时扩建并改名天竺寺。桂子即桂花。诗人中秋月夜在天竺寺殿前拾得带着露珠的桂花，拈花想象，表达了诗人对美好事物的热爱与向往。

　　　　玉颗珊珊下月轮①，殿前拾得露华新②。
　　　　至今不会天中事③，应是嫦娥掷与人。

（录自《全唐诗》卷615，中华书局1960年版）

【注释】

①玉颗：一颗颗小玉丸，此处指桂花。珊珊：指轻盈、舒缓的样子。明归有光《项脊轩志》："桂影斑驳，风移影动，珊珊可爱。"　②露华：指露水、露气。唐李白《清平调》："云想衣裳花想容，春风拂槛露华

浓。"　　③会：明白，通晓。

【评析】

八月桂花香，中秋赏桂正当时。诗人于当时名寺中望月赏花，联想古人关于桂花月中来的传说，活用此说吟咏桂花。绝句开篇以"玉颗"喻指带着露珠的桂花，言其晶莹润泽。中秋夜里"玉颗""月轮"光洁明亮，相映成趣。"珊珊"形容桂花落下的姿态舒缓、轻盈，既有动态美，又极富浪漫情调。"殿前"扣题中天竺寺，"新"说明露水刚刚冷凝而成，照应前文的"玉颗"，光泽如玉。尾句写诗人的猜测，凡人不晓得天上发生了什么，但凡人眼前的桂花是实实在在的，大概是月中嫦娥抛向人间的吧。此处诗人用了"掷"字，一来说明天宫、人间距离遥远，区别于"投"；一来说明嫦娥的行为是有目的、有对象的，区别于"扔、丢、洒"。在"月中有桂树"的基础上，诗人想象寺中桂花出自嫦娥之手，留给了读者更多品读与玩味的空间。整首诗言辞浅易，意境优美，意脉流贯，引人入胜。

【相关链接】

《山海经·南山经》里记述了这样一段神话：西海之滨有招摇山，山上有很多桂树，也蕴藏着许多金玉宝石。桂树下开着一种叫作"祝余"的小花，其形像韭菜花，但为青色，吃下此花便不会饿。还有一种怪兽，名为"狌狌"，伏地行走，跑起来却像人，食其肉则善跑。此处，桂树虽没有异能，却是一个古老的物种。桂树什么样？《山海经·海内南经》说"桂林八树，在贲隅东"，郭璞注："八树成林，言其大也。"而桂树入月的传说见于《淮南子》，《太平御览》引《淮南子》："月中有桂树。"晋虞喜《安天论》进一步说明：坊间传说月亮中有仙人和桂树，虞喜在观察新月时，发现月亮影像中隐约可以看到仙人的足迹渐渐成形，而桂树的轮廓则较晚形成。等到唐段成式的《酉阳杂俎·天咫》中，不仅有关于月中桂树的描写，还提到了吴刚伐桂的故事："旧言月中有桂，有蟾蜍，故异书言月桂高五百丈，下有一人常斫之，树创随合。人姓吴名刚，西河人。学仙有过，谪令伐树。"月中桂树，每砍一斧，创伤自愈。此处生长在月亮中的桂树，已与《山海经》招摇山上的桂树不同，具备了超能力。月中桂树的果实飘落人间即为"桂子"，人间桂花天上来。古人常于望月之时，吟咏月中桂树及落入凡间的桂子，《天竺寺八月十五日夜桂子》便是一例。另如宋代僧人遵式的《月桂峰诗序》："想月中桂子，尝坠此峰，生成大木，其花白，其实丹。"

八月十五日夜湓亭望月

白居易

【题解】

这首诗是唐代著名诗人白居易的作品。唐宪宗元和十年（815），诗人被贬为江州司马，旅居浔阳（今江西九江）。此诗便作于远放江州之际。湓亭即水湓亭，是诗人贬居之所的一处景点。这首诗通过今昔观月心境对比，表达了诗人对长安的思念以及身居异乡的愁苦。

昔年八月十五夜，曲江池畔杏园边①。
今年八月十五夜，湓浦沙头水馆前②。
西北望乡何处是，东南见月几回圆。
临风一叹无人会，今夜清光似往年。

（录自《全唐诗》卷440，中华书局1960年版）

①曲江：又名曲江池，位于唐长安城南朱雀桥东（今陕西西安东南郊），汉武帝时建造。杏园：曲江园林之一。唐代新科进士放榜后，朝廷于此处举行"杏园宴"。　②湓（pén）浦：即湓江，今名龙开河，由江西瑞昌清湓山东流，经九江市蜿蜒向北，汇入长江。沙头：沙洲边。水馆：水边驿站。

【评析】

　　首联与颔联形成空间与景观上的对比。"昔年"在曲江池畔携友同乐，"今年"在湓水滩上独自怀乡，既实现了由长安到江州的空间转换，又以"杏园"与"水馆"分别象征仕途上的亨通显达与漂泊不定，交代清楚诗情产生的缘由。颈联再次将话题切换至长安，直言望乡之不易。"西北"是长安的方向，"东南"是月升的方向，"西北"句表述的是空间形态，"东南"句表述的是时间形态，传递出离家万里、漂泊数年的凄凉之感。而"何处"与"几回"是两个无疑而问，表达了诗人对京都长安深沉的留恋。尾联诗人哀叹往事随风，已无人领会自己的内心，更是以"今夜清光似往年"烘托物是人非、今昔殊异的境遇。整首诗将贬谪异乡的生活经历与乡思融合，情真意切。

八月十五日夜桃源玩月

刘禹锡

【题解】

　　刘禹锡（772—842），字梦得，彭城（今江苏徐州）人，祖籍洛阳，唐代著名诗人，有"诗豪"之称，与柳宗元并称"刘柳"，与韦应物、白居易合称"三杰",与白居易合称"刘白"。贞元九年(793)擢进士第,曾任太子宾客,世称"刘宾客"。

所谓"玩月",即八月十五月圆之夜文人骚客于水边、寺庙、高台、宫苑等处"备文酒之宴",赏月、饮酒、赋诗。桃源又称"桃花源",据陶渊明《桃花源记》记载,此地位于武陵(今属湖南常德)山水深处。诗人被贬朗州(今湖南常德)时,常至桃花源游玩,寄情山水,咏物言志。这首诗大致作于元和二年(807),诗人中秋夜宿桃源,登高望月,描摹出诗人此时此地虚静的内心世界。

尘中见月心亦闲,况是清秋仙府间①。
凝光悠悠寒露坠,此时立在最高山。
碧虚无云风不起②,山上长松山下水。
群动翛然一顾中③,天高地平千万里。
少君引我升玉坛④,礼空遥请真仙官。
云軿欲下星斗动⑤,天乐一声肌骨寒。
金霞昕昕渐东上⑥,轮欹影促犹频望⑦。
绝景良时难再并,他年此日应惆怅。

（录自《全唐诗》卷356，中华书局1960年版）

【注释】

①仙府:仙人炼丹之所,此处指道观。　②碧虚:碧蓝的天空。南朝梁吴均《咏云》:"飘飘上碧虚,蔼蔼隐青林。"　③翛(xiāo)然:无拘无束、超脱物外的样子。　④少君:汉武帝时的方士李少君,后用作道士的敬称。　⑤云軿(píng):神仙车驾。唐顾况《梁广画花歌》:"王母欲过刘彻家,飞琼夜入云軿车。"　⑥昕昕:明亮的样

子。　　⑦轮：月亮。敧（qī）：倾斜。轮敧：指月亮西沉。

【评析】

　　全诗十六句，每四句换韵，每韵自然成段。首段叙事，交代了时间"清秋"，地点"最高山"，环境"凝光""寒露"、事件"见月"。心闲既是诗人见月时的心境，也是见月的目的，在悠悠月光中澡雪精神。诗人强调"最高山"，有"一览众山小"之意，为下文俯瞰山野、群生做铺垫。二段写景，"倏然一顾"的转瞬之间与"天高地平千万里"的辽阔旷达，衬托出诗人自适与超脱的精神境界，清宋宗元在《网师园唐诗笺》中赞此段"一片空明之境"。三段展开想象。诗人在少君的引导下登上道坛，对空施礼，遥请仙官。"欲"字说明仙人将来未来，而群星涌动、仙乐醉人，都是对仙官将要降临一事的衬托。尾段抒情。月轮西沉，朝霞满天，一个"频"字道出了诗人的不舍。诗人以消极否定的情绪表达积极肯定的情感：再也不会有如此的"绝景""良时"，往后的中秋只有在惆怅中度过了。

中秋旅舍
薛能

【题解】

　　薛能（817？—880？），字太拙，汾州（今山西汾阳）人，晚唐诗人。登会昌六年（846）进士第，一生仕宦他乡。乾符年间，任陈许节度使，驻许州（今河南许昌），故称"薛许昌"。

　　这首诗作于诗人旅居期间。恰逢中秋，诗人遥想兄弟异处，抒发漂寓之感。

云卷庭虚月逗空①，一方秋草尽鸣虫。

是时兄弟正南北，黄叶满阶来去风。

（录自《全唐诗》卷 561，中华书局 1960 年版）

【注释】

①逗：停留。《汉书·匈奴传上》："而祁连知虏在前，逗遛不进，皆下吏自杀。"

【评析】

自古圆月被赋予团圆的意象。月圆倍思亲，最是行旅人。这是一首行旅诗，寓情于景，借景抒情，思念家人，感念亲情，抒发羁旅愁思。诗起意境界空阔，以空荡荡的庭院虫鸣嘈杂，揭示了夜的深远清寥。观感上，"逗"为短时间的停留，卷云一时牵绊住了月的脚步，暗示出行旅之人漂泊不定的心理感受。月光下"秋草"清晰可见，"一方"尤显庭院的空旷。听觉上，"尽鸣虫"反衬出寂静旅舍中诗人的孤单。"是时"承上启下，由景入情，点明主旨。"南北"二字，说明诗人与亲人分隔两地。满阶黄叶，既实写秋景，又传达出秋日迟暮萧瑟之感，而黄叶随风飘飞，象征着行无定止的兄弟俩，无法主宰自己的命运，漂泊无根。全诗直抒胸臆，情感真切。明胡震亨《唐音癸签》中评其诗："薛许昌，末季名手，其诗借异色为景，寄别兴写情，尽废前观，另辟我境；而排衰之笔，浩荡之襟，复足沛赴之，不病雕弱。"

月夕

李商隐

【题解】

这首诗是唐朝著名诗人李商隐的作品。月夕即中秋月夜。宋人吴自牧《梦粱录》卷4："八月十五日中秋节，此日三秋恰半，故谓之中秋。此夜月色倍明于常时，又谓之月夕。"

> 草下阴虫叶上霜①，朱栏迢递压湖光②。
> 兔寒蟾冷桂花白，此夜姮娥应断肠。

（录自《全唐诗》卷539，中华书局1960年版）

【注释】

①阴虫：秋虫，如蟋蟀之类。南朝宋颜延之《夏夜呈从兄散骑车长沙》："夜蝉当夏急，阴虫先秋闻。"　②迢递：连绵不绝。唐杨巨源《送绛州卢使君》："朱栏迢递因高胜，粉堞清明欲下迟。"

【评析】

诗的开篇描写月下秋景。"阴虫""霜"点明中秋时节，而夜色中秋虫和霜露都可察见，暗示月光的皎洁、明亮。"朱栏"一方面描写美好景致，一方面以曲折绵长的栏杆，暗示诗人无限的思念。古人诗词中，"栏杆"大多与情感有关，正如晏殊所言"凭栏总是销魂处"（《踏莎行》）、李煜感叹"独自莫凭栏"。继而，诗人活用古代神话题材，描写从地下转到天上。"兔""蟾""桂"，皆代指月亮。"寒""冷""白"，写出了月光的凛然，营造出萧肃、寂寥的环境氛围。尾句点明全诗主旨。诗人推测中秋夜里月宫嫦娥，正因思念人间的丈夫而伤心断肠，借此慨叹人间的思念之情。"不言己之怅望，转忆人之寂寥，最得用笔之妙"（清程梦星《重订李义山诗集笺注》）。整首诗言辞绮丽，境界幽奇，清叶燮《原诗》评"李商隐七绝，寄托深而措辞婉，实可空百代，无其匹也"。

【相关链接】

《楚辞·天问》："夜光何德，死则又育。厥利维何，而顾菟在腹。"

意思是说，月亮何德何能，每个月都能死而复苏；月亮有何好处，顾菟能常在其腹中？这大概是中国现存史料中对月中阴影的最早记录。古人望月，见月中有像，战国时楚地人认其为"顾菟"，后诸家释"菟"，渐成两说，一说为蟾蜍，一说为兔。

据《搜神记》所载，后羿的妻子嫦娥偷食了从西王母处讨来的不死药后，飘然升空，托身于月，化身蟾蜍而为月精，故后世将月宫又称蟾宫。今人往往因蟾蜍外形丑陋而生厌，古人则视蟾蜍为长寿灵物，甚至传言蟾蜍头上生角，得而食之，可延寿千年。嫦娥吃不死药终幻化为蟾蜍，大概与此说有关。

东汉文学家王逸注《楚辞·天问》时将"顾菟"释为"顾望之兔"，王逸以降，持此说的学者众多。宋代学士洪兴祖在《楚辞补注》中整理如下："菟，与兔同。《灵宪》曰：月者，阴精之宗，积而成兽，象兔，阴之类，其数偶。《苏鹗演义》云：兔十二属配卯位，处望日，月最圆，而出于卯上。卯，兔也。其形入于月中，遂有是形。《古今注》云：兔口有缺。《博物志》云：兔望月而孕，自吐其子。故《天对》云：玄阴多缺，爰感厥兔。不形之形，惟神是类。"

西汉古人相信月中蟾蜍与兔并存，从西汉墓葬出土的壁画、简帛可以为证。长沙马王堆一号汉墓出土的帛画上绘有日月图案。月为新月，斜立一只蟾蜍，口衔流云，身旁有一只奔兔。据刘向《五经通义》所言："月中有兔与蟾蜍何？月，阴也；蟾蜍，阳也，而与兔并，阴系于阳也。"东汉以后的文献，月中蟾蜍出现频次式微，而对月兔的描画更加细致，也更加多样，比如创造了兔首人身的形象，也产生了玉兔捣药的神话。

当然，古人中也有如王充者，对月中阴影秉有科学态度。他在《论衡·说日篇》中写道：月亮是由水构成的，水中虽有生物，兔与蟾蜍却不能存活。兔与蟾蜍久在水中，没有不死的。当晦日来临，兔与蟾蜍又到哪里去了？人们所见兔与蟾蜍，不过月亮之气罢了。

望月怀远

张九龄

【题解】

　　这首诗是唐代著名诗人张九龄的作品。诗人望月而相思难眠，表达了对远方情人深深的怀念。

　　　　　　海上生明月，天涯共此时。
　　　　　　情人怨遥夜①，竟夕起相思②。
　　　　　　灭烛怜光满③，披衣觉露滋。
　　　　　　不堪盈手赠④，还寝梦佳期。

　　　　　　　（录自《全唐诗》卷48，中华书局1960年版）

【注释】

①情人：多情之人，此处为诗人自指。遥：时间长。晋何劭《杂诗》："勤思终遥夕，永言写情虑。"　②竟夕：一整夜。唐马戴《楚江怀古》："云中君不降，竟夕自悲秋。"　③怜：怜爱。　④不堪：不能。

【评析】

　　首联点题，前句"望月"，后句"怀远"。海上生出了皎洁的圆月，天各一方的人儿，此刻都在仰望同一轮月亮，思念着彼此。"海上""天涯"意境雄浑豁达，"生"字传神，"共"字真挚。颔联、颈联铺陈叙事，以朴素、简练的笔墨，勾勒出中秋月夜诗人的情态。多情的诗人抱怨漫漫长夜，整夜相思无心睡眠。因为怜爱满屋的月光，诗人熄灭了火烛；夜露打湿了衣衫，披在身上有湿润之感。颈联连用连动句，语言明快，节奏感强。尾联承接颈联的"怜光满"，月光可爱，却不能掬一捧送予心中牵挂的那个人，还是睡下在梦里与他相遇吧。"盈手"化用陆机《拟明月何皎皎》"照之有余辉，揽之不盈手"。"佳期"本指织女、牛郎相见，诗中用以喻指诗人与远人的相逢。全诗情感真挚，自然入妙，明周珽《唐诗选脉会通评林》评此诗："通篇全以骨力胜，即'灭烛''光满'四字，正尽月之神。用一'怜'字，便含下结意，可思不可言。"

中秋月

晏殊

【题解】

这首诗是宋代著名文学家晏殊的作品。中秋佳节，诗人独居异乡，借嫦娥孤独寡欢，抒发自己思乡的苦闷。

一轮霜影转庭梧①，此夕羁人独向隅②。
未必素娥无怅恨③，玉蟾清冷桂花孤。

（录自《全宋诗》第3册，北京大学出版社1991年版）

【注释】

①霜影：月影，月光。庭梧：庭院中的梧桐树。　②羁人：羁旅之人，此处是诗人自指。向隅：面对着屋子的一个角落。南朝梁徐悱《赠内》诗："岂忘离忧者，向隅心独伤。"　③素娥：嫦娥的别称。李周翰注

谢庄《月赋》:"常娥窃药奔月,因以为名。月色白,故云素娥。"

【评析】

诗开篇起兴,先言中秋节月影绕着梧桐旋转,引出诗人的情态和处境,这个中秋羁旅之人,正独身一人失意地面对着角落。继而,诗人化用神话传说,委婉曲折地表达这份思乡的愁苦。古代传说月中有嫦娥、蟾蜍与桂树,玉蟾即月亮。诗人猜测,此时嫦娥在清冷的月宫中,正心生惆怅与怨恨。诗人将自己的心绪投射到嫦娥身上。"孤"字赋予桂花人的特性,以此强调月宫冷清,烘托嫦娥自怨自艾的心境。

【相关链接】

至宋,官方将八月十五作为假令节日确定下来。

中秋节万民共乐,丝篁鼎沸。八月正值新酒上市,节前,贩酒的店家皆重新结络门面彩楼售卖新酒,到了十五日的午时与未时之间,酒家里的货品都售卖完毕,于是拽下望子,关上铺门回家过节。赏月是中秋节的保留节目,"王孙公子,富家巨室,莫不登危楼,临轩玩月,或开广榭,玳筵罗列,琴瑟铿锵,酌酒高歌,以卜竟夕之欢"(宋吴自牧《梦粱录》)。街头里巷那些从商的店家,也举家登上小小的月台,安排家宴,一家人欢聚一堂,以酬佳节。即使是清寒贫困的人家,也会典当衣物,到街市上沽些酒来过节。中秋夜金吾不禁,赏月、玩月的游人川流不息,盈满于市,至晚不绝。商家也延长了营业时间,直到五鼓方打烊。

宋时中秋,京师百姓除赏月、玩月外,还拜月祈愿。人们或在高楼上或在庭院中焚香拜月,男子往往求科考中第、蟾宫折桂,女子往往求仙姿侇貌、有如嫦娥;已婚夫妇求能瞻月中兔影而受孕,生子必多。江浙一带过中秋,有观潮与放灯的习俗。每年八月,钱塘潮怒胜于常时,临安城中的百姓自十一日开始便前往江边观潮，等到八月十六日、十八日倾城而出，车马纷纷。此俗至今仍是钱塘百姓中秋节期间最重要的活动之一。中秋放灯主要是放水灯。据周密《武林旧事》所载："此夕，浙江放'一点红'羊皮小水灯数十万盏，浮满水面，烂如繁星，有足观者。或谓此乃江神所喜，非徒事观美也。"

倪庄中秋（己亥）

元好问

【题解】

这首诗是金元时期著名诗人元好问的作品，作于元太宗十一年（1239）。经历战火与亡国之痛的诗人，携家眷回到阔别已久的故乡。据《山右石刻丛编》记载，诗人八月十四日自太原道（今属山西）往山阳（今属河南），倪庄应为旅途中的栖息之所。中秋节诗人夜宿倪庄，回忆起艰难的人生经历，抒发对生活艰辛的感慨。

强饭日逾瘦^①，夹衣秋已寒^②。

儿童漫相忆，行路岂知难。

露气入茅屋，溪声喧石滩。

山中夜来月，到晓不曾看。

（录自《全金诗》第 4 册，南开大学出版社 1995 年版）

【注释】

①强饭：勉强进食。　②夹衣：有面有里、中间不衬垫絮类的衣服。

【评析】

这首诗作于中秋，而诗中不见赏月、玩月之兴味，却满载悲慨之品格。诗的首联写诗人当下的状态，勉强进食依然日渐消瘦，秋意已微寒只好把夹衣穿上。颔联以孩童们无拘无束地彼此思念，与未来人生旅程的艰难形成强烈对比，"岂"表反诘，透出无奈。颈联从体感、听觉入手写景，"茅屋"与如咽的溪流之声，增添了困苦与凄清之感。尾联诗人写中秋月，"山中夜来月"表明山中月来得晚。"不曾看"写出诗人毫无过节的兴致，一直到拂晓，也没有赏月的心情。此诗立足元朝灭金之后的大时代，以如泣如诉的语言，抒写诗人的亡国之痛，在中秋诗词中独树一帜。

【相关链接】

月饼是名扬四海的中式糕点，也是中秋佳节的传统食品。关于中秋吃月饼这一习俗的由来，相传与反抗元朝有关。元朝末年，吏治腐败加上连年灾荒，激起百姓反抗，各地民变相继而起。元统治者规定每十户人家设一个管家公监管百姓一举一动，管家公由蒙古人担任，不仅奴役汉人，还对汉人肆意打骂，民怨很大。此时，朱元璋的起义军攻下了金华、温州等处，附近百姓纷纷请求朱元璋派兵除掉管家公。军师刘伯温献策：挑选几十人扮作阴阳师先教授孩童童谣："且莫笑，看重九；重九交午未，人头要落地。"又在街头里巷散布传言：灵山普善仙师托梦，中秋子时向月吃月饼可免重九之灾。中秋夜，百姓争相取月饼食用，掰开后发现饼中有纸条，上书"中秋子夜时，齐杀管家公"。众人见字以为是神意，最终成事。朱元璋夺取政权后，中秋节吃月饼、送月饼的风气习俗便流传起来了。

水调歌头（明月几时有）

苏轼

【题解】

　　这首词是宋代著名词人苏轼的作品，作于神宗熙宁九年（1076）中秋。词人任职密州（今山东潍坊）知府，节日里思念远在济南（今属山东）的弟弟苏辙。这首词由兄弟之情生发开来，形成对宇宙与人生的哲思。

　　丙辰中秋，欢饮达旦，大醉，作此篇，兼怀子由。

　　明月几时有？把酒问青天。不知天上宫阙[1]，今夕是何年。我欲乘风归去，又恐琼楼玉宇，高处不胜寒[2]。起舞弄清影[3]，何似在人间[4]？　　转朱阁，低绮户[5]，照无眠。不应有恨，何事长向别时圆[6]？人有悲欢离合，月有阴晴圆缺，此事古难全。但愿人长久，千里共婵娟[7]。

　　　　　　　　（录自《全宋词》第 1 册，中华书局 1965 年版）

【注释】

①宫阙：宫殿。　②不胜：禁不住，经受不住。　③清影：即月光。三国魏曹植《公谦诗》："明月澄清影，列宿正参差。"　④何似：怎么比得上。　⑤绮（qǐ）户：刻有花纹的门窗。　⑥何事：为什么。向：在。　⑦婵娟：美好的姿态，此处指嫦娥，代月亮。

【评析】

　　从词的小序可知，作这首词时，词人通宵宴饮，酒酣处举杯问天："明月是什么时候出现的？"这个问题或许起因于词人惊叹月色之美，或许词人追寻的正是明月的起源、万物的起源这一宏大的人类课题。迷醉的"问"，引出更浪漫、更大胆的遐思。"天上宫阙"即月宫，"今夕是何年"是建立在第一问题上的追问，将对月的情感推进。词人将自己想象成月中人，而月宫就是他乘风"归去"的目的地。"高处不胜寒"，化用《明皇杂录》中月宫高寒之典，词人欲飞升到月宫，又担心经受不住琼楼玉宇的寒冷，含蓄地表达出既向往天上又留恋人间的矛盾心理。那么词人最终会选择天上还是人间呢？趁着美好的月色起舞，天上怎能比得上人间？词人在经历了仕途险恶、政治失意、亲人别离后，仍表露出对生活的热爱，足见词人乐观豁达的个性特点。下片，词人先是收回驰骋的想象，描写月夜里的景色。月亮转过朱红色的阁楼，低低地挂在雕花的窗户上，照着没有睡意的人。"无眠"因为离别，因为思念，无眠之人望向月亮，不禁问月："月亮你不该对人有什么怨恨，为什么偏偏要在亲人离别之时才圆呢？"问题中透着不解与埋怨，委婉地表达出离人愁苦的心绪。"人有"句与"但愿"句，常为后人引用说明凡事总有缺憾，或用以表达离别的美好祝愿。人世间总有悲欢离合，如月亮阴晴圆缺的转换，自古以来难以周全，此句以大开大合之笔，将人生的哲理与自然现象融合，表达出词人参悟人生的洒脱与旷达，也展示了词人深藏内心、难以遮掩的郁愤。"婵娟"本指美人姿态，此处词人化用谢庄《月赋》"美人迈兮音尘阙，隔千里兮共明月"，只愿思念之人健康长寿，虽然身隔千里，也能共享这美好的月亮。南宋胡仔在《苕溪渔隐丛话》中评此词："中秋词自东坡《水调歌头》一出，余词尽废。"

鹧鸪天·绍兴戊辰岁闰中秋

向子諲

【题解】

这首词是宋代著名词人向子諲的作品。绍兴十八年（1148）闰八月，时作者清江归隐，中秋赏月感怀赋词，表达了词人退隐后的放达心胸。

明月光中与客期。一年秋半两圆时。姮娥得意为长计，织女欢盟可恨迟①。 瞻玉兔，倒琼彝②。追怀往事记新词。浩歌直入沧浪去③，醉里归来凝不知。

（录自《全宋词》第 2 册，中华书局 1965 年版）

【注释】

①欢盟：和好结盟，此处指织女、牛郎七夕相会。 ②琼彝：玉制的酒杯。 ③浩歌：放声高歌，大声歌唱。沧浪：喻指银河。

【评析】

这首词开篇交代词作的背景，词人与客人正月下相会。"秋半"即八月十五，因闰中秋，故而"一年秋半两圆时"。姮娥是嫦娥的本名，西汉时为了避文帝刘恒的名讳改称嫦娥。嫦娥是中秋节俗文化的主角之一，闰中秋对嫦娥而言是欢喜之事，作为七夕主角的织女，心中怨恨"闰月"迟了一个月。"姮娥"句对比嫦娥与织女的心境，利用神话传说写活了节日，趣味横生，又与前文"秋半两圆"相照应。下片继续写词人与友人共度佳节的场面：赏月、饮酒、追忆往事、诵记时下流行的新词。"追怀"二字，体现了词人生活在旧时心事中的怀旧情怀。词本为街头里巷传唱的小调，逐渐为文人墨客接受，向雅文学靠拢，但无论俗雅，词是歌唱的方式。词人与友人唱诵新词，放声高歌。"浩歌"句写出了超脱尘世的高逸缥缈，表达了词人心胸放达的个性特征。整首词言辞平易，意境欢愉，读来身心放松，宋胡寅《酒边集序》评其词"以枯木之心，幻出葩华"。

唐多令（明月满沧洲）

刘辰翁

【题解】

这首词是宋代著名词人刘辰翁的作品，作于宋端宗景炎元年（1276）。这是一首即席创作，借韵南宋词人刘过故地重游的怀旧之作《唐多令》（芦叶满汀洲）。这首《唐多令》，写词人中秋赏月，慨叹亡国。

丙子中秋前，闻歌此词者，即席借《芦叶满汀洲》韵。

明月满沧洲①。长江一意流。更何人、横笛危楼②。天地不知兴废事，三十万、八千秋。　　落叶女墙头③。铜驼无恙不④。看青山、白骨堆愁。除却月宫花树下，尘堁莽⑤、欲何游。

（录自《全宋词》第 5 册，中华书局 1965 年版）

【注释】

①沧洲：水边的陆地。宋欧阳修《采桑子》（何人解赏西湖好）："水远烟微。一点沧洲白鹭飞。"　　②危楼：高楼。唐李白《夜宿山寺》："危楼高百尺，手可摘星辰。"　　③女墙：城墙上面呈凹凸形的小墙。古

代女子位卑，用以形容城墙内比垛口低、起拦护作用的小墙。　④铜驼：铜铸的骆驼。相传东汉铸两只铜驼，在宫之南四会道，夹路相对。《晋书·索靖传》：索靖"知天下将乱，指洛阳宫门铜驼，叹曰：'会见汝在荆棘中耳。'"不久西晋即灭亡。　⑤块（yǎng）莽：犹"苍莽"弥漫。唐王勃《梓州郪县兜率寺浮图碑》："火绝烟沉，与云雨而块莽。"

【评析】

宋端宗景炎元年（1276）春，南宋都城临安被元军攻陷，词人避乱漂泊在外。中秋将至，词人即席作这首词，表达亡国之痛。上片开篇从视觉与听觉入手，写月色、夜景，色调清冷。月光遍地，江水东流，高楼笛声悠扬缥缈。接下来词人笔锋一转，"天地不知兴废事"，说明天道被废，天下大乱；"三十万、八千秋"，则极言历劫长久，灾难深重。下片亦由景色入，"落叶"说明入秋已深。"铜驼"代指都城、宫廷，词人借问询铜驼是否无恙，表达为国担忧之心，引出沉重的亡国悲痛。青山堆白骨，描写了元军过境后的悲惨景象。国家已亡，汉人已无容身之所，故而词人进一步询问：除了月宫桂树，在这尘土蔽天的乱世，哪里可以栖身呢？词人感叹兴亡，意韵沉顿，情感凄切，清况周颐《餐樱庑词话》评其词"略与稼轩旗鼓相当"。

念奴娇·过洞庭

张孝祥

【题解】

张孝祥（1132—1170），字安国，号于湖居士，历阳乌江（今安徽和县乌江镇）人，南宋著名词人，"豪放派"代表作家。幼时聪颖过人，才华横溢，绍兴二十四年（1154）状元及第，官至中书舍人。为官期间，惠政爱民，主张抗金，极具爱国热忱。惜享年不永，因病早逝。

这首词作于宋孝宗乾道二年（1166），词人从静江（今广西桂林）卸任北上归家，途经洞庭湖时恰逢中秋时节，词人借月下湖景抒怀。

洞庭青草①，近中秋、更无一点风色。玉鉴琼田三万顷，著我扁舟一叶。素月分辉，明河共影，表里俱澄澈。悠然心会，妙处难与君说。　　应念岭海经年②，孤光自照，肝肺皆冰雪。短发萧骚襟袖冷③，稳泛沧浪空阔。尽吸西江，细斟北斗，万象为宾客。扣舷独笑，不知今夕何夕。

（录自《全宋词》第 3 册，中华书局 1965 年版）

【注释】

①青草：青草湖，在今湖南岳阳市西南，和洞庭湖相连。　　②岭海：指两广地区，因北倚五岭，南临南海而得名。　　③萧骚：稀疏。南宋陆游《初秋书怀》："二十年前已二毛，即今何恨鬓萧骚。"

【评析】

上片开篇交代这首词创作的地点和时间。中秋无风，当是惬意的事，暗示了词人愉悦的心情，也为整首词的情感定下基调。"鉴"本意为镜子，"玉鉴"言其明亮、珍贵，此处喻指明月。"三万顷"与"一叶"形成强烈的对比，"著"字说明将"三万顷"的宏大做了一叶扁舟的背景，将"我"融入在月光水色中，天人合一，物我交融。"表里俱澄澈"，上承景色之"素""明"，下启心绪之"悠""妙"，强化空明纯净、陶然自得的意境。下片由忆往昔起笔，"孤光自照，肝肺皆冰雪"，袒露胸臆，词人在静江任职多年，自处孤高，为官清正、廉明，以月光的皎洁、冰雪的清白自喻。"短发"句写回现状。"尽吸"句展开超然的想象，如今卸任归家，词人要举北斗、饮西江，与天地万物为友，遨游江河湖海之间。这是一个正值壮年的文人归隐时的心态，展示了词人的万丈豪情与博大心胸。尾句收笔，"不知今夕何夕"，再次表明词人超脱尘世、飘逸旷达的品格。这首词意境高达，清旷雄豪，晚清文学家王闿运《湘绮楼词选》评此词"飘飘有凌云之气"。

诉衷情·丙申中秋

丘崈

【题解】

这首词是宋代著名词人丘崈的作品，作于宋孝宗淳熙三年（1176）。词人中秋赏月，赞美月色澄澈。

素衣苍狗不成妍①。何意妒婵娟。不知高处难掩，终自十分圆。　　涵万象，独当天。照无边。乾坤呈露②，何况人间，大地山川。

（录自《全宋词》第3册，中华书局1965年版）

【注释】

①素衣苍狗：比喻世事变幻无常。唐杜甫《可叹》："天上浮云如白衣，斯须改变如苍狗。"妍：美好。　②呈露：露，显现。西汉司马相如《美人赋》："皓体呈露，弱骨丰肌。"

【评析】

上片开篇写云，化用杜甫《可叹》诗句，将白云比作"素衣苍狗"。

但此处不是赞美，而是将云拟人化，质问它为何嫉妒月亮，与下文"高处难掩"相联系，可知这个中秋出现了云遮月的天象。"不知"句情理兼至，劝诫永葆高洁自我，不要为凡俗人心所困，似在说云月的关系，又具有人生哲理的意味。下片写月，月光普照大地，明亮的月轮挂在天上，一切星光不禁都黯淡下去。"乾坤"句承接上文，继续赞美月色空明纯净，月色下宇宙万象都呈现出原本的样子，营造出澄澈透明的意境。

水调歌头·和董弥大《中秋》

朱敦儒

【题解】

朱敦儒（1081—1159），字希真，号岩壑，另号洛川先生，洛阳（今属河南）人，宋代著名文学家，有"词俊"之名，与"诗俊"陈与义等并称"洛中八俊"。早年隐居不仕，屡辞荐辟。绍兴三年（1133），受召临安，宋高宗赐进士出身，进入政坛。

董弥大是南宋军事将领之一，词人归隐嘉禾（今浙江嘉兴）时，与其交游。这首词作于中秋宴席之上，描写节日盛景，以和董弥大《中秋》。

偏赏中秋月①，从古到如今。金风玉露相间，别做一般清②。是处帘栊争卷，谁家管弦不动，《乐世》足欢情③。莫指关山路④，空使翠蛾颦。　水精盘⑤，鲈鱼脍⑥，点新橙⑦。鹅黄酒暖⑧，纤手传杯任频斟。须惜晓参横后⑨，直到来年今夕，十二数亏盈。未必来年看，得似此回明。

（录自《全宋词》第2册，中华书局1965年版）

【注释】

①偏赏：特别观赏。　②一般：同"一番"。五代南唐李煜《相见欢·无言独上西楼》："别是一般滋味在心头。"　③《乐世》：琵琶曲名。唐白居易《乐世》："管弦丝繁拍渐稠，《绿腰》宛转曲终头。"　④关山：关隘与山岭。翠蛾：用黛粉描画的眉毛，代指美人。颦（pín）：皱眉。　⑤水精：同"水晶"。　⑥脍（kuài）：切得很细的肉。　⑦点：点缀，点衬。　⑧鹅黄酒：以小红糯高粱为主料酿制的酒，因酒色鹅黄而得名。　⑨参：星座名，即参宿。参横：指天亮。《宋史·乐志》："斗转参横将旦。"

【评析】

　　中秋月圆，月色清凉光明，举国赏月是常情。词的上片开篇写中秋节俗。"是处帘栊争卷"照应词首"偏赏"，"谁家"句反诘，"管弦"与《乐世》说明中秋夜宴饮之乐。词人从赏月的视觉感受和宴乐的听觉感受，营造出热闹欢愉、其乐融融的节日场景。接下来词人宕开一笔，将话题转到家国安危上。洛阳是词人的故乡，而洛阳已在金军铁蹄之下，所以词人慨叹，关山难越，壮志难酬，连指着归家的路都不忍心。"空使"二字，写出了词人怅惘的心情。下片以相连的三个短句，描写宴席上的一道美食"鲈鱼脍"，一方面通过精细的描写衬托宴席的丰盛，一方面"莼鲈之思"意味着退隐归家，暗示词人早年不仕的志向，也抒发词人思乡的情感。情绪盈满，何以解忧？"传杯任频斟"。"须惜"句，写珍惜当下的良辰美景，来年再中秋，要数十二个月才能到。而且来年未必还能赏月，月亮也未必和今夜的一样明亮。词人似是说明月错过不再来，更是表达家园沦落后对未来生活的消极态度，意蕴深刻。

望海潮·八月十五日钱塘观潮

赵鼎

【题解】

赵鼎（1085—1147），字元镇，号得全居士，解州闻喜（今山西闻喜）人，南宋著名政治家，"昭勋阁二十四功臣"之一。宋徽宗崇宁五年（1106）进士及第。主张抗金，曾力荐岳飞。绍兴年间，官至宰相。宦海沉浮，终遭秦桧迫害贬至潮州（今属广东），五年后再贬至吉阳（今海南三亚），闭门隐居，绝食而死。

这首词写词人中秋钱塘观潮时的情景，一番惊涛骇浪的描写之后，词人表达出归隐山林的意愿。

双峰遥促^①，回波奔注，茫茫溅雨飞沙。霜凛剑戈，风生阵马，如闻万鼓齐挝^②。儿戏笑夫差^③。谩水犀强弩^④，一战鱼虾。依旧群龙，怒卷银汉下天涯。　雷驱电炽雄夸。似云垂鹏背，雪喷鲸牙。须臾变灭^⑤，天容水色^⑥，琼田万顷无瑕^⑦。俗眼但惊嗟^⑧。试望中仿佛，三岛烟霞^⑨。旧隐依然^⑩，几时归去泛灵槎^⑪。

（录自《全宋词》第 2 册，中华书局 1965 年版）

【注释】

①促：迫近。　②挝（zhuā）：敲击。　③夫差：春秋末年吴国国君。　④谩：同"漫"，徒然。水犀：披着水犀甲的战士。《国语·越语上》："今夫差衣水犀之甲者，亿有三千。"　⑤须臾：片刻之间，表时间短。变灭：变幻停止。　⑥天容：天空的景色。　⑦琼田：玉田，田地的

美称，此处喻指如镜的水面。　　⑧惊嗟（jiē）：惊叹。唐李白《秦女休行》：
"何惭聂政姊，万古共惊嗟。"　　⑨三岛：传说中的蓬莱、方丈、瀛洲三仙
山，代指神仙居所。　　⑩旧隐：旧时居所。　　⑪灵槎：仙人所用的竹木筏。

【评析】

这首词的主旨在钱塘江观潮，词人从潮起波涛汹涌、雪浪滔天，到
潮落水天一色、恬谧静美，都进行了细致的描绘。上片从视觉和听觉
两方面，写涨潮时的状况。"双峰"盖为杭州吴山与绍兴卧龙山。吴山，
古时又称"胥山"，纪念吴国大夫伍子胥。卧龙山，古时又称"种山"，
纪念越国大夫文种。两位大臣分侍二主，虽有救国之功却皆因遭受谗言
被各自国君赐死，怨恨滔天。民间流传着"钱塘潮涨，时见二人"的传
说。故此处"双峰"代指有"潮神"之称的伍子胥及文种，暗含词人的
爱国情感。而吴山与卧龙山分列钱塘江两岸，因此词中用了"遥促"。
依南宋吴自牧《梦粱录》记载，钱塘江"潮水投山下，曲折而行，有若
反涛水势者"，形成激流回旋、前来后涌、上下翻卷的场面。词人此处
写潮景，"促""奔注""溅""飞"几个动词，皆具力量感与速度感，勾
勒出潮水汹涌而来的雄壮气势。"霜凛剑戈"，化用唐徐坚《奉和圣制
送张说巡边》的"鼙鼓喧雷电，戈剑凛风霜"。"风生阵马"，化用唐杜
牧《李长吉歌诗序》之"风樯阵马"，词人以酷风冷霜中的兵戈、乘风
临阵的战马，比喻潮水的威势、雄壮，听上去如万鼓齐鸣。"儿戏"句，
化用北宋苏轼《八月十五看潮五绝》"安得夫差水犀手，三千强弩射潮
低"。根据北宋范坰、林禹《吴越备史》记载，钱镠"八月，始筑捍海
塘。王因江涛冲激，命强弩以射涛头，遂定其基，复建候潮、通江等城
门。初定其基，而江涛昼夜冲激，沙岸板筑不能就。王命强弩五百，以
射涛头，又亲筑胥山祠"。苏轼将春秋吴王夫差与五代吴越武肃王钱镠

相联系。词人承继苏轼之法，将夫差水犀甲与钱镠命射潮的故事剪裁在一起，为下文怒涛依旧做铺垫。群龙怒卷银河下天涯，此处运用了比喻、夸张的修辞格。下片细描涨落时潮水不同的景象。"雷驱"形容潮水奔腾的声音，"电炽"形容水浪的亮白，"雄夸"言其盛大。"云垂鹏背"，化用《庄子·逍遥游》"其翼若垂天之云"，言其壮阔。"雪喷鲸牙"，说明浪花像鲸牙一样雪白。"须臾"起转折，转瞬之间潮水平息，水天一色，如琼田万顷没有瑕疵。"俗眼"句以人们惊异的表情，反衬潮起潮落变幻之迅速、景象差别之大。"旧隐"句再次用典，晋人张华《博物志》有："旧说云天河（即银河）与海通。近世有人居海渚者，年年八月有浮槎去来，不失期。"词人问何时可以乘灵槎归隐仙山？说明他已厌倦政事，表达出归隐山林之心。整首词博古通今，用典自如，想象力丰富，气势雄伟，意境雄阔，极具冲击力。

【相关链接】

钱塘江潮，历来为天下宏伟奇观。据南宋吴自牧《梦粱录》卷12"浙江"条记载，浙江在杭州城东南一段称为钱塘江。书中说，早在春秋时期，庄子就曾对这里有过记述，"其为东南巨浸昭昭也"。钱塘江最为著名的便是每月朔、望前后汹涌澎湃的江潮，"初一至初三、十五至十八，六日之潮最大，银涛沃日，雪浪吞天，声若雷霆，势不可御。进退盈虚，终不失期"。为何钱塘江潮如此壮观？传说吴国大夫伍子胥遭陷害被国君夫差赐死，死后尸体"盛以鸱夷革"（西汉司马迁《史记·伍子胥列传》）丢入钱塘江里。含冤而死的尸体在江中"随流扬波，依潮来往，荡激崩岸"（东汉赵晔《吴越春秋》）。此后钱塘潮涨，吴国百姓常常见到伍子胥乘白马素车立于潮头之上。百姓爱慕、怜惜伍子胥，在吴山（今杭州吴山）为他立祠，故而吴山古时又称"胥山"，伍子胥亦被奉为潮神。伍子胥死后九年，越王勾践在大夫文种的策划下灭掉了吴国，结果却落得与伍子胥相同的下场，文种遭谗言陷害被越王赐死，死后葬于越都西山（今绍兴卧龙山）。传说伍子胥曾从江中穿山而去挟持了文种，含恨而死的二人都浮在水上，涨潮时，伍子胥在前引潮，文种在后驱潮，造就了潮头汹高数百尺的壮观场面。

水调歌头·癸丑中秋

叶梦得

【题解】

这首词是宋代著名词人叶梦得的作品，作于宋高宗绍兴三年（1133），词人隐居卞山（今属浙江湖州），中秋赏秋景，感怀时光易老，表达了老而弥坚的心志。

河汉下平野，香雾卷西风。倚空千嶂横起①，银阙正当中②。常恨年年此夜，醉倒歌呼谁和，何事偶君同。莫恨岁华晚，容易感梧桐。　揽清影，君试与，问天公。遥知玉斧③初斲④，重到广寒宫。付与孤光千里，不遣微云点缀，为我洗长空。老去狂犹在，应未笑衰翁。

（录自《全宋词》第 2 册，中华书局 1965 年版）

【注释】

①嶂：直立如屏的山峰。　②银阙：传为仙人居所，此处指月宫，代指月亮。　③玉斧：修月神斧。宋曾几《癸未八月十四日至十六夜月色皆佳》："明时谅费银河洗，缺处应须玉斧修。"　④斲（zhuó）：砍，

削。《韩非子·五蠹》："采椽不斲。"

【评析】

上片开篇写中秋夜景。银河中的星斗点缀着广阔的原野，秋风卷携着香气扑面而来。起笔雄阔，意境优美。"倚空"将雄阔之美更推进一层，"千嶂"气势恢宏，"横起"力道十足，宏大的背景下衬托当中一轮明月更为清寥。词人放眼高远却不空虚缥缈，足见词人的心胸。"常恨"句由景入情，由豪放旷达转为思绪萦回，既"恨"无人相和，又"恨"岁月蹉跎。"醉倒歌呼谁和"，化用苏轼《水调歌头·安石在东海》"我醉歌时君和，醉倒须君扶我，惟酒可忘忧"。而古诗词中秋风"梧桐"，常有悲秋之意。下片狂放再起，"揽清影""问天公"，气势如虹。"遥知"句，化用唐段成式《酉阳杂俎·天呎》"玉斧修月"的典故，暗含恢复疆土之意。"付与"句寓情于景，希望夜空中没有云朵羁绊，只有月华千里，洗尽长空。"为我"二字将祈愿升华，续说恢复山河之事。词人虽归隐，却心系家国，希望南宋朝廷能够赶走来犯者，恢复中原的宁静祥和。词人自认虽年事已高却壮心不已，甚至用了"狂"字来表达自己老而弥坚的精神追求。而尾处词人又自称"衰翁"，与前文的雄心壮志形成鲜明的对比，颇具兴味。宋关注在《题石林词》中评价词人晚年词风："晚岁落其华而实之，能于简淡时出雄杰，合处不减靖节、东坡之妙，岂近世乐府之流哉？"

太常引·建康中秋夜为吕叔潜赋

辛弃疾

【题解】

这首词是宋代著名词人辛弃疾的作品。宋孝宗淳熙元年（1174），词人任官建康（今江苏南京）。这年中秋，词人饮酒、赏月，将收复中原失地的志向与浓浓的爱国情怀倾注在这首词中，与友人共勉。吕叔潜，名大虬，南宋著名理学家吕祖谦从叔，曾与词人交好。

一轮秋影转金波①。飞镜又重磨。把酒问姮娥。被白发、欺人奈何。　　乘风好去，长空万里，直下看山河。斫去桂婆娑②。人道是、清光更多。

（录自《全宋词》，第 3 册，中华书局 1965 年版）

【注释】

①金波：月光。《汉书·礼乐志》："月穆穆以金波。"　②婆娑：枝叶繁茂、高低疏密有致的样子。宋司马光《忆同寻上阳故宫路》："常时秋天落宫槐，今此婆娑皆合抱。"

【评析】

上片开篇写月，"秋影"表明节令，"金波"意在月色，"飞镜"言其形状。"又"与"重"传递出时序交替之感，又是一年中秋夜，词人收复中原的壮志仍在，朝廷议和、投降的声音不减。十几年来，阴暗的政治环境未变，他壮志难酬的现实也未变。愤懑的词人不禁"把酒问姮娥"：白发欺人，如何是好？"白发欺人"，用晚唐诗人薛能《春日使府寓怀二首》"青春背我堂堂去，白发欺人故故生"之典，意在慨叹时间徒然逝去，岁月不待人，而自己壮志未酬，心有不甘。"奈何"位于句尾增强语气，内心的忧愤、不平脱口而出。下片承接上片的情感，放飞思绪，想象着乘风飞上万里长空，俯视江山国土。词人遨游天际，不为与仙人做伴，眼中只有破碎不堪的山河，足见其拳拳的爱国之心。尾句化用杜甫《一百五日夜对月》诗中"斫却月中桂，清光应更多"，此处"人道是"里的"人"，便有了明确的指向。人们说，如果砍去月中桂树繁茂的枝丫，那么月亮洒向人间的清白光芒应该会更多。此句意蕴深刻，词人借月桂枝丫繁茂遮蔽了月光，比喻朝中把持朝政、扰乱视听、苟活求和的奸佞之徒，暗示词人欲为国除奸、恢复秀美山河的心迹。清周济《宋四家词选》认为此处"桂婆娑""所指甚多，不止秦桧一人而已"。这首词境界超迈寥阔，意象丰富深刻，极富浪漫色彩。

琵琶仙·中秋

纳兰性德

【题解】

这首词是清代著名词人纳兰性德的作品，应为词人中秋团圆夜怀念亡妻之作。词人中秋赏月，愁思满腹，回忆往昔，百感交集。

碧海年年①，试问取、冰轮为谁圆缺。吹到一片秋香②，清辉了如雪③。愁中看、好天良夜，争知道④、尽成悲咽。只影而今⑤，那堪重对，旧时明月。　　花径里、戏捉迷藏，曾惹下萧萧井梧叶⑥。记否轻纨小扇，又几番凉热。只落得，填膺百感⑦，总茫茫、不关离别。一任紫玉无情⑧。夜寒吹裂。

（录自《饮水词笺校》，中华书局 2005 年版）

【注释】

①碧海：指青天。宋晁补之《洞仙歌·泗州中秋》："青烟幂处，碧海飞金镜。"　②秋香：指桂花。唐李贺《金铜仙人辞汉歌》："画栏桂树悬秋

香，三十六宫土花碧。" ③了：明亮，光亮。 ④争：怎么。宋史铸《金丝菊》："争似黄花得天巧，织成纹绉不须机。" ⑤只影：孤独无偶。宋释文珦《静夜不寐行》："中路失俦侣，只影何茕茕。" ⑥萧萧：草木摇落的声音。井梧叶：井边梧桐的树叶。 ⑦填膺：充满胸膛。 ⑧紫玉：代指箫笛，古人常以紫玉竹制箫笛。唐李白《留赠崔宣城》："胡床紫玉笛，却坐青云叫。"

【评析】

中秋本为团圆夜，词人形单影只，对月怀人，愁思满纸。词的上片，写词人眼中景致与心中景致。开篇，词人面对满月却提出了"月亮为何时圆时缺"的问题，为词定下清冷的基调。桂树飘香、月光清亮如雪，景色何其美好，与下文"好天良夜"相照应。"好天良夜"，典出宋柳永的《女冠子》《少年游》等词，意为美好时光。而一个"愁"字由景入情，使词人眼中的美好时光尽成悲咽。"只影"句今昔对比，道出悲咽的缘由。词的下片，起笔追忆往昔，词人与爱人嬉戏、缠绵。回忆越美好，现实就越残酷，沉思往事，徒增惆怅。而充塞胸膛的感受，却茫茫然说不清楚。"不关离别"，是总领全词主旨、情感之处。这首词的情感本由离别而生，词人却说"不关"，说明"离别"并非是"填膺百感"最重要的原因。词人留下空白和不定点，交由读者去思考、体味"离别"之外的原因。"一任"句，说明词人无力回天。"夜寒"句，化用辛弃疾《贺新郎·把酒长亭说》中极言笛声之悲的"长夜笛，莫吹裂"一句，借悲凄的笛声，表达心中难以驱散的凄凉。

【相关链接】

中秋节确立于宋，兴盛于明清。《清史稿·选举志》中明确记载中秋节放假一天。每逢中秋，宫廷与民间皆举行祭月仪式。清潘荣陛《帝京岁时纪胜》记载了京城中秋祭月的盛景："十五日祭月，香灯品供之外，则团圆月饼也。雕西瓜为莲瓣，摘萝卜叶作娑罗（树名）。香果苹婆、花红脆枣、中山御李、豫省岗榴、紫葡萄、绿毛豆、黄梨、丹柿、白藕、青莲。"除了准备上述祭品供果之外，人们还将扎好的云仪（道教赤子帝君的耳神）、纸马摆放好，道士们开始做法事、送疏文，因是祭月，故而疏文上题有"月府素曜太阴皇君"字样。月属阴，古时有男不拜月、女不祭灶的规矩，因此叩拜和祀月的往往都是女子。

江南地区中秋节，有焚斗香祈福的习俗。据范祖述《杭俗遗风》所载："斗香，系花神店所造，其式四方，上大下小，纱绢糊之，上缀月宫、楼台殿阁、走马灯景，四角挑灯，大者四围，各宽二尺许。"潘宗鼎《金陵岁时记》亦有："中秋祀月，陈列果实，如菱藕栗柿之属，扎香如宝塔式，上加纸斗，名曰斗香。"《红楼梦》第七十五回讲到贾府中秋在嘉荫堂前祭月时，特别提到"月台上，焚着斗香，秉着风烛，陈献着瓜饼及各色果品……贾母盥手上香拜毕，于是大家皆拜过"。祭拜完毕，自然就是到视野开阔的地方把酒赏月了。

十三、重阳

己酉岁九月九日

陶渊明

【题解】

　　陶渊明（365？—427），又名潜，字元亮，号五柳先生，浔阳柴桑（今江西九江）人，东晋著名诗人，被誉为"古今隐逸诗人之宗"。少时家境渐落，二十岁左右出任小官，曾任州祭酒、参军、县令等职。义熙元年（405），解任彭泽县令，归隐田园。辞世后，友人私谥"靖节"，世称"靖节先生"。

　　这首诗作于晋安帝义熙五年，亲人先后过世，诗人极度哀伤。重九日，面对秋风萧瑟、草木凋零的暮秋之境，诗人感时伤逝，叹人生苦短，唯有以酒浇愁。

靡靡秋已夕①，凄凄风露交。

蔓草不复荣，园木空自凋。

清气澄余滓②，杳然天界高③。

哀蝉无留响，丛雁鸣云霄。

万化相寻绎④，人生岂不劳？

从古皆有没⑤，念之中心焦。

何以称我情⑥？浊酒且自陶。

千载非所知，聊以永今朝⑦。

（录自《陶渊明集笺注》，中华书局 2011 年版）

【注释】

①夕：秋季的最后一个月，即季秋。《洪范·五行传》注："晡时至黄

昏为日之夕，下旬为月之夕，自九月尽至十二月为岁之夕。" ②余
滓（zǐ）：残余的渣滓，指尘埃。 ③杳然：遥远的样子。 ④万化：
万物，指宇宙自然。寻绎：推移更替。 ⑤没（mò）：同"殁"，死
亡。 ⑥称（chèn）：适合。 ⑦永：久。《诗经·小雅·白驹》："絷
之维之，以永今朝。"

【评析】

九月，秋风萧瑟，秋景凄清，诗中以风、露、草、树、远天、哀
蝉、归雁组成一幅暮秋的画面。诗人开篇用"靡靡""凄凄"两个叠音
词引出时令，增加了语言的形象性，并为整首诗定下衰败、凄清的基
调。草木枯萎凋零，既是眼前景，又是"风露交"的结果。秋风荡涤了
空气中的污浊，天空看起来也格外高远。此句超然旷达、格调清新，创
造出辽远的空间感和清冷的画面感。最后，诗的写景部分以鸣蝉和飞
雁终结，由静而动。古人认为蝉只活一个夏天，暮秋蝉鸣极哀，"无留
响""妙在'留'字，是静察物理之言"（王棠语，清吴瞻泰《陶诗汇
注》），说明生命逝去，不留痕迹。大雁随季节变化而长途迁徙，虽疲
惫却不停歇，对江南地区而言，归雁意味着秋冬季节的到来。归隐后的
田园生活，使得诗人对节令物候、时序变化更加敏感，万物在季节变迁
中的生长、死亡，也引发了诗人对人生的思考。"万化"句，以反诘的
方式表肯定意。人作为万物的一种，同样遵循新老更替、生死相存的自
然规律，怎会没有忧劳？"从古"句，既是诗人对萧条秋景的感触，也
来自刚刚逝去亲人的悲伤。"焦"字表达了无可名状又难以摆脱的痛苦。
"心焦"与下句的"自陶"相对。"浊酒且自陶"，写出了诗人辞官归隐后
的生活状态，"浊酒"指代简单粗陋的物质生活，"自陶"指怡然自得的
精神状态。这种安贫乐道的愉悦，正是诗人留给后世文人的精神给养。

尾句"千载"是说那个真挚淳朴的年代已经距今千年之久,"非所知"恰恰说明诗人"知","唯立志义于千载者,翻言千古非所知"(清陈祚明《采菽堂古诗选》)。"永今朝",用《诗经·小雅·白驹》"絷之维之,以永今朝"之典,表达出把握当下、尽情欢乐的心意。

【相关链接】

农历九月九日为传统的重阳节,因为古老的《易经》把"六"定为阴数,把"九"定为阳数,九月九日,两九相重,故而叫"重阳",也叫"重九"。古人对这个日子很看重,三国魏文帝曹丕《九日与钟繇书》就提到过重阳日应宴饮:"岁往月来,忽复九月九日。九为阳数,而日月并应,俗嘉其名,以为宜于长久,故以享宴高会。"中国文化素有谐音与讨口彩的传统,"九""久"谐音,隐喻着"久久""长寿"之意,即曹丕所说"俗嘉其名"。正因如此,1989年我国把重阳节正式定名为老人节,成为尊老、敬老、爱老、助老的节日,可谓是传统与现代巧妙的结合。

九日闲居一首(并序)

陶渊明

【题解】

这首诗是东晋著名诗人陶渊明的作品。农历九月九日为重九,古人以九为阳,故又称"重阳"。"九""久"谐音,寓意长久,因此诗人"爱重九之名"。由小序可知,这个重九,诗人有菊香满园却无浊酒相伴。此事恰与《宋书·陶潜传》所记相雷同。据《宋书·陶潜传》记载,归隐后的某年重九,诗人家贫无酒,于宅边菊丛中久坐,刚好江州刺史王弘送酒至，即便就酌，醉而后归。由此可以推测，诗人这种有菊无酒的情况时有发生。此情此景，诗人寄怀于言，引发对自我价值的思考。

余闲居，爱重九之名。秋菊盈园，而持醪靡由。空服其华，寄怀于言。

> 世短意恒多，斯人乐久生。
> 日月依辰至①，举俗爱其名②。
> 露凄暄风息③，气澈天象明。
> 往燕无遗影，来雁有余声。
> 酒能祛百虑，菊为制颓龄④。
> 如何蓬庐士⑤，空视时运倾！
> 尘爵耻虚罍⑥，寒华徒自荣⑦。
> 敛襟独闲谣⑧，缅焉起深情⑨。
> 栖迟固多娱⑩，淹留岂无成⑪？

（录自《陶渊明集笺注》，中华书局 2011 年版）

【注释】

①辰：时。《左传·昭公七年》注："日月之会是谓辰。" ②举俗：世人，大众。宋管鉴《水调歌头》"举俗爱重九，我辈更钟情。" ③暄（xuān）风：暖风。南朝梁萧纲《纂要》："春日青阳……风曰阳风、春风、暄风、柔风、惠风。" ④制：止，节制。颓龄：衰老，老年。 ⑤蓬庐士：住在茅草房中的人，此处为作者自指。 ⑥爵：酒杯。罍（léi）：酒壶。《诗经·小雅·蓼莪》："瓶之罄矣，惟罍之耻。" ⑦华：同"花"。寒华：指秋菊。 ⑧谣：不用乐器伴奏的歌唱。《诗经·魏风·园有桃》毛传："曲合乐曰歌，徒歌曰谣。" ⑨缅：遥远。 ⑩栖迟：游息，闲

居。《诗经·陈风·衡门》毛传："栖迟，游息也。" ⑪淹留：久留，此处指长期归隐。

【评析】

小序中，诗人就自认对"重九"之名的喜爱。这份喜爱不独属于诗人自己，而是当时的社会现象，"举俗爱其名"。九月初九不过是时序上的一个点，因时间推移而到来，人们却赋予它以情感，诗人将此现象归因于人生短暂、忧思却多，人人渴望长生久活。诗开篇明理，解释重九文化寓意的同时，也表明了诗人的人生观。接下来诗人笔锋一转，由理入景，通过视觉、听觉和体感，描绘田园暮秋的景象。"往燕""来雁"对举，趣味横生。一段自然景色描写后，诗人将视线从远空拉回，寓情理于身边的"酒""菊"。原本酒能祛除万千烦愁，菊花则使人停止衰老，为何陋舍中的诗人只能徒然地看着四时运行到尽头？"尘爵"句给出了答案，"耻""徒"二字满含情感。落了尘的酒杯是空酒壶的耻辱，无酒可消愁，即使秋菊花开又如何？此句与"酒能"句构成逻辑顺序，也与小序相照应。"上面平平叙下，至末幅'敛襟独闲谣，缅焉起深情'忽作一折笔以顿挫之"（清延君寿《老生常谈》）。"敛襟"与"起"，一暗一明地展示了诗人情态变化的过程，"缅"与"深"皆指向"情"字，表明诗人此刻的情绪已达到顶峰，为"栖迟"句做好情感的铺垫。闲居隐退本有很多欢乐，难道竟一事无成？"淹留"典出《楚辞·九辨》"蹇淹留而无成"，此处为反用。诗人以反诘的方式表达对空负时光的悲愤，更是对自己人生价值的审视与思考，故而清延君寿在《老生常谈》里评此句"以一意作两层收束，开后人无数法门"。

【相关链接】

菊花是重阳节的时令花，一来菊花开在九月，二来五行中金与五色中的黄相对应，秋季属金，而菊花又多为黄色，因此菊花在重阳节中占据着重要地位。《艺文类聚·药香草部上》引东汉崔寔《四民月令》"九月九日可采菊花"，说明东汉时期已有重阳采菊的习俗。曹丕写给钟繇的信《九日与钟繇书》里也提到，九月里菊花绽放，纷然独荣，一定是因为菊花中含有纯和的乾坤之气，所以战国时屈原认为食秋菊之落英可以辅体延年，足见菊花之珍贵。于是曹丕送给钟繇一束菊花，"以助彭祖之术"。从此以后，在中国的传统审美中，菊花除了具有刚强、傲慢的象征意味外，又被附会出了帮人续命的神奇功效。晋葛洪《抱朴子》里记录了一个与菊花有关的传奇：南阳郦县山谷中的水喝起来非常甘甜，究其原因，是因为谷上左右皆生甘菊，菊花掉入谷中，历世弥久，水味也变得甘甜了。住在山谷附近的居民，家家都不打井，而是取甘谷水饮用，饮用者没有一个不长寿的。

九月九日登玄武山旅眺

卢照邻

【题解】

卢照邻，生卒年不详，字升之，号幽忧子，幽州范阳（今河北涿州）人，唐代著名诗人。出身望族，自幼博学善文，文采斐然。唐高宗龙朔三年（663），任益州新都县尉，流连蜀地。离蜀后，寓居洛阳。为人旷达，诗酒风流，与杨炯、王勃、骆宾王并称"初唐四杰"。

玄武山位于今四川中江县与三台县之间。据宋计有功《唐诗纪事》所载，唐高宗总章三年（670）九月初九，诗人偕王勃、邵大震二人同登玄武山，并以登高旅眺为题分别赋诗。这首诗写诗人与友人异乡共度重阳的情景，抒发其浓郁的思乡之情。

　　　九月九日眺山川，归心归望积风烟①。
　　　他乡共酌金花酒②，万里同悲鸿雁天。

（录自《全唐诗》卷42，中华书局1960年版）

【注释】

①积：汇聚。《礼记·月令》：“仲秋命有司，趣民多积聚。”　　②金花酒：即菊花酒。菊花色黄，故称“金花”。

【评析】

　　这首诗开篇点明题旨，九月九日登山眺望，或许诗人正望向家乡的方向。“归心”句，情感直接切入，归乡的念头、归乡的愿望积聚成眼前的风景。诗人连用两个“归”字，一来与“九月九日”构成对仗，一来以反复的方式加强语气和情感。“他乡”，强调诗人异乡人的身份。登高饮菊花酒是古人重阳节俗之一，此句重在叙事，但正因有了“共酌”这一动作，才有了下文的“同悲”之情感。诗人和友人与各自的故乡身隔万里，节日里只能一同望着天上的鸿雁悲伤不已。古诗词中“鸿雁”常被用作信使的意象，人们往往借用鸿雁表达对远人的怀念，或对归家的渴望。这首诗是诗人与两位友人重阳节聚会赋诗、相互酬唱之作，虽为同题，但风格不同，情感各异。与邵诗的淡然、王诗的“厌苦”相比，此诗的情感更为悲切，表达也更为直接。

【相关链接】

　　重阳登高习俗，大致始于南北朝时期，南朝梁吴均的《续齐谐记》记载了一则与重阳登高有关的故事：东汉年间，一个叫桓景的人跟着仙人费长房游学多年。长房对他说：“九月九日，你家有灾厄，你宜急去，让家中每个人都作一绛囊，囊中装满茱萸系在手臂上，并且登高饮菊花酒，此祸可消。"桓景听其言，带全家登山避祸，直到晚上才归家，见到鸡、犬、牛、羊一时暴死。长房得知后告诉桓景，是鸡、犬、牛、羊代全家受了灾。故事虽荒诞不经，但广为流传。自此，每逢重阳，人们登高饮酒，佩戴茱萸囊以避灾免难。

九月九日忆山东兄弟

王维

【题解】

王维（701？—761），字摩诘，号摩诘居士，蒲州（今山西永济）人，唐代著名诗人，有"诗佛"之称，与孟浩然合称"王孟"。自幼聪颖过人，博学善文，少年得志。唐玄宗开元九年（721）擢进士第，中状元，授太乐丞。安史之乱后，半官半隐。肃宗乾元年间，任尚书右丞，世称"王右丞"。

创作这首诗时，年少的诗人正在长安、洛阳一带游学，时时怀乡思亲，每至节日良辰，思念倍增。山东即华山东，诗人家乡蒲州位于华山东面，故此称所怀之人为山东兄弟。

独在异乡为异客，每逢佳节倍思亲。

遥知兄弟登高处，遍插茱萸少一人①。

（录自《全唐诗》卷128，中华书局1960年版）

【注释】

①茱萸：香草名，又名越椒、艾子，香气辛烈，可入药。古人重阳节插

戴茱萸，以求避灾克邪。

【评析】

思乡是文学创作的母题之一。"独在异乡为异客，每逢佳节倍思亲"，可谓思乡怀远的千古名句，今人节日感怀时，此句引用率极高。"独"字说明诗人远离家人，独居长安的境况，也表达出孑然无亲的孤独心情，其后"异乡"与"异客"，强化了"独"的处境与情感。"异客"是诗人自称，道出了诗人内心深处无可名状的漂泊感。"每逢佳节倍思亲"，承上写重阳节诗人的心理状态，启下以"思亲"导引出"山东兄弟"。然而诗人并未叙说自己思念"山东兄弟"的愁苦与烦闷，而是另辟蹊径，由怀人转而写怀己，遥想此刻远在故乡的兄弟们登高望远、佩戴茱萸祈福，却发现少了诗人。这首诗既朴素自然，又曲折有致，真意所发，至情流露，《唐诗直解》评价此诗："诗不深苦，情自蔼然，叙得真率，不用雕琢。"

【相关链接】

唐代重阳被官方定为节日，而且假期不止一天，可提前于九月八日或推迟至九月十日，所以假期可能有两天或三天。《辇下岁时记》（作者佚名）记载："都城重九后一日宴赏，号'小重阳'。"李白《九月十日即事》一诗也写过连续两天的重阳宴饮："昨日登高罢，今朝更举觞。菊花何太苦，遭此两重阳。"

唐时重阳节俗延续自前朝，唐前文献中已经有了重阳习俗的明确记录，如赏菊、饮菊花酒、食蓬饵（糕饼）、户外宴饮、登高、佩戴茱萸等。这些习俗在唐代仍旧保留着，孙思邈的《千金月令》就有唐人在重阳游赏宴请、登高远眺、饮菊花酒的记录。除了菊花酒，《千金月令》里还提到了茱萸入酒，"酒必采茱萸、甘菊以泛之，既醉而还"。晋代时，人们认为茱萸可以驱邪辟灾、抵御初寒，所以又被称为"辟邪翁"。

唐后，茱萸增添了装饰美容的功用。如徐铉《茱萸诗》写道："芳排红结小，香透夹衣轻。"而王维的"遍插茱萸少一人"，"茱萸"又具有寄托离情的象征意味。

九日龙山饮

李白

【题解】

李白（701—762），字太白，号青莲居士，又号谪仙人，祖籍陇西成纪（今甘肃秦安），唐代著名诗人，被后人誉为"诗仙"，与杜甫并称为"李杜"。幼年居绵州昌隆（今四川江油），少年时击剑任侠，求仙学道，开元十二年（724），辞亲远游，入巴蜀、扬州等地。天宝元年（742），应召入宫，玄宗令其供奉翰林，世称"李供奉""李翰林"。代宗时，拜授左拾遗，此时李白已故世，后人仍称其"李拾遗"。

龙山位于今安徽马鞍山当涂县东南。据宋王存等人纂修的《新定九域志》所记，东晋"大司马桓温尝于九月九日登此山，孟嘉为风飘帽落，即此山也"。这首诗大致作于诗人从放逐地夜郎（今贵州桐梓）返金陵途中，路经当涂，恰逢九月九日，登龙山以抒怀。

九日龙山饮，黄花笑逐臣①。
醉看风落帽②，舞爱月留人。

（录自《全唐诗》卷179，中华书局1960年版）

【注释】

①黄花：即菊花。宋苏轼《九日次韵王巩》："相逢不用忙归去，明日黄

花蝶也愁。"逐臣：遭受贬谪、驱逐的臣子，此处为诗人自称。　　②落帽：即"孟嘉落帽""龙山落帽"，比喻文人不拘小节，风度潇洒。

【评析】

诗首句叙事，交代时间、地点、事件。此处"饮"，或为独饮，或为宴饮。"黄花"句，诗人因曾被流放夜郎故自称"逐臣"。此句诗人把情感投射到菊花上，通过想象菊花对其身世经历的嘲笑，暗示自己失意、困窘的境遇，也以此与下文自己洒脱豪放的心态形成强烈的对比。"醉"字直接点明诗人此刻酒意正酣，统领其后虚写的"看风落帽"和实写的月下醉舞。据《晋书·孟嘉传》记载，晋臣孟嘉曾于重阳日登龙山赴宴，席中虽因落帽受嘲，孟嘉却以美文应之，四座嗟叹。后世常用"风落帽""龙山落帽"等比喻文人不拘小节的飘逸风度。诗人亦登龙山，醉眼蒙眬时，仿佛这一典故正在眼前上演。诗人自比魏晋名士，既是旁观者，又是画中人，颇有超脱的情味。醉而起舞，陶然自得，一个"舞"字将诗人的洒脱疏狂之态表现得淋漓尽致。"月留人"，赋予月亮情感，诗人月下醉舞，月亮不舍其离去，生动别致。而真正的不舍，来自诗人对大自然的留恋，诗人反说"月留人"，足见其放旷的性格与浪漫的气质。

【相关链接】

重阳诗词中常见"落帽"二字，此时"落帽"并非实指，而是源自《晋书》中的一段故事。

据《晋书·孟嘉传》记载，孟嘉曾任征西大将军桓温的参军。某年重阳，桓温在龙山宴请僚属，邀大家一同饮酒赏菊，孟嘉也位列其中。突然一阵风把孟嘉的帽子吹掉了，可微醉中的孟嘉并不自知，仍旧和同僚们把酒谈笑风生。桓温用眼神暗示左右和宾客不要告诉孟嘉，看看孟嘉有什么反应，可孟嘉竟浑然不觉。过了很久，孟嘉起身去厕所。桓温趁机命人把孟嘉的帽子捡起来并放在他的席位上。又命人取来纸笔，由咨议参军孙盛作文嘲笑孟嘉。毕竟古人对帽冠是十分看重的，更何况此时席中人都穿着象征身份的戎装，落帽是很失体面的事。孙盛写好后交给桓温过目，桓温便把文章也放在了孟嘉的席位上。孟嘉回来后，才发觉自己落帽失礼，于是请笔疾书，写了一篇文辞超卓的答词，满座宾朋争相传看，皆大为叹服。

晋代之后的作者们重阳节写"落帽"，往往用来表达气度宽宏、风流倜傥、潇洒儒雅，或者指代具有上述个性的人，有颂扬的意味在里边。

九日五首（其一）

杜甫

【题解】

这首诗是唐代著名诗人杜甫的作品。大历二年（767），诗人寓居夔州（今重庆奉节），重阳节登高饮酒，追思感怀，表达了诗人对年老多病的感伤，对故土亲人的思念以及伤时忧国的情怀。

> 重阳独酌杯中酒，抱病起登江上台。
> 竹叶于人既无分①，菊花从此不须开。
> 殊方日落玄猿哭②，旧国霜前白雁来③。
> 弟妹萧条各何往，干戈衰谢两相催④。

（录自《全唐诗》卷231，中华书局1960年版）

【注释】

①竹叶：竹叶酒。分：情分。　②殊方：他乡，异域。玄猿：黑猿。　③白雁：鸟名。宋沈括《梦溪笔谈》："北方有白雁，似雁而小，色白，秋深则来。白雁至则霜降，河北人谓之'霜信'。"　④干戈：战乱。宋王安石《何处难忘酒》："赋敛中原困，干戈四海愁。"

【评析】

　　首联叙事，叙写病中的诗人重阳节独自登台饮酒。至唐，重阳登高的习俗已传了五百余年，并负载着避灾或长寿的文化含义。因此诗人病中仍从俗，"起"登高台。颔联融情于理，诗人年老病重，自知手边的竹叶酒也无法祛病，既然如此，那么象征长寿的菊花也就没有开放的必要了。诗人赋予竹叶酒和菊花以人的情感，仿佛在与它们对话，表达了老病之躯的苦闷与感伤。此联使用了借对的方式，借竹叶酒的"竹叶"与"菊花"相对，菊花虽是实景，"竹叶"却非真物，新鲜别致。颈联寓情于景，分别写异乡与故乡的景色，将情感推进一层。无论是眼前的他乡落日、玄猿悲啼，还是诗人记忆里的白雁飞至、寒霜初降，一样都是暮秋时节的凄清之景。古诗词中猿啼多指哀音，用以借喻诗人胸中激荡着的哀怨、愁苦、凄怆、孤寂等情感。此处诗人更是直接用了"哭"字，来强化意象。尾联承接"旧国""白雁"，写思乡之情，更确切地说是对家乡亲人的怀念。然而诗人情感不止于此，"干戈"句回答了弟妹天各一方、流落漂泊的原因，进而表达了对战乱与衰老的哀伤，将整首诗的主题升华。正如宋周紫芝《乱后并得陶杜二集》所评"少陵有句皆忧国"。

九日怀襄阳

孟浩然

【题解】

这首诗是唐代著名诗人孟浩然的作品。襄阳是诗人的故乡。诗人游历在外时恰逢重阳节，回忆故乡的风景、美酒与友人，赋诗怀乡。

去国似如昨①，倏然经杪秋②。

岘山不可见③，风景令人愁。

谁采篱下菊，应闲池上楼。

宜城多美酒④，归与葛强游⑤。

（录自《全唐诗》卷160，中华书局1960年版）

【注释】

①去：离开。国：乡国，家乡。　②杪（miǎo）秋：暮秋，即农历九月。　③岘（xiàn）山：山名，位于湖北襄阳西南。　④宜城：今湖北宜城市南，盛产美酒。　⑤葛强：人名，晋朝征南将军山简的爱将。

【评析】

这首诗贯穿着思乡怀人的情感。首联写离家如同昨日，一晃就暮秋。"如昨"言记忆犹新，"倏然"表明时间短暂，皆含念念不忘之意。岘山是诗人家乡的一座山，身在异乡的诗人想念岘山的景色却不得见，此处的岘山可为实指，也可代指故乡的所有风景，抒发了诗人无限的乡愁。颈联由写景转入写人。"篱下菊"，化用陶渊明《饮酒》"采菊东篱下，悠然见南山"。"池上楼"中的"池"，应为岘山南的高阳池，与尾联的"葛强"相照应。此联言辞曲婉，意蕴深刻。诗人借问不知家中何人采菊、泡酒，表达对亲人的无尽怀念。池上楼应是诗人重阳节常去之所，自己离家在外，或许亲友们也不常光顾了，故用"闲"字写出人去楼空的状态。"归与"句，典出南朝宋刘义庆《世说新语·任诞》，书中记载晋人山简嗜酒，任职荆州期间，将襄阳岘山养鱼池称为"高阳池"，并时常在池上置酒，酒醉后曾倒戴着头巾骑马，并举手问身边的葛强："我与勇士你比起来怎么样？"醉态可掬。葛强是他的爱将，乃并州人士。后世诗词中以"山简醉""高阳池"形容醉酒以及醉后潇洒之态，以"葛强"指代酒友或部将。尾联诗人自比山简，显露其豪放旷达的品格，盼望着回到故乡，有友人携手同游，共品家乡美酒。诗中每一句，都蕴含着饱满的感情，整首诗清新自然，洒脱幽远，体现了诗人通达的个性。清张文荪《唐贤清雅集》评其诗："神闲骨峻，用意最深稳，比右丞（王维）稍露。至其洗伐精洁，三唐一人而已。"

重阳席上赋白菊

白居易

【题解】

这首诗是唐代著名诗人白居易的作品，大致作于大（太）和四年（830），诗人年近花甲，为太子宾客居洛阳。重阳节诗人宴饮赏花，借满园黄色菊花中一丛白菊，感叹自己年华老大。

满园花菊郁金黄①，中有孤丛色似霜。
还似今朝歌酒席，白头翁入少年场。

（录自《白氏长庆集》，中华书局 1979 年版）

①郁金：中药名，属姜科植物，产于我国东南部及西南部，用其泡酒呈现金黄色。郁金黄：颜色名。宋贺铸《减字浣溪沙》："越纱裙染郁金黄。"

【评析】

　　这首诗以花喻人，新颖别致，饶有情趣。"满园"言多，"孤丛"言少，"孤"字实写白菊稀少，兼具赞颂白菊的与众不同、领异标新。"色似霜"形容白菊的颜色，如霜白色与郁金黄色彩对比强烈。"还似"句，由写花转而写人。席中有酒有歌，场景甚是热闹，与下文"少年场"相照应。诗人将菊花的白色与老者的白发相类比，同时也以满园只有一束白菊暗示自身在酒席上是特殊的存在，含蓄幽默，诙谐中透着辛酸。品味全诗，除了巧妙地描写年华老大仍与少年郎同席饮酒之不和谐外，诗人更多以自我调侃的方式，表达出淡泊悠闲、豁达洒脱的人生观。

九日

李商隐

【题解】

　　这首诗是唐代著名诗人李商隐的作品。诗人曾师从令狐楚，中进士，后也曾得其子令狐绹的举荐。晚唐牛李党争时，令狐父子倾向牛党，而诗人因娶李党党人王茂元之女为妻，为令狐绹怪罪。李党失势后，诗人受牵连。据五代孙光宪《北梦琐言》记载，令狐楚死后多年的一个重阳节，诗人拜访令狐绹却未得见。想起曾多次向令狐绹表示希望被提携，均遭冷遇，诗人感慨不已，在令狐家厅堂题下此诗，委婉表达了对令狐楚知遇之恩的怀念以及对令狐绹不念旧情的不满。

> 曾共山翁把酒时①，霜天白菊绕阶墀②。
> 十年泉下无人问③，九日樽前有所思④。
> 不学汉臣栽苜蓿⑤，空教楚客咏江蓠⑥。
> 郎君官贵施行马⑦，东阁无因再得窥⑧。

（录自《全唐诗》卷541，中华书局1960年版）

【注释】

①山翁：即东晋名臣山简，此处借指山南西道节度使令狐楚。　②阶墀（chí）：台阶。　③泉下：九泉之下，指过世。　④九日：九月初九，重阳节。　⑤苜蓿：牧草名，原产西域，汉代时引入中原。　⑥教：使，让。楚客：即屈原。江蓠：香草名。战国楚屈原《离骚》："扈江蓠与辟芷兮，纫秋兰以为佩。"　⑦郎君：指令狐绹。行马：官署或大第宅门前拦阻行人的木栅。　⑧东阁：东向的小门，代指宰相招致、款待宾客的地方。

【评析】

这首诗用典丰富、自如，虽未提及令狐父子却笔笔不离，首联、颔联焦点在令狐楚，颈联尾联焦点在令狐绹。开篇以"山翁"山简代令狐楚，表明诗人与其曾有把酒共饮的师生情谊。"霜天"句写秋景，既是眼前的景色，也是诗人回忆重阳节与令狐楚同饮时的景色。"白菊"为令狐楚喜爱之物，唐刘禹锡《和令狐相公玩白菊》中有"家家菊尽黄，梁国独如霜"一句，可见，此句借白菊之景而兴怀人之意。令狐楚卒于开成二年（837），此处"十年"应为约举成数，言其久。"无人问"是说往事随风，没有人再去提及；而"有所思"则是诗的核心所在，一方面承上，表明对令狐楚知遇之恩的念念不忘；一方面启下，包含着对令狐绹不念旧情的不满。颈联首先化用《史记·大宛列传》"苜蓿"典故，"宛……俗嗜酒，马嗜苜蓿，汉使取其实来，于是天子始种苜蓿、蒲陶肥饶地。及天马多，外国使来众，则离官别观旁，尽种蒲陶、苜蓿"。诗人以种草比拟用人，借此批评令狐绹不栽培文士。继而自喻屈原，借用屈原遭放逐而行吟泽畔之典故，表达了对当下境遇的无奈与怨恨。尾联直指令狐绹，言辞激烈。郎君即令狐绹，"行马"写二人之间不可逾越的界限，亦有设置障碍、刻意阻拦之意。"东阁"用《汉书·公孙弘传》"开东阁以延贤人，与参谋议"的典故，指代令狐楚曾经的住所。"窥"字意味深刻，谴责令狐绹贵为权胄后，诗人连偷偷看一眼恩师府邸的机会都没有了。此诗多怨怼愁苦的情绪，稍逊意境与气度。

重阳阻雨

鱼玄机

【题解】

鱼玄机（844—868），字幼微，一字蕙兰，长安（今陕西西安）人，晚唐女诗人，与李冶、薛涛、刘采春并称"唐代四大女诗人"。性聪慧，好读书，尤工韵调。十五岁为补阙李亿妾，因不被夫人所容，二年后于长安咸宜观出家。

这首诗大致作于咸通元年（860），叙述了诗人重阳节为风雨所阻、未能登高赴宴饮之约一事。

满庭黄菊篱边拆①，两朵芙蓉镜里开②。

落帽台前风雨阻③，不知何处醉金杯。

（录自《全唐诗》卷804，中华书局1960年版）

【注释】

①拆：同"坼"，绽裂。　②芙蓉：荷花，此处比喻女子双颊上的红晕。　③落帽台：《晋书·孟嘉传》所记，桓温将军宴请、孟嘉落帽之所，此处指代聚会。

【评析】

诗的开篇以深秋景致扣题中重阳，篱笆边上的菊花怒放，满庭金黄。"拆"字极言花开得盛。"黄菊"为实写，"芙蓉"为虚写。诗人对镜自怜，以芙蓉喻指自己姣好的妆容，符合青年女子自我欣赏、自我陶醉的心态。"镜里开"，表明诗人已为赴约梳妆打扮，心中充满了期待。"落帽台"，用《晋书·孟嘉传》之典故，指代重阳聚会之所，也暗示聚会之人都如名士般潇洒风流、文采四溢。风雨一来，诗人被阻，不知能去哪里举杯畅饮。"不知"句，写出了未能应邀外出的惆怅心情。这首诗幽柔融雅，明钟惺《名媛诗归》评此诗："浅浅忖度语，不复深怀，自然音响有节。"

九日道中凄然忆潘邠老之句

方岳

【题解】

这首诗是宋代著名诗人方岳的作品。邠老乃同朝诗人潘大临的字。根据诗僧惠洪《冷斋夜话》所记，诗人潘大临贫困窘迫，一夜，闲卧时闻风雨声诗意大发，欣然而起，刚题壁"满城风雨近重阳"七个字，突然催租的人来了，顿时意兴阑珊，只留此一句。潘大临逝世后，文人常续写"满城"句。此诗亦同，是诗人离家途中逢重阳节思乡而作。

满城风雨近重阳，城脚谁家菊自黄①。

又是江南离别处，烟寒吹雁不成行。

（录自《秋崖诗词校注》，黄山书社 1998 年版）

【注释】

①城脚：城下，沿城墙一带。

【评析】

"满城风雨近重阳"一句境界开阔、气势恢宏，是北宋诗人潘邠老流传后世的名句，宋人吕居仁评此句"潘邠老尝得诗云'满城风雨近重阳'，文章之妙至此极矣"（宋蔡正孙《诗林广记》）。"城脚"承接开篇"满城"，"菊"黄紧扣诗题之"九日"，并照应首句"重阳"。菊花独自开了，此处"菊自黄"同白居易《九日醉吟》中"有恨头还白，无情菊自黄"一样，蕴含凄清、悲伤之意。"又是"句直抒胸臆，诗人重阳佳节与亲人分别的凄凄别离情跃然纸上。古代诗词中"烟"具有羁旅漂泊的意象，"烟敛寒林簇""烟波江上使人愁"，思归却难以归家，使烟成为离人心中难以逾越的屏障。尾句寓情于景，以"烟寒"塑造出清寒凄冷的氛围。这首诗虽为补缀残句，却意境浑成，是为续作中最佳。

【相关链接】

宋代的重阳节非常的热闹。孟元老《东京梦华录》描述了北宋人过重阳的盛景：

九月重阳，都下赏菊有数种：其黄、白色蕊若莲房，曰"万龄菊"；粉红色曰"桃花菊"，白而檀心曰"木香菊"，黄色而圆者曰"金铃菊"，纯白而大者曰"喜容菊"，无处无之。酒家皆以菊花缚成洞户。都人多出郊外登高，如仓王庙、四里桥、愁台、梁王城、砚台、毛驼冈、独乐冈等处宴聚。前一二日，各以粉面蒸糕遗送，上插剪彩小旗，掺饤果实，如石榴子、栗子黄、银杏、松子肉之类。又以粉作狮子蛮王之状，置于糕上，谓之"狮蛮"。诸禅寺各有斋会，惟开宝寺、仁王寺有狮子会。诸僧皆坐狮子上，作法事讲说，游人最盛。

从菊花的种类可以看出宋人赏菊之盛，宋朝人将菊花称作"延寿客"，连《水浒传》的梁山好汉在重阳日也与菊相伴："宋江便叫宋清安排大筵席，会众兄弟同赏菊花，唤做菊花之会……忠义堂上遍插菊花，各依次坐，分头把盏。堂前两边筛锣击鼓，大吹大擂，语笑喧哗，觥筹交错，众头领开怀痛饮。马麟品箫，乐和唱曲，燕青弹筝，各取其乐。不觉日暮。"（《水浒传》第七十一回）

九日置酒

宋祁

【题解】

宋祁（998—1061），字子京，安州安陆（今湖北安陆）人，后徙居开封雍丘（今河南杞县）。天圣二年（1024）进士及第，授直史馆，曾任龙图阁学士、史馆修撰、知制诰、翰林学士等职。诗文多奇字，与其兄宋庠有文名，时称"二宋"。因其《玉楼春》词有"红杏枝头春意闹"一句，又有"红杏尚书"之称。曾与欧阳修同修《唐书》，卒谥"景文"。

置酒即摆酒席。这首诗通过描写重阳清早设帐宴客的场景，营造出轻松、欢快的节日氛围，表达出诗人坦荡豁达的个性和积极乐观的生活态度。

秋晚佳晨重物华^①，高台复帐驻鸣笳^②。

遨欢任落风前帽^③，促饮争吹酒上花^④。

溪态澄明初雨毕，日痕清淡不成霞。

白头太守真愚甚，满插茱萸望辟邪。

（录自《全宋诗》第 4 册，北京大学出版社 1995 年版）

【注释】

①重：看重，重视。物华：自然景物。南朝梁柳恽《赠吴均》："离念已郁陶，物华复如此。"　②复帐：繁复的酒席帐篷。鸣笳（jiā）：吹奏笳笛。古代贵官出行，前导鸣笳以启路。　③遨：游览，游玩。东汉王逸《九思·疾世》："从卢遨兮栖迟。"　④促：催促。明崔铣《记王忠肃公翱三事》："公屡促之，必如约。"

【评析】

首联写景，起笔"秋"字交代时令，"晨"字点明时间。"佳""重"二字，表达出诗人对晚秋美好晨景的喜爱与留恋。开篇起兴，良辰美景只是背景，为引出下文的高台畅饮做准备。一大早，高台上搭起酒席帐篷，一队人马鸣笳开道，如此热闹的场面所为何事？诗人时任知州（习称太守），据《东京梦华录》记载，每逢重阳，官府搭高台、架席篷、摆盛宴与民同乐。"复帐"言场面的阔绰，"鸣笳"营造出热闹的节日氛围。颔联描写宴席进行中的场景。"遨欢"为这首诗定下了欢快的基调。"落风前帽"化用《晋书·孟嘉传》"落帽"之典，借指席中人的洒脱风流，"任"字更添恣意、酣畅之感。推杯换盏，"促"与"争"将宾主相得的气氛推至高潮。颈联转而写雨后初晴的景色，交代当日的天气。"澄明""清淡"，既说景色，也是诗人心境的反映，体现了诗人内心的宁静与优雅。尾联特写诗人自己席中的模样，"白头""愚甚"皆为自嘲，"白头"言其老，年老之人仍从节俗、身上满插茱萸，画面确实有趣，但在诗人看来更窘的是"望辟邪"的念头。尾联与颈联对比强烈，幽默诙谐接地气。"满插"是夸张用法，亦是旷达之语，而茱萸辟邪之说，又充满了生活情趣。近人陈衍《宋诗精华录》评此诗："九日登高，不作感慨语，似只有此诗。"

重阳

文天祥

【题解】

这首诗是南宋著名爱国诗人文天祥的作品，大致作于元世祖至元十九年（1282）。诗人因禁元朝狱中，遇重阳节有感，借秋景感叹身世，抒写对故国深深的眷恋。

万里飘零两鬓蓬①，故乡秋色老梧桐。
雁栖新月江湖满，燕别斜阳巷陌空。
落叶何心定流水，黄花无主更西风。
乾坤遗恨知多少？前日龙山如梦中。

（录自《文天祥全集》，江西人民出版社 1987 年版）

【注释】

①蓬：散乱。《山海经·西山经·玉山》："西王母蓬发。"

【评析】

诗首联实写诗人境遇兼怀故乡秋景。"蓬"字言鬓发散乱，一字便将长期囚禁的犯人形象跃然纸上。"梧桐"前一个"老"字，描绘出秋来梧桐叶变黄的典型暮秋景象。无论是人物形象还是景色描写，均给人留下凄惨、衰败的印象，为整首诗奠定了阴郁的冷色调。颔联虽提及雁、月、江湖、燕、斜阳、空巷等景物，但均为作者狱中想象，为虚写。诗人以雁、燕自喻，表达出再获自由、重回故乡的心愿。颈联借水中落叶、风中菊花的飘零意象，表达出亡国已成定局、自己无力挽回的痛心和无奈。尾联"乾坤"即天地，从空间入手写亡国之恨；"前日"即过去，从时间入手写家国尚在时与友人欢聚的美好时光，反衬当下的悲凉，充满了悲壮色彩。"梦中"，不仅说明故国不在的现实，同时也表明诗人念念不忘重整河山的决心，体现出诗人身陷牢狱仍心系故国、至死不悔的爱国情怀。这首诗用典丰富，"两鬓蓬"取自李商隐《过姚孝子庐偶书》"两鬓蓬常乱，双眸血不开"；"老梧桐"语出李白《秋登宣城谢朓北楼》"人烟寒橘柚，秋色老梧桐"；"燕别"句化用刘禹锡《乌衣巷》"朱雀桥边野草花，乌衣巷口夕阳斜。旧时王谢堂前燕，飞入寻常百姓家"；"落叶""流水"化用杜甫《登高》"无边落木萧萧下，不尽长江滚滚来"；"乾坤遗恨"取自北宋抗金名相何栗身陷敌营时所作的"人生会有死，遗恨满乾坤"；"龙山"用《晋书·孟嘉传》"龙山落帽"之典故。诗中诸多引用、化用均切合题意，情思连续，浑然天成。

满庭芳（碧水惊秋）

秦观

【题解】

这首词是宋代著名词人秦观的作品，大致作于词人贬谪期间。通过对重阳萧瑟秋景的描写，表达了伤离怀旧的心绪。

碧水惊秋，黄云凝暮，败叶零乱空阶。洞房人静①，斜月照徘徊。又是重阳近也，几处处，砧杵声催②。西窗下，风摇翠竹，疑是故人来。　　伤怀。增怅望，新欢易失，往事难猜。问篱边黄菊，知为谁开。谩道愁须殢酒③，酒未醒、愁已先回。凭阑久，金波渐转，白露点苍苔。

（录自《全宋词》第 1 册，中华书局 1965 年版）

【注释】

①洞房：幽深的内室。　②砧（zhēn）杵（chǔ）：古代捣衣工具，捣衣石与捣衣棒。《子夜四时歌·秋歌》："佳人理寒服，万结砧杵劳。"　③谩（màn）：不要。殢（tì）酒：为酒所困，此处指借酒浇愁。

【评析】

上片开篇写景，"碧"字清寒，"黄"字阴郁，两种颜色对举，营造出日暮黯淡的氛围。"惊"言突如其来，惊叹时序变迁之速，颇具力量感。"凝"意为凝聚，具有浓重之感。衰飒秋景，既是实写，也表达了词人凄苦的主观感受。"斜月"表明时间已由黄昏渐渐入夜。"静"与"徘徊"对比，静的是内室中人，而词人月下徘徊，足见其心绪的不宁静。"又是"句化用杜甫《秋兴》"寒衣处处催刀尺，白帝城高急暮砧"，阵阵捣衣声以生活化的场景，引入词人的家园之思。"催"字与上文"徘徊"，皆传递出心绪烦乱的情感。"西窗"句用唐代诗人李益《竹窗闻风寄苗发司空曙》"开门复动竹，疑是故人来"，风摇竹影下产生的幻觉，来自炽热的情感，而词人对故人的绵绵情思，也解释了前文"徘徊"的原因。《蓼园词选》评："'风摇'二句，写得蕴藉，非故人也，风也，能弗黯然？"下片起笔直写情感。"新欢易失，往事难猜"，写出了人情反复与世态炎凉。本应赏菊的日子，词人问花开为谁，完全没有赏菊的乐趣，可见词人内心的悲楚。"谩道"句说理，借酒浇愁愁更愁，透着无限的辛酸。菊与酒都无法成为走出愁苦的手段，最终词人将情感再次融入景色之中，"凭阑久"，月已高悬，月光渐转，青苔上白露点点，一副凄清夜景展现眼前。尾句"金波"与"白露"，一个为月色一个为露色，与上片"碧水""黄云"遥相呼应。词中的景色随着时间的推移慢慢展开、变换，而情感也在景色的包蕴中愈来愈浓烈，上片由写景起，下片以写景终，一切景语又皆为情语。明李攀龙《草堂诗余隽》评其词："托意高远，措词洒脱，而一种秋思，都为故人。展转诵者，当领之言先。"

定风波·次高左藏使君韵

黄庭坚

【题解】

这首词是宋代著名词人黄庭坚的作品，作于黔州，描写了词人在被贬之地的恶劣环境下仍饮酒、作诗、戴菊、驰射过重阳节，表达了他老当益壮、穷且益坚的乐观精神。

万里黔中一漏天①。屋居终日似乘船。及至重阳天也霁②。催醉。鬼门关外蜀江前③。　　莫笑老翁犹气岸④。君看。几人黄菊上华颠⑤。戏马台南追两谢⑥。驰射。风流犹拍古人肩。

（录自《全宋词》第 1 册，中华书局 1965 年版）

【注释】

①黔中：即黔州，今重庆彭水。　②霁（jì）：雨雪停止，天放晴。宋姜夔《扬州慢》："夜雪初霁。"　③鬼门关：即石门关，在今重庆奉节东。　④气岸：气概，意气。《梁书·张充传》："气岸疏凝，情涂狷隔。"　⑤华颠：白发。唐卢肇《被谪连州》："黄绢外孙翻得罪，华颠故老莫相嗤。"　⑥戏马台：位于今江苏徐州城南，项羽灭秦后所建，为观看士卒操练以及赛马的场所。两谢：即谢灵运与谢瞻，二人皆作诗咏戏马台。

【评析】

　　上片开篇描写了黔州的天气状况以及词人贬居的生活境遇。"一漏天"采用夸张辞格，形象地描绘了黔州暮秋阴雨连绵的气候特点。而"似乘船"则采用比喻辞格，强化雨水多的印象，并暗示词人身居陋室、生活艰辛。"及至"句由抑转扬。"催醉"，写出了重阳佳节逢久雨初晴的美好心情。"鬼门关外蜀江前"，一来交代了词人重阳饮酒的场所，一来以鬼门关的险峻反衬词人忘怀得失的胸襟，为下片抒发达观豪迈的情感做铺垫。下片重点描绘词人度重阳的场景。"莫笑""君看"，是诗词创作者与读者进行精神交流的引导语，也是表达观点的导入。"老翁"与"气岸"对举本无矛盾，"犹"字暗示此处是老翁与少年郎对比仍显气概，足见至老不衰的豪气。白发簪菊、饮酒赋诗、骑马射箭这些典型细节，正是老翁风流气概的表现。"戏马台"为虚写，词人此时身居蜀地，而戏马台位于徐州。东晋刘裕北征过此，重阳登台大宴僚佐，谢瞻与谢灵运各赋诗一首，此处化用二谢之典，并以"追"字嵌入，表达出词人潇洒从容、学识才情直逼魏晋名士、可与其比肩的豪情。这首词先抑后扬，豪放秀逸，词人将贬谪的愁苦与不甘消沉的乐观结合在一起，形成了苍劲、乐观、豪迈的风格。

诉衷情（芙蓉金菊斗馨香）

晏殊

【题解】

这首词是宋代著名词人晏殊的作品，作于仁宗宝元元年（1038）。其时，宋军在与西夏军战事中连连败退。词人自陈州（今河南淮阳）召还御史中丞，复为三司使。这首词借描写重阳节前秋景，抒发了词人对国运与自身未来的迷茫之感。

芙蓉金菊斗馨香[①]。天气欲重阳。远村秋色如画，红树间疏黄。　流水淡[②]，碧天长。路茫茫。凭高目断[③]，鸿雁来时，无限思量。

（录自《全宋词》第 1 册，中华书局 1965 年版）

【注释】

①芙蓉：即木芙蓉，又名拒霜花。　②淡：清浅。　③目断：望到看不见。唐丘为《登润州城》："乡山何处是，目断广陵西。"

【评析】

这首词由秋景起，由心绪结。上片写景，开篇以木芙蓉花与菊花盛开与"欲重阳"相呼应，交代时节。"远村"句以秋叶红黄相间，说明秋色"如画"，生动之致。词人善用颜色，上片的"金""红""黄"皆为亮色，是词人情绪的映射。词人结束了长久的外官生涯，回到京都，眼中的暮秋之景也明快了起来。下片由景入情，情感也由扬转抑。"流水""碧天"是实写,而"淡"与"长"则一方面说明水瘦、天高,一方面包蕴着淡淡的惆怅,饶有情意。"茫茫"二字,直接将这份惆怅情绪表达出来。"凭高"照应上片"重阳","目断"蕴含着无尽的期待,与"鸿雁"相合。古诗词中"鸿雁"常表达书信意象,此处"鸿雁来"既为实写秋天景物,又借指远方信至。收尾"无限思量"与"路茫茫"相照应,突出词的主旨,言尽而意不尽,意尽而情不绝。这首词情景杂糅,写景旷达浓重,写情简明沉郁。近人赵尊岳评此词:"题材似极浅近,然作结仍极精严,非浅人所易着笔。"(《〈珠玉词〉选评》)

玉蝴蝶·重阳

柳永

【题解】

这首词是宋代著名词人柳永的作品。词人重阳节于楚地与好友登高饮酒,感叹光阴,不如醉在酒中,以酒忘忧。

淡荡素商行暮①,远空雨歇,平野烟收。满目江山,堪助楚客冥搜②。素光动③、云涛涨晚,紫翠冷、霜蛓横秋④。景清幽。渚兰香射,汀树红愁。 良俦⑤。西风吹帽,东篱携酒。共结欢游。浅酌低吟,坐中俱是饮家流⑥。对残晖、登临休叹,赏令节、酩酊方酬⑦。且相留。眼前尤物⑧,盏里忘忧。

(录自《全宋词》第 1 册,中华书局 1965 年版)

【注释】

①素商：秋天。素即白色，五色中白、五音中商，均与五行中金相对应。秋季五行属金，故秋季又称"素商"。行：将要。　②楚客：客游楚地的人。冥搜：尽力寻找。　③素光：秋光。　④崦（yǎn）：小山。　⑤良俦（chóu）：好同伴，好友。　⑥饮家流：酒友。　⑦酬：酬答，酬报。　⑧尤物：珍贵的物品，此处指美酒。

【评析】

　　上片写景。"素商行暮"，点明时间流转，已至暮秋时节，在这一时令前，词人用了"淡荡"修饰，统领下文恬静、澄明的秋景。雨收后的天空辽远，雾气退却后的平野辽阔，勾勒出空阔、旷远的景象。据此推测，词人应是居高远望，也正因如此，才有了"满目江山"，也激发了旅楚客人即词人尽力寻找美景的兴致。继而，词人写明亮的流光、黄昏里如涛的云、秋霜尽染下紫翠交叠的山顶、兰花飘香的小洲以及小洲上挂着红叶的树，都是楚客搜寻到的美景。"景清幽"插入景色描写之中，概括了景色的特征，同时区分了景物高低远近的层次。下片写人。"良俦"简洁的两个字，是整个节日聚会场景描写的基础。"西风吹帽"用《晋书·孟嘉传》孟嘉落帽典故，"东篱携酒"用陶渊明《饮酒诗》"采菊东篱下"，将"共结欢游"的友人们比作魏晋名士，洒脱、清俊、风流。"浅酌"句，实写宴饮场面。"对残晖"句，从杜牧《九日齐山登高》"但将酩酊酬佳节，不用登临恨落晖"化出，承上描写宴饮场面，兼说情理，感叹落日不如以酒酬答美时美景，更引出下文关于人生的态度，即与良友聚，以酒忘忧，让时光常驻此刻。

醉花阴（薄雾浓云愁永昼）

李清照

【题解】

　　这首词是宋代著名词人李清照的作品。词人婚后与夫君分居两地，该词描写了词人重阳节独守空闺的场景，抒发了相思的愁苦与悲伤。

　　薄雾浓云愁永昼①。瑞脑消金兽②。佳节又重阳，玉枕纱橱③，半夜凉初透。　　东篱把酒黄昏后。有暗香盈袖。莫道不消魂④，帘卷西风，人似黄花瘦。

（录自《全宋词》第 2 册，中华书局 1965 年版）

【注释】

①永昼：漫长的白天。　　②瑞脑：香料名，又称龙脑，即冰片。金兽：刻有兽形图案的铜香炉。　　③纱厨：防蚊蝇的纱帐。　　④消魂：同"销魂"，形容极度忧愁、悲伤。

【评析】

　　上片开篇写"愁"字直抒胸臆，这"愁"来自"薄雾浓云"的阴沉，也来自寂寞难挨的时间。"瑞脑"句承上，描写百无聊赖的状态，同时描写闺房内的景物，与下文"玉枕纱橱"相呼应。"佳节"句交代时节，"又"字意重复，含无奈之感，佳节思亲，因此"半夜凉初透"。"初"字说明已入深秋，天气转凉，"透"字说明寒凉的程度。但终归"凉初透"是以身之凉写心之凉，极言节日里思念之切、内心凄凉。上片包括三层意思，彼此相关，情感亦由白天的"愁"发展成为夜里的"凉"，在层层推进中达到顶峰。下片由重阳节俗引入，"暗香盈袖"化用《古诗十九首》"馨香盈怀袖，路远莫致之"，写词人对夫君的思念无法排解，并与下文"黄花"相照应。"莫道不消魂"，以反诘的方式表达肯定情感，语气强烈。"西风"有萧瑟、衰飒之意，"卷"言风非微风，"帘卷西风"四字寒意满满。西风卷起窗帘，露出了帘下人。尾句以花喻人，菊花本纤细却能傲霜而立，词人憔悴，弱不及花，悲伤情绪呼之欲出。这首词从早到晚写尽思妇的愁苦心绪，情景交织，含蓄深沉。

朝中措（年年团扇怨秋风）

辛弃疾

【题解】

这首词是宋代著名词人辛弃疾的作品。小序中，世长即杨世长，生平不详。省即省试，又称礼部试。词人重阳与友人小聚，得知杨世长将参加礼部试，今昔对比，赋词抒发词人怀才不遇的愁苦心情，并鼓励世长，愿其高中。

    九日小集，世长将赴省。

    年年团扇怨秋风。愁绝宝杯空①。山下卧龙丰度②、台前戏马英雄。   而今休矣，花残人似，人老花同。莫怪东篱韵减，只今丹桂香浓。

（录自《全宋词》第 3 册，中华书局 1965 年版）

【注释】

①宝杯：酒杯的美称。 ②卧龙：三国诸葛亮、嵇康皆有卧龙之称，

泛指隐居的人杰。丰度：优雅的举止。

【评析】

上片以愁怨起。秋天来临，团扇将弃，故有"团扇怨秋风"之说。词人此处用《汉书·外戚传》所载班婕妤《怨歌行》之典。据《汉书·外戚传》记载，班婕妤乃汉成帝妃，失宠后作《怨歌行》抒发哀怨："新裂齐纨素，鲜洁如霜雪。裁为合欢扇，团团似明月。出入君怀袖，动摇微风发。常恐秋节至，凉飚夺炎热。弃捐箧笥中，恩情中道绝。"后人以"悲团扇""悲秋扇"等喻失宠。词人自比秋日团扇，言政治失意的境遇，抒发怀才不遇的苦闷。"愁绝"句，说明愁怨的程度。常言道"借酒浇愁"，词人愁到手边的酒杯都被喝空了。"山下"与"台前"是出世、入世的两种生活状态，"山下"句词人以卧龙类比，言其潇洒风度、卓尔不凡；"台上"句用"戏马台"之典以项羽自比，言其骁勇善战、雄武过人。"而今休矣"过片，说明"卧龙"与"英雄"的状态都是从前。继而词人以花自比，写现时之悲。"莫怪"一词，是词人对杨世长说的话。"莫怪"前，人花类比，"莫怪"后，以花喻人。"东篱"化用陶渊明《饮酒诗》"采菊东篱下"，指代菊花，也喻指削职闲居的词人。菊花韵味衰退，不是菊花的原因，只因为桂花的香气太浓。一般而言，古人八月咏桂，九月咏菊，而词人此处写"丹桂香浓"，寓意深刻。杨世长将赴礼部参加科举考试，词人以"丹桂"暗喻杨世长，言其风华正茂、才智过人，必将蟾宫折桂。

贺新郎·九日

刘克庄

【题解】

这首词是宋代著名词人刘克庄的作品。词人重阳节登高遇雨，由阴郁的天色，引发了无限愁绪，于是借景抒怀，抒发年华老大、报国无门、壮志未酬的苦闷。

湛湛长空黑①。更那堪、斜风细雨，乱愁如织。老眼平生空四海，赖有高楼百尺②。看浩荡、千崖秋色。白发书生神州泪，尽凄凉、不向牛山滴③。追往事，去无迹。　　少年自负凌云笔④。到而今、春华落尽，满怀萧瑟。常恨世人新意少，爱说南朝狂客⑤。把破帽、年年拈出。苦对黄花孤负酒，怕黄花、也笑人岑寂。鸿北去，日西匿。

（录自《全宋词》第 4 册，中华书局 1965 年版）

【注释】

①湛湛：浓重。唐韦应物《善福精舍示诸生》："湛湛嘉树阴，清露夜景沉。"　②赖：幸亏，幸好。清末民初蔡东藩《清史演义》："文足安邦，武能御侮，清之不亡，赖有此耳。"　③牛山：山名，位于今山东淄博。《晏子春秋·内篇谏上》"景公游于牛山，北临其国城而流涕，曰：'若何滂滂去此而死乎？'"　④凌云笔：语出唐杜甫《戏为六绝句》："庾信文章老更成，凌云健笔意纵横。"原意为赞扬庾信笔势超俗、才思纵横出奇，后泛指诗文创作的高超才华。　⑤南朝狂客：指东晋

名士孟嘉。

【评析】

上片起笔写景定调，阴暗的天空细雨淋漓，"斜风细雨"语出张志和《渔父》"斜风细雨不须归"，却与张词愉悦的意境截然相反。"乱愁如织"，表明阴郁环境下词人的心绪纷乱纠结。"老眼"句，写词人眼高心旷。词人好仗义执言，抨击时弊，曾因讥讽时政得罪权贵而闲废十年，此处"平生空四海"，是词人的自我评价。"高楼百尺"，用《三国志·陈登传》"元龙高卧"之典。陈登，字元龙，下邳淮浦（今江苏涟水西）人。一日，刘备、许汜、刘表坐论英雄，谈及陈登，许汜认登为江湖之士，骄狂自大。许汜曾路过下邳（今江苏睢宁）见陈登，登毫无客主之礼，自顾自地上大床高卧，却让客人坐在下床。刘备辩曰：国家动荡，战乱纷争，陈登以许汜为国士，望其匡扶汉室，而许汜只顾四处求田问舍，登深恶之，故对汜冷淡。此事如若发生在刘备身上，备定自卧百尺高楼，而让许汜睡在地上，何止上下床的区别？后世以"高楼百尺"言爱国志士登临之处，比喻高洁的爱国之心。"浩荡""千崖"，将辽阔秋景收入眼底，足见词人慷慨豪迈的词风。"白发"句言情，虽白发满头但爱国之心犹在，是为全词主旨所在。"牛山"用《晏子春秋·内篇谏上》齐景公牛山泪下沾衣之典，言长久拥有国家之志，而反写"不向"，表明词人为国忧伤的襟怀。下片起笔以"少年"照应"白发书生"。"凌云笔"化用杜甫《戏为六绝句》"庾信文章老更成，凌云健笔意纵横"句，言少年以才华自负。"到而今"承上启下，构成今昔对比。"南朝狂客"与"破帽"，是说古人赋重阳诗词常常用孟嘉落帽的典故。"破"字意在陈陈相因，解释"常恨"的原因，表明了词人对名士风流的态度，可谓气势逼人。接下来词人笔锋一转写节俗，吐婉媚纤弱之辞。

黄花笑人，以人拟花，表达凄清、枯索的心境。"鸿北去，日西匿"与"追往事，去无迹"挽合，皆言英雄暮年，抒发壮志难伸之感慨。

西江月·闰重阳

韩元吉

【题解】

　　韩元吉（1118—1187），字无咎，号南涧，开封雍邱（今河南开封）人，宋代著名词人。袭门荫入仕，曾任信州幕府、建安知县、江东转运使、吏部侍郎、吏部尚书等职。晚年居上饶（今属江西），与辛弃疾来往密切。

　　这首词大致作于淳熙二年（1175）词人知建宁（今属福建）期间。闰九月，两度重阳，词人赏菊、登高、饮酒，赋词抒怀，表达了词人与友小聚的愉快心情。

　　一度难逢佳节，今年两度重阳。菊花犹折御衣黄①。莫惜危亭更上②。　　况有飞觞滟玉③，从教醉帽吹香④。兴来相与共清狂。频把新词细唱。

（录自《全宋词》第 2 册，中华书局 1965 年版）

【注释】

①御衣黄：菊花的品种。宋范成大《菊谱》："御衣黄，千叶花，初开深鹅黄，大略似喜容而差疏瘦，久则变白。"　　②惜：怕。唐李白《感兴八首》："不惜他人开，但恐生是非。"危亭：高高的亭子。　　③飞觞（shāng）：传酒杯，此处指欢饮。滟（yàn）玉：酒色如玉，指美

酒。　④从教：听任，任凭。宋韦骧《菩萨蛮》："白发不须量，从教千丈长。"

【评析】

上片开篇点题并交代节令特点，"两度重阳"紧扣题中"闰重阳"。"犹"表明御衣黄在词人眼中是特别的，也许出于喜好，也许该品种名贵。簪花是古人重阳节的习俗之一，宋代尤其盛行。词人将大朵的、开得正盛的御衣黄插入发间，显示了他潇洒狂放的一面，与下片"共清狂"遥相呼应。词人作这首词时年近花甲，尚鼓励自己和友人登上高亭，足见其兴致。下片重在写饮酒之乐。"从教"二字，表达出饮酒之人的洒脱、不拘小节。"醉帽吹香"化用《晋书·孟嘉传》"风落帽"的典故，此处"香"当为风中卷携着的酒香。"兴来"句写兴致高昂、狂放逸乐的心情，是全词的主旨句。"频"言多次，"细"言慢慢地，颇为闲适与从容。这首词言辞平易，意义浅白，但措辞雅正，格调清新，独树一帜。

【双调】沉醉东风·重九

卢挚

【题解】

卢挚（1242—1314），字处道，一字莘老，号疏斋，又号蒿翁，涿郡（今河北涿州）人，元代散曲大家，诗文与刘因、姚燧齐名，世称"刘卢""姚卢"。由诸生身份仕元，累迁河南路总管。曾任江东道廉访使、翰林学士等职，晚年客寓皖南宣城。

这首小令描写凄清、萧瑟秋景，抒发孤寂、落寞情感。

题红叶清流御沟①，赏黄花人醉歌楼。天长雁影稀，月落山容瘦，冷清清暮秋时候。衰柳寒蝉一片愁，谁肯教白衣送酒②。

（录自《全元散曲》[上]，中华书局 1981 年版）

【注释】

①御沟：流经宫苑的河道。　　②白衣：代指穿着白色衣服的人。魏晋时，白色为平民服色，此处指官府吏役。

【评析】

　　小令开篇用"红叶题诗"之典故。据唐范摅《云溪友议》记载，玄宗年间，锁禁深宫的宫女寂寥哀怨时，便题诗于红叶之上，红叶随御沟流水流出宫外。常有文士拾到后作诗唱和。后人以"红叶题诗"表闺怨。此处作者采用代言体作闺音，借闺怨表达自己的哀怨。"题红叶"与"赏黄花"对偶，以赏花人的热闹，反衬题红叶者的孤寂与哀伤。天空辽远，雁影稀疏，月落重阳将尽，月下山影狭长、清瘦，"冷清清"概括暮秋景色，亦是作者心绪的真实写照。而"衰""寒""愁"，将蕴含于秋景中的情感推至高潮。"一片"言遍及各处。"白衣送酒"典出南朝宋檀道鸾《续晋阳秋》："陶潜尝九月九日无酒，宅边菊丛中，摘菊盈把，坐其侧久，望见白衣至，乃王弘送酒也，即便就酌，醉而后归。"此处化用此典，隐士尚有人惦念，重阳佳节作者却孤单一人，故而发问，抒发心中落寞哀怨之感。这首小令用典丰富，典雅蕴藉，韵味悠长。元贯云石《阳春白雪序》评其词曲："妩媚，如仙女寻春，自然笑傲。"

【相关链接】

　　元代统治者保留前朝重阳节的习俗，重阳节登高、赏菊、饮酒、食用重阳糕。早在《西京杂记》中，就有汉代人重阳食用蓬饵的记录，"饵"即是糕，扬雄《方言》称"饵谓之糕"，因此蓬饵大致便是重阳糕的雏形。隋杜台卿在《玉烛宝典》中写道当朝人"九月食饵……黍秫并收，以因黏米嘉味"，并渐渐成为重阳食俗。待到宋朝，文献中已经有了重阳糕食材、做法以及样式的细致描述。据《东京梦华录》记载，汴京重阳节"前一二日，各以粉面蒸糕遗送，上插剪彩小旗，掺钉果实，如石榴子、栗子黄、银杏、松子肉之类。又以粉作狮子蛮王之状，置于糕上，谓之'狮蛮'"。而《梦粱录》则表明，杭州重九时"以糖面蒸糕，上以猪羊肉、鸭子为丝簇钉，插小彩旗，名曰'重阳糕'，禁中阁分及贵家相为馈送。蜜煎局以五色米粉塑成狮蛮，以小彩旗簇之，下以熟栗子肉杵为细末，入麝香糖蜜和之，捏为饼糕小段，或如五色弹儿，皆入韵果糖霜，名之'狮蛮栗糕'"。重阳节为何吃糕？因为"糕""高"同音，古人将其视为成长、高升的象征，赋予它吉祥的寓意。

风流子·秋郊即事

纳兰性德

【题解】

　　这首词是清代著名词人纳兰性德的作品。暮秋时节，词人受友人之邀于郊外打猎，回忆起暮春落花时节信马游春的场景。词人由秋景感叹人生短暂，抒发不得志之愁闷。

　　平原草枯矣，重阳后、黄叶树骚骚①。记玉勒青丝②，落花时节，曾逢拾翠，忽听吹箫。今来是、烧痕残碧尽，霜影乱红凋。秋水映空，寒烟如织，皂雕飞处^③，天惨云高。　　人生须行乐，君知否，容易两鬓萧萧。自与东君作别^④，刬地无聊^⑤。算功名何许，此身博得，短衣射虎^⑥，沽酒西郊。便向夕阳影里，倚马挥毫。

（录自《饮水词笺校》，中华书局 2005 年版）

【注释】

①骚骚：风吹树叶之声。　②玉勒（lè）：以玉装饰的马衔。青丝：马缰绳，此处代指骑马。　③皂：黑色。宋黄庭坚《和曹子方杂言》："万马同秣随低昂，一矢射落皂雕双。"　④东君：司春之神。宋辛弃疾《满江红·暮春》："可恨东君，把春去，春来无迹。"　⑤刬（chǎn）地：只是，依旧，照旧。　⑥短衣：指打猎的装束。唐杜甫《曲江》："短衣匹马随李广，看射猛虎终残年。"

【评析】

　　上片秋景、春景对举。词人由眼前秋郊的萧瑟与衰败写起，实写草木凋零的模样。"记"字宕开一笔，虚写回忆里春游时的场景。"落花时节"交代时令，应为暮春。"拾翠"代指游春女子，而"逢"与"忽听"的意外感颇增情致。"今来是"，转回秋景。"痕""残""乱""凋"，皆为衰败之象。而"寒""惨"，将人的感觉赋予景物，着实写出了秋景的零落与凄清，也写出了词人抑郁、悲伤的心情。下片对悲伤的原因做出了解释。过片写理，承上因秋景肃杀引发人生之叹，同时启下。"自与"句，写自己空有抱负却怀才不遇，即使功名加身又怎样？继而词人描绘了"行乐"的场景。"短衣射虎"，化用《史记·李将军列传》"广所居郡闻有虎，尝自射之。及居右北平，射虎，虎腾伤广，广亦竟射杀之"之典故，喻英勇豪迈的气概。"倚马挥毫"，典出南朝宋刘义庆《世说新

十三、重阳 | 413

语·文学》，桓温率师北伐，袁虎随军出征，却因事被责免官。恰巧桓温急需写一份告捷公文，便叫袁虎起草。袁虎倚马挥毫，一会儿就写了七张纸且写得很好。这两个典故一写武才，一写文才，足见词人夙怀济世的抱负，"行乐"之劝不过是郁郁不得志的牢骚而已。清况周颐《蕙风词话》评此词："意境虽不甚深，风骨渐能骞举，视短调为有进。更进庶几沉着矣。"

【相关链接】

清代，重阳"有治肴携酌，于各门郊外痛饮终日，谓之'辞青'"（清潘荣陛《帝京岁时纪胜》）。"辞青"是相对于春季的"踏青"而存在的。暮秋时节，北方天气转凉，草木凋零，绿色逐渐退出了人们的视线，而且京城人户外游玩的次数越来越少，因此"辞青"就具有了意义与仪式感。京城里的文士，每逢重阳辞青，会提着提盒或提炉，提盒的下方放着杯、筷、酒壶等食具，上面分数格放置果肴和酒菜；提炉的结构和提盒相似，分上下两格，上层盛炭，下层放一小炉，提炉的功能是在野外烹茶、暖酒、煮粥，也可用以涮肉、烤肉。重阳糕在清代时又被称作"吉祥糕"或"花糕"，制作方法与前朝大致相同，据张雅林《岁岁重阳九月九》中所述，京城百姓自制重阳花糕"用江米、黄米面蒸成上金下银的两层黏糕或多至九层的蒸糕，中间还夹有桃仁、花生仁、松子仁、枣、青梅等各种果料，一般糕的表面，还要撒些山楂糕丁、青红丝等"。

十四、冬至

晋冬至初岁小会歌

张华

【题解】

张华（232—300），字茂先，范阳方城（今河北固安）人，西晋政治家、文学家。曾任曹魏太常博士、中书郎等职。西晋建立，封关内侯。因政绩斐然，曾被委以朝政，后封壮武郡公，又迁司空。

殷周时期，视冬至前一天的腊日为岁终，冬至日称"初岁"，相当于春节。《史记·天官书》："岁始或冬至日，产气始萌。腊明日，人众卒岁，一会饮食，发阳气，故曰初岁。"西汉武帝制《太初历》，循夏历而改。"小会"是古代君主册拜三公、接受方国使节和百僚称贺的仪式。据《晋书·礼志下》所记，"魏晋则冬至日受方国及百僚称贺，因小会，其仪亚于献岁之旦。"

日月不留，四气回周①。节庆代序，万国同休②。庶尹群后③，奉寿升朝。我有嘉礼，式宴百僚。繁肴绮错④，旨酒泉淳⑤。笙镛和奏⑥，磬管流声。上隆其爱，下尽其心。宣其壅滞⑦，咏之德音。乃宣乃训，配享交泰。永载仁风，长抚无外。

（录自《乐府诗集》，上海古籍出版社 1998 年版）

【注释】

①四气：指春、夏、秋、冬四时的温、热、冷、寒之气。唐冯著《行路难》："春秋四气更回换，人事何须再三叹。"　②同休：同休共戚，同享福禄。　③群后：公卿。《文选·张衡〈东京赋〉》："于是孟春

元日，群后旁戾。"李善注："群后，公卿之徒也。"　④绮错：交错。《后汉书·班彪列传上》："周庐千列，徼道绮错。"李贤注："绮错，交错也。"　⑤旨酒：美酒。晋陶潜《答庞参军》："我有旨酒，与汝乐之。"　⑥镛（yōng）：大钟。　⑦壅滞：阻隔，堵塞。

【评析】

这篇燕射歌辞，是一首颂德应命之作，沿袭先秦燕礼乐歌"乐嘉宾之来并示我以善道"的主旨，以宴席之盛、佳肴之美、音乐之谐，表达交泰、祥和的君臣关系。"日月"句与"节庆"句，写时序更替、节气循环，落笔于"同休"，引出宴饮。"庶尹"句至"笙镛"，化用《诗经·小雅·鹿鸣》"我有旨酒，嘉宾式燕以敖"，交代了宴饮的对象，并细致地描绘了宴饮场面。"上隆"句起，歌咏帝王，歌颂功德，祈福国运。这首四言乐府歌辞，句式整齐，文辞典丽，韵逗流畅，虽缺乏个人情感，但所描写的宴饮场景，可与礼制文献互为表里。

【相关链接】

上古时代，人们通过观测太阳和北斗星，建立了最早的时间系统。商朝末年，春分、秋分、夏至、冬至四个节点的日期已基本确定。待到周公"定天保，依天室"，制礼作乐，选取一年中日影最长的一天作为岁首，也就是以冬至日为周代新年的起点。"十一月建子，周之正月，冬至日南极，南影极长。阴阳日月，万物之始，律当黄钟，其管最长，故有履长之贺"（《太平御览·时序部》）。古人相信宇宙因阴阳二气的强弱变化而运转，自冬至开始，天地间的阳气兴作渐强，"阳气起，君道长"，帝王治国也将亘古绵长，故冬至既是新年的开端，又是大吉之日，官方与民间都会举行隆重的祭祀、庆祝活动。秦代岁首转为农历十月的初冬时节，汉初承袭秦制，直到汉武帝元封年间定农历一月为正月并为世代沿袭，冬至不再具有标志新年的意义，但周代冬至祀神祭祖拜贺的节俗被继承下来。

《史记·孝武本纪》记载："其后二岁，十一月甲子朔旦冬至，推历者以本统。天子亲至泰山，以十一月甲子朔旦冬至日祠上帝明堂，每修封禅。"帝王祭天是古代社会的重大事件，古人通过祭天表达对自然的敬畏并祈求风调雨顺、五谷丰登。冬至节来临，官府例行放假，百官概不听政，安身静体，择吉辰而思，通明事理。官员之间以美食、谒刺（即名帖）相赠，相互拜访，民间也以糕祭水神玄冥和祖先，全国上下开启庆贺冬至节的模式。

冬至

鲍照

【题解】

鲍照（414—466），字明远，东海（今山东郯城）人，南朝宋著名诗人，与颜延之、谢灵运合称"元嘉三大家"。出身寒微，因门阀制度无法施展才华与抱负。曾任临海王前军参军，史称"鲍参军"，后为乱军所杀。

冬至时节年将终。这首诗描写冬至的景与叹老的人，借此抒发诗人年华老大却功业无成的悲愤。

舟迁庄甚笑①，水流孔急叹②。
景移风度改，日至晷回换③。
眇眇负霜鹤④，皎皎带云雁。

长河结瓓玕⑤，层冰如玉岸。

哀哀古老容⑥，惨颜愁岁晏⑦。

催促时节过，逼迫聚离散。

美人还未央⑧，鸣筝谁与弹？

（录自《六朝十大名家诗》，岳麓书社 2000 年版）

【注释】

①庄：庄子。甚笑：大笑。　②孔：孔丘。急叹：深深感叹。　③晷（guǐ）：按照日影测定时刻的仪器。晷回：短晷回长，此处指冬至。　④眇（miǎo）眇：辽远的样子，高远的样子。　⑤瓓（làn）玕（gān）：美玉，美石，此处喻冰。　⑥古老：年老，苍老。　⑦岁晏：年终。唐白居易《观刈麦》："吏禄三百石，岁晏有余粮。"　⑧未央：未央宫。建于西汉高祖七年（前200），遗址位于今陕西西安。南朝宋武帝刘裕曾"谒汉长陵，大会文武于未央殿"。

【评析】

　　诗开篇用典故两处。"舟迁"源自《庄子·内篇·大宗师》："夫藏舟于壑，藏山于泽，谓之固矣，然而夜半有力者负之而走，昧者不知也。"此句以藏舟被迁，言世事变化。"水流"源自《论语·子罕》"子在川上曰：'逝者如斯夫，不舍昼夜。'"此句说明时间流逝，无法挽回。"景移"句承"舟迁"句，写日影移动，自然景物随之而变化。"日至"句承"水流"句，以短晷回长写时节运转到冬至，并扣题。"眇眇"指代天空，"皎皎"指代云朵，叠音增加音律美，引出空中景物的动态美。"瓓玕""玉岸"，皆喻冰层之静态美，突出冬至时节的气候特征。诗人写景冷峻，寄托愁苦心绪。"哀哀"句起写人，"古老"说明诗人已不年轻。不再年轻的脸上满是哀怨、悲伤，为年终而发愁。"哀""惨""愁"

三字，直抒胸臆。"催促"与"逼迫"，进一步解释了愁苦的原因。年终的时间过得特别快，"催促"冬至早早过去，"逼迫"冬至团聚之人早早离别。"美人还"句上承"离散"。未央宫喻南朝刘宋宫廷。"谁与"句，写出了知音难遇的孤独与愁苦。此处"美人""鸣筝"，具有强烈的政治比兴色彩。

【相关链接】

魏晋时，冬至有"亚岁""履长"之称，虽然这一天不再是新春的标志，但是人们仍赋予它美好、吉祥的意义。所谓亚岁，即仅次于岁首的节日，表明了冬至在岁节中的重要性。所谓履长，是因为古人相信在阳气生发的冬至踏日影，可以直接接收到来自太阳的阳气，因此，冬至日，晚辈以向长辈敬献鞋袜的方式，表达对长辈的尊敬，并传递迎福践长之意。曹植《冬至献袜颂表》中"国家冬至，献履贡袜""亚岁迎祥，履长纳庆"，即是对魏晋朝臣冬至日向天子献鞋袜礼节的描述。冬至家家户户铺排宴席，晚辈向长辈行礼，学子向师长行礼，礼拜尊长，表达敬意。民间还以熬制、食用红豆粥为俗，红色属阳，故红豆粥象征阳气萌动，成为当时冬至日流行的节日食品。

殷周以冬至作为二十四节气之首，与原始农业的生产生活息息相关。古人非常重视节气的吉凶宜忌，《礼记·月令》里关于冬至风俗活动的禁忌："土事毋作，慎毋发盖，毋发室屋及起大众，以固而闭。"冬至时节忌兴土木，凡属土地之事，不可兴作。藏在盖子下的不可揭开盖子，房屋宫室也不可揭开其覆盖。休养生息，不可发动群众。以上种种如有触犯，则会泄露地气。冬季是修整、收敛的季节，这与中医的"冬藏"之说不谋而合。

冬至

傅亮

【题解】

傅亮（374—426），字季友，北地灵州（今宁夏吴忠）人，南朝宋著名文学家。博涉经史，长于文辞。初仕晋，后随刘裕北伐，为中书令。刘裕登帝位，封建城县公，兼任太子詹事，入值中书省，专门负责皇上诏命。曾与徐羡之、谢晦同废少帝、迎文帝。刘义隆继位后，居宰辅，重权在握。元嘉三年（426），为文帝所杀。

这是一首描写冬至时序的诗，介绍了南北朝时期冬至节气的物候情况。

星昴殷仲冬①，短晷穷南陆。
柔荔迎时萋②，芳芸应节馥③。

（录自《古今岁时杂咏》[下]，辽宁教育出版社1998年版）

【注释】

①昴（mǎo）：星宿名，西方白虎七宿的第四宿。殷：居中。《尚书·禹贡》："江汉朝宗于海，九江孔殷。"孔颖达注："训孔为甚，殷为中，言甚得地势之中也。"　②荔：草名，又名"马荔"，即马蔺草。东汉许慎《说文解字》："荔似蒲而小，根可为刷。"萋（qī）：形容草生长茂盛的样子。　③芸：香草名，又名"芸蒿"，即芸香。东汉许慎《说文解字》："芸，芸草也，似目宿。"馥：气味芬芳，香气浓郁。

【评析】

这首五言古诗，短小精悍，概括了冬至日标志性的天象信息以及江南地区的物候现象。诗的开篇写冬至的星象，用典《尚书·尧典》"日短星昴，以正仲冬"。昴为玄武七星之中星，古人以昴对应正冬三节中的冬至。殷昴，即日落后昴星出现在中天，是冬至的标志之一。"短晷"以日晷日影最短，表明冬至来临。冬至日，日光直射南回归线，故有"穷南陆"之说。天象描写气势恢宏，显示出诗人宏大的视野。与之相比，物候的描写具体而微，正所谓"玄阴受谢，青阳启号"。马蔺草"柔"、芸香草"芳"，既描写两种植物的特点，又与凛冽的寒冬形成强烈的反差，突显植物的生命力。"迎时"与"应节"同义，表示顺应时节，万物应天顺时，是吉祥的预兆。

小至

杜甫

【题解】

这首诗是唐代著名诗人杜甫的作品，作于大历元年（766）。时诗人寓居夔州。冬至前一日，感慨天时人事的变化，感叹时序更替冬将去、春将来，感怀有着相似景致的故乡。

> 至前一日，即会要小冬日。
> 天时人事日相催，冬至阳生春又来。
> 刺绣五纹添弱线①，吹葭六琯动浮灰②。
> 岸容待腊将舒柳，山意冲寒欲放梅。
> 云物不殊乡国异③，教儿且覆掌中杯。

（录自《全唐诗》卷 231，中华书局 1960 年版）

【注释】

①五纹：五色彩线。宋刘敞《锦绣溪行》："五纹婉转沉吟香，时时飞出双鸳鸯。"　　②葭（jiā）：初生的芦苇。六琯（guǎn）：用玉制成的管乐器，上有六孔，故称"六琯"。　　③云物：景物，景色。宋范成大《冬至日铜壶阁落成》："故园云物知何似，试上东楼直北看。"

【评析】

　　"天时人事日相催"，写时间飞逝，也写俗事忙碌，"催"蕴含着人在时序推移、繁杂事务前的紧迫感和无力感。紧张繁乱中，冬至节又一次到来了。"冬至"承"天时"，"阳生"是冬至节气的重要表现，"春"是"阳生"给人们带来的心理感觉。"刺绣"句，意为刺绣时女子们增添了丝线，说明冬至带来的日长变化。据《唐杂录》记载，唐代宫廷根据女红揣测白日的长短，冬至后白日渐长，也便比常日增一线之工。诗人另一首冬至诗《至日遣兴奉寄北省旧阁老两院故人》，也以丝线入诗："何人错忆穷愁日，愁日愁随一线长。"后人诗词中常以"添一线""一线添长"为典吟咏冬至。"吹葭六琯动浮灰"，化用《后汉书·律历志》之典。据《后汉书》记载，吹葭灰是汉时候气之法。密闭室内，放置木桌，桌上依方位放律管，如诗中"六琯"，然后将芦苇茎中的薄膜制成灰放入律管内，每到节气到来，律管内的灰就相应飞出，即"动浮"。颔联两句皆为预测冬至的方法，扣题"小至"，并以此强调冬至将至。颈联虚写冬至后的景色。"将""欲"说明岸的"舒柳"和山的"放梅"，都是诗人想象中的画面。诗人赋予河岸与山峦人的性情，特别是"待""冲"两个动词的使用，充满了迫切期待的情感。"云物"承颈联，上述景色和诗人故乡无异，诗人由眼前景写到故乡景，是怀乡之情的表现，而尾句"且"字，透露出寄寓异乡、归乡不得的无奈。

唐代《开元假宁令》规定，冬至日属"假宁之节"，朝廷官员休假七天。皇帝则于冬至当天接受群臣朝贺，并在南郊圜丘举行祭天大典（武周例外，亲祀明堂，合祭天地）。唐时统治者崇奉天命，信仰天帝，故冬至祭天是唐朝"凡岁之常祀二十有二"的第一祭，居于所有祭祀活动之首。冬至节，朝廷还会发布赦书，赏赐官员并赦免罪犯，"大辟罪以下，咸赦除之"。

民间延续古俗，拜贺尊长，聚会宴饮。晋魏时，"以红线量日影，冬至后日添一线"的习俗广泛流行。隆冬时节，人们企盼着春天，日添一线，数过九九八十一天，春天就该到来了。

冬至后招于秀才

王建

【题解】

这首诗是唐代著名诗人王建的作品，作于元和十五年（820）。唐时，秀才是读书人的通称。于秀才似为借住石瓮寺备考的书生。冬至时节，诗人邀请于秀才赴骊山温泉沐浴，勉励其应试高中。

日近山红暖气新①，一阳先入御沟春②。
闻闲立马重来此③，沐浴明年称意身。

（录自《全唐诗》卷301，中华书局1960年版）

【注释】

①山：骊山，位于今陕西西安临潼区城南，唐代皇家别宫所在

地。 ②一阳：即"一阳生"，冬至阳气初动，代指冬至。御沟：流经宫苑的河道，此处代指骊山宫。 ③闻闲：趁闲。唐白居易《寄户部杨侍郎》："林园亦要闻闲置，筋力应须及健回。"

【评析】

"日近""一阳"皆语冬至，冬至后，太阳越来越向北回归线靠近，阳气初生，天气渐暖。阳光照在山峦上，泛着红色，"红"字充满了喜庆与暖意。冬至始生之阳气，最早出现在骊山宫。骊山宫又称华清宫、温泉宫，温泉氤氲水汽，营造出春天的感觉，故而有"先入"之说。一番关于冬至时节的景致描写后，诗人向于秀才发出邀请，扣题中"招"字。玄宗在位时，曾颁《假宁令》："元正、冬至各给假七日。"诗人时任昭应承，冬至假期，故曰"闻闲"。"此"承"御沟"，指骊山供官吏、平民使用的温泉汤。"重来"，说明二人故地重游。"沐浴明年称意身"，是诗人对于秀才的美好祝福，祝福秀才次年春试科举中第。诗中"日近""红""暖""春"，读来如春风拂面，再结合诗人诚意的相邀、真挚的祝福，整首诗充满了亲切、温暖的感觉。

邯郸冬至夜思家

白居易

【题解】

这首诗是唐代著名诗人白居易的作品。邯郸，古地名，今河北邯郸市。诗人羁旅途中过邯郸，恰逢冬至，赋诗思念家人。

邯郸驿里逢冬至①，抱膝灯前影伴身。

想得家中夜深坐，还应说着远行人。

（录自《全唐诗》卷 436，中华书局 1960 年版）

【注释】

①驿：驿馆，旅馆。

【评析】

　　诗开篇交代地点、时间，紧扣题目。节日里身处异乡，仅此一句，读者已然接收到了孤独、凄清的情绪。"抱膝"含沉思意，"影伴身"写出了形影相吊的孤寂。"想得"句，进一步补充抱膝枯坐。"深"乃久意，夜中"深坐"，自是有所记挂。"说着远行人"，补充并解释了家人"深坐"的原因。这首诗的写法，与王维《九月九日忆山东兄弟》异曲同工，结尾都运用了曲笔的方式，从对方落笔，推己及人，移情于人，委婉含蓄。全诗言辞浅易而生动，画面感极强，如同四格漫画，第一格交代背景要素，铺叙情感，二、三、四格随着故事的展开，将情感推向顶峰。

冬至日遇京使发寄舍弟

杜牧

【题解】

　　《全唐诗》这首诗收录在唐代著名诗人杜牧名下。诗人异乡冬至日路逢回京使者，以诗代信，寄托对其弟的想念与关爱。

　　郭文镐先生《〈樊川外集〉诗辨伪》一文，甄辨此诗为托名杜牧的伪作。但诗中所含的对兄弟的情意真挚感人，故选。

远信初凭双鲤去①，他乡正遇一阳生②。

尊前岂解愁家国，辇下唯能忆弟兄③。

旅馆夜忧姜被冷④，暮江寒觉晏裘轻⑤。

竹门风过还惆怅，疑是松窗雪打声。

（录自《全唐诗》卷 524，中华书局 1960 年版）

【注释】

①双鲤：书信鱼形的包装，代指书信。汉乐府《饮马长城窟行》："客从远方来，遗我双鲤鱼。呼儿烹鲤鱼，中有尺素书。"　②一阳生：即冬至。唐孔颖达疏《周易·复》卦《象》："冬至一阳生，是阳动用而阴复于静也。"　③辇（niǎn）下：在皇帝车舆之下，此处代指京城。　④姜被：指兄弟的被衾。典出《后汉书·姜肱传》："肱与二弟仲海、季江，俱以孝行著闻。其友爱天至，常共卧起。"　⑤晏裘：即晏子裘，指简朴的衣裳。典出《晏子春秋·内篇杂下》："晏子衣缁布之衣，麋鹿之裘，栈轸之车，而驾驽马以朝，是隐君之赐也。"

【评析】

首联"远信""他乡"，交代诗人当下的处境。"远"字表明诗人与家人距离遥远，远到这是第一次用书信的形式委托京使把自己的消息带给家人。身在异乡，信息沟通不易，又遇冬至佳节，诗人孤寂的心情与对家人的思念已跃然纸上。颔联直抒胸臆，表达对弟弟的挂念。诗人首先以反诘的语气，表达出借酒所消非家国之愁，继而肯定指出在京师唯一想念的就是弟弟。此处"家国"与"弟兄"对举，具有对比衬托的意味。颈联承"忆"，而写诗人的牵挂。"姜被"语出《后汉书·姜肱传》，是说兄弟三人盖着一床被子嬉闹长大。此处用以指诗人弟弟的被衾，表达兄弟相爱的情义。"晏裘"典出《晏子春秋·内篇杂下》，以简朴的衣裳说明诗人在异乡的生活困顿不堪。夜晚江水的寒冷，让诗人觉得身上的粗裘衣都变轻了。生活窘迫的兄长在深冬的异乡，仍惦念着远在京师的弟弟，关心他的被子冷不冷，让人怎不动容？尾联诗人将情感投射到身边的景物中。"松窗"因窗外有松故称之。窗是信息的通道，窗外的景色与声音，往往伴随着室内人的喜怒哀乐。"竹门风过""雪打松窗"，无一不是愁苦、悲情的图景。诗人的伤感、惆怅，都是对家人怀念之情的言说。

冬至日陪裴端公使君清水堂集

皎然

【题解】

皎然，生卒年不详，俗姓谢，字清昼，湖州长城（今浙江吴兴）人，唐代著名诗僧，时人称为"江东名僧"。主要活动于大历、贞元年间。

这首诗作于大历七年（772），诗人时居湖州龙兴寺。裴端公使君清即裴清，时任湖州刺史。据《吴兴志》记载，水堂在汀风阁北，旧名南堂。诗中描写了诗人与友人冬至宴饮的欢乐祥和场面。

亚岁崇佳宴①，华轩照渌波②。
渚芳迎气早，山翠向晴多。
推往知时训③，书祥辨政和④。
从公惜日短，留赏夜如何。

（录自《全唐诗》卷817，中华书局1960年版）

【注释】

①亚岁：冬至。三国魏曹植《冬至献袜颂表》："亚岁迎祥，履长纳庆。"崇：聚。《尚书·酒诰》："自成汤咸至于帝乙，成王畏相，惟御事，厥棐有恭，不敢自暇自逸，矧曰其敢崇饮？"《孔传》："崇，聚也。"　②渌（lù）波：清波。　③时训：各时节的物候情况，自然界的生长规律。　④书祥：一作"书云"。古代观察天象以占吉凶，并加以记录为"书云"。南朝梁刘勰《文心雕龙·书记》："占者，觇也。星辰飞伏，伺候乃见，登观书云，故曰占也。"

【评析】

首联扣题。"亚岁"是冬至的别称，亚岁即仅次于岁首的节日，表明了冬至在岁节中的重要性。诗人陪同湖州刺史参加水堂举办的冬至宴，"佳宴"既是敬辞，也说明了宴席的丰盛。"华轩"句起，写水堂景色，"照"字使水中的建筑物熠熠生辉。颔联承"华轩"句，接续描写景色。"渚芳"是对水堂的美称。"迎气"语出《后汉书·明帝纪》："（永平二年）始迎气于五郊。"唐朝时，人们在冬至日祭天祭祖，迎接节气，祈求丰年。"山翠"句，勾勒出山色明媚的图画。颈联承"迎气"，"推往"句说明冬至是物候的参照，暗含时序和顺、万物和谐之意。"书祥"句，则直接道出天象显吉祥，预示政通人和。诗人僧人的身份，使得"时训"与"政和"，不仅仅是祝祷，还具有预言的色彩。尾联颇为风趣幽默。"从公"指代刺史等从政的人。"惜"或为惋惜，或为珍惜。冬至是一年里白天最短的一天，诗人劝诸位官员不如安心欣赏长夜的美，也体现了诗人一切随缘的禅心。

和子厚弟冬至即事

王之道

【题解】

王之道（1093—1169），字彦猷，号相山居士，庐州濡须（今安徽巢湖）人。宣和六年（1124）登进士第。曾任乌江令、通判滁州等职。因主张抗金遭迫害，卜居相山（今安徽宿州附近）。后重新启用，官至湖南转运判官，以朝奉大夫致仕。

子厚，生平不详。这首诗大致作于诗人隐居期间，是诗人冬至唱和之作，通过描写冬至景象，抒发隐逸情怀。

天容如鉴地无尘①，阳气依稀动紫荆②。

日晷渐长端可爱③，霜华增重不胜清。

（录自《全宋诗》第32册，北京大学出版社1997年版）

【注释】

①鉴：镜子。　②紫荆：树木名。南朝梁吴均《续齐谐记·紫荆树》："京兆田真兄弟三人共议分财生赀，皆平均，惟堂前一株紫荆树，共议欲破三片，明日就截之，其树即枯死，状如火然。真往见之，大惊，谓诸弟曰：'树本同株，闻将分斫，所以憔悴。是人不如木也。'因悲不自胜，不复解树，树应声荣茂。兄弟相感，合财宝，遂为孝门。真仕至大中大夫。"后世喻指兄弟。　③可爱：令人喜爱。

【评析】

诗的开篇设置了一幅虚幻、超脱的画面，描写隐居生活的静寂与安详。天空清澈如同镜子，大地不着尘埃，追求一种淡雅无欲之境，足见禅心。"阳气依稀",说明阳气初生,是冬至之象。阳气微薄,紫荆树却接收到了变化,开始酝酿一树繁花。此处"紫荆"双关,一为实指紫荆树,一为化用南朝梁吴均《续齐谐记·紫荆树》之典,比拟亲情,表达兄弟和睦之意。"日暑渐长",即冬至日后的白天逐渐加长,古人认为"春生冬至时",充满了对春天的期待,故而诗人的评价是确实令人喜爱。"霜花增重",笔锋一转,天气尚寒,冬至是数九的开始,最冷的日子还未到来,故有"增重"之说。此处诗人以"霜花"自喻,象征南渡后的失意与痛楚。然而句尾"不胜清"三字由抑转扬,即使处境困难,诗人也会保持如霜的高洁本质。这首诗清新俊逸,寓意深刻。

【相关链接】

宋代冬至节延续了唐时的隆重与鼎盛。冬至前三天,皇帝宿于大庆殿,庭中列法驾仪仗,仪仗队的主车是由六匹马牵引的金根车,有五对副车,皆驾四马,侍中三乘,属车三十六乘。冬至日,皇帝于太庙行荐黍之典,朝廷命宰执祀于圜丘。宋代冬至假制与唐代相同,朝廷放假七天。宰臣以下行朝贺礼,士夫庶人互相为庆。即使是至贫者,也会穿上新衣,备办饮食,祭祀先祖。隆重热闹的冬至节,怎会少了关扑之乐?节日期间,朝廷准许关扑,街头巷尾,人声鼎沸,喧闹异常。妇人也走出家门,华服美饰,往来如云。

冬至日雪

王炎

【题解】

王炎(1137—1218),字晦叔,一字晦仲,号双溪,徽州婺源(今江西婺源）人，南宋著名诗人。乾道五年（1169）进士及第。曾任知饶州、知湖州等职，官至中奉大夫。为人耿直，不畏豪强，有"为天子臣，正天子法"之语，终遭诽谤而辞官。

这首诗作于嘉定八年（1215）。冬至日雪，诗人感叹富贵与穷苦的社会矛盾。

乙亥十一月二十三日。

日脚初添一线长，飞花撩乱压微阳^①。
朱门满酌羊羔酒^②，谁念茅茨有绝粮^③。

（录自《全宋诗》第 48 册，北京大学出版社 1998 年版）

【注释】

①飞花：喻纷飞的雪花。宋苏辙《上元前雪三绝句》："不管上元灯火夜，飞花处处作春寒。"微阳：阳气始生。 ②羊羔酒：以羊肉、羊脂浸入米浆，通过酒曲发酵而形成肉香型的酒。 ③茅茨：茅草盖的屋顶，此处指代贫穷人家。

【评析】

诗的开篇用"一线添长"之典。此典来源有二：一是《荆楚岁时记》"晋魏间，宫中以红线量日影，冬至后，日影添长一线"；一是杜甫《至日遣兴奉寄北省旧阁老两院故人》诗句："何人错忆穷愁日，愁日愁随一线长。"宋胡仔《苕溪渔隐丛话·前集》卷 10 注："《唐杂录》谓：宫中以女工揆日之长短，冬至后，日晷渐长，比常日增一线之功。"后人以"一线添长"喻冬至。"飞花"扣题中"雪"，雪花纷飞压住了冬至初生的阳气。"日脚"句点明时序，"飞花"句写景并表明天气。"朱门"句起说理。宋人的冬令生活中，羊羔酒是一个很醒目的标识，文人诗词把暖屋中饮羊羔酒，视为最舒适的冬令生活。如杜范《雪吉成十一韵》的"纷纷富家儿，羔酒醉金帐。""朱门"配上"羊羔酒"，形成了一种富贵形态。"朱门"对"茅茨"，"满酌羊羔酒"对"绝粮"，诗人将节日与自己对民间疾苦的体验联系在一起，升华了整首诗的意义。

冬至夜雨感怀

高启

【题解】

　　这首诗是元末明初著名诗人高启的作品。这是一首说理诗，诗人冬至人在异地，雨夜感怀。

节序关何事？徒令百感生。

升沉当世事，存殁故人情。

寒壮微阳气，风疏缓漏声①。

他年说今夜，听雨宿南城。

（录自《高青丘集》[下]，上海古籍出版社2013年版）

【注释】

①漏声：铜壶滴漏之声。

【评析】

　　首联开篇抛出问题，节令有什么意义吗？诗人自问自答，只是使人徒增种种感慨罢了。一问一答中，全诗的观点已确立，并为整首诗定下沉郁的情感基调。颔联论说人生哲理，盛衰得失都是世上常有之事，生死存亡也是人之常情。诗人将一切事务，皆视为凡俗社会的普遍存在，包括得失、生死，消解了节日与节气避秽祈福的神秘色彩，也就消解了二者的社会意义，支撑了首联提出的观点，也反映出诗人消极避世的精神状态。颈联扣"冬至"，"寒壮微阳气"写冬至日的气候特征。古人认为自冬至起阳气回升，天地阳气开始逐渐增强。但冬至也是数九的开始，从寒冷到乍暖，还要经过一段漫长的时间。"风疏"句写冬至是日诗人的感受，风缓缓地送来了滴漏声，"缓"意为时间走得慢，表明节日里的诗人孤单寂寥。尾联交代了诗人当下的状况：冬至夜、异乡、听雨。这首诗由说理起，融情于理，最后交代创作的背景信息，另辟蹊径，独树一帜。

【相关链接】

北京天坛始建于明永乐十八年（1420），是明清两朝冬至祭天的场所。天坛内有圜丘、祈年殿。圜丘在南，建于嘉靖九年（1530），俗称祭天台。内坛东北为牺牲所，西南为斋宫。祭天前一天，皇帝移驾斋宫，进行斋戒，节日当天在圜丘举行祀天大典。

明清时期，民众对冬至节的重视程度已远不及前朝，并表现出地域性的特点。有些地区传承拜贺之俗，有些地区节俗渐趋衰微，只有士大夫之间行拜贺之礼。江浙一带，是冬至礼俗保留较完整的地区。明朝杭州的拜贺之礼，基本延续了唐宋的习俗，以春粢糕祭祀先祖、向尊长献鞋袜等。清朝苏州，冬至前亲朋好友间提筐担盒，互送食品。冬至前夜，以宴饮的方式迎接节日，谓之"节酒"。待到冬至日，士大夫们先在家中拜贺尊长，然后彼此走动，相互拜谒。普通老百姓则着鲜衣以相揖，谓之"拜冬"。

满江红·冬至

范成大

【题解】

　　这首词是宋代著名词人范成大的作品。词人描写病中冬至节与诗友诗社团聚的场景，抒发对自由隐逸生活的向往。

　　寒谷春生①，熏叶气②、玉箎吹谷③。新阳后、便占新岁，吉云清穆④。休把心情关药裹⑤，但逢节序添诗轴。笑强颜、风物岂非痴，终非俗。　　清昼永⑥，佳眠熟。门外事，何时足。且团栾同社⑦，笑歌相属。著意调停云露酿⑧，从头检举《梅花曲》⑨。纵不能、将醉作生涯，休拘束。

（录自《全宋词》第3册，中华书局1965年版）

【注释】

①寒谷：山谷名，又名"黍谷"，位于今北京密云。　②叶气：和合之气。　③玉箎：用玉制作的古乐器，有十二简，以应十二律吕。西汉刘向《七略别录·诸子略》："邹衍在燕，有谷地美而寒，不生五谷，邹子居之，吹律而温至黍生，至今名黍谷。"　④清穆：清静，清和。　⑤药裹：药包，药囊。宋陆游《病中偶得名酒小醉》："诗囊羞涩悲才尽，药裹纵横觉病增。"　⑥清昼：白天。唐李白《秦女休行》："手挥白杨刀，清昼杀仇家。"　⑦团栾同社：在诗社中与诗友团聚。　⑧著意：有意，刻意。云露酿：美酒名。宋范成大《云露·序》："予素不能饮，病又止酒，比得佳酿法，客以'云露'名之，取吉云五露，饮之则老者少、病者除之意也。"　⑨检举：拣选，举

荐。《梅花曲》：汉乐府横吹曲名，即《梅花落》。

【评析】

上片开篇用刘向《七略别录·诸子略》"寒谷"之典，以喻寒地生阳、温养之气渐起的冬至。谷地美而寒，指代隆冬大地；寒谷生五谷，蕴含勃勃生机；邹子吹律，为节气增添了浪漫的色彩。"新阳"即冬至，"新岁"即新年，冬至观云气占卜新年，呈吉兆。如此大好时节，词人劝慰自己。"药裹"说明词人处于病中，"添诗轴"为下片诗社团聚做铺垫。"笑强颜"承"药裹"，说明身体不适，只好强打起情绪。"风物岂非痴，终非俗"，词人用反诘方式表达观点。"休把心情关药裹，但逢节序添诗轴"，是因为风光景物使人迷恋沉醉，终不是俗事。下片"清昼永"言冬至，冬至后白天渐长，"佳眠熟"写出了睡眠充足的满足感。词人感慨"门外事，何时足"，引出与诗社诸友欢聚的场景。文人结社，在尚文的宋代是一个普遍存在的现象。词人少时曾参加乐备等人的昆山诗社，绍兴二十六年（1156）至三十二年之间结新安诗社，晚年（1172）结真率会。烦扰事务何时能止？不如与社中诗友相聚，欢歌笑语，彼此唱和应酬。特意摆好云露酿，从头选出《梅花曲》，即使不能沉醉不醒，也可放飞自我，不必拘束。

满江红·冬至

陈三聘

【题解】

陈三聘，生卒年不详，宋代词人，约高宗绍兴年间在世。字梦弼，吴郡（今江苏苏州）人。曾出使金国。尝和范成大词，作《和石湖词》

一卷。

这首词和范成大《满江红·冬至》"寒谷春生"词，词人描绘冬至节景，表达了对辞官归隐生活的向往。

薄日轻云，天气好、相将祈谷①。民情喜、颂声洋溢，清风斯穆②。饮酒不多元有量，吟诗无数添新轴。对古人、一笑我真愚，君无俗。　斜川路③，经行熟。黄花在，归心足。问渊明去后，有谁能属。神武衣冠惊梦里④，江湖渔钓论心曲⑤。但从今、散发更披襟⑥，谁能束。

（录自《全宋词》第 3 册，中华书局 1965 年版）

【注释】

①相将：相共，相随。　②穆：温和。《诗经·大雅·烝民》："吉甫作诵，穆如清风。"　③斜川：地名，鄱阳湖畔，晋代文学家陶潜曾游于此，作《游斜川》诗并序。　④神武衣冠：指陶弘景弃官勇退事。《南史·隐逸列传·陶弘景》："家贫，求宰县不遂。永明十年，脱朝服挂神武门，上表辞禄，诏许之。"此处喻辞官归隐。　⑤心曲：内心深处难以吐露的情怀。　⑥披襟：衣襟敞开。

【评析】

上片开篇写天气，并指出冬至节的祀神祈谷的礼仪。据《周礼注疏》卷 22，冬至一阳生，"郊天必于建寅者，以其郊所感帝以祈谷实"。"民情喜"句写郊祭中民众参与、欢欣鼓舞，"喜""洋溢"简洁直接地描绘出颂祭场景的热烈气氛。"清风斯穆"，语出《诗经·大雅·烝民》"吉甫作诵，穆如清风"，说明颂祭之声如清风一般具有化养万物的雅德。"饮酒不多""吟诗无数"，在诗词的沁润下，杯中酒都雅致起来。

"古人"指下片中的陶渊明，"君无俗"句是词人与范成大词"笑强颜、风物岂非痴，终非俗"句的对话，称颂范成大的恬淡清真、儒雅气度。"斜川路"过片，承上片"古人"，词人以"斜川""黄花"忆陶渊明，并以反诘问句表达对陶渊明的无限敬仰。"神武衣冠"用陶弘景之典，入梦写对归隐的渴望。"江湖渔钓"，意境十足。尾句承"江湖渔钓"，形象描写真切、生动，"散发""披襟"四字洒脱豪迈、肆意自由，"谁能束"更将这份情感推至顶峰。

蓦山溪·和人冬至韵

朱敦儒

【题解】

这首词是宋代著名词人朱敦儒的作品。据邓子勉考证，此词作于绍兴元年（1131）或二年冬至。时词人因有经世之才多次被举荐为官。这首词表达了词人欲出山应诏的决心。

西江东去①，总是伤时泪。北陆日初长②，对芳尊、多悲少喜。美人去后③，花落几春风，杯漫洗。人难醉。愁见飞灰细④。　　梅边雪外。风味犹相似。迤逦暖乾坤⑤，仗君王、雄风英气。吾曹老矣⑥，端是有心人⑦、追剑履。辞黄绮⑧。珍重萧生意⑨。

（录自《全宋词》第 2 册，中华书局 1965 年版）

【注释】

①西江：即珠江。　②北陆：星宿名，位在北方。《左传·昭公四

年》"古者日在北陆而藏冰"孔颖达疏:"日在北陆,为夏之十二月也。"　③美人:喻宋徽宗、宋钦宗。　④飞灰:律管中飞动的葭灰,用以预测节气。　⑤迤逦:渐次,逐渐。宋苏轼《与杨元素书》:"厥直六百千,先只要二百来千,余可迤逦还。"　⑥吾曹:我辈。　⑦有心人:指有侠义心肠的人。　⑧黄绮:即夏黄公、绮里季,汉初隐者,此处比喻归隐。　⑨萧生:即萧何。

【评析】

上片开篇写西江,因词人时居康州(今广东德庆)。江水东流,如时间流逝,逝者如斯,伤者涕零。词人用暗喻辞格,将江水比泪水,充满了凄婉的情调。"北陆日初长",意为冬至,扣题。冬至节为吉日,词人却对酒悲伤。"美人",解释了词人悲伤的原因。"美人",指被俘的徽宗与钦宗。"花落"为秋,"春风"为春,言多年过去了。杯中酒已漫溢,喝酒的人无法沉醉,是节序时思君、念国之愁啊!下片由冬景入,写梅雪,实为写"梅""雪"的高洁,风度相类。"迤逦暖乾坤",承上片"北陆日初长",并以冬至天地渐暖,暗指收复中原。收复中原失土,凭的是君王的雄风与英气。继而援引历史人物,表达为国出仕之心。"剑履"用《史记·萧相国世家》"剑履上殿"之典,据载,汉高祖论功行封,"令萧何第一,赐带剑履上殿,入朝不趋"。此处"剑履"代指萧何,说明词人要追随萧何相汉的事迹。黄、绮指夏黄公、绮里季,借商山四皓指代隐居的生活。辞别"黄绮"式的隐居生活,珍重萧何一意辅佐国政的精神,要为复国而仕。这首词言辞清丽豪迈,用典自然贴切,负载着真挚的爱国情感。

点绛唇·冬至

赵彦端

【题解】

　　赵彦端（1121—1175），字德庄，号介庵，鄱阳（今属江西）人，宋代著名词人。绍兴八年（1138）进士及第。曾任知建宁、左司郎官等职。

　　这首词借冬至时节的到来，劝勉莫要沉溺繁华，当珍惜时光。

　　一点青阳①，早梅初识春风面。暖回琼管②。斗自东方转。　　白马青袍，莫作铜驼恋③。看宫线④。但长相见。爱日如人愿。

（录自《全宋词》第3册，中华书局1965年版）

【注释】

①青阳：指春天。《尔雅·释天》："春为青阳。"　②琼管：玉制的律管，以葭灰预测节气。　③铜驼：铜骆驼。晋陆翔《邺中记》："二铜驼如马形，长一丈，高一丈，足如牛，尾长三尺，脊如马鞍，在中阳门外，夹道相向。"　④宫线：宫中用以量日影以计的丝线。南朝梁宗懔《荆楚岁时记》："晋魏间，宫中以红线量日影，冬至后，日影添长一线。"

【评析】

　　这首词上片写节气，点题，色调温暖。"一点青阳"，言春意少。"春风"承"青阳"，"早梅"拟人有灵性，"初识"说明春风乍来，承"一点"，言冬至乍暖的天气特征。"暖回"承前，"琼管"典出《后汉书·律历志》，以律管中葭灰预测节气，二者与北斗星转皆是冬至到来的迹象。下片写感慨，用典丰富。"白马青袍"，出自《梁书·侯景传》。

南朝梁将领侯景发动叛乱，大同年间有童谣说："青丝白马寿阳来。"侯景于是有意乘白马，青丝为辔。其部将围台城时，皆穿青布袍子，人们以为童谣灵验。此处用"白马青袍"之典指战事。"铜驼"出自晋陆机《洛阳记》："洛阳有铜驼街。"此处喻繁华之都。"宫线"用《荆楚岁时记》："晋魏间，宫中以红线量日影，冬至后，日影添长一线"言时间。"长相见"、爱惜时光、事如人愿，是冬至节里词人对自己也是对他人的祝愿。这首词格调清新，上片写景，与下片写情，皆呈现积极向上的情感走向，自然和谐。

酹江月·戊戌寿老父

方岳

【题解】

这首词是宋代著名词人方岳的作品，作于嘉熙二年（1238）冬至，为贺父亲生辰而作。

且拌春醉。问人间、谁是十分如意。道不好来人又道，也有一分好处。管甚长贫，只消长健，切莫眉头聚。尽教江路，梅花仍旧留住。　　儿辈虽不如人，有何不可，怎敢嫌迟暮。但喜吾翁躔度转①，唤起烟霞深痼。《否》极而《亨》，《剥》余而《复》，长至迎初度②。龟图羲画③，直从今日重数。

是年六十四，属有末疾，而生日适冬至也。

（录自《全宋词》第 4 册，中华书局 1965 年版）

【注释】

①躔（chán）度（dù）：古人讲太阳在地球公转过程中形成的视运动称为躔，日月星辰运行的度数即躔度。《广雅》："躔，行也。"　②长至：指冬至。《太平御览》卷 28 引后魏崔浩《女仪》："近古妇人常以冬至日上履袜于舅姑，践长至之义也。"初度：生日。　③龟图羲画：八卦，古人认为八卦为伏羲按照龟文所画。

【评析】

上片由春醉入，醉人醉语。词人以平白简单的口语，表达人生哲理，劝勉他人也是自勉。词人自注其父有末疾，也就是四肢不灵活，故而发"长健"之叹。"尽教"句，化用"江路梅花"典故。南朝宋盛弘之《荆州记》记载，陆凯自江南寄一枝梅花给长安的好友范晔，并赠诗："折花逢驿使，寄与陇头人。江南无所有，聊赠一枝春。"词人化用此典故，表达无论何时何地，亲人的安慰与关怀，都如影随形。下片转而写家中情况，"儿辈虽不如人"承"谁是十分如意"，"怎敢嫌迟暮"，透着无奈与辛酸。词人父亲寿诞恰逢冬至，是日太阳回归，白天渐长，故有"躔度转"之说。而此处"躔度转"，所蕴含的阳气增加、温暖、光亮等吉祥的含义，让人颇感喜悦。《否》为天地不交之卦，否极泰来，泰来则亨通。《剥》与《复》也是卦名，皆一阳爻，自下而上，至《剥》则阴气将尽，至《复》则阳气复生。龟图羲画指代八卦，八卦又重为六十四卦，暗含六十四之数，借此点明父亲的年岁。这首词在词人众多作品中独树一帜，词人用浅白的语言、口语化的表达，教诲子女，宽慰自己、祝祷老人，字里行间负载的情感真实、感人。

渔家傲·冬至

冯时行

【题解】

冯时行（1100—1163），字当可，号缙云，渝州巴县（今重庆市）人，宋代著名文学家。宣和六年（1124）恩科状元，曾任奉节尉、江原丞、左奉礼郎、左朝奉议郎等职。力主抗金，因刚正不阿被罢官并除名《大宋状元录》。愤而隐居乐碛（今重庆洛碛）。秦桧死后，被重新起用。

云覆衡茅霜雪后①。风吹江面青罗皱②。镜里功名愁里瘦。闲袖手③。去年长至今年又。　　梅逼玉肌春欲透④。小槽新压冰溅溜⑤。好把升沉分付酒⑥。光阴骤。须臾又绿章台柳⑦。

（录自《全宋词》第 2 册，中华书局 1965 年版）

【注释】

①衡茅：横木为门，茅草为屋，指简陋的居室。　②青罗：碧水。宋范成大《贺乐丈先生南郭新居》："卜迁不我遐，一水明青罗。"　③袖手：藏手于袖，表示不参与政事。　④玉肌：喻指花瓣。宋苏轼《红梅》："寒心未肯随春态，酒晕无端上玉肌。"　⑤小槽：古时制酒器中的一个部件，酒由此缓缓流出。宋辛弃疾《临江仙·和叶仲洽赋羊桃》："多病近来浑止酒，小槽空压新醅。"　⑥分付：交给。　⑦章台：街名，汉时长安城有章台街，是当时长安城妓院集中之处。

【评析】

上片开篇写冬景，悲怆而沉郁。"衡茅"表明词人生活处境，"云覆""霜雪"犹添窘迫之感。古代文人常以"水"比心情，冬日寒风中水面"青罗皱"，如同处于悲伤情绪的人皱起眉心。"镜里"句，解释了词人悲伤的原因。"镜里"，写出了功名的虚幻、不真实。词人本为状元，却被革去了功名，怎会不发愁、消瘦？"闲袖手"，概括了词人当下的状态，简洁形象。"长至"意为冬至。"又"字说明时间推移，于词人却无益处，只是时序的重复。下片仍以写景起，情感基调上却比上片阳光。词人以梅自喻，取梅坚韧、高洁之特点。"小槽"句写词人饮酒，"冰澌溜"形容新酒清澈透明。把一切如意、不如意都交给酒吧，时间飞逝，没多久章台街边的柳树就又绿了。此处"章台"，并非实指古城西安的街道，而是代指京城繁华之所。词人再次用"又"，情绪表达上，下片的"又"，带有宽慰和期待。

水调歌头（疏云黯雾树）

白朴

【题解】

这首词是元代著名文学家白朴的作品，大致作于至元二十三年（1286）冬至。词人与友人在建康（今江苏南京）游古鹿苑寺有感而发。周处读书台，俗称"周处台"，位于今江苏南京，传为周处刻苦读书之所。魏晋人周处，字子隐，义兴阳羡（今江苏宜兴）人，鄱阳太守周鲂之子。年少时纵情肆欲，为祸乡里。警醒后，浪子回头，改过自新。师从陆机、陆云，立志从善，屡建功业。《晋书》有传。有"周处除三害"传说传世。鹿苑寺，传为南朝梁天监十三年（514）造，史称"萧帝寺"。后唐主李煜重建，更名法光寺，有子隐堂、郗氏窟。北宋时易名鹿苑寺。元以后被毁。

冬至，同行台王子勉中丞，韩君美侍御，霍清夫治书，登周处读书台，过古鹿苑寺。

疏云黯雾树，秋潦净寒潭①。徘徊子隐台下，不见旧书龛②。鹿苑空余萧寺，蟒穴谁传郗氏③，聊此问瞿昙④。千古得欺罔⑤，一笑莫穷探。　　俯秦淮，山倒影，浴层岚。六朝城郭如故⑥，江北到江南。三十六陂春水⑦，二十四桥明月，好景入清谈。未醉更呼酒，欲去且停骖⑧。

（录自《全金元词》[下]，中华书局1994年版）

【注释】

①秋潦：秋季因久雨而形成的大水。　②书龛（kān）：存放书籍的小阁。　③郗（chī）氏：梁武帝萧衍结发妻子，后追封为皇后。　④瞿昙（tán）：即乔达摩（Gautama），释迦牟尼姓名的旧译，后为佛的代称。　⑤欺罔：欺骗蒙蔽。《论语·雍也》："可欺也，不可罔也。"　⑥六朝：三国吴、东晋和南朝的宋、齐、梁、陈，因皆建都于建康（吴时称建业，今江苏南京），史称"六朝"。　⑦陂（bēi）：池塘。三十六陂：今江苏扬州。宋祝穆《方舆胜览》："江都县有三十六陂。"泛指江南池塘极多之地。　⑧骖（cān）：独辕车所驾的三匹马。东汉许慎《说文解字》："骖，驾三马也。"泛指马。

【评析】

上片写登周处读书台所见所感。词人开篇以天色入笔，"黯"字表明阴天，为全词定下灰暗基调。"秋潦"句，说明是年秋日雨水大，将寺内的水潭冲刷得干干净净。"寒"字既写天气，又抒情感，与"疏云"句营造出阴郁凄清的氛围。"徘徊"，表达出词人"不见旧书龛"的失意、惆怅。词人与友人登上读书台，却未见与书有关之景物。萧帝寺是鹿苑寺的古称，词人用"空余"说明其时梁武帝皇后郗氏传说，在鹿苑寺文化因素中占据重要地位，成为寺僧侣、香客津津乐道之事。郗氏传说典出宋张敦颐《六朝事迹编类》引《梁皇忏序》：郗氏早亡，武帝日思夜想。一日，武帝在寝殿遇蟒而大骇，蟒出人语，谓其为郗氏，生前害人，死后为蟒，百般受苦，愿帝祈祷功德而拯救之。帝据其言，大集沙门于殿上行忏礼，郗氏得生忉利。词人所言，将此说问佛祖，并非真问，斥其虚假而已。"俯秦淮"过片，引出从读书台俯视四围，景色如故。"三十六陂春水"，语出宋王安石《题西太一宫壁》："三十六陂春水，白头想见江南。""二十四桥明月"，语出唐杜牧《寄扬州韩绰判官》："二十四桥明月夜，玉人何处教吹箫。"皆是江南景色描写的名句，清雅别致。美景何以传世？诗文功不可没。词人与友人准备离去一醉方休，却停下了脚步，写出了词人对此情此景的流连。这首词文辞清丽，表达了元代社会文人的感慨。

【相关链接】

古代的"日历"称作历书、通书或时宪书，用以记载当年岁时月令、二十四节气的时序及五行吉凶禁忌等，为农事与生活提供参考。现存最早的历书刊印于唐代，发展到元代，历书有了彩画版，冬至节页面还添加了"九九消寒图"。自冬至起，进入数九寒天，九天为一九，九九寒尽，"耕牛遍地走"。"九九消寒图"，有九划文字式、画铜钱式、梅花式等多种形式。以梅花式为例，画上一枝梅，花开九朵，每一朵花均有九个花瓣。冬至起，每过一天就为一枚花瓣染色，所有花瓣染完，数九就完成了。元代历书不仅有汉字版，还有畏兀儿字历与回回历，在元大都市肆中贩卖。

十五、腊八

蜡日

陶渊明

【题解】

这首诗是东晋著名诗人陶渊明的作品。诗人"蜡日"饮酒赏梅，即景言情，表达了超外物而意足、悠然自适的心境。

> 风雪送余运①，无妨时已和②。
> 梅柳夹门植③，一条有佳花。
> 我唱尔言得④，酒中适何多⑤！
> 未能明多少，章山有奇歌⑥。

（录自《陶渊明集笺注》，中华书局 2011 年版）

【注释】

①余运：岁暮，一年将尽的时段。　②和：温暖，暖和。汉王逸《九思·伤时》："风习习兮和暖，百草萌兮华荣。"　③夹门：门前两边。　④唱：吟诗。得：投合，投契。明梅膺祚《字汇·彳部》："得，又合也，人相契合曰相得。"　⑤适：适意，惬意。　⑥章山：山名。清顾祖禹《读史方舆纪要》："章山，（临江）府治西偏。晋时有章明者隐此，因名。山周二里许，两江环其阳，萧水绕其阴，南连瑞筠山，北接白牛冈诸山，郡城之西皆枕山麓，盖郡之镇山也。"

【评析】

世人皆知陶渊明爱菊，此处收录的恰是一首咏梅诗。诗的开篇交代时令，承题中"蜡日"，同时也为整诗奠定了明亮的基调。风雪中已近年终，但是温暖的时节还是来到了。门的两侧栽种了梅树与柳树，梅树的一条枝杈上有花绽放。正如庄子所说："与物为春，是接而生时于心者也。""佳"意为美、好，是诗人对初绽梅花的评价，也为下文诗人与梅花对话做好了铺垫。"我唱""尔言"，写诗人与梅花之间的唱和。"得"字说明，人与花在沟通上默契投合。当诗人沉醉自适之时，景物不再是景物，而幻化为友人，诗人将自己的全部身心融入自然之中，打破了人与花的对立，将自己的性情投射到景物中，才有了"得"字的浑融为一，营造出天人合一的艺术境界。而"得"又加深了酒中趣的程度。"何多"为赞叹，极言对酒当歌之乐。这种乐趣莫可名状，用言语是说不清楚的。"章山"句，既收束全诗，又有宕出远神之感，使想象由近及远，韵味悠长。这首诗清新明丽，可谓"无我之境"（清王国维《人间词话》）审美境界的典范。

【相关链接】

腊八源自腊祭，而腊祭由"蜡祭"而来。蜡祭是上古人感谢神之赐予、祈求五谷丰登、消灾避疫的祭祀活动，农历岁末飨田神赏农务，合祭众神。夏、商、周三代，蜡祭均有更名，据东汉应劭《风俗通义》所言："夏曰嘉平，殷曰清祀，周曰大蜡，汉改曰腊。腊者，猎也，言田猎取兽，以祭祀其先祖也。"可见，汉代以"腊祭"来代替上古"蜡祭"，且祭祀的对象也由"众神"转为"先祖"。汉代延续上古年终祭祀的惯例，将正式祭祀的日子称为腊日，所在的月份称为腊月。因"腊"在年终岁尾，该字也被赋予新意："腊，接也，新故交接。"

先秦的腊日在冬至后的第三个戌日，南北朝时受佛教的影响，荆楚地区已经以"十二月八日为腊日"（南朝梁宗懔《荆楚岁时记》）。腊月初七夜，民间以傩礼驱鬼辟邪；腊八日沐浴转除罪障，荆楚人民用猪肉与酒祭灶神。腊日祭灶在汉代史书中便有记载：汉宣帝时，有个叫阴子方的人，至孝有仁恩。腊日早上点炉灶时，灶神出现在他面前。子方向灶神拜了两拜并接受福泽，用家里的黄羊祭祀灶神，此后暴至巨富。子方的子嗣们也繁荣昌盛，故后常以腊日祀灶而进献黄羊（《后汉书·阴识传》）。今日民间祭灶或在腊月二十三或在腊月二十四，腊八节俗中不再出现。

腊节

魏收

【题解】

魏收（507—572），字伯起，巨鹿下曲阳（今河北晋州）人，北齐著名文学家、史学家。北魏骠骑大将军魏子建之子，年少时改武从文，以父功授太学博士。与温子升、邢子才并称"北地三才"。曾任太学博士、散骑侍郎、中书令等职。任魏郡太守时，受召撰写《魏书》，因多曲笔而遭"秽史"讥评。

这首诗写隆冬时节设腊祭祭祀百神，以此抒发敬神之情怀。

> 凝寒迫清祀①，有酒宴嘉平②。
> 宿心何所道③，藉此慰中情。

（录自《汉魏六朝百三名家集》卷107，江苏古籍出版社2002年版）

【注释】

①清祀：古时对十二月腊祭的别称。　②嘉平：腊祭的别称。《史记·秦始皇本纪》："三十一年十二月，更名腊日'嘉平'。"　③宿：

平素，平日。

【评析】

  诗中"清祀""嘉平"，皆为古人对腊祭的别称，未着一"腊"字而尽得"腊"意。"凝寒"道出腊祭时节的天气状况，"迫"字传神，写出已到眼前的临近感。古时腊祭人们摆肉摆酒的目的，是祭祀百神，感谢百神一年来的庇护。诗人用"宴"字弱化了祭祀的神秘与严肃，增添了情感因素与浪漫气息。"宿心"句，写诗人的内心世界，平素里的心事有什么可说的，借这个机会抚慰一下内心敬神的情怀。这首诗与诗人平素富言淫丽的文风不同，颇为清新雅致。

腊日

杜甫

【题解】

  这首诗是唐代著名诗人杜甫的作品。诗人腊日得皇帝赏赐，内心欣喜万分，赋诗抒怀。

    腊日常年暖尚遥，今年腊日冻全消。
    侵凌雪色还萱草^①，漏泄春光有柳条。
    纵酒欲谋良夜醉，还家初散紫宸朝^②。
    口脂面药随恩泽^③，翠管银罂下九霄^④。

（录自《全唐诗》225 卷，中华书局 1960 年版）

【注释】

①侵凌：侵逼欺凌。萱草：草名，又名"忘忧草"。 ②紫宸：即紫

宸殿，唐代群臣朝见皇帝的地方。宋宋敏求《长安志》："宣政殿北曰紫宸门，门内有紫宸殿，即内衙之正殿。"　③口脂：唇膏。面药：面霜。　④翠管：翠玉镂雕的管状器皿。银罂（yīng）：银质或银饰的器皿，常用以盛放流质物品。

【评析】

首联开篇扣题，以"常年"与"今年"构成今昔对比，点明诗作创作时的天气特点，也因此为诗定下了轻快的调子。颔联写景，所谓寒极而春，诗人以雪色、萱草、春光、柳条写出了春色犯寒而来的景象，描写精致准确，蕴意深刻。首先赋予萱草以人的特点，以"侵凌"和"还（huán）"表明雪色消退，不是因为太阳照射，而是因为萱草的生命力强大。同时古人认为萱草是一种可以使人忘忧的草，暗示诗人此刻愉悦的心情。而柳树枝丫"漏泄春光"，则说明春意尚微弱，毕竟还是腊月时节，既是客观描述，又满载希望之意。颈联记事。诗人一散朝就回家，待到晚上打算畅快淋漓地喝上一顿。"良夜"即腊祭之夜，"良"字也源于诗人的心理感受。尾联为颈联做出解释。因为皇帝恩赐了口脂、面药、翠管、银罂等物，重感恩意，心生欢喜。如此看来，首联的春回大地之感，或许更多来自诗人的内心感受。

【相关链接】

唐朝贞观年间，蜡祭与腊祭分设，农历十二月寅日蜡祭百神，卯日祭祀土神，辰日腊祭先祖先宗。到玄宗开元定礼制，"三祭皆于腊辰，以应土德"（宋李焘《续资治通鉴长编》）。可见，唐时以辰日为腊日，尚未确定在腊八上。

"口脂面药随恩泽，翠管银罂下九霄"。腊日，皇帝在苑中召见近臣，赐给他们腊祭的供品，晚上，名臣近臣从皇宫的北门入内殿，皇帝为臣子们准备了酒食和特别的赏赐，即口脂、红雪、澡豆等。口脂类似于今天的唇膏；红雪、紫雪、碧雪均为面药（或称面脂、面膏）的种类，是将天然色素加入面脂中，类似于今天有调节肤色功能的护肤霜。此二者用以防止冬日里肌肤皲裂。澡豆则是以豆粉添加药品制成的洗颜粉末，许是对前代腊日沐浴传统的沿袭。上述赏赐盛装在碧镂、银罂这样精美华贵的容器中，外面再用香罗包裹起来，香罗上打个花结，并写上"敕"字，示为御赐。正如诗人王建《宫词》中描写的："黄金合里盛红雪，重结香罗四出花。——傍边书敕字，中官送与大臣家。"

十二月八日步至西村

陆游

【题解】

这首诗是宋代著名诗人陆游的作品，作于绍熙三年（1192）。已近古稀之年的诗人，闲居故乡山阴（今浙江绍兴）。西村是山阴的一个小村庄，也是诗人常常游赏之处。这首诗写诗人腊八西村信步时沿途的节日风光，感慨年迈多病的闲居生活，表达了豁达的人生态度。

腊月风和意已春，时因散策过吾邻①。

草烟漠漠柴门里，牛迹重重野水滨。

多病所须唯药物，差科未动是闲人②。

今朝佛粥更相馈③，更觉江村节物新。

（录自《全宋诗》第39册，北京大学出版社1998年版）

①散策：犹言散步、闲走。　　②差科：差役，赋税。唐杜甫《遭田父泥饮美严中丞》诗："差科死则已，誓不举家走。"　　③佛粥：由佛寺熬制的用以供佛并施人的腊八粥。

【评析】

　　首联以天气开篇，交代"时"常"散策"的原因。腊月渐有春意，诗人趁天暖随处走走，常常会路过邻近的西村。"腊月"扣题中"十二月八日"；"散策"扣诗题中的"步"；"吾邻"扣"西村"，并导引出颔联的景物描写。颔联充满了浓浓的生活气息，"草烟漠漠"，柴门里灶烟弥漫，是人们忙碌生活的样子；"牛迹重重"，野外溪边到处都是牛的脚印。而诗人的状态，游离在这生活画卷之外。颈联"多病所须唯药物"，径用杜甫《江村》诗中的成句，表明自己年老多病，暗含冯唐易老之叹。承接"多病"，诗人自嘲是一个与差役、赋税都无关的闲人，流露出老迈体弱、力不从心的沉郁悲凉。颈联的抑，为尾联的扬做好了铺垫。尾联笔调突然一转，十二月八日佛寺僧人熬制佛粥，诗人"今朝"得佛粥增福延寿，不禁觉得腊八节的"江村"万象更新起来。一抑一扬，展现了诗人不拘与豁达的心胸。这首诗言辞平易，情感细腻，老笔尤健。

【相关链接】

　　宋代政权初建，统治者选择以恢复、发展佛教来治理国家，佛教也契时应机，逐渐倾向中国人的世俗生活，腊八节的出现就是一个证明。汉传佛教中，农历十二月八日是释迦牟尼成佛日，各地寺院在腊八日都会举行施粥活动，深得民心。加之宋代只有王侯官家仍在腊日进行祭祀，民间腊日的祭神、祭祖功能被分散到了除夕和春节，祭灶又被安排到了腊月二十三，佛家的腊八节便取代传统的腊日祭祀在民间流行开来。

据《佛所行赞经》所载，释迦牟尼六年苦修却无法悟道，一日，因为过度饥饿、劳累，他晕倒在地。一放牧女子从旁经过，将带在身上的杂粮加上牛乳熬煮成粥喂给释迦牟尼，他受食而恢复体力，终悟道成佛。因此，佛家将粥称为"药食"，具有挽救生命的神圣色彩。唐朝敦煌地区的寺院，就有腊日"煮药食"的习俗，大致为油、酥、面煮制而成的粥状食物。宋朝时，十二月"初八日，街巷中有僧尼三五人作队念佛，以银铜沙罗或好盆器，坐一金铜或木佛像，浸以香水，杨枝洒浴，排门教化。诸大寺作浴佛会，并送七宝五味粥与门徒，谓之'腊八粥'。都人是日各家亦以果子杂料煮粥而食也"（宋孟元老《东京梦华录》）。佛家的七宝五味粥，是用奶、菇、核桃仁、百合等食材制成，味咸香，供佛及僧道、施主。而民间的果子杂料粥则没有定式，完全依吃粥人的喜好随意选材。人们不仅吃粥，还将所谓的"侑僧粥""佛粥"作为礼物互相赠送。"腊月八日梁宋俗，家家相传侑僧粥。栗桃枣柿杂甘香，菱棋芝栭俱不录"（宋王洋《腊八日书斋早起南邻方智善送粥方雪寒欣然尽之因成小诗》）。

庚辰腊八日大雪二首（其一）

张耒

【题解】

这首诗是宋代著名诗人张耒的作品，作于元符三年（1100）。时年十月，诗人知兖州，腊八日遇雪，借雪、梅言宦海沉浮的无奈。

东州逢腊雪^①，却忆竟陵梅^②。

客路人方远^③，天涯雁欲回。

遥怜檐外白，还点砌边苔^④。

久是无人过，谁知照酒杯^⑤。

（录自《全宋诗》第 20 册，北京大学出版社 1995 年版）

【注释】

①东州：北宋时泛指开封以东地区。宋代文人自发形成的"东州逸党"，主要活跃在今山东一带，故此处特指兖州。　②竟陵：今属湖北天门。　③客路：旅途。宋苏轼《次韵孙巨源见寄》："应知客路愁无奈，故遣吟诗调李陵。"　④砌：台阶。　⑤照：辉映。唐李白《古风五十九首》："宝剑双蛟龙，雪花照芙蓉。"

【评析】

　　首联"腊雪"扣题，"雪"与"梅"，分别是诗人被启用与被贬谪生活中的景物。诗人爱梅，其咏物七绝中绝大部分是咏梅诗，通过反复吟咏梅花的清幽神韵，寄寓诗人高洁自守的情怀。而竟陵郡的时光，可谓诗人此前贬谪生涯的最低点。诗人在仕途略好转的时刻想念"竟陵梅"，意蕴深刻。领联客路人与天涯雁，皆是诗人自指。元符三年正月，诗人通判黄州，六月被罢免。免职后，诗人带家人一路远游，七月便被召知兖州，十月到任，故而有了"远"与"回"的对举。诗人自比"天涯雁"，自四十一岁遭贬开始，不断迁谪，甚至一年流居多地，这种居无定所、"秋至而春去"（张耒《鸿轩记》）的流落生活堪比鸿雁。颈联与尾联寓情于景。"遥""久"相应，诗人怜惜室外的白雪，仍旧点衬阶边的青苔。长时间地无人问津，谁又能知晓室外的雪与杯中的酒遥相辉映呢？徽宗即位，诗人被启用，而不知未来又将迁往何处，难掩心中的愁苦。但无论政治环境如何，诗人都秉承梅花精神，恪守不移。

腊日次《幽居》韵

元好问

【题解】

这首诗是金代著名诗人元好问的作品。题中"幽居"，指唐代诗人韦应物的诗作《幽居》，诗人用其韵而成诗。这首诗表达了诗人隐居期间宁静独处、安闲保和的心情。

世务方扰扰，人生何营营①。

不如不出门，坐颐天地情②。

泰中有否来③，阴极即阳生。

掀髯一笑起④，窗外风铎鸣⑤。

看云偶独立，踏雪时闲行。

最爱朝日升，负暄向南荣⑥。

（录自《中州集》[下]，中华书局1959年版）

【注释】

①营营：往来不停，追逐奔走。宋苏轼《临江仙》："长恨此身非我有，何时忘却营营？" ②颐：休养，保养。《周易·序卦》："颐者，养也。" ③否（pǐ）：恶，坏。 ④髯（rán）：胡须。 ⑤风铎：即风铃。 ⑥负暄（xuān）：冬日里晒太阳取暖。南荣：房屋的南檐。宋沈括《梦溪笔谈》："荣，屋翼也，今谓之两栭徊，又谓之两厦。"

【评析】

这首诗包含两部分内容，每部分三联。第一部分写理，从具象到抽象。"扰扰"与"营营"皆为叠音词，除了增强诗作的韵律感和节奏美之外，还增强了语言的形象性。世间事务纷乱繁杂，众生奋力追求的是什么呢？既然如此，不如不出世，安然地陶冶自然性情。此处"门"，采用双关的修辞方式，一为实指，居室的门；二为虚指，"门"外是世俗烦扰，"门"内是澄明之境。而"坐"用在此处，大有坐而论道之意味。接下来诗人给出了"不出门"的理论依据，即《易经》中的泰否、阴阳的辩证思想。"世务"句铺垫，引出"不如"句，道破诗人悟出的道理，"泰中"句又为这一道理提供了理论支持，使其所悟更为深刻，结构上层层推进。第二部分叙事。诗人以"掀髯一笑"过渡，承上写出诗人参透人生的洒脱，同时也将焦点从论说道理转向了描述实际生活，然而每一处生活景象，又都与道理密不可分。"一笑起"与"坐颐"相照应，起身后伴随着的是视角的转移，"窗外"将叙述的内容拉向了"门"外。"风铎"即风铃的古称，古代风铃具有警示、静心、养性的意象。"看云""踏雪""负暄"，皆是对诗人幽居独处、知足保和生活的写照。推测这首诗，大致作于金宣宗在位时期，诗人屡试不第，逐渐厌倦科举而选择隐居。

己卯腊八日雪为魏伯亮赋

虞集

【题解】

虞集（1272—1348），字伯生，号道园，世称邵庵先生，崇仁（今属江西）人，元代著名诗人，与揭傒斯、柳贯、黄溍并称"元儒四家"，与揭傒斯、范梈、杨载并称"元诗四家"。出身官宦人家，自幼饱读诗书。大德六年（1302），被荐入京，任大都路儒学教授，后担任过太常博士、翰林编修、集贤修撰、国子祭酒等职。晚年告病，归隐崇仁。

这首诗作于（后）至元五年（1339），是年腊八飞雪漫天。魏伯亮时任洪城（今江西南昌）县令。当日，诗人赋诗二首赠予魏伯亮，此处录其一，另一首中有"县令温存僵卧叟，词人解颂太平年"句，据此推测这首诗是魏县令腊八日冒雪拜访客居洪城的诗人，诗人赋诗酬谢之作。

> 官桥柳外雪飞绵，客舍樽前急管弦[①]。
> 僧粥晓分惊腊日，猎围晨出忆残年[②]。
> 白头长与青山对，华屋谁为翠黛怜[③]。
> 惟有寒梅能老大，独将清艳向江天。

（录自《元诗选·初集》[中]，中华书局1987年版）

【注释】

①樽：酒具，此处指代酒宴。　②猎围：打猎。汉应劭《风俗通义》："腊者，猎也，言田猎取禽兽，以祭祀其先祖也。"残年：岁暮，一年将尽的时候。　③翠黛：美眉，代指美人。

【评析】

首联开篇写雪景，扣题并交代天气情况，"绵"字说明雪下得久。古诗词中"桥"与"柳"，皆具有客旅他乡的意象，与下文的"客舍"相照应。室外是绵绵雪景，室内推杯换盏，乐声欢腾。"急"字热烈，写出了与客宴饮的欢快场面。颔联"僧粥""猎围"，都是古时腊八节标志性的节日礼俗，与"腊日"扣题中"腊八"。"惊"字表明诗人悠然闲居，已忘记时节。"猎围"当是他人的行为，诗人时年六十八岁，看到早出猎围的人，记起一年又要过去了，感慨时间。颈联由"残年"之叹引起，白发老人长对青山慨叹人生易老，又有谁会怜惜华丽房间中虚掷光阴的美人呢？"白头"是诗人自指。另外"青山"常喻归隐之所，含归隐之意，暗示诗人当下的状态。尾联以"寒梅"喻友人魏伯亮，自己已闲居乡里，而友人仍旧担任公职，如同耐寒的梅花，不以年华老大而自伤，以清香与花色面对江河蓝天。这首诗文辞流畅，意韵深远。

【相关链接】

元代帝王大多佞佛，腊八佛祖成道日，自然得到了统治者的重视，被确定为全民节日。每逢农历十二月八日，无论僧俗、朝野，举国庆祝腊八节。元人沿习煮食腊八粥的习俗，互相馈赠，包括元帝从吐蕃请来充当最高神职的喇嘛（即帝师）也向皇帝进粥。所赠粥食多少，依家境优渥贫寒而不同，但礼尚往来的原则是不变的。宋代佛家腊八粥，是用奶、菇、核桃仁、百合等食材制成的七宝五味粥，到了辽、金、元时期，僧人以红糟粥来供佛饭僧，元大都的官员和士庶则食用朱砂粥。红糟粥、朱砂粥均呈红色，因色得名，大概其中含有赤豆、花生、红枣之类的食材。据宋末元初周密《武林旧事》记载，除腊八粥外，医家也有将虎头丹、屠苏、八神等多种药材放入绛色的囊中赠予百姓的习俗，谓之"腊药"。

腊八日与墨池野酌迟丘月渚

杨慎

【题解】

杨慎（1488—1559），字用修，号升庵，又号逸史氏、博南山人、洞天真逸、滇南戍史等，新都（今属四川）人，明代著名诗人，"明代三才子"之首。出身官宦家庭，博学多识。正德六年（1511）中状元，授翰林院修撰。为人刚毅直谏。嘉靖三年（1524），因"议大礼"谪戍云南永昌卫，卒于戍所。明熹宗时追谥"文宪"，世称"杨文宪"。

杨墨池与丘月渚皆为安宁（今属云南昆明）名士，与诗人交游甚密。这首诗写腊八日诗人一边与杨墨池在郊外饮酒，一边等待丘月渚的到来，二人带给他的慰藉，使他忘记了自己谪居异乡的现状。

<blockquote>

散步谪仙桥，严寒酒易消。

云容将变朔^①，风信已鸣条^②。

只为朋从好，浑忘旅寓遥。

清吟迟月渚^③，剪烛永今宵。
</blockquote>

（录自《杨升庵丛书》第 3 册，天地出版社 2002 年版）

【注释】

①朔：天亮。　②风信：随季节变化应时吹来的风。鸣条：风吹树枝发出声响。　③迟（zhì）：等待。《荀子·修身》"迟彼止而待我。"

【评析】

这首诗记录了诗人寓居安宁时与青年学士过腊八的场景。首联叙事，写诗人与杨墨池在谪仙桥悠闲地散步，腊月的寒冷使得酒意很快消失了。"谪仙桥"在诗人的诗词作品中屡次出现，如《与李葵之段宪卿夜饮》："梅花普贤寺，杨柳谪仙桥。"将故乡普贤寺与寓居之地的谪仙桥对举；《临江仙》上亦有"谪仙桥上望仙槎"。可见，谪仙桥是诗人安宁生活的一部分。此处"谪仙"双关，一来是桥名，一来暗示诗人亦是谪居世间的仙人，清高傲岸，自由狂放。颔联写天色将亮，云与风都带来了天亮的信息。颈联寓情于理。只因为墨池、月渚等朋辈小友的关心与好意，诗人全然忘了自己寓居异地的身份，也忘记了思念遥远的故乡。《安宁州志·流寓》记载：诗人"喜安宁山水清旷，遂侨寓焉。以诗酒自娱，兴到辄挥笔淋漓，人得其片纸，藏为至宝。从游甚多，若丘月渚、杨墨池、张松霞辈，皆出其门"。可见三人应是亦师亦友的关系。尾联写诗人浅酌清吟等待月渚的到来，尽情欢乐在今朝。"剪烛"，语出李商隐《夜雨寄北》"何当共剪西窗烛，却话巴山夜雨时"，以"剪烛"指代促膝夜谈。

【相关链接】

据《明史·礼志七》记载："凡立春、元宵、四月八日、端午、重阳、腊八日，永乐间，俱于奉天门赐百官宴，用乐。"永乐年间，每逢腊八，君臣同乐，奉天门处觥筹交错，宴乐飘飘。明代诗人吴宽的《腊八日赐宴》记载了皇帝宴请百官的豪华阵容："诏遣长筵列凤池，人间节序九重知。食传内饔真成例，坐接同官易得诗。雪里高寒瞻玉宇，风前微动识朱旗。十年左掖频分席，深愧黄封酒满卮。"皇家宴席上，除珍馐美馔外，还有一道节日特供，就是腊面。明代的腊面如何烹制不得而知，今天陕西关中等地，还存有腊八节吃面的习俗。

明代腊八节，腊八粥依然是节日的主角，《光禄寺志》有腊八节英华殿供粥料的记录。根据刘若愚《酌中志》所记，京城官宦人家提前数日就将红枣槌破泡汤，为熬制腊八粥做准备。到了腊八节一大早，人们将粳米、白米、核桃仁、菱角放入红枣汤里煮，然后将煮好的腊八粥置于佛像、圣像前供奉，连户牖园树、井灶之上，也都放一碗粥，可见当时官家还有腊八祭祖敬神的情况。腊八当天，全家人都要吃粥，亲戚朋友间也会互相赠送，并夸赞对方的粥品相精致、色味俱佳。相对而言，百姓人家的腊八粥，从食材到烹制都较为随意，没有那么讲究，"杂五谷米并诸果，煮为粥，相馈遗"（明沈榜《宛署杂记》）。

除食、赠腊八粥，明朝京城百姓在腊八来临前，先凿好一尺见方的冰块，在节日当天把冰块安置在安定门和崇文门外的冰窖内。冰窖看起来有两丈深，冰块放入后便将其固定成石磴的形状，再封好入口。待到苹果上市后，将苹果放入冰窖内储存。打开冰窖时，冰镇的苹果好似刚刚从树上摘下来一样新鲜，而离开冰一段时间后，苹果便软化如泥。

残岁即事
王彦泓

【题解】

王彦泓（1593—1642），字次回，金坛（今属江苏）人，明末诗人。出身仕宦之家，以岁贡官松江府华亭县训导。一生落拓，命途多舛，最终卒于任上。

这首诗作于崇祯三年（1630）。残岁即年暮，一年将尽。是年年末，诗人自身边生活取材，作即事诗十余首，此诗为其中之一。

雪霁寒新腊八天，侍儿擎烛过妆前①。
肉糜旧话重拈起②，引得红腮一笑嫣。

（录自《疑雨集》卷3，扫叶山房1926年印行）

【注释】

①侍儿：侍妾。宋洪迈《容斋随笔·乐天侍儿》："世言白乐天侍儿唯小蛮、樊素二人。"　②肉糜：肉粥。宋陆游《闻杜鹃戏作绝句》："劳君

树杪丁宁语，似劝饥人食肉糜。"

【评析】

诗人善作艳体诗，此诗尾句"引得红腮一笑嫣"直白大胆。诗的开篇以"腊八"承诗题中"残岁"，写腊八节雪后寒冷天气。"擎烛"句化用苏轼《海棠》"只恐夜深花睡去，故烧高烛照红妆"，暗示女子的美丽姿容。腊八有食粥的节俗，肉糜即肉粥。节日里，诗人应景给女子讲了一个与粥有关的故事——"何不食肉糜"？据《晋书·惠帝纪》记载，晋惠帝在位时，遇饥荒年岁，百姓饿死大半，晋惠帝非常不解地问左右，"既然荒年没有粟米充饥，他们为什么不吃肉粥呢？"后世以此"肉糜旧话"，嘲讽统治者的昏聩痴顽。尾句"一笑嫣"，语出宋玉《登徒子好色赋》之"嫣然一笑，惑阳城，迷下蔡"。而"红腮"的细节刻画，使整首诗颇具风韵。诗人用事艳逸，借情事说的却是自己怀才不遇的身世，科举路上饱受折磨，做一个无品无级的训导，更无仕途可言。侯文灿《疑雨集序》："次回先生穷年力学，屡困场屋，断瑶琴，折兰玉，其坎坷潦倒，实有屈子之哀、江淹之恨、步兵之失路无聊，与杜少陵《无家》《垂老》之忧伤憔悴，而特托之于儿女丁宁、闺门婉恋，以写其胸中之幽怨，不得概以红粉青楼、裁云镂月之句目之也。"

腊八日

张问陶

【题解】

张问陶（1764—1814），字仲冶，一字柳门，号船山、蜀山老猿，遂宁（今属四川）人，清代著名诗人，与袁枚、赵翼合称清代"性灵派三大家"，被誉为清代"蜀中诗人之冠""少陵复出""青莲再世"。乾隆五十五年（1790）进士及第，曾任翰林院检讨、江南道监察御史、吏部郎中等职。嘉庆十七年（1812），辞官寓居苏州并卒于此。

乾隆五十二年，诗人赴成都娶盐茶道林儁之女为妻。乾隆五十三年三月，赴京师参加顺天乡试，次年初乃返回四川。这首诗便作于诗人科考后自京师返家的旅途中。是年（1788）腊八，诗人记起前一年从成都回到家乡遂宁刚好也是腊八日，赋诗寄托思乡怀人之情。

丁未，此日自成都到家。

去岁还家逢腊日，今年腊日远思家。

兄酬弟劝情如昨[①]，物换星移事可嗟。

旅食一瓯怜佛粥[②]，乡心万里入梅花。

长宵归梦分明极，社酒村灯笑语哗[③]。

（录自《船山诗草》[上]，中华书局1986年版）

【注释】

①酬：劝酒。清纳兰性德《点绛唇·小院新凉》："不成孤酌，形影空酬酢。" ②瓯：小盆。 ③社：古代地方基层行政单位。清朝初年采用里社制，即基于"因田定赋，订丁授职"的原理、目的，编组丁户，乾隆三十七年（1772）后，逐渐废弛。此处与"村"对举，代指故乡。

【评析】

这首诗作于乾隆五十三年戊申，返家途中的诗人，腊八节怀念家人和故乡，情感细腻、丰沛。首联"去岁"与"今年"相对，"还"与"远"相对，说明前后两年的不同状态。"去岁"句与小序呼应，"去岁"即"丁未"，"还家"即"自成都到家"。"今年"句，是整首诗的主旨所在，交代了此诗的创作背景及原因。颔联承接"远思"，写诗人回忆起与兄弟一起腊八饮酒的场面和感受，仿佛是昨天发生的一样。"如昨"，说明情感投入多而印象深刻，同时也引出诗人对时光荏苒、世事变迁的感叹。近两年的时间里，诗人的确经历了很多，娶妻，赶考，奔波于成都、遂宁与京师之间，诗人用"物换星移"，既是在说时间也是在说人生。颈联从回忆写回现实。旅途中的诗人，分得一盆佛粥，这盆佛粥也是诗中唯一与"今年腊日"有关的节物。"乡心万里入梅花"，是全诗的点睛之笔。"梅花"或许是诗人眼前的景物，诗人把所有的思念都交托给凌寒傲雪、冰清玉洁的梅花；或许只是一个虚幻的意象。梅花寄情相思、思乡怀远的意象，早在南北朝的诗歌中已存在，特别是折梅赠远，如《西洲曲》："忆梅下西洲，折梅寄江北。"诗人此处以梅花意象思乡寄情，意蕴深刻。尾联以虚写实，"归梦"承前文的"乡心"，诗人以虚幻的梦表达真挚的心。所谓日思夜梦，漫漫长夜，诗人做了一个归乡的梦，梦境极为清晰，梦中是故乡觥筹交错、灯火通明、笑语喧哗的热闹场景。

【相关链接】

清代关于腊八节的大事件，就是雍和宫举行的腊八盛典。雍和宫本为雍亲王府邸，是乾隆皇帝的诞生地。因其母笃信佛教，乾隆九年（1744），雍和宫改皇帝行宫为喇嘛庙，并逐渐发展成为清朝中后期全国规格最高的佛教寺院。乾隆命造办处铸造了一口八吨重的大铜锅，安放在雍和宫的东阿斯门内，东阿斯门也因此得名"铜锅院"。每到农历腊月初一，总管内务府将熬制腊八粥所用的食材、器具和干柴在府库备齐，初二日一早，由众杂役驱赶马车将备品从紫禁城的东华门运到雍和宫，备品数额庞大，到初五日方可运完。腊月初六，皇帝钦派蒙古王公一人会同内务府总管大臣，率部分内务府三品以上的司员以及一众厨师、杂役到雍和宫，监督太监、僧人称粮、搬柴，依照用料的先后顺序码好备品。初七早晨，众僧在法轮殿办道场诵经，吉时一到，蒙古王公下令生火，由经验丰富的僧人掌灶，并依次将食材放入铜锅内，整个过程还有宫廷所派的专人检视。初八凌晨两点，有专人将熬好的粥盛在碗里，用托盘送到雍和宫供奉先皇和各佛的供案上，按照等级，佛前供一、三、五碗不等。天明后，蒙古王公回宫复命。第一锅粥供给先祖和众佛后，第二锅粥则由喇嘛献给太后及帝后家眷，因此才有"腊八家家煮粥多，大臣特派到雍和。圣慈亦是当今佛，进奉熬成第二锅"（清夏仁虎《腊八》）。第三锅送予王公与大喇嘛，第四锅给文武百官，第五锅分给本寺僧众。前三锅有奶油和各色干果，四、五锅的食材则简单了很多。三至五锅剩余的被混在一起，施舍给京城的平民百姓。而今雍和宫的僧人，仍旧保留着腊八诵经舍粥的节俗。

清富察敦崇《燕京岁时记》里详细记述了京城人家腊八粥的配料与做法："腊八粥者，用黄米、白米、江米、小米、菱角米、栗子、红豇豆、去皮枣泥等，合水煮熟，外用染红桃仁、杏仁、瓜子、花生、榛穰、松子，及白糖、红糖、琐琐葡萄以作点染。"可见，清朝时腊八粥的食材更为丰富，品相也更为精美。

腊八日过叙州

张问陶

【题解】

这首诗是清代著名诗人张问陶的作品。叙州，今四川宜宾。梁武帝大同十年（544）称戎州，北宋政和四年（1114）更名叙州。这首诗作于乾隆五十七年（1792），诗人乘船经楚地赴京，到叙州时恰逢腊八节，诗人为当地景色与民风所感染，暂且停留，饮酒赋诗。

> 风掠晴云淡不收[①]，夕阳吹影上扁舟。
> 帖山楼殿平如画，插水林峦碎欲流。
> 爆竹声繁逢腊日，荔支香冷过戎州[②]。
> 船窗自击泥头酒[③]，味谏轩南为少留[④]。

（录自《船山诗草》［上］，中华书局 1986 年版）

【注释】

①淡：恬静。唐柳宗元《晨诣超师院读禅经》："淡然离言说，悟悦心自足。" ②荔支：即荔枝。宋祝穆《方舆胜览》："蜀中荔枝，泸、叙之品为上，涪州次之，合州又次之。"戎州：即叙州，四川宜宾古名之一。 ③泥头酒：以泥密封坛口的陈年好酒，饮用时需要击碎泥头。 ④味谏轩：屋室名，位于戎州城北、岷江北岸，清代尚存，今已废。宋周密《齐东野语·谏笋谏果》："又记涪翁（黄庭坚别号）在戎州日，过蔡次律家，小轩外植余甘子，乞名于翁，因名之曰'味谏轩'。"

【评析】

　　首联叙事，写诗人登船远行的天气情况与时间点。"掠""淡"二字，说明天气晴好，云淡风轻。"吹"字极其生动，是拟人修辞的使用，赋予夕阳以生命。因为乘船出行，颔联顺理成章，描写沿江两岸的景色，亦即腊月里叙州的景色。"帖山""插水"，符合自江中看两岸的视角，细致而真实，"平如画"凝练，"碎欲流"灵动，勾勒出气韵飘逸的山水画卷。颈联描写叙州腊日的民情。"爆竹声繁""荔支香冷"，皆承题中之腊八，前者是当地节日民俗，足见热闹；后者表明隆冬时节，错过了当地美誉天下的荔枝，略带遗憾。尾联写回诗人，与首联相照应。"自击"说明诗人饮酒的兴致，自斟自酌，陶醉于夕阳下的叙州美景与节日的喜庆，诗人停船靠岸，在黄庭坚饮酒处暂且停留。这首诗明丽清新，情感层层推进，最终达至忘情。

南歌子·黄州腊八日饮怀民小阁

苏轼

【题解】

这首诗是宋代著名词人苏轼的作品。张怀民，名梦得。词人贬谪黄州（今湖北黄冈）时，与之交游频繁。这首词作于神宗元丰六年（1083），是年，友人张怀民将离开黄州回京受命，腊八节词人赴怀民处饮酒，临别感怀。

卫霍元勋后①，韦平外族贤②。吹笙只合在缑山③。闲驾彩鸾归去、趁新年。　　烘暖烧香阁，轻寒浴佛天④。他时一醉画堂前。莫忘故人憔悴、老江边。

（录自《全宋词》第 1 册，中华书局 1965 年版）

【注释】

①卫霍：即西汉名将卫青与霍去病，因二人皆以武功著称，后世并称"卫霍"。　②韦平：韦即西汉韦贤、韦玄成父子，平即西汉平当、平晏父子。韦平父子相继为相，为传世佳话。《汉书·平当传》："汉兴，唯韦平父子至宰相。"　③缑（gōu）山：山名，即缑氏山，位于今河

南偃师。汉刘向《列仙传·王子乔》："王子乔者，周灵王太子晋也。好吹笙，作凤凰鸣。游伊洛之间，道士浮丘公接以上嵩高山。三十余年后，求之于山上，见柏良曰：'告我家：七月七日待我于缑氏山巅。'至时，果乘白鹤驻山头，望之不得到，举手谢时人，数日而去。"后世指代修道仙山。　④浴佛：又称"灌佛"，佛教信徒于释迦牟尼生日这天，用拌有香料的水灌洗佛像，谓之"浴佛"。史上浴佛节有十二月初八、二月初八、四月初八等几种不同的说法。北朝多以四月初八为浴佛节。南朝梁到唐则以二月初八为佛诞日，亦在此日浴佛。宋代，南北方对佛诞与浴佛时间有不同的认识，如江南一带在四月初八，东京汴梁在十二月初八。

【评析】

上片开篇起兴，以功成名就的历史人物，引出友人张怀民。卫青、霍去病是名臣元勋，韦氏与平氏皆父子贤相相传，词人以上述人物的家世类比友人，说明怀民亦是名门之后，且心怀大志、才智过人。"吹笙"句用周灵王太子王子晋驾鹤仙去之典，意在表达怀民本该在京城，不应屈居黄州。词人将怀民回京一事喻得道成仙，故有"驾彩鸾归去"一说。上片尽是鼓励，下片满载不舍。过片写实，交代此次饮酒的环境、地点、天气、时间。"他时"句为虚写，此时词人与怀民在烧香阁中饮酒，想象着怀民华丽堂舍沉醉的样子，既是对友人的祝愿，也引出下文之"莫忘"。"莫忘"句承上片"闲驾"句，运用对比衬托的方式，形成了词人与友人未来状态的强烈对比：同为贬谪黄州之人，一个老死异乡，一个回京任职，反差之大，使悲者更悲。这首词历史与神话无痕结合，情感与典故融合自然，言辞平易，情感真挚。

朝中措·腊日

张纲

【题解】

张纲（1083—1166），字彦正，号华阳老人，润州丹阳（今江苏金坛）人，南宋著名词人。以贡进入太学，政和四年（1114），试上舍及第，授太学正。曾任校书郎、著作佐郎、屯田司勋郎、给事中等职，经历"靖康之变""绍兴和议"。为官期间，"以直行己，以正立朝，以静退高"为座右铭。卒谥"章简"。

这首词作于绍兴二十七年（1157），时词人知婺州（今浙江金华）。词人腊八日饮酒赋诗，以乍暖春景与内心郁闷对比，表达辞官归隐之心。

休惊初腊冻全消。旬日是春朝①。梅吐芳心半笑②，柳含青眼相撩③。　　风光如许，那知太守，老去无聊④。乘兴方思把盏，归心已逐轻桡⑤。

（录自《全宋词》第 2 册，中华书局 1965 年版）

【注释】

①旬日：十天，此处指时间短。　②芳心：花蕊。宋苏轼《岐亭道上见梅花戏赠季常》："数枝残绿风吹尽，一点芳心雀啅开。"　③青眼：指初生的柳树嫩叶，其形如眼。宋李元膺《洞仙歌》："杨柳于人便青眼。"　④无聊：郁闷，精神空虚。汉王逸《九思·逢尤》："心烦愦兮意无聊。"　⑤轻桡（ráo）：小桨，代指小船。唐戴叔伦《送观察李判官巡郴州》："轻桡上桂水，大舶下扬州。"

【评析】

上片写腊八节天气转暖，枝头已显春色。"休惊"开篇，似与人对话，具有对象感。"初腊"扣题中"腊日"。"旬日"句解释"休惊"的原因，刚进腊月，却道"旬日是春朝"，显然不符合节序规律，此处"旬日"当为虚指，是心理时间。承"春朝"写春景，梅花半笑，柳叶轻撩，梅与柳具有了人的情态与性情，"半"是梅花含苞待放的样子，"相撩"趣味横生，写出了柳叶嫩芽相互顾盼、一片生机的景象。"风光如许"过片，下片由景转情。太守为词人自指，"老去无聊"，道出了词人的身心状态。词人作这首词时，年逾古稀，经历宦海沉浮，此时重被启用，难免有心无力。正如词人在《凤栖梧·婺州席上》词中所写："华发衰翁羞晚岁。未报皇恩，尚忝专城寄。"是年，词人曾屡次上疏辞免，上皆不允，因此尽管"风光如许"，词人仍有"无聊"之感。"乘兴""把盏"，说明词人与友人聚；"归心已逐轻桡"，表明归隐之心的迫切。

行香子·腊八日与洪仲简溪行，其夜雪作

汪莘

【题解】

汪莘（1155—1227），字叔耕，号柳塘，晚年自号方壶居士，徽州休宁（今属安徽）人，南宋著名词人。终身不仕，隐居黄山，博览兵、法、释、老之书，尤喜读《易》。与朱熹有学术往来，程瞳"新安学系图"将其列入朱门弟子。

洪仲简，生平不详，盖为词人的友人。这首词描写了词人腊八日的活动。从与友人漫行山间溪旁，入小店饮酒，到黄昏投宿村庄，夜晚遇

雪，以隐居生活的悠然，抒发怀才不遇的愤懑。

野店残冬①。绿酒春浓②。念如今、此意谁同。溪光不尽，山翠无穷。有几枝梅，几竿竹，几株松。　　篮舆乘兴③，薄暮疏钟。望孤村、斜日匆匆。夜窗雪阵，晓枕云峰。便拥渔蓑，顶渔笠，作渔翁。

（录自《全宋词》第 4 册，中华书局 1965 年版）

【注释】

①野店：指山野乡村的酒店。清濮淙《闻蘧玉已寓京口》："已辞野店中山酒，望断烟江北固峰。"　　②绿酒：美酒。东晋陶渊明《诸人共游周家墓柏下》："清歌散新声，绿酒开芳颜。"　　③篮舆：古代供人乘坐的交通工具，轿子的前身。

【评析】

上片写词人饮酒抒怀。开篇交代时间地点。"绿酒春浓"，说明词人已颇有酒意，于是有了"念如今"之感慨，坐览山川水色，浅酌美酒，心中毫无挂碍，谁能如我如此惬意？词人曾三次以布衣封事，均不为朝廷所用。此处岁寒三友非实写，而是以"梅"暗示傲霜斗雪的风骨，以"竹"暗示刚正有节的节操，以"松"暗示坚韧挺拔的性格。词人在"不尽"与"无穷"的山光水色后用"几"来提问，充满了对朝廷的嘲讽。下片写词人投宿孤村。"乘兴"过片，上承"绿酒春浓"。词人尽情游览之时，天色渐晚，远处传来稀稀落落的钟声。"薄暮"是天色，写视觉，"疏钟"即寺院晚钟，写听觉，与下文的孤村、落日组合在一起，既是实景描写，又营造出凄清之感。"夜窗"句为实写，"便拥"句为虚写。雪一阵阵地敲打窗户，是夜，有雪有风；清晨，山峰枕着云朵，说明天色放晴，一切安详宁静。词人忽然有了垂钓之兴。"蓑""笠""翁"，恰与柳宗元《江雪》中孤舟垂钓的老翁形象一致。联想下片中那些反映寂寞、冷清心情的字眼，可见词中的"渔翁"和柳宗元笔下的老渔翁一样性格孤傲，一样具有一颗远离尘世、超然物外的心。

贺新郎·为徐晋遗催妆

陈维崧

【题解】

这首词是明末清初著名词人陈维崧的作品。古人将赠给待嫁新娘的诗称为催妆诗，简称"催妆"。徐晋遗，词人的表弟。这首词是为徐晋遗大婚所作。清时遵古礼，晚上迎娶新娘。是日腊八，迎亲时遇大雪。

时十二月初八夜大雪。

双绾同心结①。喜今夜、新人二九，残年腊八。几队纱笼徐引导②，光漾黄金跳脱③。何况是、玉人如月。小捉养娘帘底问④，问徐公、城北人争说。灯下看，果英发。　天公更自风流绝。响琼签⑤、且烦青女⑥，细飘珂雪。为验谢娘⑦才调好⑧，故把吴盐轻撒⑨。不须虑、铜舆街滑。我识李暮吹笛手⑩，但今宵、风竹休频摩⑪。枕函上，印红颊。

（录自《全清词·顺康卷》第 7 册，中华书局 2002 年版）

【注释】

①双绾（wǎn）同心结：编成连环回文样式象征爱情的锦带花结。南

朝梁萧衍《有所思》："腰中双绮带，梦为同心结。"　②纱笼：纱制灯笼。宋高观国《御街行·赋轿》："归来时晚，纱笼引道，扶下人微醉。"　③跳脱：手镯。　④养娘：婢女。宋黄庭坚《宴桃源·书赵伯充家小姬领巾》："生受生受，更被养娘催绣。"　⑤琼签：计时器漏箭的美称。唐温庭筠《湘东宴曲》："重城漏断孤帆去，惟恐琼签报天曙。"　⑥青女：传说中掌管霜雪的女神。《淮南子·天文训》："青女乃出，以降霜雪。"　⑦谢娘：即晋代才女谢道韫，此处指新娘。　⑧才调（diào）：才气，文才。唐李商隐《读任彦升碑》："任昉当年有美名，可怜才调最纵横。"　⑨吴盐：吴地产的盐，因白而闻名，喻指白雪。　⑩李暮（mó）：人名，唐朝开元年间教坊里首席吹笛手。　⑪凤竹：竹子制成的乐器，如笙、箫等。擪（yè）：手指按压。唐元稹《连昌宫词》："李暮擪笛傍宫墙，偷得新翻数般曲。"

【评析】

上片写迎亲的场景。开篇"双绾同心结"，象征男女之间的忠贞爱情，词人以此祝福新人。"喜今夜"，引出婚礼之人与时间。"几队纱笼""黄金跳脱"，写出了迎亲队伍的盛大与豪华。清代婚礼，新娘的车舆是在家中女眷或婢女陪同下前往新郎家的，女人们佩戴珠光宝气，故有"黄金跳脱"的光芒如水荡漾之说。玉人即新娘，"月"承上文之"光"，此句夸赞新娘品貌。"小捉"句，写出新娘对结婚对象的好奇以及对婚姻生活的期待。"争说"说明新郎有口皆碑，而"问徐公、城北人争说"，巧用《战国策》名篇"邹忌讽齐王纳谏"中"城北徐公"的典故，以此说明新郎貌美风流。"果英发"，是词人假借新娘身份对新郎的评价，夸赞新郎的同时，表明二人情投意合。下片用"谢家咏雪"之典故。据《晋书·列女列传》记载，晋人王凝之之妻谢道韫，是东晋安西将军谢奕的女儿，也是宰相谢安的侄女，自小聪识有才辩。一次，谢安召集子侄论文赋诗，天突然下起大雪，于是谢安问："纷纷白雪像什么？"侄子谢朗答："撒盐空中差可拟。"而谢道韫答："未若柳絮因风起。"谢道韫的比喻精妙，谢安听后很是高兴。是为佳话。词人化用此典故，一来以新娘比一代才女、女中名士，夸赞其才情；一来说明大雪是为新娘而来，为婚礼增添了浪漫的色彩。因婚礼必须在子时前结束，因此以"琼签"表达出时间紧迫之意。天降大雪，路必定滑。继而词人以唐玄宗时期著名笛手李謩指代新郎。唐元稹《连昌宫词》有"李謩擪笛傍宫墙，偷得新翻数般曲"。是说正月十五前夜，唐玄宗新创了一首笛曲，次日夜却在坊间酒楼听到新曲，大为震惊。查明后得知是李謩在上阳宫附近赏月时，听到了宫中笛曲传出，便默默记下，玄宗感到十分惊异而未加怪罪。词人以李謩赞新郎才华出众、聪慧过人。这首词精于用典，兼负情趣，对新人的祝福倾泻而出，又不失精美。

十六、除夕

除夜作

高适

【题解】

这首诗是唐代著名诗人高适的作品。诗人羁旅途中遇除夕，作诗抒发怀乡伤老之感。

> 旅馆寒灯独不眠^①，客心何事转凄然^②。
>
> 故乡今夜思千里，愁鬓明朝又一年。

（录自《全唐诗》卷214，中华书局1960年版）

【注释】

①寒灯：寒夜里的孤灯，形容孤寂、凄凉的环境。　②凄然：凄凉悲伤的样子。

【评析】

开篇"旅馆"二字点明诗人的处境，并是全诗情感走向的基石。因为客旅他乡，孤冷的旅馆中灯光清寒，诗人辗转难眠。"寒灯"写客观景物的主观感受，"独不眠"以失眠状态强化孤单、凄冷的情感体验。"凄然"上承"寒""独"，直接表达出诗人的情感状态。"转"字意味深长，写出了诗人的心理变化过程，也激发起读者的好奇心。"客心"句为设问句，对"客心何事转凄然"，诗人给出两个答案：一是思乡；一是增岁。本为诗人思乡，"故乡"句却写亲人思念千里之外的诗人，其手法与王维的"遥知兄弟登高处，遍插茱萸少一人"相同。"霜鬓"，鬓发如霜，点明诗人已是暮年，"明朝又一年"扣题。这首诗言辞平易，却道出了羁旅途中的乡愁与年华老大的伤感。

　　除夕，又称"除日""除夜""岁暮""岁尽""暮岁""岁除"，是农历年的最后一晚，为"月穷岁尽之日"。今日，坊间常使用"大年三十"代替"除夕"，而除夕被固定在农历十二月三十日，则始于西汉武帝时期。为改变夏历、殷历、周历对年首规定不一的混乱局面，汉武帝命修《太初历》，取夏历正月为岁首，并入二十四节气于历法。此后各朝各代除王莽建新、武曌建周等几个特殊时期，大多沿用《太初历》。今天华夏儿女无论走到哪里，每到农历十二月三十日，都竭尽全力地与家人团聚，设宴饮酒，欢度除夕，迎接新年。

除夜

李世民

【题解】

　　李世民（599—649），唐代第二位皇帝，京兆武功（今陕西武功）人。武德九年（626）即位，改元贞观，庙号太宗，谥号文帝。

　　一作董思恭诗，题为《守岁》。董思恭，生卒年不详，苏州吴县（今江苏苏州）人，唐代著名诗人。高宗时任中书舍人、崇贤馆学士，因知考功举泄漏考题获罪，流放岭表而死。

　　这首诗描写了除夕夜的守岁活动，诗人在辞旧迎新的宴会上畅饮守岁酒，与众人一起共同迎接新年，表达了对即将到来的新的一年的美好期待。

岁阴穷暮纪^①，献节启新芳^②。
冬尽今宵促^③，年开明日长^④。

冰消出镜水⑤，梅散入风香⑥。

对此欢终宴⑦，倾壶待曙光。

（录自《全唐诗》卷 1，中华书局 1960 年版）

【注释】

①岁阴：岁暮，年底。穷纪：《礼记·月令》云："（季冬之月）日穷于次，月穷于纪，星回于天，数将几终，岁且更始。"郑玄注："言日月星辰运行于此月，皆周匝于故处也。次，舍也。纪，会也。"后因以"穷纪"为农历十二月的代称。"岁阴穷暮纪"一句，即除夕之夜。　②献节：进入新的节令。献，进。新芳：新的春天。芳，春天。　③促：缩短。　④明日长：昼日益变长。　⑤镜水：清澈如镜的水。　⑥梅散：梅花散落。　⑦终宴：这里指年终之宴。

【评析】

首联"岁阴""穷纪""岁暮"，皆是一年尽头的委婉表达，诗人叠用以强调时节，紧扣诗题。"启新芳"点明题旨，除夕的意义即在于开启新春，迎接新的一年。颔联说理，对仗工整，"冬尽"承"岁阴"句，"年开"承"献节"句，"促"与"长"对比，突出未来的绵长岁月，充满了无尽的希望。颈联写景，冰雪消融，水面如镜，营造出视觉上的静态美；梅花散落，清香随风飘荡，从视觉与嗅觉角度展现动态美，既勾勒出生机盎然、蓬勃向上的新春景象，又暗含吉祥、美好的寓意。尾句写除夕守岁、宴饮的节俗。"壶"字双关，既指酒壶，又指计时器滴漏、漏刻。作"酒壶"意，上承"欢终宴"，人们以酒壶注酒，饮尽守岁酒，期盼新年的第一缕曙光；作"滴漏"意，上承"冬尽"句，漏壶里的水滴尽了，新的一年也随之而来。这首诗挖掘时节更替中的吐故纳新之意，充满了活力与生机。特别是以"曙光"一词收尾，象征前程的光明与美好，言辞平易，却寓意深刻。

【相关链接】

唐时除夕节俗中，最庄严、最热闹的活动，就是傩祭仪式。傩仪早在先秦时期就有，以驱鬼逐疫、酬神纳吉为目的，包括傩乐、傩舞、巫术等活动。唐朝大体沿袭的是北朝的形式，但较之要盛，规模庞大，铺陈豪奢。唐王建的《宫词》描写了仪式的盛景："金吾除夜进傩名，画袴朱衣四队行。院院烧灯如白日，沉香火底坐吹笙。"唐代设有专门负责宫廷傩仪的官员，据《南部新书》载："岁除日，太常卿领官属乐吏并护僮侲子千人，晚入内，至夜，于寝殿前进傩。燃蜡炬，燎沉檀，荧煌如昼。上与亲王妃主以下观之。"仪式也从单纯的舞蹈动作，发展到有故事情节的歌舞戏乐，更具观赏性。"其日大宴三五署官，其朝寮家皆上棚观之，百姓亦入看，颇谓壮观也"（段安节《乐府杂录》），一夜狂欢，迎接元日的到来。

除夜

白居易

【题解】

这首诗是唐代著名诗人白居易的作品，作于唐文宗大（太）和四年（830）。诗人时任河南尹，除夕夜抱病难眠。

病眼少眠非守岁，老心多感又临春。
火销灯尽天明后[①]，便是平头六十人[②]。

（录自《全唐诗》卷451，中华书局1960年版）

【注释】

①销：消失。《汉书·刘向传》："夫明者，起福于无形，销患于未然。"　②平头：整数，没有零头。

【评析】

　　"病眼""老心"，表明诗人的身体状况与心理状态。除夕本为时序更替之时，增岁增寿一夜间，而诗人辗转难眠，感慨年老，主要源自病痛。"少眠"与"守岁"形成对比，前者多因愁绪、心绪不宁，后者透着节日的欢庆。"病"增加了老者对生命流逝的敏感体验，"又"字写出了诗人对年岁更替的烦闷与无奈，如鲠在喉。"火销""灯尽"，皆有辞旧之意，"天明"意味新春的到来。"便是"句，表明诗人将入花甲之年。六十年一甲子，古历一循环，人到六十，也就意味着开始了岁月新的轮回，也意味着参透人生而"耳顺"。诗人此处强调"平头六十"，暗示其生命开始了新的篇章。全诗通俗写实，是为"辞质而径""言直而切""事核而实""体顺而肆"（唐白居易《新乐府序》）。

【相关链接】

　　除夕节俗，大多围绕守岁这一主题展开。南朝梁宗懔《荆楚岁时记》记载："岁暮，家家具肴馔，诣宿岁之位，以迎新年，相聚酣饮。留宿岁饭，至新年十二日，则弃之街衢，以为去故纳新也。"备鱼、肉、菜蔬，尽情饮酒，留宿岁饭，都是为了挽留旧的一年。众所周知，除夕被赋予辞旧迎新的文化意义。"辞"意为告别，告别是负有情感的，旧年年历上的每一个数字，都镌刻着守岁人的过往，构成守岁人生命的一部分。守岁守的就是自己的时间和生命，请时间的脚步慢一些。除夕守岁，又俗称"熬年"。"一夜连双岁，五更分二年"，灯烛下，全家团聚在一起，同饮守岁酒，等着迎接新年破晓后的第一缕曙光。

除夜

方干

【题解】

这首诗是唐代著名诗人方干的作品。诗人有清俊之才却未得功名，屡受赏荐却终不能仕。辞旧迎新之际，诗人借此诗感怀才不遇之愁苦，表达积极面对未来的心态。

永怀难自问[①]，此夕众愁兴。

晓韵侵春角[②]，寒光隔岁灯。

心燃一寸火，泪结两行冰。

煦育诚非远[③]，阳和又欲升[④]。

（录自《全唐诗》卷648，中华书局1960年版）

【注释】

①永怀：永远的心意。唐孟浩然《岁暮归南山》："永怀愁不寐，松月夜窗虚。"　②晓韵：清亮的声音。角：即画角，古代军中吹的乐器。　③煦育：以天地之气抚育。　④阳和：春天的暖气。《史记·秦始皇本纪》："时在中春，阳和方起。"

【评析】

大中年间，诗人曾凭出众的才华与耿介的性格被大夫王廉举荐朝廷，也曾随同计吏往来两京之间，深得众公卿赏识，却与仕途无缘，不被起用。出仕之心，事不果成，让诗人愁苦万分，故而首联写一个"愁"字。诗人难以名状的长久情怀，这是第一层愁；除夕夜特殊时刻引发的复杂交织的众愁是第二层。"愁"字确定了整首诗凄冷的色调，同时也统领着全诗的情感。颔联为虚写，诗人设想当新春破晓的画角吹响之时，守岁的灯火仍未熄灭，发出清寒的光。古人诗词中残灯与腊尽常常相关，驱驰行役的文人，独对青灯残焰，念起壮志难酬、遭逢不利，悲伤情绪油然而生。颔联与颈联连用两次对比衬托的写作方式。"春角"报春，带给人希望，"寒光"却冷峻逼人；经世济民的急切心情，犹如胸中按捺不住的火苗，而残酷的现实使得诗人痛心疾首、滴泪成冰。颈联诗人采用借喻、夸张的修辞，写出怀才不遇、求名未遂的感伤。尾联情感由抑转扬，新春万物生，诗人也同样会蒙天地温暖的抚育，不久的将来，春天的暖气又会升起，展现了诗人耿直、不拘的性格和宽广、坦荡的心胸。

岁除夜

罗隐

【题解】

这首诗是唐代著名诗人罗隐的作品。除夕夜，诗人饮酒感怀，抒发年华老大及身处乱世的凄凉心境。

官历行将尽①，村醪强自倾②。
厌寒思暖律③，畏老惜残更④。
岁月已如此，寇戎犹未平⑤。
儿童不谙事⑥，歌吹待天明⑦。

（录自《全唐诗》卷659，中华书局1960年版）

【注释】

①官历：指官府颁行的历书。　②村醪（láo）：农村酿造的未经过滤的酒。强自倾：勉强倾倒，即勉强饮酒。　③暖律：指温暖的节候。宋范纯仁《鹧鸪天》："腊后春前暖律催，日和风软欲开梅。"　④残更：旧时将一夜分为五更，第五更时称残更，这里指剩下的时间。　⑤寇戎：匪患与战争。　⑥谙事：懂事。唐刘禹锡《酬乐天咏老见示》："经事还谙事，阅人如阅川。"　⑦歌吹：歌声和乐声。唐温庭筠《旅泊新津却寄一二知己》："并起别离恨，思闻歌吹喧。"

【评析】

　　诗开篇点题，动词"行"，突出时间推移的过程。"醪"为浊酒，"村醪"暗示诗人生活窘迫。除夕饮守岁酒是传统节俗，诗人孤身一人，强饮以应节俗。上述三点结合，刻画出独居老者艰难度日的情景。首联透露出诗人的生活状态，颔联承上而深入，写诗人的心理。诗人巧用互为反义的心理动词"厌"与"思"、"畏"与"惜"，以对举的方式表达出对时节推移的期盼与畏惧，构成更大的一组矛盾。且在动词选用上，"畏""惜"比"厌""思"的情感表达程度更进一层。"岁月"句功能有二：一是承接"畏老"，写诗人年事已高，可年华流逝不可挽留；一是转换话题，首联与颔联都是谈诗人如何，颈联与尾联的话题转到了国情上。"寇戎犹未平"，直接道出唐末乱世的情景。尾联以"不谙事"，评价儿童的歌吹贺岁，说明诗人愁苦难耐、无意度岁的真正原因并不在于自身，而是在于忧思动乱将倾的国家。同时，尾联与首联形成强烈的对比，反衬并强化诗人的凄凉。这首诗由个体写到家国，随着话题的转换而加深情感，心理刻画细腻生动、有层次，诗人形象鲜明可触。

除夜自石湖归苕溪（其一）

姜夔

【题解】

这首诗是宋代著名文学家姜夔的作品。石湖，位于今江苏苏州西南。苕溪，位于今浙江省北部，因流经湖州而代指湖州。绍熙二年（1191）暮冬，诗人自湖州至石湖范成大家做客，寓居一月有余，除夕乘船返回湖州，途中有感而发即兴赋诗十首，今选其中一首。

> 少小知名翰墨场①，十年心事只凄凉。
> 旧时曾作梅花赋②，研墨于今亦自香③。

（录自《全宋诗》第51册，北京大学出版社1998年版）

【注释】

①翰墨场：指文坛。翰墨即笔墨，代指文辞。　②梅花赋：咏梅花的诗词。诗人创作的咏梅诗词，既包括《暗香》《疏影》《一萼红》《清波引》等自度曲，也包括《卜算子》《浣溪沙》等小令作品。　③研墨：磨墨。一说研墨即砚墨，指砚台和墨。

【评析】

除夕作为辞旧迎新的节点，常使人们围炉夜话、念及往事。这首诗首两句交代了诗人少年得志、享誉文坛，却仕途不顺、四处流寓，"凄凉"二字直抒胸臆。"旧时"承"少小"，"梅花赋"承"翰墨"启"研墨"。诗人从不可胜数的作品中拣选"梅花赋"入诗，意在通过梅花傲骨冰心与坚韧不屈的品性言说自己，即使历经种种艰难困苦，仍然坚守气节，清高傲骨，遵从内心的宁静。正因如此，"十年"后诗人研墨提笔再写梅花时，仍有清香扑鼻而来。《除夜自石湖归苕溪》组诗计十首，其中之一作："细草穿沙雪半销，吴宫烟冷水迢迢。梅花竹里无人见，一夜吹香过石桥。"

【相关链接】

宋代除夕夜沿袭前代传统，皇宫禁地由亲事官主理大傩仪式。"诸班直戴假面，绣画色衣，执金枪龙旗"。教坊伶人穿戴打扮成神、鬼、仙、道等模样，自禁中动鼓吹驱赶邪祟，直至龙池湾，称之为"埋祟"。白天时，内司进呈精巧的消夜果子盒，盒中各色糕点、蜜饯、干果、坚果一应俱全。到了晚上，禁中爆竹连绵不绝、声震如雷，连宫外都听得清清楚楚。士庶之家也遵袭传统，围炉团坐，饮酒唱词，达旦不寐，守岁迎新。

守岁

苏轼

【题解】

这首诗是北宋著名诗人苏轼的作品，作于嘉祐七年（1062）。岐下即岐山之下，时诗人任官歧下，寓居凤翔（今属陕西）。年终思归不得，便依照家乡眉州（今四川眉山）的节俗，分别以《馈岁》《别岁》《守岁》为题作组诗三首，寄语其弟苏辙（字子由），今选录一首。

岁晚相与馈问，为馈岁；酒食相邀呼，为别岁；至除夜达旦不眠，为守岁。蜀之风俗如是。余官于岐下，岁暮思归而不可得，故为此三诗以寄子由。

欲知垂尽岁，有似赴壑蛇①。

修鳞半已没②，去意谁能遮。

况欲系其尾，虽勤知奈何。

儿童强不睡，相守夜欢哗。

晨鸡且勿唱，更鼓畏添挝③。

坐久灯烬落，起看北斗斜。

明年岂无年，心事恐蹉跎。

努力尽今夕，少年犹可夸。

（录自《全宋诗》第 14 册，北京大学出版社 1993 年版）

【注释】

①壑（hè）：幽谷，深沟。晋陶渊明《归去来兮辞》："既窈窕以寻壑。"　②修鳞：即蛇。唐杜甫《万丈潭》："闭藏修鳞蛰，出入巨石碍。"　③挝（zhuā）：敲打。唐岑参《与独孤渐道别长句兼呈严八侍御》："军中置酒夜挝鼓，锦筵红烛月未午。"

【评析】

这首诗题为《守岁》，非讲守岁之益，却讲守岁无用。诗的开篇将岁暮流逝的时光，比作游向深谷的蛇，年之将尽如同蛇身已没入大半，其情势不可挽回。何况想要系住蛇的尾巴，也不是件容易的事，即使为人勤快，也毫无效用。古人诗词中常以物喻时间，如流水、如白驹、如飞箭，诗人另辟蹊径，以蛇作比，意在突出时间在眼前却欲控不能的无力感。"儿童"句由说理转入叙事，描写除夕守岁，不同年龄段的人，不同的状态与心理。"强"字表达出人们对守岁节俗的坚持。"相守夜欢哗"，是除夕夜儿童们的状态，无忧无虑，快快乐乐。而对大人来说，"晨鸡"与"更鼓"等报时的使者，带来的都是添岁的忧伤。"坐久"承"晨鸡""更鼓"情感而下，生动地再现了大人除夕守岁的状态，与"相守夜欢哗"形成强烈对比。"晨鸡"至"北斗",流露出对岁暮时间的不舍,其情感与劝人不必挽留时光的"赴壑蛇"之喻截然相反。"明年"句上承诗首,再次说理,以反诘的方式表明时间推移中时节的循环往复,只是放弃了守岁无用的观点。时序向前,最怕的是空虚度日、一事无成。诗人劝诫"少年"珍惜当下,从努力过好这个除夕开始。有趣的是作此诗时诗人二十六岁,其弟苏辙二十四岁,诗人以"少年"称之,足见亲昵。

除夜

文天祥

【题解】

　　这首诗是南宋著名爱国诗人文天祥的作品,作于至元十八年(1281)除夕,亦是诗人一生的最后一个除夕。次年冬,诗人于大都就义。这首诗作于狱中,诗人回忆戎马一生,直面生死,以死明志。

乾坤空落落,岁月去堂堂①。
末路惊风雨②,穷边饱雪霜③。
命随年欲尽,身与世俱忘。
无复屠苏梦④,挑灯夜未央⑤。

（录自《文山先生全集》[下],商务印书馆 1937 年版）

【注释】

①堂堂:公然,毫无顾忌。唐薛能《春日使府寓怀》:"青春背我堂堂去,白发欺人故故生。"　②末路:最后一段路程,这里指人生的最后阶段。　③穷边:荒僻的边远地区。宋苏舜钦《己卯冬大寒有感》:

“穷边苦寒地，兵气相缠结。” ④屠苏：酒名，古代有春节饮屠苏酒以避瘟疫的习俗。 ⑤夜未央：夜未尽，谓夜深还未到天明。《诗经·小雅·庭燎》：“夜如何其？夜未央。”

【评析】

首联起笔写天地空阔，气势恢宏，“空落落”，含空旷、冷清之意，故国山河破碎，天地于诗人而言一片空虚。“岁月”句扣题，又是年末，岁月流逝，浩浩茫茫。颔联诗人回望过往，感慨当下。元兵南犯，王朝存亡的危急关头，诗人兴兵抗元，金戈铁马，“惊风雨”意在说明战事的激烈。如今诗人被囚元大都，身心备受熬煎。“穷边”是相对概念，在诗人看来，元朝首都大都相对于南宋临安便是荒僻的边远地区，表达出诗人对元廷的轻蔑以及对故国的眷恋。“命随”句承“岁月”句，写诗人预感到生命将随着年终而走到尽头；“身与”句写诗人将只身赴死，无牵无挂，展示了诗人的磊落情怀。尾联顺承“身世俱忘”，写万念皆空、凡俗置之度外的心态。依旧俗，元日（正月初一）饮屠苏，自知将死的诗人，除夕夜不再做与家人、友人同饮屠苏酒的梦，而是漫漫长夜中挑拨灯花待天明。“挑灯”有由暗到明之意象，表明诗人视死如归的心境。这首诗展示了诗人身陷囹圄、濒临绝境时的从容不迫，表达出杀身成仁、慷慨报国的决心。文字铿然，感情沉郁，悲壮不失典雅。

除夕

刘因

【题解】

刘因（1249—1293），字梦吉，号静修，雄州容城（今河北容城）

人，元代著名诗人。至元十九年（1282），应召入朝。任承德郎、右赞善大夫，旋以母病乞归。后以病拒征聘，力辞不就。

这首诗作于至元十八年，诗人除夕感怀，思索未来。

百岁三分一①，初心谩慨然②。

空囊难避节③，青镜不留年④。

静阅无穷世⑤，闲观已定天⑥。

履端思后日⑦，四鼓未成眠⑧。

（录自《元诗选初集》[上]，中华书局2002年版）

【注释】

①百岁三分一：诗人此时三十三岁。　②初心：最初的理想。慨然：感慨的样子。　③空囊：空空的行囊。避节：古代官吏休假离职，不受上级节制，这里指隐居。　④青镜：青铜铸成的镜子。　⑤阅：经历。　⑥已定：已经确定，无法改变。　⑦履端：正月初一。　⑧四鼓：指四更，即凌晨一时至三时。报更的鼓声敲了四次，古代一个更次敲一次鼓，故称为"四鼓"。

【评析】

首联开篇交代诗人的年龄，人生百年已过三分之一，诗人三十三岁。除夕夜，诗人自省，不禁慨叹最初想法的不切实际。诗人年少学儒，稍后专研理学，安贫乐道，不苟合于世。三十岁入尚书何玮家馆教书，三十三岁那年，何玮被召入京，诗人只得辞馆还乡，断了生计，故而有首联的"谩"与颔联的"空囊"之叹。颔联写诗人的处境，"空囊"句写生活窘境，"青镜"句写年华逝去。初心与现实的矛盾，使诗人陷入沉思，"静阅无穷世，闲观已定天"。颈联"静"与"闲"，是诗人

"主静"理学观点的体现，"道之体本静"（《退斋记》），以"静"的态度求道，求得解决问题的出口。思索中，不知不觉已过四更。"履端"即元日，诗人在思考中度过了除夕，步入新年。

【相关链接】

元代是少数民族政权，在岁时节序方面，各民族基本还沿袭着本民族的传统习俗，汉民中除夕节俗并未中断。

元代宫廷以宗教的方式辞旧迎新。年近除夕，宫中的咒（zhòu）禁师（掌教咒禁被除为厉者）在大明殿牌下持咒，在殿上陈设牺牲，供奉神明。元熊梦祥的《析津志》记载了仪式的细节："咒师数人，动梵乐念咒，两人牵手巾，一人以水置其中，谓之洒净。以诸般肉置于桶中，二人抬而出殿前，一人执黑旗于前，出红墙门外，于各宫绕旋，自隆福宫、兴圣宫出，驰马击鼓举铙奔走，出顺承门外二里头，将所致桶中诸肉抛撒以济人，谓之驱邪。"

客中除夕

袁凯

【题解】

袁凯，生卒年不详，字景文，号海叟，华亭（今上海松江）人，元末明初诗人，以《白燕》一诗负盛名，人称"袁白燕"。元末任松江府府吏，明初征拜御史。终因明太祖朱元璋嫌恶，佯装疯癫，告病归隐。

这首诗抒写了乱离中漂泊在外的诗人，除夕夜思乡怀人之情。

今夕为何夕？他乡说故乡。

看人儿女大，为客岁年长。

戎马无休歇，关山正渺茫。

一杯柏叶酒①，未敌泪千行。

（录自《明代文粹》[上册]，世界书局1932年版）

【注释】

①柏叶酒：柏叶浸制的酒，元日饮此酒，以祝寿和避邪。汉应劭《汉官仪》：“正旦饮柏叶酒上寿。”

【评析】

　　首联开篇借用《诗经·唐风·绸缪》“今夕何夕”——今夜是什么样的夜晚，暗示除夕。“他乡”扣题中“客”，“说故乡”点明此诗的主旨。诗人身处异乡，在除夕夜思念故乡。颔联写离家后的岁月，以他人儿女反衬自己与亲人的分离之苦，“为客”句极言在外漂泊的时间很久了。颈联化用杜甫《登岳阳楼》“戎马关山北，凭轩涕泗流”，道出了离家不归的原因，也表达了战乱不止、交通阻隔造成的愁苦与感伤。尾联“一杯”与“千行”形成强烈的对比，表明胸中激荡着的思乡悲情难以安抚。这首诗语言质直晓畅，笔调沉郁凄苦，感情真切深沉。

除夜太原寒甚

于谦

【题解】

　　这首诗是明代名臣于谦的作品。太原又名三关镇，位于今山西内长城以南，西起黄河，东抵太行山。诗人时任山西巡抚，客居太原。是年除夕，天气特别寒冷，诗人赋诗自勉勉人。

寄语天涯客①，轻寒底用愁②。

春风来不远，只在屋东头。

（录自《于谦诗选》，浙江人民出版社 1982 年版）

【注释】

①寄语：传话，告诉。南朝宋鲍照《代少年时至衰老行》："寄语后生子，作乐当及春。"天涯客：离家在外的人，此处为诗人自指。　②底用：何用，何须。

【评析】

"寄语"本为送给他人的话语，而诗中"寄语"并非指向他人，是诗人借勉人的语气勉励自己。诗以"寄语"开篇，并统领全诗。"天涯客"，点明诗人寓居异乡的身份。"轻寒"扣题中"寒甚"，但程度明显不同。既为自勉，"寒甚"在诗人口中变成了"一点冷"，体现出诗人坚毅不屈的性格特征。诗文中的"寒"语意双关，既是说天气，又是说处境。"春风"句写"何须愁"的原因，以春风报春、退却严寒，展示出诗人积极向上的心态。此诗采用象征的手法，诗人将不畏艰苦、满怀信心的乐观精神融入字里行间，格调清新，语言浅易却寓意深刻。

【相关链接】

明代除夕五更天，京城百姓焚香和纸钱送迎神鬼，并送玉皇上界、迎新灶君下界。人们一边往门檐窗台插上芝麻秸，一边口中念念有词，"藏鬼秸中，不令出也。"并在门窗上贴上红纸葫芦，以收瘟鬼。夜里，人们在庭院中放个铜盆，放入松枝、柏枝、苍术等木柴，用小火慢慢焚烧，称为"烧松盆烀岁"。即通过烀烟的方式烀岁。在先人的牌位前，人们供奉上狮仙斗糖、麻花馓子，家人们按次序拜祭，称之为"辞岁"。拜毕，一家人围坐宴饮，称之为"守岁"。

伤心

袁枚

【题解】

袁枚（1716—1798），字子才，号简斋，晚年自号仓山居士、随园主人、随园老人，钱塘（今浙江杭州）人，清代著名文学家，倡"性灵说"，与赵翼、蒋士铨合称"乾嘉三大家"。为"清代骈文八大家"之一，与纪昀并称"南袁北纪"。乾隆四年（1739）进士及第，选庶吉士，历任地方官。乾隆十四年（1749），辞官隐居江宁（今江苏南京）小仓山，以诗文自娱。

这首诗作于乾隆四十四年。是年诗人母亲过世。除夕，诗人赋诗祭奠，内心痛苦万分。

> 伤心六十三除夕，都在慈亲膝下过①。
> 今日慈亲成永诀②，又逢除夕恨如何？
> 素琴将鼓光阴速③，椒酒虚供涕泪多④。
> 只觉当初欢侍日⑤，千金一刻总蹉跎⑥。

（录自《小仓山房诗文集》，上海古籍出版社1988年版）

【注释】

①慈亲：慈爱的父母，此处指诗人的母亲。　②永诀：永别，死的委婉说法。　③素琴：不加装饰的琴。《礼记·丧服》："祥之日，鼓素琴，告民有终也，以节制者也。"　④椒酒：用椒树叶浸制的酒。元日向家长献此酒，以示祝寿、拜贺之意。　⑤欢侍：承欢侍奉。唐贾岛《送董正字常州觐省》："春来欢侍阻，正字在东宫。"　⑥蹉跎：虚

度光阴。

【评析】

这是一首追念母亲的诗。首联诗人回想过去六十三年的每一个除夕，都是和母亲一起度过的，承欢膝下，回忆的美好，反衬当下的"伤心"。颔联承"伤心"写原因，母亲已仙逝，又逢除夕，倍生悔恨。古人丧葬礼节讲求"居丧不言乐"，"素琴将鼓"意在说明丧期将尽。"光阴速"，说明诗人仍沉浸在失去母亲的痛苦中不能自已。元日敬双亲饮椒酒祝福健康长寿，而此时椒酒成了虚设，只能望酒流泪泪更多。诗人通过两种礼俗，表达出对母亲深沉的爱与眷恋。尾联写诗人的怨，怨自己承欢侍奉母亲的日子里，白白浪费了那些珍贵的时光，正所谓"子欲养而亲不待"。

【相关链接】

清代除夕一大早，皇帝、诸后妃分别到宫内外各处拈香礼佛，设供祭祖，祈求神灵保佑，然后在重华宫共进早膳。早膳菜品非常丰盛，专供皇帝一人享用的菜品，就布有十八种以上。但真正的大戏尚未开始，其后皇帝还要举行封笔典礼。御笔是皇帝代天说话的工具之一，除夕封笔，以谢一年之劳。下午四时，乾清宫举行的除夕大宴，才是真正的团圆年饭，进膳时，有乐曲及南府承应戏等助兴。清时戏曲演出已列入朝廷仪典，宫里举行戏曲演出活动，欢度除夕。团圆年饭过后，皇帝稍做休息，接下来赴保和殿出席另一个宴席。每年除夕，皇家都会在保和殿宴请少数民族王公大臣并行赏赐，场面十分壮观。

癸巳除夕偶成

黄景仁

【题解】

这首诗是清代著名诗人黄景仁的作品，作于乾隆三十八年（1773）。是年，诗人辞幕归里，除夕夜感叹人生。

千家笑语漏迟迟①，忧患潜从物外知②。

悄立市桥人不识，一星如月看多时。

（录自《两当轩集》，上海古籍出版社 1983 年版）

【注释】

①漏：漏壶的简称，古代计时的工具。迟迟：缓慢的样子。　②潜：无形中。物外：外界事物。

【评析】

诗的开篇写除夕夜的热闹景象，"千家笑语"的氛围中，诗人却感到时间过得很慢，说明"迟迟"是心理时间。"忧患"句说明"漏迟迟"的原因，盛世迎新春的当下，诗人却感受到了危机的存在，这种危机来自"朱门酒肉臭，路有冻死骨"的社会现实。乾隆年间，清朝由盛而衰，此句可谓一语成谶。"悄"与"市"，前者孤寂，后者喧闹，形成了强烈对比。此前诗人在安徽学政朱筠府中做幕僚，是年年底方回到阔别两年的故乡，难免出现"人不识"的情况。而此处与"悄立"照应，突显凄凉，诗人孤身一人站在市桥上，盯着天上的一颗星，静静地看了很久，足见诗人虽内心丰富、情感丰沛，却无人应和的寂寞。"一星如月"，诗人就如同一颗小星，淹没在凡俗尘世却仍难掩光芒，诗人把自己的情感投射到眼前的星上，在诗人眼中，它就如同月亮一样。此诗含蓄而空灵，联想到诗人富有诗才却无法出人头地、穷困潦倒、客死异乡的一生，令人不禁扼腕叹息。

阮郎归（湘天风雨破寒初）

秦观

【题解】

这首词是宋代著名词人秦观的作品，作于绍圣三年（1096）除夕。时词人由贬谪之地衡阳（今属湖南）再贬郴阳（今湖南郴州），词人作词慨叹凄然身世，抒发胸中哀伤。

湘天风雨破寒初①。深沉庭院虚。丽谯吹罢《小单于》②。迢迢清夜徂③。　　乡梦断，旅魂孤。峥嵘岁又除④。衡阳犹有雁传书⑤。郴阳和雁无⑥。

（录自《全宋词》第 1 册，中华书局 1965 年版）

【注释】

①湘天：指湘江流域一带。　②丽谯（qiáo）：城门楼。《庄子·徐无鬼》："君亦必无盛鹤列于丽谯之间。"郭象注："丽谯，高楼也。"《小单于》：乐曲名，常用军中号角演奏，曲风呜咽悲凉。《乐府诗集》："按唐大角曲有《大单于》《小单于》《大梅花》《小梅花》等曲，今其声犹有存者。"　③徂（cú）：过去，过往。《后汉书·马援列传赞》："徂年已流，壮情方勇。"　④峥嵘：极不寻常。此处指岁月艰难　⑤衡阳：今湖南衡阳。衡阳有回雁峰，相传北雁南飞至回雁峰即止，不再南

飞。　　⑥郴（chēn）阳：今湖南郴州，位于衡阳以南。雁：传递书信的大雁。

【评析】

上片写词人湖湘过除夕的节景。开篇交代天气情况，"破寒初"说明时序更替，即将由冬入春，暗示辞旧迎新的除夕夜。"湘天"场景宏大，"庭院"转入具体而微的描写。"深沉"与"虚"，皆言庭院空荡、毫无生气，说明词人独居，营造出凄凉孤寂的氛围。远处的城楼飘来了《小单于》的乐声，《小单于》是军中常奏的曲子，曲调幽咽悲凉，抒发哀怨之情。风雨之中，孤身独坐，听悲曲阵阵，词人寄托在字里行间的情感是何等的凄婉。"迢迢"言夜之漫长，"清"言夜之寂寥，"徂"说明词人彻夜未眠，除夕夜守岁的习俗此刻成了一种煎熬。下片由景入情。"乡"对于贬谪的官员来说既可指家乡，又可指京城。无论是回乡与亲人团聚还是返京，回到政治生涯的起点，都成了妄想。"岁除"承"破寒"，写除夕。艰难的一年过去了，"又"字说明词人居于窘迫的处境很长时间了。旧岁除，新岁可有改变？"雁传书"典出《汉书·苏武传》，词人借"鸿雁"喻书信，传递对故乡、远人的思念。而新春，词人再贬郴州，道路险阻，书信难传，连与亲友的联系都断绝了，将要面对被贬日远、音信久疏的痛楚。这首词写尽伤心人，浅语之中蕴含深情。

双雁儿·除夕

杨无咎

【题解】

杨无咎（1097—1171），字补之，号清夷长者、逃禅老人、紫阳居士，清江（今江西樟树）人，寓居豫章（今江西南昌），宋代著名书画家、词人。南宋高宗累召不起，隐居而终。

这首词作于除夕，词人感慨岁月流逝，表达良好祝愿。

穷阴急景暗推迁①。减绿鬓②，损朱颜③。利名牵役几时闲④。又还惊，一岁圆⑤。　　劝君今夕不须眠。且满满，泛觥船⑥。大家沉醉对芳筵⑦。愿新年，胜旧年。

（录自《全宋词》第 2 册，中华书局 1965 年版）

【注释】

①穷阴急景：穷阴指冬尽年终之时，古代以春夏为阳，秋冬为阴，冬季又是一年中最后一个季节，故称穷阴；急景，形容时光急促，年岁将尽。语出南朝宋鲍照《舞鹤赋》："于是穷阴杀节，急景凋年。"　　②绿鬓：指乌黑而有光泽的鬓发。　　③朱颜：年轻红润的脸色。　　④利名牵役：被名利牵绊、拖累。　　⑤一岁圆：一年结束。圆，满。　　⑥觥船：亦作"觥舡""觵船"，指容量大的饮酒器皿。唐李贺《河阳歌》："觥船饫口红，蜜炬千枝烂。"　　⑦芳筵：丰盛的宴席。

【评析】

这首词上片是对即将逝去一年的回顾与反思。时光飞逝，转眼又到了年终，人也在不知不觉中渐渐老去。而自己却依然被名利所羁绊，不得安闲。词中用一个"惊"字，形象地表现出词人对光阴易逝与自己蹉跎生活的惶恐。下片则转向对新的一年的美好期待与祝愿。既然已经过去的岁月无法重来，不如暂且放下，不去再想，大家一起在今宵守岁，面对佳宴满觥饮酒，不醉不归。最后"愿新年，胜旧年"两句，道出对新年美好的祝愿。这首词语言清新通俗，富有生活情趣，因此极易使人获得情感上的共鸣。

瑞鹤仙·寿丘提刑

方岳

【题解】

这首词是宋代著名词人方岳的作品。丘提刑即丘宬，亦即小序中"绣衣使者焕章公"。农历十二月二十九日丘公寿辰，词人作寿词拜贺。

岁十二月二十有九日，实维绣衣使者焕章公绂麟盛旦也，岳敢拜手而言曰：月穷于纪，星回于天，盖三百有六旬有六日于是焉极而岁功成矣。惟天之运，循环无穷。一气推移，不可限量。其殆极而无极欤。分岁而颂椒，守岁而爆竹，人知其为岁之极耳。洪钧转而万象春，瑶历新而三阳泰，不知自吾极而始也。始而又极，极而又始，元功宁有穷已哉。天之生申于此时，意或然也。岳既不能测识，而又旧为场屋士，不能歌词，辄以时文体，按谱而腔之，以致其意。

一年寒尽也。问秦沙①、梅放未也。幽寻者谁也。有何郎佳约②，岁云除也。南枝暖也。正同云、商量雪也。喜东皇③，一转洪钧④，依旧春风中也。　　香也。骚情酿就，书味熏成，这些情也。玉堂深也⑤。莫道年华归也。是循环、三百六旬六日，生意无穷已也。但丁宁⑥，留取微酸⑦，调商鼎也⑧。

（录自《全宋词》第 5 册，中华书局 1965 年版）

【注释】

①秦沙：丘崈任所，今属浙江绍兴，因秦始皇登山望海而得名。　②何郎：即南朝梁诗人何逊，曾作《咏早梅》，此处代指早发的梅花。　③东皇：司春之神。　④洪钧：指天。唐郑细《奉和武相公省中宿斋酬李相公见寄》："洪钧齐万物，缥帙整群书。"　⑤玉堂：玉饰的殿堂，泛指宫殿。　⑥丁宁：叮咛，反复地嘱咐。　⑦微酸：即杨梅。宋方岳《次韵杨梅》："众口但便甜似蜜，宁知奇处是微酸。"　⑧调商鼎：比喻任宰相治理国家。

【评析】

　　丘崈生辰在年终，农历十二月二十九日，次日即为除夕。这一天年之将尽，暮冬也走到了尽头。词人利用生辰之日的特点，开篇写"寒尽"，蕴含春暖之意。都说春暖花开，词人接续"问秦沙、梅放未也"。秦沙是丘公的任所，腊月是梅花开的时序，词人此问并非要一个确定的答案，而是以此引出探幽寻梅之语。词人运用联想和想象，写丘公与梅花有佳约。"岁云除"，意即除夕，是约定的时间。"南枝暖"，言梅花开，是约会的结果。"正同云"句，化用《诗经·小雅·信南山》"上天同云，雨雪雰雰"，交代天气，阴天欲雪。"东皇"是春神，承"岁云除"，言时序变化。冬去春来，梅花绽放，此句满载欢喜与希望。上片借咏梅颂扬丘公品格，下片"香"过片，是梅香，亦是墨香。"骚情""书味"，指文采风流，"酿就""熏成"，言诗文功夫，意在赞颂丘公的才情。"玉堂深"宕开一笔，颂扬丘公的勋业，但仅此一笔，不落寿词之俗套。继而词人以时间的往复循环，表达出生命力无穷无尽之意。"微酸，调商鼎"，化用《尚书·说命下》"若作和羹，尔惟盐梅"。词人先言生命力无限，再借"盐梅"喻丘公，言其有宰相之才，以劝勉的形式祝其拜相。文辞婉曲不失祝颂强度。这首词属独木桥体，通篇叶同一字韵，以"也"串联，摇曳生情。

祝英台近·除夜立春

吴文英

【题解】

这首词是宋代著名词人吴文英的作品。是年除夕，恰逢立春，羁旅中人描写庆双节的喧闹、回忆与亲人欢饮的温馨，抒发客居他乡孤寂、悲凉的心情。

剪红情，裁绿意，花信上钗股①。残日东风②，不放岁华去。有人添烛西窗，不眠侵晓③，笑声转、新年莺语。　　旧尊俎④。玉纤曾擘黄柑⑤，柔香系幽素。归梦湖边，还迷镜中路⑥。可怜千点吴霜⑦，寒销不尽，又相对、落梅如雨。

（录自《全宋词》第 4 册，中华书局 1965 年版）

【注释】

①钗股：古代妇女用以固定发髻的头饰。　　②残日：夕阳。唐李颀《奉送五叔入京兼寄綦毋三》："云阴带残日，怅别此何时。"　　③侵晓：天亮。唐韩偓《野塘》："侵晓乘凉偶独来，不因鱼跃见萍开。"　　④尊俎（zǔ）：古代盛酒肉的器具，此处代指宴席。　　⑤玉纤：纤细如玉的手指，多以指美人的手。擘：分开，剖开。　　⑥镜中路：即湖中水路，用镜子比喻湖面。　　⑦吴霜：指白发。唐李贺《还自会稽歌》："吴霜

点归鬓，身与塘蒲晚。"

【评析】

上片开篇写立春节俗。"红情""绿意"，即红花、绿叶，将裁剪好的彩花春胜佩戴发间以示迎春，就像花信风拂过钗股，生出了美丽的花朵。"红""绿"色彩鲜艳喜庆，"情""意"二字赋予春胜生命和情感，最难得"上"字，清陈廷焯《白雨斋词话》评其"婉细"。"残日东风"句写除夕，"东风"即春风，与前文立春节俗相照应。"放"字拟人，为夕阳、东风添加了情绪，言其不舍旧年。词人特别提到"有人"，使其成为陈述的话题，与词人区别开来，用意明显。"添烛西窗"，化用李商隐《夜雨寄北》"何当共剪西窗烛"诗意，暗示除夕夜的来临。"新年莺语"，语出杜甫《伤春》"莺入新年语"。上片词人着力描写他人的双节，把自己留给了下片。"前阕极写人家守岁之乐，全为换头三句追摄远神"（清陈洵《海绡说词》）。"旧尊俎"过片，说明词人开启回忆模式。纤纤玉手掰开黄柑，柔和的香气还萦绕在心头。迎春有饮黄柑酒的习俗，词人从视觉和嗅觉两方面入手，细致地描绘了与恋人饮酒过节的一个细节，温馨，浪漫。回忆的真实感，让词人恍惚，引导着词人走入梦境，意境幽深冷峭。"可怜"句转回现实，"吴霜"典出李贺《还自会稽歌》"吴霜点归鬓，身与塘蒲晚"喻白发，可怜春风不能像融化寒雪冰霜一样消除发间的斑白，又何况落梅如雨。"吴霜"是"我"，"落梅"是"物"，"我"与"物"皆承载着词人悲戚的情感。这首词以他人之喜反衬词人之悲，以昔日之喜反衬今日之悲，情感的表达有克制，也有肆意的挥洒，颇具张力和戏剧色彩。

一枝春·除夕

杨缵

【题解】

杨缵，生卒年不详，字继翁，号守斋、紫霞翁，严陵（今浙江建德）人，徙居钱塘（今浙江杭州），宋代词人。好古博雅，精于琴，通音律。恭圣仁烈杨皇后之侄孙，度宗淑妃之父。

这首词描写了宋时富贵人家辞旧迎新的热闹情景和欢乐气氛，可谓宋代除夕节俗文化的一个缩影。

竹爆惊春，竞喧阗①、夜起千门箫鼓。流苏帐暖②，翠鼎缓腾香雾。停杯未举。奈刚要、送年新句。应自有、歌字清圆，未夸上林莺语③。　　从他岁穷日暮。纵闲愁、怎减刘郎风度。屠苏办了，迤逦柳欺梅妒④。宫壶未晓⑤，早骄马、绣车盈路。还又把、月夜花朝，自今细数。

（录自《全宋词》第 5 册，中华书局 1965 年版）

【注释】

①喧阗：即"喧阗"，哄闹声。　②流苏：以五彩羽毛或丝线编成的穗子，常用作车、马、帷帐的垂饰。　③上林：即上林苑。汉武帝于秦代旧址扩建而成，豢有珍禽异兽。　④迤（yǐ）逦（lǐ）：渐次，逐渐。宋贺铸《更漏子》："迤逦黄昏，景阳钟动。"　⑤宫壶：宫中报时的铜壶。

【评析】

上片开篇以"爆""惊"两个动词夺人，接续"喧阗""千门箫鼓"，直接将欢腾的场面送至读者眼前，气势恢宏，声势浩大。"流苏"句转入近景，以细节描写展示宴席的奢华。"停杯"句，始写人物活动。举杯前，总要吟新诗、作新词以别岁，还应有歌者清脆圆润、堪比上林莺语的歌声。"从他岁穷日暮"过片，由景入理。年终岁暮，人们常慨叹年华或追忆过往，词人一句"从他"，颇具豪情。"纵闲愁"句，劝人超脱年终岁末带给人的负面情绪。古人常于元日饮屠苏酒，以祛瘟疫。饮罢屠苏，柳树渐次发芽，梅花渐次凋落。"柳欺梅妒"拟人之性情，生动又符合时节特点。元日过后，春天接踵而来，何必计较旧日闲愁？"宫壶未晓"，回到除夕场景的描写。元日未到，早已有健马、锦车塞满了道路。"月夜花朝"，指代美好的时光。自今日起，细数新年后的每一段美好时光，迎接下一个除夕。下片字里行间充满了对新一年的希冀，也劝人珍惜，将词推上了更高的层次。宋周密《武林旧事》对此词赞赏有加："守岁之词虽多，极难其选，独杨守斋《一枝春》最为近世所称。"

浣溪沙·庚申除夜

纳兰性德

【题解】

这首词是清代著名词人纳兰性德的作品，作于康熙十九年（1680）除夕，描绘了除夕守岁迎春的场景。

收取闲心冷处浓。舞裙犹忆《柘枝》红①。谁家刻烛待春风②。　　竹叶樽空翻采燕③。九枝灯烛颤金虫④。风流端合倚天公⑤。

（录自《饮水词笺校》，中华书局 2005 年版）

【注释】

①《柘（zhè）枝》：柘枝舞，从西域传入中原。唐章孝标《柘枝》："《柘枝》初出鼓声招，花钿罗衫耸细腰。"　②刻烛：古人刻度数于烛，烧以计时。南朝梁庾肩吾《奉和春夜应令诗》："烧香知夜漏，刻烛验更筹。"　③竹叶：青绿色的酒，代指美酒。采燕：燕形春胜。　④九枝灯：谓一干九枝的烛灯，亦泛指一干多枝的灯。炧（xiè）：燃尽，熄灭。金虫：制成虫形的黄金饰品。　⑤端合：应该，应当。倚：依靠。

【评析】

　　上片开篇写除夕夜悠闲的心境。"冷处浓"，语出明王彦泓《寒词》"个人真与梅花似，一日幽香冷处浓"，此处扣题，以天气说时节。节宴上的舞者，勾起了词人的回忆。"舞裙"与"柘枝"，皆为借代用法。所忆何人？张荫麟据吴绮《募修香界庵疏》对词人的评价"负信陵之意气，而自隐于醇酒美人；有叔原之词章，而更妙于舞楼歌扇"，指出词中词人所忆之人不应是亡妻，或为悼亡之后词人遇到的美人（《纳兰成德传》）。"谁家"是词人自指，此句是对除夕守岁迎春的细节描写。下片写除夜过后的场景。"竹叶"以色喻酒，南宋诗人葛立方《韵语阳秋》指出"酒以绿者为贵"，"竹叶"酒与"九枝灯"表明词人家境优渥，也暗示了除夕宴饮的奢华。"竹叶樽空"，意指饮罢守岁酒，"翻采燕"意指发间插上了迎春的春胜摇曳生姿，表明旧年除夕已过，新年元日来临。"金虫"比喻守岁灯烛熄灭后闪动的灯花，上承"竹叶樽空"，说明除夕守岁的结束。此二句色彩明艳，形象特征突出，极具画面感。其中"空""炧"，既为实描，又蕴含一分凄清之感，同上片"冷""忆"情感一致。"风流"承词首之"闲心"，前者写性情，后者写心境。词人指出自己的不羁与至情至性是天性，暗示新年亦不会有变化。王国维《人间词话》所说"纳兰容若以自然之眼观物，以自然之舌言情"，正是词人风流性情的体现。

临江仙·癸未除夕作

李慈铭

【题解】

李慈铭（1830—1894），字爱伯，号莼客、越缦老人，会稽（今浙江绍兴）人，清代著名文史学家，被称为"旧文学的殿军"。光绪六年（1880）进士，补户部江南司资郎，官至山西道监察御史。

这首词作于光绪九年，词人描写了家中设守岁宴辞旧迎春的场景。

翠柏红梅围小坐，岁筵未是全贫。蜡鹅花下烛如银①。钗符金胜②、又见一家春。　自写好宜祛百病③，非官非隐闲身④。屠苏醉醒已三更。一声鸡唱、五十六年人。

（录自《清名家词》第 9 卷，上海书店 1982 年版）

【注释】

①蜡鹅花：古代年节以蜡捏成、或以蜡涂纸剪成凤凰为饰物，蜡鹅花当即此类。　②钗符：即钗头符，一种女子发饰。金胜：金制的饰品。　③好宜：即写"宜春帖"，立春、春节节俗之一，用以祈吉。　④非官非隐：既非做官又非归隐。此时词人在京任闲职，不掌政务，终日闭门以读书、赋诗、种药、栽花度日。

【评析】

上片写家人共度除夕的场面。"翠柏红梅"装饰，室内焕然一新，家人随意围坐，岁宴虽不丰盛，却也过得去。"未是全贫"，典出唐杜甫《南邻》"园收芋栗未全贫"，说明家境不富裕。"蜡鹅花"句，描写守岁灯，烛光如银。古诗词中银烛常具温暖、光明之意象。"钗符金胜"，皆为祈福辟邪之物，此处以节俗头饰代节日中人。"一家春"，语出王勃《山扉夜坐》"林塘花月下，别似一家春"，形容温馨和美的节日场面。"自写"句过片，以避秽节俗承上片之"钗符金胜"，同时将话题由家人转向词人自己。下片写词人除夕感慨。词人其时任闲职，虽入朝为官却不掌政务，以读书、赋诗、种药、栽花为娱，故有"非官非隐"之说。"三更"交代时间。鸡鸣添岁，"一声鸡唱"象征新春来到，"五十六"为虚岁。尾句直白通俗，充满着对年华老大的慨叹。